anagramma

1007

Titolo originale: *The Bookshop of Second Chances*

Simon & Schuster UK Ltd, England, was the first publisher
of the Work in the English language

Traduzione dalla lingua inglese di Valentina Cabras
Prima edizione: marzo 2022

ISBN 978-88-227-6300-6

www.newtoncompton.com

Realizzazione a cura di Librofficina
Stampato nel marzo 2022 presso Puntoweb s.r.l., Ariccia

Jackie Fraser

La libreria delle seconde possibilità

Newton Compton editori

Per
Kay Neldrett
28/5/1946 – 14/2/2001
e
Annemarie Fraser
8/11/1945 – 17/12/2010

Capitolo uno

Ieri era San Valentino. Due settimane da quando ho perso il lavoro – licenziata in tronco e buttata fuori dall'ufficio – e dieci giorni da quando mio marito Chris, d'ora in poi rinominato "il bastardo", mi ha lasciata. O l'ho lasciato io? Forse la seconda, visto che sono stata io ad andarmene.

Ho passato la giornata sdraiata sul divano-letto brutto e sgradevole che c'è nel mio nuovo appartamento a piangere lacrime altrettanto brutte e sgradevoli. E ho bevuto un sacco di gin. Ho guardato per caso *Narciso Nero* e *Mary Poppins*, e ho pianto tutto il tempo per entrambi. Oggi ho mal di testa, ed è difficile dire se è per la sbornia o per l'eccesso di emozioni. Ho le palpebre gonfie. Sono vestita solo perché Xanthe – migliore amica, confidente e sistema di supporto principale – mi ha gridato contro, quando prima ha chiamato. Ora siamo sedute al piccolo tavolo della cucina, che prende metà appartamento, a scrivere liste. Presto, tra mezz'ora o forse un'ora, andremo nella mia vecchia casa e inscatoleremo le mie cose, e quello sarà il prossimo passo di questo "viaggio" terribile.

«Vuoi che vada io?», chiede Xanthe. «Me ne occupo al posto tuo, se vuoi».

È strano vederla così seria. Di solito ride sempre, la diverte tutto. Ma è difficile trovare qualcosa di buffo nella situazione in cui mi trovo.

«No, tranquilla... E comunque non puoi, non sai dove sono le cose. Devo farlo io».

«Però vengo con te». Mi guarda, cercando di stabilire se sono nelle condizioni di farlo.

«Sarebbe... Sì. Grazie».

Piangere sempre è *noioso*. È passato tanto tempo dall'ultima volta che ho avuto il cuore spezzato, e avevo dimenticato quanto fosse monotono. La guardo sbattendo le palpebre e mi soffio il naso per la milionesima volta. Il piano originale era andare a casa ieri, ma non potevo certo vederlo il giorno di San Valentino, no?

Un anno esatto fa eravamo fuori città. Abbiamo alloggiato in una casa vicino a Rye. Il nostro diciottesimo San Valentino. Abbiamo bevuto champagne e ci siamo seduti davanti al fuoco, dicendo cose tipo: «Siamo ancora qui!», e dicendoci che ci amavamo. Credo che uno di noi due mentisse.

Perché una persona che ama sua moglie non va a letto con l'amica della suddetta moglie. Ed è quello che mio marito – chiedo scusa, intendevo "il bastardo" – faceva, con la mia cosiddetta amica Susanna Howich-Price (alias "la bastarda") da... Be', non mi hanno detto da quanto. Ma importa qualcosa? No. Cinque anni o cinque mesi, il risultato è lo stesso, giusto?

Ho noleggiato un furgone. Io e Chris abbiamo già, se non proprio litigato, almeno discusso su dei tavolini degli anni Cinquanta che abbiamo comprato l'anno scorso. Non so come faremo per le cose che vogliamo entrambi.

«Mettete tutte quello su cui non riuscite ad accordarvi

in una stanza, poi tornateci alla fine. Dovrete arrivare a un compromesso», dice Xanthe con tatto.

Ha ragione, ma ho la nausea per l'ansia. Non voglio che vinca lui, ma non si tratta di quello. Non è una battaglia, né una competizione. E non voglio lottare, sono esausta. Di alcune di quelle cose non mi interessa niente, quindi può tenersi il divano, la credenza, il tavolo da pranzo e le sedie. Non mi sono mai piaciute quelle sedie. Quindi ecco una cosa positiva, oltre a non dover mai più ascoltare suo padre e suo fratello che parlano di Formula Uno. Sto cercando di essere ottimista.

«Ma non dirgli che non ti interessa, fagli credere che vuoi tutto. Sei già avanti con i compromessi», dice. E sì, lo sono. Perché si tiene la casa. E Susanna vive già lì. Per la maggior parte del tempo, almeno, anche se non ci sarà quando andrò io. Gliel'ho fatto promettere; non la voglio vedere. Il pensiero che abiti in casa mia, usi i miei piatti, mangi cibo che probabilmente ho comprato io, vada a letto con mio marito… Non è certo una sorpresa che mi faccia venire la nausea.

Non so cosa dirgli quando apre imbarazzato e si sposta per farmi entrare. Ho dovuto bussare alla mia porta. Ma questi pensieri non vanno bene. Quando mi torna in mente il tappeto nell'ingresso, che è nuovo, o lo specchio in sala da pranzo, ereditato da sua nonna che adoravo, mi arrabbio. Sono solo oggetti. Ma l'insieme di questi oggetti è il riassunto della nostra relazione. Tutto quello che abbiamo scelto, o sistemato, noi due. Migliaia di decisioni, la scenografia del nostro amore. No. Devo pensare ad altro, essere pragmatica.

Prima le cose semplici. Salgo in soffitta per prendere la

scatola con i libri di scuola e gli altri scatoloni: li ho portati qui dalla casa precedente, e prima li avevo nel mio appartamento, e prima ancora erano nell'abitazione dei miei. Sono un'accumulatrice compulsiva, quindi ci sono Barbie e Lego, e un sacco di altre cianfrusaglie. Forse dovrei liberarmi di un po' di questa roba, ma non adesso. Ho comprato delle scatole al magazzino e procediamo velocemente. Chi si prende le decorazioni di Natale? Dovremo dividercele, immagino. Sapete una cosa? Non mi interessa.

«'Fanculo», dico. «Se la possono tenere questa roba. Chi se ne frega».

«Va bene», commenta Xanthe. «Ma dovresti mantenere aperto uno spiraglio nel caso cambiassi idea».

«Argh. Diamoci da fare».

Raccatto oggetti a caso dal mobiletto del bagno e li metto nella scatola. Ho già preso tutto quello che uso normalmente, ma ci sono i trucchi per Halloween e le ciglia finte che metto ogni tanto e... mi servirà mai questa roba?

«Porta tutto via», dice Xanthe con pazienza, «deciderai cosa tenere quando svuoterai gli scatoloni nel nuovo appartamento».

«Chissà quanto ci vorrà».

Prendo tre cappotti invernali che non indosso da dieci anni e la giacca di pelle. Riempio una scatola di cose di stoffa. Chris e Susanna stanno usando la stanza degli ospiti – immagino per ragioni etiche. Sarebbe un po' troppo se dormissero nel nostro letto. Non mi piace pensare che forse l'hanno comunque fatto per tutte queste settimane, o mesi o anni.

Ma immagino voglia dire che posso prendermi la biancheria e tutto il resto. Il letto è mio – o, almeno, l'ho comprato io con i soldi di un bonus. Il materasso costa quasi mille sterline. Tutte le lenzuola extralarge finiscono in una scatola e mettiamo il piumone in una di quelle buste sottovuoto. Quattro cuscini, la metà delle federe. Tre tovaglie. Gli asciugamani usati poco – si possono tenere quelli nuovi, regalo della sorella di Chris del Natale scorso. Molto magnanimo da parte mia. Xanthe svuota il guardaroba mettendo tutti i miei vestiti in una valigia, e sopra ci sistema la roba dei cassetti: calzamaglie, calzini, mutande e camicie da notte, e la mia biancheria più raffinata – che, diciamocelo, non mi servirà mai più. Sciarpe e gioielli, fermagli, magliette e il ferro per arricciare i capelli.

«Quanta roba», gemo debolmente.

«Dai, siamo a metà».

Smontiamo il letto, svelando chilometri di moquette impolverata e un orecchino. Xanthe si china a raccogliere qualcosa, ma non è abbastanza veloce e la vedo: la bustina aperta di un profilattico. La infila nella tasca dei jeans come se niente fosse e nessuna delle due dice niente.

Portiamo giù il materasso.

«Prendo il mobiletto in camera», informo Chris, che è seduto in sala da pranzo, teso. Annuisce senza dire nulla.

Dal piano di sopra ho preso tutto, tranne i libri. Sono esausta. Ma almeno se mi tengo occupata non piango.

Ha messo tutte le nostre foto in una scatola.

«Quindi non ne vuoi tenere nessuna?». Mi dà fastidio, devo essere sincera. Ma sembra tormentato e risponde: «Non posso… non sono dell'umore per occuparmi delle foto, Thea, mi dispiace».

«Va bene. Le lascio qui? Possiamo pensarci più avanti. Insomma, non le buttare via…».

«Le sistemo nell'armadio», dice. «Ma portati pure via quelle che vuoi».

«Neanch'io riesco a guardarle». È facile prendere gli album di foto di prima che lo conoscessi, ma chi si tiene quello del matrimonio? È una tortura. Sto per dire che è il giorno peggiore della mia vita, ma credo che quello sia già passato.

Arriviamo a un accordo sui tavolini. Prendo le porcellane della mia prozia, ma lascio i tegami che ci hanno regalato per il matrimonio e i bicchieri da champagne che abbiamo comprato solo a dicembre. Prendo i miei dischi – sì, ho ancora i miei dischi – e i miei CD. I libri mi sopraffanno.

Xanthe prepara il tè e ci sediamo tutti insieme, un po' a disagio, in cucina per bere. Sul tavolo c'è un vaso che non ho mai visto, pieno di giunchiglie del giardino. Le mie giunchiglie, quelle che ho piantato io.

«Non credo di riuscire a fare altro, oggi». Abbasso lo sguardo sui miei jeans, che sono diventati grigio-marroncino per la polvere.

«Non ce n'è bisogno», risponde Chris. «Insomma, sono rimasti più che altro libri, no? Puoi occupartene quando vuoi. O posso pensarci io, se preferisci».

«Meglio continuare, non voglio che resti qualcosa in sospeso».

«Allora dammi una scatola e ti do una mano».

Desidera che me ne vada, e come biasimarlo?

Sto riflettendo, cercando di ricordare cos'altro deve essere inscatolato. «La macchina da cucire. E la mia bici».

«Va bene», dice Xanthe. «La bici la prendo io, okay? Chiavi del garage», aggiunge, allungando la mano verso Chris. Si alza e le prende dal gancio dietro la porta. L'abbiamo comprato in Cornovaglia, è a forma di fungo. La casa è piena di cose che mi ricordano tempi migliori, ma non posso portarmi via tutto, è impossibile. E in fondo mi sarebbe d'aiuto? Probabilmente no. Prendo un paio di cuori di vetro fuso da un chiodo accanto al frigo e li metto in tasca. Apro il cassetto delle posate e dico: «Dovrai comprarti un altro schiaccia-aglio. Questo lo prendo io perché era della nonna di Polly Watson».

Polly Watson era la mia coinquilina venticinque anni fa, e non ho mai conosciuto sua nonna. Ma lo schiaccia-aglio fa parte della mia vita e lo voglio.

Quando finiamo, mi sembra di aver corso una maratona, di aver attraversato il Paese a piedi o qualcosa del genere. Il pensiero di mettere tutta questa roba in un magazzino e poi, un giorno, caricarla di nuovo sul furgone per portarla in una casa misteriosa e sconosciuta mi fa venire voglia di piangere e non smettere più.

«Se ti viene in mente altro», dice Chris, «fammi sapere. E ti darò i soldi per il divano e i mobili della sala da pranzo, e...».

«Bene», dice Xanthe, «forse lo dovresti mettere per iscritto. Così più avanti non ci saranno problemi. Quando mio padre se n'è andato, i miei non si erano organizzati. Ancora si lamentano. Sai, qualcuno», spiega, e tutti sappiamo a chi si riferisce, «potrebbe dirti che sei stato troppo generoso. Io non credo, anzi, sei molto ragionevole. Il che è ottimo, ma le cose cambiano. Ti dimenticherai di com'è Thea, potresti incattivirti».

La guarda con la fronte aggrottata. «Non credo che...».

«Lo so. Però, davvero, mettilo per iscritto».

«Va bene», risponde lui, e va a cercare un pezzo di carta.

“Acconsento a pagare Thea per coprire i costi di metà del divano, dei tavoli eccetera”, scrive. «Così va bene?»

«Grazie», dico.

«Sì, senti, non voglio fare lo stronzo».

«Intendi ancora di più di quanto tu non lo sia stato», commenta Xanthe, e ride all'espressione di lui.

«Non volevo che succedesse tutto questo, lo sai», dice. Non a lei, ma a me.

Non riesco a guardarlo, non direttamente. Continuo a sbirciarlo con la coda dell'occhio, di sfuggita. Il nostri sguardi non si incrociano mai.

«Sì. Va tutto bene. O no, in realtà no... ma so che non l'hai fatto proprio di proposito».

«No. Non l'ho fatto di proposito». Sembra esausto quasi quanto me.

«Comunque, è meglio che vada».

Lui annuisce, poi dice: «Ah, aspetta. C'è una lettera».

«Una lettera?»

«È arrivata ieri. Ho pensato, dato che ci saremmo visti... Aspetta», dice, e sparisce per un attimo nello studio. «Ecco. È di un avvocato, credo. Hai...».

«Non è dei miei avvocati», rispondo, prendendo la busta. Esito e poi la apro, esaminando velocemente il contenuto. «Ah, strano».

«Cos'è?», chiede Xanthe.

«Lo zio Andrew». Guardo Chris. «Il prozio Andrew, anzi».

«Quello che è morto?».

Annuisco. Il prozio Andrew è deceduto l'anno scorso; non sono andata al funerale. Abita – abitava – in Scozia, e l'ho visto poche volte. Era il fratello maggiore di mio nonno, e ha vissuto una quindicina d'anni più di lui, arrivando a novantatré anni.

«E...?»

«Mi ha lasciato la casa», spiego, piuttosto sbalordita.

«Oh, davvero? E dov'è?», chiede Xanthe. «In qualche bel posto?»

«A circa un'ora a ovest di Dumfries», le rispondo, e rido vedendo la sua espressione delusa. «Non ci sono mai stata. È in culo ai lupi».

«Utile», commenta Chris. «Insomma, così la puoi vendere, si spera, e comprarne una più bella rispetto all'abitazione che potresti permetterti con i soldi di questa».

Vedo che è sollevato: se riesco a permettermi qualcosa di ragionevole, si sentirà meglio.

«Immagino di sì». La lettera menziona anche un lascito in denaro, ma non ne parlo. È una somma considerevole. All'improvviso quell'ansia sottile (e occasionalmente più forte) che provavo per il mio lavoro – o per la mancanza dello stesso – scompare. Non è certo abbastanza per vivere di rendita, ma di sicuro è un sollievo.

«Come mai l'ha lasciata a te? Non ha figli?», chiede Xanthe.

«Aveva una figlia, la cugina di mio padre. Ma è morta tanti anni fa». Cerco di ricordare cosa le è successo. «Mi pare sia affogata, o qualcosa del genere. Ma è strano che non abbia lasciato la casa a mio padre o alla zia Claire».

«Forte», commenta la mia amica. «Quindi devi andare a impacchettare tutta la sua roba? Immagino tu sia dell'umore giusto per riempire altre scatole».

Ridiamo tutti e la tensione si allenta.

«Non ci avevo pensato. Immagino che mi tocchi». Guardo di nuovo la lettera. «A quanto pare, è già tutto sistemato, quindi questo tizio», giro la lettera, «Alastair Gordon, della Smith, Gordon & Macleaod, ha le chiavi da darmi e alcuni documenti. "Mi faccia sapere quando è disponibile per prendere il possesso della proprietà. Sarà un piacere portarla nella casa eccetera". E sì, parla di "oggetti personali" e dice», continuo, leggendo con più attenzione, «che collezionava libri, e la biblioteca – la biblioteca! – è stata valutata qualche anno fa, ma bisognerebbe fare un'altra stima. Se decido che non la voglio, la dovrei vendere tramite un intermediario affidabile».

«Cavolo», commenta Xanthe. «La casa ha una biblioteca vera?»

«Non credo. Non penso sia tanto grande. Si chiama West Lodge. Comunque possiamo controllare dopo. Povero zio Andrew. Ora mi sento in colpa per non essere andata al funerale».

«Quello è il testamento?», chiede Chris, mentre apro una fotocopia.

«Sì. Oh, ma guarda, qui spiega: "E alla mia pronipote Althea Lucy Mottram, nata Hamilton, bla bla bla, che ho incontrato solo in quattro occasioni, ma che ogni volta preferiva leggere piuttosto che parlare, esattamente come me. Oh, che meraviglia. Ecco, mamma, e tu che dicevi che non mi sarebbe servito a niente».

Capitolo due

Mi ci vogliono quasi sei settimane per organizzarmi abbastanza da affrontare il viaggio in Scozia. Non so perché: non ho niente da fare, a meno che restare sdraiata sul letto e piangere non valga come impegno.

Parlo diverse volte al telefono con Alastair Gordon, che ha un accento delizioso e sembra gentile. Dice che il Lodge è "perfettamente abitabile", anche se avrà bisogno di essere arieggiato se voglio dormirci. Ci sono ancora corrente e telefono, così non sarà come stare accampata, ed è una fortuna dal momento che mancano ancora quattro giorni alla fine di marzo. Parliamo di quanto tempo dovrei fermarmi, e si offre di andare a controllare tutto. Il che, sospetto, va ben oltre le sue mansioni, ma di certo non me ne lamenterò. Gli chiedo se questo favore mi costerà trecento sterline l'ora e sembra scioccato mentre mi rassicura. Lui e il prozio Andrew erano buoni amici, mi spiega. Ammetto che la notizia mi delude: vuol dire che ha almeno sessantacinque anni. E anche così, sarebbe più giovane di Andrew di una trentina d'anni.

Non che sia importante la sua età, ma mi piaceva l'idea di conoscere un affascinante avvocato scozzese. Probabilmente è sposato. Come la maggior parte della gente, d'altronde.

«Vengo con te», si offre Xanthe. «Per quanto resti lì?».

Siamo nella nostra caffetteria preferita, al piano di sotto, tra i libri usati e cianfrusaglie di ogni tipo. Il piano di sotto è sempre più tranquillo, perché la scala è un'inutile spirale di ghisa, scomoda sia per le giovani madri sia per gli anziani. La pioggia che scende senza sosta fuori nasconde ogni traccia della primavera.

«Non lo so, pensavo due settimane. Così posso mettere in vendita la casa e girare un po'. Se fa bel tempo».

«Che c'è da vedere?». Xanthe non sembra molto convinta.

«Castelli. E spiagge. Sembra una bella zona, simile alla Cumbria. Non scenografica come il Lake District né altrettanto affollata».

«Forte. Non credo di poter venire per due settimane», dice, «ma magari per una?»

«Sarebbe magnifico. Magari è anche divertente, se ci sei tu».

Mi preoccupava un po' il pensiero di doverci andare da sola. È un viaggio lungo da fare in solitaria, se non si conosce nessuno. Lo so che è una cosa stupida: sono adulta, e d'ora in poi farò tutto da sola, ma è comunque bello avere compagnia.

Mi chiedo se dovrei noleggiare un furgone. Magari potrei prendere qualche mobile, e ci saranno cianfrusaglie da portare giù e aggiungere al mio magazzino. O forse dovrei aspettare di arrivare là. Non voglio guidare un furgone fino in Scozia senza essere sicura che mi serva. E immagino non importi: ho tempo e ci sono, udite udite, quattromila sterline sul mio conto. Ne ho spartite altre quattromilacinquecento in diversi libretti di risparmio, e ho lottato contro l'impulso di comprare qualcosa di ridicolo. Ma ho comunque acquistato dei vestiti nuovi, anche se è improbabile che in Scozia ad aprile mi serviranno dei prendisole. Soprattutto se andrò in macchina principalmente al *charity shop* o in discarica.

Non ho mai dovuto prendere così tante decisioni in una volta sola. Non riesco nemmeno a ricordare se mi è mai capitato di scegliere per conto mio. Dev'essere successo, ma questa situazione mi sta travolgendo. Non del tutto, però. È bello avere delle cose a cui pensare, cose in cui Chris non c'entra nulla.

La sera prima di partire per la Scozia, la mia amica Angela mi chiama e mi dice che è stata invitata a cena da Chris e Susanna. Mi dispiacerebbe se decidesse di accettare?

«È stranissimo che sia a casa tua», dice. «Non voglio farti arrabbiare. Credo sia terribile, Thea, ma sento che dovrei andare. Dovrei? Chris mi piace». Sbuffa. «Pensavo mi piacesse anche Susanna, ma ora non ne sono sicura».

La cosa un po' mi diverte. Avrebbe dovuto chiedere l'opinione di Xanthe, non la mia, ma Angela non ha tatto.

«Va', se vuoi andare… non pensare a me».

«Ma è *terribile*. Non riesco a credere che…».

«È terribile, lo so. Ma…». Pensavo di riuscire a dirlo senza tutta quella tristezza e le lacrime agli occhi, ma a quanto pare non ne sono in grado. Mi schiarisco la gola. «Ma il fatto è che lei… loro… hanno… è… Le cose stanno così. Non è più casa mia, è casa loro». Mi chiedo se me ne convincerò mai.

«Se fosse successo a me sarei *arrabbiatissima*, Thea».

Rido. «Ma sono arrabbiata. E probabilmente lo sarò anche di più prima di stare meglio. Ma non posso fare niente. E non cambia nulla se sono arrabbiata, triste eccetera. Se vuoi essere loro amica, non c'è problema. Va' a casa loro e mangia il loro cibo, ma… non dirmi come stanno». Faccio una pausa, pensandoci. «A meno che non te lo chieda io».

«Okay, va bene».

«E se anche te lo chiedessi, onestamente, non penso che dovresti dirmelo».

Sono pronta a partire. Devo solo recuperare Xanthe, che sta senza dubbio correndo freneticamente avanti e indietro per preparare Rob a una settimana da solo con i bambini, poi possiamo andare. È domenica, quindi spero che non ci sia traffico. Dovremmo arrivare a Gretna per le quattro e mezzo.

Sei ore di macchina. Piove per tutto il tragitto. Mangiamo dolcetti e cantiamo la playlist creata da Xanthe: tutte le canzoni risalgono a prima che conoscessi Chris, sono brani della nostra gioventù. È una scelta voluta. È sempre divertente fare un viaggio in auto con un'amica. Finché nessuno spara e bisogna buttarsi giù da un precipizio va tutto alla grande, giusto?

A Gretna, alloggiamo nell'albergo più bello che ho trovato – sono stufa delle catene di hotel economici. Chiedo dei cocktail (ma non troppi), un letto matrimoniale enorme e divani lussuosi di ciniglia. L'hotel è elegante ma in modo sobrio e moderno. Brindiamo a noi al bar, e ci inventiamo storie sugli altri ospiti. Andiamo a dormire presto perché siamo vecchie ed esauste. Io resto sveglia per un po' ad ascoltare il russare leggero di Xanthe.

Cerco di calcolare quanti letti diversi abbiamo condiviso, ma inizio a confondermi quando arrivo a metà degli anni Novanta e mi addormento, facendo quel genere di sogno stranamente complesso e angoscioso che non è molto più rilassante rispetto all'essere svegli.

L'arrivo a Baldochrie è previsto per le undici. Sembra l'orario giusto per vedere un avvocato. Non so perché sono nervosa, ma è così. È strano sentirsi in ansia per una cosa del genere. Non può certo decidere che non sono adatta e impedirmi di ereditare la casa dello zio Andrew. Mi ci vogliono secoli per rendermi conto che forse non sono affatto agitata, ma elettrizzata.

Dumfries e Galloway è una delle contee più grandi e composite. Non è incredibilmente bella o selvaggia, non come la costa occidentale più a nord. È piuttosto rurale: bestiame, pecore e campagna. Le città sono piccole, e la A75 taglia fuori quasi tutte quelle di cui ho sentito parlare. Superiamo la stessa Dumfries, Castle Douglas e Kirkcudbright. Ogni tanto riusciamo a vedere il mare. Però piove ancora, è tutto grigio e bagnato e soffia un vento forte. Ci sono molti camion che vanno a Stranraer o arrivano da lì. Forse sarebbe bella se non piovesse, chissà. Passiamo davanti a case, grandi ville vittoriane, cascine trasandate e parcheggi per roulotte. Ci sono castelli più o meno diroccati. Fuori sembra far freddo, e di sicuro tira molto vento. È strano arrivare in un posto sapendo che alcune zone potrebbero diventare familiari ma non sapendo quali. In vacanza mi sento sempre così: mi chiedo quale strada percorrerò più spesso, in che negozi entrerò, dove farò benzina.

Ed eccoci a Baldochrie. Troviamo parcheggio vicino al municipio vittoriano piuttosto grande, ubicato in una piazzetta con case in pietra ben tenute. Ci sono una chiesa, un monumento ai caduti che raffigura un soldato con il kilt, e alcuni negozietti: una cooperativa, una bottega di antiquariato, due caffetterie, una farmacia. Le giunchiglie, che a casa mia non ci sono più, oscillano ancora nel sagrato. È bello, all'antica. Non c'è niente di emozionante, ovvio, ma ho visto delle cittadine tristi in cui tutto è sprangato da assi o in vendita, e qui non è così: ci sono una macelleria e una panetteria e tutto il resto.

«Porca vacca», dice Xanthe. Guarda tra le gocce di pioggia fuori dal finestrino. «Pensa come dev'essere vivere qui».

«Non sembra così male», ribatto. «Anche se penso che non ci sia molto da fare per un adolescente».

«Cristo. Il locale più vicino sarà a ottanta chilometri». Rabbrividiamo entrambe. «Credo che la mia presenza porterà una ventata d'aria nuova», aggiunge. «Ci sarà gente che ha visto una donna nera solo in TV».

«Oh, ma dai».

«Scommetti?»

«Comunque», dico, «ecco lo studio». Un grande edificio georgiano quadrato con tre gradini, placca di ottone regolamentare e un raschietto per stivali.

«Emozionante. Sei emozionata?»

«Non so. Immagino di sì. È strano».

«Vado a prendermi un caffè. Non hai bisogno che entri con te, giusto?».

Esito. «Credo di no».

«Sono quasi le undici», dice. «Forza».

C'è vento, e alcune gocce sbattono contro il parabrezza. Mi metto la giacca e sistemo la gonna, spiegazzata per tutte le ore seduta in auto.

«Hai un aspetto molto elegante e responsabile», dice la mia amica. «Scrivimi quando hai finito. Mi trovi...», guarda dall'altra parte della strada, «Lì. Al Lemon Tree».

Una donna di mezz'età dall'aspetto gentile alza lo sguardo quando mi chiudo la porta alle spalle.

«Buongiorno. La signora Mottram?».

Annuisco. Una piccola targa sulla sua scrivania indica che lei è la signora McCain. Guardo la stanza in cui mi trovo: un atrio grande, con mattonelle di marmo bianche e nere. Forse fa un po' freddo per la signora McCain. Sento un odore di stufa elettrica, e sospetto sia sotto la scrivania a tenerle le gambe al caldo. La scrivania è sistemata accanto a una scalinata imponente di legno scuro lucido che curva verso l'alto. Sul muro alle spalle della donna c'è un ritratto grande, e piuttosto tetro, di una ragazza sdraiata su un divano con un vestito di raso bianco.

Ci sono tre porte: una alla mia sinistra e due a destra. Sono bianche, eleganti. Sulla scrivania c'è un grande vaso di giunchiglie, oltre al telefono e al computer. Tra le due porte sulla destra è sistemato un mobile con dei cuscini ma senza schienale – una panca, abbastanza lunga per ospitare due o tre persone. Sopra c'è uno specchio macchiato, probabilmente lì da quando è stato costruito l'edificio.

La signora McCain mi sorride. «Gli faccio sapere che è arrivata. Si accomodi».

Ma non ne ho il tempo, perché la porta alla mia sinistra si apre e Alastair Gordon mi saluta porgendomi la mano. «Signora Mottram. È un piacere conoscerla, finalmente».

È molto più giovane di quanto mi aspettassi. Anzi, sospetto che sia più giovane di me. E mi ha ricordato che forse devo cambiare cognome. Dovrei? Non sarò la signora Mottram ancora per molto. Come funziona? Come si decide?

Mentre ci stringiamo la mano, sono confusa e ammutolita. Lo seguo nel suo ufficio e mi sfugge: «Pensavo fosse vecchio. Cioè... Mi dispiace, aveva detto di essere amico dello zio Andrew».

«Non andavamo a scuola insieme né niente del genere», risponde, divertito.

«No... Anche se fosse stato anziano», dico, «non avrebbe potuto avere la sua stessa età e lavorare ancora. Mi aspettavo solo che fosse più vecchio. Non che conti qualcosa. Oddio, sono... Le chiedo scusa». Rido. «È tutto molto inaspettato».

«Si accomodi», mi dice. Mi offre da bere, mi chiede com'è andato il viaggio. Parliamo del traffico, dei lavori stradali, e apre la porta dell'ufficio per chiedere alla signora McCain di preparare il tè. Mi sono sempre chiesta come sarebbe avere un'assistente personale. Dubito che lo scoprirò mai. Glielo sto per chiedere ma, sul serio, devo frenare questo impulso di dire tutto quello che mi passa per la testa.

Mi sento un po' a disagio, in parte perché Xanthe ha passato la maggior parte del viaggio a chiedersi come fosse il signor Gordon e abbiamo riso un sacco, soprattutto perché era molto probabile – anzi, garantito – che si sarebbe rivelato molto diverso rispetto alle sue fantasie. E lo è, suppongo, perché pensavamo avesse i capelli scuri ma è biondo. Ed è piuttosto affascinante, se piacciono le persone con un aspetto aristocratico. Io ho sempre finto di no, ma hanno dei bei lineamenti e tendono a essere attraenti: è per i secoli di lignaggio. Lui deve avere all'incirca trentacinque anni.

Torna alla scrivania e si siede. «Mio padre era l'avvocato di Andrew prima che lo diventassi io», spiega. «Lo conoscevo da quando ero un bambino. Deduco che lei non lo conoscesse bene, giusto?».

Scuoto la testa. «A malapena. La notizia è stata uno shock».

Mi guardo intorno, cercando di nascosto la classica foto con moglie e figli. Non la vedo, ma comunque di questi tempi la gente ha la foto dei figli come sfondo del computer invece che in cornice sulla scrivania. Ma c'è il quadretto di un cane sulla parete accanto alla porta. Un golden retriever. Nella stanza ci sono un caminetto e cornici di stucco sul soffitto, mentre gli scaffali nelle nicchie sulla parete del caminetto sono piene di scatole ordinate ed etichettate con i cognomi. Una di queste, con su scritto HAMILTON, A.F. & M.G. in magnifica calligrafia, è sulla scrivania tra di noi. La mensola del caminetto ospita un altro quadro, in cui sono raffigurate le montagne e la brughiera, e tra le finestre c'è un acquerello che ha per soggetto, almeno credo, la piazza della città. È strano avere un quadro della vista che c'è fuori.

«Allora, è già stata a Baldochrie?», chiede, accomodandosi meglio sulla poltrona.

«No, mai». Gli dico che mi sento in colpa per non essere mai andata a far visita allo zio Andrew, per non aver partecipato al funerale. Gli chiedo di raccontarmi com'era e inizio a immaginarmelo: indipendente, amante del giardinaggio e dei libri, sempre vestito in modo elegante, divertente. E molto acuto, dice Alastair Gordon. «Mi faceva ridere parecchio. Mi manca».

Capitolo tre

Prendo l'uscita seguendo la BMW di Alastair ed entro nel vialetto di ghiaia che gira intorno al West Lodge. Sono elettrizzata all'idea di vederlo di persona, anche se l'ho guardato su Google Street View molte volte. È un edificio di un piano, di pietra grigia e con il tetto in ardesia. Il prato di fronte sta iniziando a essere incolto, ma ci sono tulipani e primule, e anche un qualche tipo di pianta rampicante, ancora molto spoglia, quindi probabilmente è glicine, che circonda la porta d'ingresso rossa. Io e Xanthe scendiamo dall'auto e raggiungiamo Alastair. Ha smesso di piovere, e a sud si vede un accenno di sole. Dalle grondaie cadono gocce d'acqua. L'avvocato mi porge due mazzi di chiavi e fa un cenno verso il cancello e la strada che lo attraversa, e avanti verso la casa per cui è stata costruita tutta la tenuta. Ho visto anche quella su Street View: un imponente edificio georgiano che potrebbe essere un albergo o una scuola. Ma non ci sono cartelli, nessun parcheggio pieno di auto, quindi forse non è nessuna delle due cose. Anche se di sicuro nessuno abita in una casa tanto grande oggigiorno.

«Allora, questo è il Viale», dice. «È privato – per quanto sia possibile in Scozia – fino alla strada principale e oltre i cancelli. Ma parte dell'accordo prevede che lei, chi le fa visita, i commercianti e così via abbiate libero accesso. Come dico sempre, si tratta solo di un tecnicismo di cortesia».

I cancelli sono in ferro battuto, elaborati e alti il doppio di me. Non penso siano stati chiusi per molto tempo.

«Suo zio ha comprato il West Lodge alla fine degli anni Cinquanta, dal nonno dell'attuale Laird. Quindi Lord Hollinshaw è il suo vicino più prossimo. La casa, Hollinshaw House, è a circa un chilometro e mezzo più avanti sul Viale».

«Un vero lord?», chiede Xanthe, incredula.

Alastair annuisce. «Temo di sì. Gran parte degli edifici della proprietà sono stati venduti, non solo il West Lodge. Gli anni successivi alla guerra sono stati duri per la piccola nobiltà», spiega, con leggero sarcasmo. «Hanno dovuto vendere diverse cose per pagare la manutenzione della casa, che è un edificio inutilmente sontuoso. Il decimo Lord H ha ceduto quasi tutti gli edifici della proprietà. East Lodge, questo qui, alcuni cottage – costruiti per i giardinieri e i guardiacaccia – e la fattoria. E poi suo figlio ha venduto tutti i terreni che non erano collegati direttamente alla casa, quindi avevano solo il giardino».

Faccio un passo indietro e osservo il tetto del West Lodge. Da qui sembra messo bene. Mio padre dice che dovrei far fare un'ispezione, come se lo stessi comprando. Immagino abbia ragione.

«Terribile, per loro», commento.

«Già. Comunque, da quando Lord Hollinshaw – Charles – è subentrato a metà degli anni Novanta, ha iniziato a ricomprare. Il West Lodge è l'unico edificio che appartiene ancora a un'altra persona. Le assicuro che, se decidesse di vendere, accetterebbe la sua offerta al volo».

«Ah, davvero?».

Alastair è salito sui gradini fino alla porta. Si volta per guardarmi da sopra la spalla. «Non vede l'ora di recuperare tutto. Li affitta perlopiù come alloggi per le vacanze. La sua prima moglie era un'arredatrice d'interni, sono molto eleganti. Quando ha terminato l'East Lodge e i cottage, sono finiti su tutti i giornali. E quello più nuovo l'anno scorso era sul "Telegraph". Andrew stava tenendo duro, ma non credo che lei debba farsi influenzare».

«Quante mogli ha avuto?», chiede Xanthe, avida di dettagli come sempre.

«Oh, solo due. Cioè, si è sposato due volte. E ha divorziato due volte», aggiunge Alastair.

«Davvero?». Xanthe mi guarda con un sopracciglio inarcato e cerco di non ridere. Ha deciso che stare con la stessa persona per vent'anni è "di una noia mortale" e che ho avuto un "colpo di fortuna" perché mi sarei evitata il tedio della monogamia a lungo termine. È una battuta elaborata per farmi sentire meglio, naturalmente. Non sta proprio funzionando, ma apprezzo il tentativo.

Mi schiarisco la gola. «Non voleva vendere? O non voleva vendere a Lord Comesichiama?»

«Hollinshaw. Non andavano d'accordo, è vero. Davvero ironico, perché... be', è una lunga storia e non sta a me raccontarla».

«Oh, forza», dice Xanthe, «non può lasciarci con la curiosità».

Lui apre la porta con un terzo mazzo di chiavi, che poi mi consegna, e ci conduce all'interno. C'è un corridoio lungo con il pavimento lastricato e varie porte bianche su entrambi i lati. Si sente un odore stantio ma non di umidità. Osservo un sinuoso mobile edoardiano con uno specchio e i ganci per i cappotti, con bastoni da passeggio e un ombrello multicolore appoggiato al cassetto centrale; un paio di stivali Wellington, una giacca impermeabile. Quegli oggetti, prove della vita vissuta qui, mi fanno sentire un po' malinconica. Rabbrividisco, rimpiangendo ancora una volta di non aver fatto visita allo zio Andrew prima che morisse.

Apro la prima porta sulla sinistra e intravedo un salottino con la moquette verde e molti mobili. Ma restiamo nel corridoio, mentre Alastair prosegue: «Suo zio non andava per niente d'accordo con il padre di Charles, James. Non so cosa sia successo, sinceramente. Comunque, quando Charles... È complicato. Charles è il fratello minore, Edward ha rinunciato al titolo».

«Caspita», dico, «come Tony Benn?»

«Mi viene da pensare che Tony Benn gli sia stato d'ispirazione, sì. Insomma, neanche Edward andava d'accordo con suo padre. In realtà, lui e suo zio erano buoni amici. Grazie ai libri».

«Ah, sì, i libri. Diamo un'occhiata?»

«Da questa parte». Fa strada lungo il corridoio e apre la terza porta a destra. La stanza è buia, le tapparelle sono abbassate. Alastair si ferma sulla soglia e riprende a parlare. «Sì, Edward si occupa di spaccio. Di libri, intendo», aggiunge subito, il che fa ridacchiare Xanthe. «Ha un negozio in paese. Magari l'avete notato. È in piazza, di fronte al mio studio. Il padre lo odiava. Comunque, quando James è morto, Edward ha rinunciato al titolo che è passato a Charles. Charles ha uno spirito più imprenditoriale, immagino. Ha guadagnato molto dallo sviluppo immobiliare a Edimburgo e Glasgow. Era deciso a ricomprare almeno le case della proprietà, anche se i terreni agricoli sono tutta un'altra storia. Circa cinque anni fa ha ripreso la fattoria, ma c'è ancora molta terra che è stata comprata un po' alla volta da diverse persone negli anni Cinquanta e Sessanta. E, come ho detto, ha acquistato l'East Lodge e i cottage eccetera». Batte la punta delle dita sulla porta e cambia argomento. «Ma i libri sono questi. Edward ha valutato questo lotto per Andrew alla fine di due anni fa. Probabilmente la stima è ancora corretta, ma forse le conviene chiedergli di dare nuovamente un'occhiata».

Accende la luce.

«Porca vacca», commenta Xanthe.

Le pareti della stanza sono coperte da librerie, e gli scaffali sono pieni di libri, per la maggior parte con la copertina in pelle e i titoli dorati. Sembra la biblioteca di un palazzo signorile in miniatura. Ci sono i busti di Milton, Shakespeare e Newton, e un leggerissimo odore di muffa coperto da quello di pelle.

«Cazzo», dico, e poi mi scuso.

«Già, quindi queste», sventola la mano, «dovrebbero essere tutte prime edizioni, di Scott e così via, e c'è una collezione piuttosto ampia di Burns. In ogni caso, non so se deciderà di tenerli, ma valgono parecchio. Edward aveva detto di essere interessato, naturalmente…».

«Quindi potrei vendere la casa a Charles e i libri a Edward?»

«Se vuole, penso proprio di sì».

«Comodo».

«Già. Oppure può decidere di darli a qualcuno, non saprei… Alla fondazione Burns potrebbero interessare. In ogni caso, forse le conviene parlarne con Edward. Ma la avverto, non è facile andarci d'accordo. La mia fidanzata», Xanthe mi lancia un'occhiata delusa che spero

Alastair non veda, «preferisce Charles. Dice che "almeno è affascinante"». Ride. «Ma forse sono ingiusto». Però è chiaro che non pensa affatto di esserlo. «Già. Come ho detto, non vanno d'accordo. Si odiano».

«Sembra una soap opera», commenta Xanthe, entusiasta. «Perché non vanno d'accordo?»

«Oh, santo cielo. È una storia molto complicata. Ehm... Ha qualcosa a che fare con la moglie di Charles», dice, in imbarazzo. Entrambe ci giriamo verso di lui. «Ex moglie, dovrei dire. O, almeno, così si dice. Girano diverse voci... Sentite, sono indiscreto, non dovrei parlarne. In ogni caso, può anche decidere di portare i libri a casa e venderli a Londra, magari. Edward è competente ma può essere... difficile».

Dopo quattro giorni, io e Xanthe siamo a buon punto nell'organizzare le cose dello zio Andrew. È stato un lavoro lungo, ma direi che stiamo facendo passi avanti. Ho sistemato tutti i vestiti – camicie, pantaloni e maglioni – e gli oggetti quotidiani nelle buste grandi, pronte per un altro viaggio al charity shop. Ho tenuto qualcosa: ci sono quattro meravigliosi abiti di tweed con gilet, un kilt con tutte le decorazioni, una pila di fazzoletti perfettamente piegati, svariati cappelli a tesa – immagino siano lobbie. Non so cosa farci, ma non sono riuscita proprio a liberarmene.

Nel guardaroba nella camera degli ospiti c'è una scatola con le cose di Fiona – la cugina di mio padre, figlia di Andrew. Un orsacchiotto triste, scarpe da bambina, qualche classico premio di scuola, fotografie. Aveva più o meno quattordici anni quando è morta. È passato tantissimo tempo. Non so ancora cosa sia successo, la prossima volta che sento mia madre devo ricordarmi di chiederglielo. Rimetto il coperchio alla scatola e la risistemo sullo scaffale. C'è già tanta carne al fuoco senza che mi turbi pensando alla donna che non è mai potuta diventare, la persona che si sarebbe occupata di queste cose se non fosse morta da tanto tempo.

Sempre nel guardaroba, e piegati nel cassettone, ci sono i vestiti della zia Mary, o alcuni di essi: quelli di quando era giovane, dei bellissimi abiti con la gonna lunga degli anni Cinquanta, indumenti fatti a maglia, di cachemire e gonne eleganti di tweed su misura. Non penso mi stia nulla, ma dovrei riuscire a vendere tutto, insieme alle borse, alle scarpe e alle sciarpe. C'è anche una pelliccia: io non la indosserei mai, ma conosco qualcuno a cui piacerebbe.

Abbiamo impacchettato gli utensili da cucina meno interessanti, vari addobbi non troppo belli, qualche stampa a tema pesca e disegni di cui non mi interessa nulla. È difficile decidere sul resto, dal momento che non so cosa farò con la casa.

«Puoi affittarla», dice Xanthe. «Come casa per le vacanze, dico. È della grandezza giusta».

«Potrei. In tal caso dovrei anche tenere alcune delle cose per la cucina. Anche se immagino che la gente preferisca tazze e piatti dell'Ikea. Cosa nuove». Mi alzo, poso le mani sui fianchi e guardo quello che c'era nelle credenze e che ora è davanti a me, sparso sul tavolo e sui banconi.

Lei scrolla le spalle. «Dovrai sistemare il bagno, se decidi di affittare».

Il bagno è a posto, ma forse ha ragione. Dev'essere stato fatto negli anni Settanta: i mobili sono verde chiaro, credo color avocado, con rubinetti squadrati, e la doccia non è delle migliori.

«Forse dovrei anche prendere una lavastoviglie, se decidessi di metterla in affitto».

«Io di sicuro non starei mai in un posto che non ha la lavastoviglie. Insomma, pensa: lavare piatti per tutta la vacanza». Fa una faccia inorridita.

«Ma non so dove metterla. Il che vuol dire cucina nuova, e poi se spendo diecimila sterline per ristrutturare… Non lo so. E manca il Wi-Fi».

«Oddio, sì».

Qui il segnale arriva a malapena, non c'è traccia di 4G e ovviamente lo zio Andrew non aveva il computer. C'è la linea fissa, con un telefono a disco color crema su un tavolino accanto alla finestra del salotto, e un secondo, verde, nella camera da letto padronale. Passiamo un sacco di tempo a scrivere appunti sulle cose che dobbiamo cercare quando torneremo in paese, usando il Wi-Fi gratis in una delle caffetterie, o sedute in macchina fuori dal municipio, una sopra l'altra.

«Però avresti un'entrata che potrebbe esserti utile. Dipende da quello che hai intenzione di fare quando tornerai a casa. E da quando Chris ti darà i soldi».

«Argh. Sì. Non so cosa farò, non riesco neanche a pensarci».

«Ci sbarazziamo solo delle cose che di sicuro non ti servono. Andrà tutto bene».

Perciò vestiti e utensili da cucina non essenziali/non piacevoli. Ci sono dei bicchieri brutti e alcune tazzine con piattini che non si abbinano a niente, e dei tegami antiquati, che probabilmente finiranno nella discarica anche se proverò a scaricarli al charity shop.

Stiamo riempiendo il bagagliaio di roba, comunque, quando il rumore di zoccoli di un cavallo sul Viale si fa sempre più forte. Alziamo entrambe lo sguardo e vediamo una persona che trotta sulla strada verso di noi; arriva da quella che mi piace chiamare la Grande casa, cioè Hollinshaw.

«Caspita», dice Xanthe, «un uomo a cavallo».

L'animale si ferma all'entrata del vialetto, dove inizia la ghiaia, dopodiché l'uomo tocca la falda del cappello con la mano.

«Buon pomeriggio», saluta.

«Buon pomeriggio», rispondo, interessata. Deve essere Charles, il lord che ha divorziato due volte, fratello del libraio che non ho ancora conosciuto. Nonostante il cappello, vedo che ha i capelli neri, sopracciglia marcate e mascella squadrata. È piuttosto attraente, in effetti. Non è giovane, probabilmente ha la nostra età. Giacca di tweed, pantaloni alla cavallerizza color biscotto e stivali neri lucidi.

Scende dal cavallo, che è grande e marrone. Baio, così si chiama quel colore acceso, quasi rosso, con criniera e coda nere e una macchia bianca sul muso. Tutto quello che so sui cavalli viene dai libri sui pony che leggevo da piccola, quindi non sono un'esperta. Muove le orecchie verso di noi. L'uomo lega le redini al pilastro del cancello senza stringerle troppo e attraversa il vialetto slacciandosi il cappello. Quando ci raggiunge se lo toglie, si passa una mano tra i ricci e guarda prima l'una poi l'altra. Forse sta cercando di capire se risulterebbe razzista dando per scontato di doversi rivolgersi a me.

Evita di stabilire chi di noi due è la signora Mottram nata Hamilton dicendo: «Sono Maltravers, Charles Maltravers. Siamo vicini, abito a Hollinshaw. Ho pensato di scendere a salutare».

Allora forse non è lui? O hanno cognomi diversi in base al titolo nobiliare? Cerco di ricordare. Il padre di Nancy Mitford era un lord, ma non si chiamava Lord Mitford, giusto?

Faccio un passo verso di lui e gli porgo la mano. «Che gentile. Sono Thea Mottram, lei è la mia amica Xanthe Cooper, è venuta per darmi una mano a sistemare».

L'uomo mi stringe la mano, poi fa lo stesso con Xanthe, dopodiché guarda la macchina piena di scatole e buste della spazzatura.

«Vi state occupando delle cose di Andrew?»

«Sì, è un lavorone», rispondo. «Non credo abbia mai buttato via niente».

«È sempre difficile quando ci si trova davanti una vita intera. Ha vissuto qui per molto tempo».

Annuisco; siamo tutti in piedi e ci guardiamo per un istante. Poi dice: «Era suo zio?»

«Prozio. Il fratello maggiore di mio nonno».

«Ah, quindi è una Hamilton», dice sorridendo, e i suoi occhi si increspano in modo attraente. «Probabilmente siamo lontani parenti. E cos'ha intenzione di fare? Vende?».

A Xanthe sfugge una risatina ma riesce, forse in modo convincente, a mascherarla con un colpo di tosse. Sorrido, accattivante. «Non lo so, non ho ancora deciso. Pensavo di tenerla, almeno per un po'. Ho sentito che lei affitta alcune delle abitazioni della proprietà come case vacanze».

«Sì, esatto. Sto lavorando alla conversione di alcuni fabbricati, in realtà. Quando saranno terminati, avremo sei case per le vacanze e due per l'affitto a lungo termine. Non si trasferirà qui?»

«Non sarebbe molto comodo», rispondo. «Abito nel Sussex».

«Ah!». Ride. «No, in effetti no. Be', forse le diranno che sono disposto a ricomprare le proprietà che mio padre e mio nonno hanno ceduto. Se decide di vendere, mi faccia sapere. Le farò un'offerta. Al valore di mercato, naturalmente».

«Oh», dico, fingendo di non sapere, «davvero? Interessante. Lo terrò a mente».

«E, se vi va, venite pure a visitare la casa», dice. «Vi faremo fare il tour. L'avete vista?».

Gli rivelo di averle dato un'occhiata dalla strada che attraversa il giardino.

«Sempre dritto sul Viale», spiega. «Di solito ci sono». Mi stringe di nuovo la mano. «È stato un piacere».

Stringe la mano a Xanthe, si rimette il cappello e slega il cavallo, risalendo sulla sella con un movimento fluido. Ancora una volta, tocca la falda del cappello per salutare e si allontana al trotto verso la direzione da cui è arrivato.

«"Facciamo"?», chiedo. «Pensavo avesse divorziato».

«Avrà di sicuro una compagna. Insomma, hai visto che tocco di manzo?».

La guardo.

«Be'? Per te non lo è?». Ride.

Rido anch'io. «Non lo so, immagino sia affascinante. Ma non possono piacerti i lord, Xan, devi avercela con loro e con le loro scemenze da privilegiati».

«Dev'essere ricco se sta ricomprando le case. Di cos'ha detto che si occupa, Alastair? Sviluppo immobiliare?»

«Sembra più un locatore di catapecchie».

Ridacchia. «Quanto sei cinica. Non potrai dire cose del genere alla gente del posto. Saranno tutti sotto il suo controllo, dopo secoli di oppressione». Ridacchia da sola. «Mia madre darà di matto quando le dirò di aver conosciuto un vero lord».

«È una cosa folle, vero? Comunque, forza, portiamo questa roba in paese».

Capitolo quattro

È l'ultimo giorno per Xanthe. L'ho lasciata a bere il caffè all'Old Mill; dopo varie prove, abbiamo stabilito che si tratta della caffetteria migliore. Ha una piccola galleria che vende opere di artigiani e pittori locali, e un giardino pieno di fiori. Jilly e Cerys, le donne che lo gestiscono, sono molto amichevoli e disponibili, e ci hanno consigliato dove fare la spesa; posti più grandi della cooperativa ma non così lontani come l'enorme Tesco di Dumfries. Mi hanno presentato un muratore e un idraulico, e fanno dei tramezzini con il bacon molto buoni.

Xanthe è rimasta più di quanto avrebbe dovuto – una settimana e mezzo – ma non può restare per sempre: ha un lavoro, i figli e i cani a cui pensare. Mentre stavamo facendo colazione nella cucina luminosa, questa mattina, le ho detto che sto valutando l'idea di trattenermi per un po'. Potrei passare l'estate qui. Mi sento a mio agio nel Lodge, circondata dalle cose dello zio Andrew, alcune delle quali una volta erano dei miei nonni (lo so perché lo zio mi ha lasciato un biglietto insieme ai documenti che mi ha dato Alastair: "Cara Thea, ho pensato potesse interessarti sapere che il tavolo nel salotto apparteneva ai miei genitori, i tuoi bisnonni. Era un regalo di nozze da parte del padre di mia madre, il tuo bis-bisnonno, ed è stato comprato a Dumfries nel 1896...").

Ora che c'è il sole, l'idea è allettante. È troppo tardi per fare qualcosa nel giardino, ma abbiamo dato un'occhiata alla serra e ho fantasticato per un attimo di stabilirmi qui. Non è male avere una serra. Poi il posto è magnificamente tranquillo, così distante dalle altre case, e gli alberi sono meravigliosi. Non vedo l'ora di stare qui per conto mio, anche se a Xanthe non lo dico. Però immagino che in inverno sia triste. E poi cosa farei? Dubito ci sia molto lavoro. Non è una questione urgente, ma anche con la vendita dei libri non riuscirei a mantenermi per sempre.

Vendere i libri: ecco perché sono qui, fuori dalla libreria. Sull'insegna verde scuro si legge LIBRERIA FORTESCUE in un elegante corsivo, e LIBRI ANTICHI E DI SECONDA MANO dipinto in lettere dorate sulle grandi vetrine. Apro la porta, e le campanelle sopra la mia testa si muovono. Il negozio era, credo, una casa, un'imponente abitazione georgiana, come l'ufficio di Alastair, che è quasi di fronte. Ma non ci sono gradini che portano all'entrata: la massiccia porta d'ingresso rientrata e smaltata è al livello del marciapiede e dà su una sala ampia e luminosa, forse ricavata da due stanze più piccole.

In vetrina c'è quella che potrebbe vagamente essere definita un'esposizione, anche se detto sinceramente sono solo pile di libri. Dovrebbero prestarci più attenzione. Il mio sospetto, magari infondato, è che chiunque se ne occupi non dia molta importanza a cose del genere.

Il pavimento è leggermente irregolare, con le pietre di lastricato grandi e consumate; le pareti sono alte circa tre metri e mezzo e coperte di scaffali. Il caminetto è stato chiuso con delle assi, ma il focolare ospita una grande fioriera di maiolica piena di tulipani. Sulla mensola ci sono mucchi di libri arancioni della Penguin Books, e una stampa incorniciata del municipio è appesa sopra di essi. Accanto alla porta c'è una libreria con romanzi polizieschi degli anni Settanta e Ottanta che nasconde il bancone dall'entrata. Ci sono due uomini di mezza età che girano, un paio di scalette di legno in modo che la gente possa arrivare agli scaffali più alti e cartelli ovunque. VI PREGHIAMO DI USARE LA SCALA O CHIEDERE AIUTO SE VOLETE QUALCOSA A CUI NON ARRIVATE, si legge su quello più vicino a me. Una rastrelliera mostra meravigliose cartoline vintage della zona in colori splendidamente saturati e vedo una lista chiamata "Domande la cui risposta è no", tutte particolarmente sgradevoli. Evidentemente Edward Maltravers (o qualcuno che lavora per lui) le aggiunge man mano che gli vengono in mente, dal momento che verso la metà si legge: "Avete o volete comprare *Cinquanta sfumature di grigio*?"; un'altra dice "Le persone sono più importanti dei libri?" e un'altra ancora "Mio figlio non legge, è un bene?".

Piuttosto burbero.

Qui, nella parte a destra meno illuminata, ben visibile dal bancone, ci sono i libri di antiquariato, in-quarto e in-folio; un intero scaffale di volumi di Shakespeare, dell'epoca vittoriana e ancora più antichi, e molti altri libri, alcuni dei quali con i titoli in latino. VI PREGHIAMO DI NON TOCCARE QUESTI VOLUMI A MENO CHE NON STIATE VALUTANDO SERIAMENTE DI COMPRARLI, dice il cartello, MA SENTITEVI LIBERI DI CHIEDERE AIUTO.

Mi piacciono i libri, ma non sono un'esperta. Lo zio Andrew ne aveva tantissimi, la maggior parte di scrittori che non ho mai sentito nominare. Ho la stima più recente, fatta a settembre di due anni fa, un anno prima che morisse, e il totale è inaspettatamente alto. Ora voglio sapere quanto valgono le opere di Scott. Non ci vado molto d'accordo, e immagino che fruttino di più qui in Scozia, magari a Edimburgo, rispetto che a casa. Non so se vendere l'intera biblioteca, ma di certo non voglio tenere tutti i volumi e nemmeno la maggior parte, più che altro per la responsabilità che comportano. E perché penso agli *altri* libri che potrei comprare con quei soldi. La scorsa notte ho sognato che la biblioteca dello zio Andrew era piena di libri miei. Era bello.

Una porta in fondo alla prima sala piena di volumi porta a un altro passaggio che diventa un corridoio, da dove parte un'elegante scalinata. Nel passaggio ci sono altri scaffali, e altri ancora sulla scala che porta al pianerottolo. È difficile immaginare come sarebbe l'edificio senza i libri, ma è ben proporzionato e ci sono talmente tanti dettagli antichi che è difficile concentrarsi. I volumi e gli scaffali lo fanno sembrare un posto buio, ma ci sono lampade ovunque, e dalla tromba delle scale arriva la luce naturale, che riempie il corridoio con il bagliore del sole. Il lastricato è coperto da tappeti persiani logori, e in ogni angolo e in ogni nicchia ci sono scaffali e libri ordinati. Tutte le selezioni sono contrassegnate: Bambini (da collezione), Bambini (svago), Poesia, Storia militare, Storia antica eccetera. Ci sono tre sale: quella principale anteriore; un'altra, dopo le scale, che ospita Poesia, Teatro, e Critica letteraria e sembra molto accogliente, con i suoi due divani e un tavolino con sopra riviste di poesia; e in fondo c'è l'ultima, molto più grande, con il parquet in legno di quercia e le finestre oscurate dagli scaffali. Una porta conduce all'esterno e a quello che sembra un giardino, anche se in realtà non si capisce molto, perché le visuale è ostruita da un grande capanno, o forse un laboratorio, dietro cui si indovina soltanto la presenza di alberi e cespugli. Tutto odora di cera d'api e carta vecchia ed è, devo ammetterlo, piuttosto bello.

Dopo aver esplorato torno nella prima sala e mi avvicino al bancone. Penso sia una vecchia credenza, o una *console*, con delle ante sul davanti e tre cassetti di un bel legno color miele. Il mobile è ricoperto da una grande lastra di marmo ed è piuttosto alto, tanto che immagino arrivi al busto della maggior parte delle persone dal lato dei clienti. Sopra si trovano una cassa antica di legno, un paio di libri appoggiati a supporti in plastica trasparente e un campanello, come negli alberghi. Le tende spesse e scure bloccano la luce della finestra. Lo spazio dietro il bancone, su una pedana, è occupato da una poltrona logora e da una piccola scrivania con un computer. Seduto sulla poltrona, chino, c'è un uomo con i capelli scuri. Una lampada da scrivania verde illumina il suo angolino altrimenti avvolto nel buio. Sta guardando qualcosa sullo schermo ed è circondato da altri libri impilati, molti dei quali con dei pezzi di carta che spuntano fuori, a indicare il punto in cui è stata interrotta la lettura o magari solo per segnare passaggi particolarmente interessanti. Sto in piedi al bancone per un paio di minuti, ma lui non si gira né si accorge di me. La cosa non mi sorprende: dopotutto mi hanno avvisata.

Sono tentata di suonare il campanello, ma mi sembra ancora più maleducato che essere ignorata.

«Salve», dico alla fine.

Lui alza lo sguardo. Non sbuffa, ma è come se l'avesse fatto.

«Sì?»

«Mi chiedevo se può aiutarmi», dico, rifiutandomi di scoraggiarmi.

«Ne dubito».

Per qualche motivo, sono divertita. «Penso proprio che possa, invece. È una domanda che riguarda i libri».

Questa volta sbuffa davvero. «Cosa le fa pensare che sappia rispondere a domande sui libri?»

«Una mia impressione. Edward?». Vedo che sta decidendo se negare o meno. «Ho ereditato dei libri», proseguo, «e probabilmente ne devo vendere alcuni. O tutti quanti».

Si alza – o, piuttosto, si distende – e si appoggia al marmo del bancone. Ha dei bei lineamenti, la mascella squadrata e sopracciglia chiaramente fatte per essere aggrottate. Le aggrotta. So che è più anziano dell'altro, del lord. Di Charles. Potrebbe avere cinque anni più di me, si avvicina ai cinquanta. Ha solo qualche spruzzata di bianco tra i capelli, che sono estremamente ricci come quelli del fratello, ma più lunghi e più disordinati. Indossa un maglione verde scuro con un piccolo buco (tarme?) su una spalla, e sotto una camicia scura con una fantasia vagamente floreale. Ha gli occhi scuri, la bocca grande e i denti dritti e sani. Ed è alto, molto più di me; forse supera il metro e novanta, anche tenendo conto della piattaforma su cui si trova. Abbassa lo sguardo su di me e io lo alzo su di lui. Mette soggezione.

«Che tipo di libri? Non mi interessano i romanzi rosa di sua nonna». Si ferma un istante. «A meno che non ne abbia dei primi anni Sessanta o antecedenti».

«Non credo che nessuna delle mie nonne abbia mai letto un romanzo rosa», ribatto, «Erano più per *Jane Eyre* e *Rebecca, la prima moglie*. Comunque, credo li abbia già visti. I libri, intendo. Se lei *è* Edward. Voglio sapere quanto valgono le opere di Scott e se è meglio venderle qui o dove abito».

«Crede che li abbia visti?»

«Sì, a quanto pare. Sono prime edizioni. I libri dello zio Andrew».

Mi guarda con la fronte aggrottata. «Lo zio... Be', ma lei non può essere la nipote di Andrew Hamilton».

«Perché no? Comunque ha ragione, sono la pronipote».

Questa risposta, a quanto pare, è più accettabile. Annuisce. «Charlotte», dice. «O Emily, o qualcosa del genere».

«Thea Mottram», dico, leggermente irritata. «Piacere».

«Sì, piacere». Mi guarda per un istante e poi esce dal bancone, scende dalla piattaforma e viene verso di me. Faccio un passo indietro, involontariamente, il che sembra divertirlo. Mi sorride e mi porge la mano. «Piacere, sono Edward Maltravers».

Gliela stringo. Mi piace stringere le mani, lo preferisco rispetto ai baci. Le sue sono davvero grandi. Non sono certo una persona minuta – un metro e ottanta, anche di più con le scarpe – e di rado mi sento bassa, ma lui è proprio alto, una decina abbondante di centimetri più di me.

«Le opere di Scott», dice. «Tutte?».

Annuisco.

«Più o meno ottocento sterline per il lotto. Forse un po' di più. Li devo vedere. Alcuni sono in condizioni peggiori degli altri, ma un paio sono messi molto bene».

«E mi conviene venderli qui? O a Edimburgo?»

«Dovrebbe di sicuro venderli a me».

«Sì, capisco che le farebbero comodo, ma sarebbe la cosa migliore per me? Se non crede di potermi dare una risposta oggettiva», aggiungo con cortesia, «chiederò a qualcun altro».

«I miei prezzi sono equi», ribatte in modo brusco.

«Ne sono certa. Ma se decido di venderli, voglio il prezzo migliore possibile, ovviamente».

«Non li vuole?». Mi guarda con la fronte aggrottata.

«Ho provato a leggere *Ivanhoe* cinque volte», rispondo, «e due *Waverley*. E se dovessi leggerli, un'edizione dei classici della Penguin Books con le note sarebbe più adatta a me. Insomma, sono bellissimi, ma temo che con me siano sprecati».

«Mmm. Ha intenzione di vendere tutto il lotto? Voglio dire, tutti i libri?»

«Non lo so».

«Quelli di Burns probabilmente valgono di più. E quelli di Dickens. Le prime edizioni del ventesimo secolo. E quelli di Newton». Pronuncia "Newton" con particolare intensità.

«Davvero? Non saprei proprio. Alastair mi ha accennato che avrei potuto vendere quelli di Burns alla fondazione Burns. Ma non credo di avere qualcosa che loro non hanno».

«Alastair Gordon?».

Annuisco.

«Mmm. Ci sono università americane che non se li lascerebbero sfuggire. Probabilmente glieli comprerebbero. O, se preferisce essere generosa...», dice con sarcasmo.

«Non so cosa voglio farci».

Mi guarda, accarezzandosi il labbro inferiore. «Andrà ad abitare lì? Al Lodge?».

Scrollo le spalle. «Ne dubito, non mi è comodo. È molto lontano da casa mia».

«E dove sarebbe?»
«Nel Sussex».
«Quindi ha intenzione di vendere?»
«Probabilmente sì».
«Non venda a mio fratello», dice.
«Se metto la casa sul mercato, non credo di poter scegliere chi la compra». Gli faccio il sorriso più brillante e mondano che mi riesce.
Lui ridacchia. «Non avrà bisogno di metterla sul mercato. Si presenterà e le offrirà dei soldi. Da quanto è qui? Strano che non si sia già fatto vivo».
«Siamo qui da dieci giorni», rispondo. «Dallo scorso lunedì».
«Siamo? Lei e il signor Mottram?».
Decido di ignorare la domanda, dal momento che non sono affari suoi. «In realtà ha ragione, è venuto a presentarsi la settimana scorsa. Ha detto che sarebbe felice di comprarla, se volessi vendere. Ma non mi ha fatto un'offerta».
Annuisce, chiaramente soddisfatto di aver indovinato. «Non ancora, ma lo farà. Preferirei venisse ostacolato».
«Che bello l'affetto familiare», commento impassibile.

Prendo appuntamento con Edward, in modo che possa venire a vedere i libri di Scott, poi recupero Xanthe dall'Old Mill e la porto alla stazione di Dumfries, a un'ora e venti di distanza. Le ci vorranno sette ore, più o meno, per arrivare a casa.
Siamo praticamente le uniche persone in quella piccola stazione. «Fammi sapere come va», dice. «Scrivimi quando prendi il caffè».
«Va bene».

«E mi puoi chiamare. Dal telefono vero». Fa il gesto di digitare un numero.

«Lo so».

«E se ti senti triste o sola».

«Sì. Grazie, Xan. Sei stata un tesoro». Ho quasi l'ansia, ora che se ne sta andando.

«È stato divertente. È bello qui. Non so se dovresti vendere».

«Forse farò carriera». Mi guardo intorno nel parcheggio più o meno vuoto. «Credo ci sia posto per me».

«Non impazzire». Ci abbracciamo. «Ecco, ora sto piangendo», dice, asciugandosi gli occhi. «Che stupida».

«Lo sei», concordo. «Ma ti voglio bene. Fai un… be', non ti dirò di fare buon viaggio, ma uno non troppo terribile. Saluta Rob e i bambini. Ci vediamo quando torno».

«Va bene, tesoro. È meglio che vada». Ci abbracciamo di nuovo, poi prende lo zaino e si dirige verso i tornelli, voltandosi a salutare prima di superarli. La saluto anch'io, e resto finché la vedo muoversi nella stazione. Ci sono solo due piattaforme: sopra per Glasgow, sotto per Carlisle.

A quel punto mi ritrovo da sola. È una sensazione strana. Sono lontana quasi cinquecento chilometri da tutti quelli che conosco. Be', tecnicamente non sono così distante da Xanthe, né da Bobby e Sheena, che abitano a Newcastle, e nemmeno da vari cugini di secondo grado sparsi per le Lowlands. Non che li conosca davvero. Ma il discorso è che sono sola a tutti gli effetti. Non ho nessuno da soddisfare se non me stessa. Nessuno con cui parlare, a meno che non mi sforzi. Questa sensazione mi entusiasma e mi terrorizza allo stesso tempo.

Torno al Lodge. Stamattina era nuvoloso, e a Dumfries

piovigginava, ma durante il viaggio di ritorno esce il sole e mi sento positiva. Chissà se *potrei* vivere qui. Non per sempre, non è realistico, ma potrei di sicuro fermarmi per l'estate. Tornare a casa quando mi stufo, o quando inizia a fare brutto tempo. Anche se significherebbe pagare l'affitto per un appartamento in cui non abito. Ma cosa importa? Me lo posso permettere, e Xanthe o Angela si occuperebbero di innaffiare le piante e di inoltrarmi la posta. L'idea è allettante. Mi informerei sugli affitti per le vacanze. Potrei vedere quanto vale il Lodge se volessi venderlo, o ristrutturare il bagno, e non stare a casa. Potrei fingere che vada tutto bene. E forse arrivare al punto in cui andrà *davvero* tutto bene. Sarà pur possibile, no?

Capitolo cinque

Questa mattina Edward Maltravers verrà a dare un'occhiata ai miei libri. Sarà il mio primo ospite – Xanthe non conta. Ho passato l'aspirapolvere per la prima volta e ho stabilito che dovrò comprarne un altro, dal momento che questo è vecchio e inefficace. Dovrei acquistarlo qui e far girare l'economia locale – e dal momento che non posso andare subito su internet e ordinarlo, probabilmente finirà così. Chiederò a Edward di consigliarmi un negozio. Riordino e spolvero la biblioteca. Immagino che se ci trovasse polvere, disapproverebbe. Credo che disapproverà in ogni caso. Prendo due tazzine dalla cucina e tiro fuori la scatola dei biscotti. Sono quasi nervosa.

L'appuntamento è alle dieci e mezzo, e quando bussa spacca il secondo.

Apro la porta e resto sorpresa, di nuovo, da quanto è alto. Mi capita di rado di dover alzare lo sguardo per parlare con qualcuno. Oggi indossa un paio di jeans scuri e una giacca di un blu che vira verso il viola sopra una camicia scura.

Mi guarda aggrottando le sopracciglia, come se fosse vagamente confuso dalla mia presenza. «Salve», saluta. «Mi ha chiesto di venire per vedere i libri».

La cosa mi diverte: pensa che possa essermi dimenticata il motivo della sua visita? «Vero. Prego. Grazie per essersi disturbato».

«Non c'è problema». Si guarda intorno. «È un po' strano essere qui senza Andrew».

«Non ho cambiato molto», lo rassicuro mentre lo conduco in salotto e indico il divano. «Si accomodi. Posso offrirle qualcosa da bere?».

Annuisce. «Un tè, senza zucchero. Grazie».

«Un secondo solo». Mi affretto verso la cucina e torno con tazzine e piattini (piccolo appunto: comprare delle tazze) su un vassoio e la scatola dei biscotti, e lui è davanti alla finestra con le mani in tasca che guarda il giardino.

«Mi è sempre piaciuto qui», commenta. «La stanza è bella e luminosa. Anche se quel parafuoco è un obbrobrio».

Guardiamo entrambi il caminetto, che è fatto di mattoni, con una specie di cappa in rame e nicchie come decorazioni.

Rido. «Suppongo l'abbia fatto Andrew. Sembra degli anni Cinquanta, forse inizio anni Sessanta».

«Sì, immagino sia più efficiente di quello che c'era prima. Ma potrebbe aprirlo», dice, avvicinandosi per sedersi. «Quello originale sarà lì dietro».

«Ma non è abbastanza antico per essere un cantuccio né niente di interessante, dico bene? Insomma, i Lodge saranno stati costruiti insieme alla casa. Quand'è stato? Nel diciottesimo secolo? Non riesco a immaginare cosa potrebbe esserci dietro».

«Probabilmente è più grande. Può chiedere a Charles», pronuncia il nome con una nota di disprezzo, «di cercare i progetti. Saranno lì in casa».

L'angolo che le sue gambe formano sul divano lo fa

sembrare su una scala diversa rispetto all'arredamento, forse una mezza misura più grande.

«Davvero?». Lo fisso, anche se quello che ha detto ha perfettamente senso.

Annuisce. «Un intero archivio pieno di quella roba».

«Quando è stata costruita l'abitazione?»

«I lavori sono iniziati nel 1770. I Lodge sono stati costruiti una volta finita la casa, quindi intorno al 1775».

«Strano, questo non sembra così vecchio. Immagino ci abbiano fatto molti lavori».

«Hanno cercato di modernizzarlo, di renderlo più bello per gli affittuari. Secondo il censimento del 1911, qui abitavano dodici persone», aggiunge. «Nove bambini, una nonna, e il custode con la moglie».

«Porca miseria». Non riesco a immaginarlo. «Nove bambini? Immagino che la biblioteca fosse un'altra camera da letto».

«Penso di sì. Era molto spaziosa per i lavoratori dell'epoca. In negozio ho alcune foto. Avrei dovuto portarle per fargliele vedere».

«Del Lodge?»

«Sì. Delle stampe e alcune vecchie fotografie. A Hollinshaw ce ne sono molte di più. In realtà, è probabile che ci sia qualcosa anche qui. Sono sicuro che Andrew aveva stampe e dipinti».

«Oh, mi piacerebbe molto vedere com'era. Era molto diverso?»

«Fuori era tutto verde e c'era un maiale», dice con un sorriso. «Niente glicine».

«Ah, quindi è glicine. Non ne ero sicura».

«Tra un paio di settimane sarà bellissimo. Dovrà potare molto, due volte all'anno. A febbraio e agosto».

«Ah, quindi mi sono persa un turno. Dovrò controllare, non so niente sul glicine». Apro la scatola dei biscotti. «Due poli opposti: Rich tea o wafer al caramello Tunnock's?»

«Oh», dice, «ha scoperto il mio punto debole». Prende un wafer dalla scatola e mi sorride. «Grazie».

«Quindi, ha già fatto una stima dei libri, giusto?»

«Sì, esatto. Sarà stato un anno fa, forse due. Non credo che la valutazione sarà molto diversa, anche se Andrew ne aveva comprati altri».

«Voglio solo una stima di quelli di Scott, e poi se ci sono altre sezioni credo terrò qualcosa. Ma, come ho detto, la maggior parte con me è sprecata. Però mi piacciono. Sono combattuta».

«Se non ha intenzione di leggerli...».

«Lo so, e probabilmente non lo farò. Ho dato un'occhiata a quelli di Dickens, ma ne ho già alcuni, e anche se i miei non valgono niente, in un certo senso è una buona cosa. Non lo so. E stavo pensando che forse dovrei ritrasformare la stanza in una camera da letto. O in una sala da pranzo, o qualcosa del genere. Avrei bisogno davvero di qualche consiglio».

«D'accordo», dice. Dà un morso al wafer e lo mastica, pensieroso. «Il libro di Newton è probabilmente quello che vale di più. Potrebbe guadagnarci quarantamila sterline. Non so quanto l'abbia pagato, l'aveva da una cinquantina d'anni».

«Quarantamila? Per un solo libro? Cazzo». Sono sconvolta. «Dovrebbe stare rinchiuso da qualche parte?».

Lui scrolla le spalle. «Due volumi. Forse sono nella cassaforte. Ed è improbabile che li rubino, a meno che qualcuno non sappia che sono qui. Non lo dirò a nessuno», aggiunge.

«C'è una cassaforte? Non l'ho vista. Alastair non ne ha mai parlato».

«Dopo gliela faccio vedere. Comunque, i Newton. Sono piuttosto rari. E lui è molto famoso».

«Be', lo so, ma...».

«Seconda edizione, 1713», dice. Beve un sorso di tè.

«Oddio». Rifletto per un attimo. Di recente ho letto una biografia di Isaac Newton. «Di matematica oppure di ottica?»

«Matematica... Be', i *Principia*. Con *Opticks* può guadagnare circa tremila. Ne ho uno, se vuole».

«Caspita. Quarantamila sterline?»

«Sì. Purtroppo non posso comprarglielo io, ma posso venderlo per suo conto».

«Cazzo».

Svuota la tazzina. «Andiamo a dare un'occhiata».

Lo seguo fino alla biblioteca. «Spero tenga le tende chiuse», dice.

«Oh, sì. Per le rilegature? Sì. Le ho aperte solo stamattina per spolverare perché sarebbe venuto lei».

È in piedi al centro della stanza, si guarda intorno e sospira. «È un peccato dividere la collezione».

«Lo so, non mi faccia sentire ancora peggio. Ma probabilmente venderò la casa, e non ho spazio per una biblioteca... Oh, e ora mi sta venendo l'ansia per i libri di Newton», dico, torcendomi le mani.

Lui ride. «Tranquilla».

«Facile a dirsi».

Va alla scrivania vicino alla finestra. Lì accanto c'è una credenza con sopra il busto di Shakespeare.

«Non c'è la chiave per aprirla», gli dico. «O, almeno, io non l'ho trovata».

«C'è un trucco», risponde, e si sporge sul retro per prendere qualcosa. L'anta della credenza si apre e rivela la porta verde di una cassaforte vecchio stile.

«Oh!».

«Già. La serratura sull'anta è finta», spiega. «La cassaforte arriva da una delle banche in paese. Ha fatto fare la credenza apposta per coprirla».

«Ingegnoso. Ma come facciamo ad aprirla? Non ho la combinazione».

«Quindici, dieci, ventotto», dice, girando la manopola. «La data di nascita di Mary. A meno che non l'abbia cambiata. Ah, no, ecco qui». Apre lo sportello e guardiamo dentro. I libri sono sullo scaffale in alto. Non sembra esserci altro – né gioielli né rotoli di banconote, purtroppo. Tira fuori un paio di guanti bianchi di cotone dalla tasca del cappotto e li infila. «Li metto sulla scrivania».

Lo guardo mentre posa con cautela il primo volume. È straordinario possedere una cosa del genere, tanto che non riesco davvero a convincermi che sia così. Dovrebbe stare in un museo, poco ma sicuro. Gira qualche pagina. Ci sono diagrammi, equazioni e testi in latino.

«Santo cielo, fa paura».

«È solo un libro, non c'è bisogno di avere paura». Dal modo in cui passa il dito sul bordo delle pagine, non credo pensi che sia "solo un libro".

«Ecco», dice, «lo lascio fuori così lo può guardare. Si assicuri di metterlo via dopo». Si toglie i guanti e me li porge. «Cerchi di non toccarlo senza questi».

«Va bene, grazie». Non credo di volerlo toccare affatto, tutta questa storia mi sta facendo venire l'ansia.

Si schiarisce la gola e si allontana dalla scrivania. «Comunque», dice, «gli Scott. Stamattina ho dato un'occhiata su internet. Potrei darle cinquecento sterline per la collezione del 1871 – non sono prime edizioni. Al dettaglio è circa seicento. Questo *Ivanhoe* è una prima edizione e in ottime condizioni. Seimila. Mi ero dimenticato che l'aveva comprato».

«Caspita».

«Le altre prime edizioni non sono in condizioni altrettanto buone. Duecento sterline ciascuno per *Guido Mannering* e *The Heart of Midlothian*. Cinquecento per il resto».

«Va bene». In tutta onestà, è spaventoso.

«La sua collezione di Burns vale circa ottomila sterline. Difficilmente c'è qualcosa lì in mezzo tanto straordinario da interessare la fondazione Burns».

«Lei li comprerebbe?».

Si tocca il labbro inferiore. «Sì, forse. Di solito riesco a piazzare Burns. I libri di Trollope sono messi bene: le rilegature coordinate indicano che sono stati raccolti come collezione, probabilmente negli anni Venti. Tremilacinquecento».

«Cavolo».

«Intendo tutta la serie». Sventola il braccio. «Sta guardando probabilmente dalle ottanta alle centomila sterline. Non posso permettermi di acquistare tutto. Non tutto in una volta, comunque».

«Cazzo, no. No, va bene. Ma potrebbe venderle per me? Insomma, immagino ci saranno delle commissioni».

«Il quindici per cento».

«Sì. Va bene», dico. «Sì».

«Sembra terrorizzata». Mi sorride.

«Lo sono. E anche un po' preoccupata che in precedenza li abbia valutati di meno».

«Abbiamo parlato delle tasse», dice. «Io e Andrew».

«Oddio, certo. Be', non so se...».

«Può dichiarare, se vuole. Per me non è un problema».

«Credo nelle tasse», dico, dubbiosa.

Mi sorride. «Anch'io. Ma abbiamo pensato fosse utile presentarle la scelta».

Fisso i libri. Una vita intera di amore, di ricerca, di collezione. «Lo zio Andrew sapeva che stava per morire?»

«Moriamo tutti», risponde. Lo guardo, lui inarca un sopracciglio.

«Lo so, ma...».

«Aveva novantun anni quando abbiamo fatto la valutazione. È un'età notevole».

«Già».

«Allora prendo gli Scott, d'accordo? E i Trollope? Vuole che le faccia un assegno oppure preferisce un bonifico?»

«Oh... Be', immagino che il bonifico sia più comodo. Altrimenti dovrei andare fino a Newton Stewart per incassare l'assegno. Prenda anche i Burns».

«D'accordo. Le faccio la ricevuta. E poi le pago tutto quello che mi arriva se li vendo».

«Altrimenti? Se non li vende, intendo».

«Sono sicuro che ci riuscirò. Facciamo così: tutto quello che non vendo entro sei mesi, lo compro io».

«Va bene. Ehm... Dovremmo scriverlo, altrimenti mi dimentico. E per quanto riguarda il resto?»

«Newton?»

«Per quello, ci devo pensare».

«Posso tornare e prendere altra roba più avanti. La prossima volta possiamo controllare i libri dell'inizio del ventesimo secolo. Fitzgerald e Waugh valgono un po'.

C'è anche una prima edizione di *1984*, vale almeno quindici».

«Quindicimila?»

«Già. Se fosse autografata», continua, «ne varrebbe cinquantamila. Non ce ne sono molte così. Ho una copia autografata di *Senza un soldo*… mi è costata ventitremila».

«Porca vacca». Ventitremila sterline per un libro? Che non ha neanche un secolo? È… non so cosa sia, sinceramente. Assurdo.

«Già. Comprerei tutto», dice, guardandosi intorno, «ma non ho centomila sterline a disposizione».

«No, certo. Porca vacca».

«Se ha bisogno di piazzarli più velocemente, mi faccia sapere. Conosco colleghi che hanno più liquidità di me».

«Non penso che ci sia fretta. Santo cielo. Grazie mille, è stato molto utile. E mi ha aperto gli occhi. Accidenti».

«Qualche soldo gira ancora per i libri di carta», dice, sorridendomi.

Capitolo sei

È metà maggio. Sono qui da quattro settimane a bighellonare. Mi sto divertendo, esplorando e riordinando altre cose di Andrew, oltre a sistemare il giardino. Ho chiesto un preventivo per il bagno nuovo, e con Angus, l'idraulico, abbiamo discusso su dove mettere la lavastoviglie. Sua sorella Jenny è la veterinaria del posto, nonché la famosa fidanzata di Alastair Gordon. Il paese è molto piccolo. Cerys, proprietaria dell'Old Mill insieme alla compagna Jilly, mi dice di stare attenta a quello che dico e a chi lo dico.

«Sono tutti parenti», spiega, «e lo si scopre solo dopo aver detto cose brutte. Continuavo a fare gaffe quando mi sono trasferita qui. Se non hanno legami di sangue, andavano a scuola insieme. È un incubo».

Le credo, e di conseguenza sono guardinga. Con molta cautela mi sto facendo una vita sociale, che fino a questo momento ha consistito nell'aver partecipato a una discussione sugli artisti di Kirkcudbright al municipio e alla serata di inaugurazione (o forse al vernissage?) di una mostra di trapunte all'Old Mill. C'era Alastair e mi ha presentato la sua fidanzata Jenny: sembrava piuttosto sorpreso che non avessi ancora messo il Lodge in vendita per tornarmene in Inghilterra. Jenny ha i capelli scuri, corti dietro e più lunghi davanti, e degli occhi azzurri molto brillanti. È schietta e competente, mi piace un sacco. Ho parlato con loro per ore, di arte e artigianato. È stata una serata inaspettatamente divertente.

In passato ho fatto trapunte, la più recente per Jasmine, la figlia di Xanthe, che ha rinnovato la cameretta per il decimo compleanno, e ho scoperto che anche la prozia Mary deve averne cucite. Non ce ne sono qui al Lodge, ma uno dei cassetti sotto il letto della camera degli ospiti è pieno di stoffe e tagli per trapunte pronti a essere trasformati in patchwork. Mi chiedo a chi le possa aver date, una volta finite. Non so molto di Mary, che è morta una decina di anni fa, né sulla sua famiglia. Ma la sua macchina da cucire è molto meglio di quella che sta facendo la muffa nel mio magazzino, quindi me la terrò. Credo abbia realizzato tutte le tende del Lodge: sono di sicuro fatte a mano, e molto meglio di quelle che potrei cucire io.

Sto ancora organizzando le cose di Andrew – sono rimasti perlopiù documenti, ormai. È tutto piuttosto in ordine, ben diverso dal macello lasciato dal padre di Angela quando è morto. Non aveva davvero mai buttato nulla, e siamo diventate isteriche tra estratti conto degli anni Sessanta, ricevute di elettrodomestici buttati da un secolo e pile barcollanti di riviste erotiche. Per fortuna qui al Lodge non c'è niente del genere.

Se mi fossi concentrata forse a quest'ora avrei finito, ma ho deciso di fare con calma. La maggior parte del lavoro è semplice: metto da parte tutte le cose interessanti, e non sono troppo rigida sui criteri che permettono a un oggetto di rientrare in questa categoria. Ha tenuto un sacco di roba forse inutile, ma ovviamente più una cosa è vecchia – soprattutto se è effimera –, più diventa interessante. Dispongo tutti i tipi di fatture e ricevute in modo ordinato sul tavolo, e faccio foto per il mio profilo

Instagram. Si dimostrano popolari tra chi ha l'ossessione dei caratteri tipografici e tra gli amanti di ciò che si potrebbe definire "design locale": cioè dell'epoca in cui il tuo paese era interamente in mano a un ex compagno di scuola o a suo padre, i numeri di telefono avevano tre cifre e tutto veniva battuto a macchina da una donna impiegata a quello scopo. Quando mia madre era a scuola, c'erano due tipi di esame finale: quello per le ragazze che avevano intenzione di andare all'università e quello di stenografia e dattilografia, per chi aveva bisogno di lavorare fino al matrimonio.

Andrew ha lasciato anche degli appunti – credo che in realtà si tratti di memorie, sebbene piuttosto frammentarie. Alcuni sono scritti a mano e altri battuti a macchina (deve averlo fatto al lavoro, oppure li ha dettati: nel Lodge non ci sono macchine da scrivere). Trovo un paio di quaderni e una pila di fogli volanti. Ci sono storie sui suoi genitori e sui nonni (e devo ricordare a me stessa che anch'io sono una discendente di queste persone, con le loro vite quasi inimmaginabili), favole d'infanzia su caccia di frodo e marachelle, e un'intera lista di cene e danze, oltre a carnet di ballo e menu. Non è proprio effervescente, ma quale vita lo è? Mi piacciono le sue storie delicate. E non è che non gli sia mai successo niente: dopotutto, lui e Mary hanno subìto il dolore peggiore che un genitore possa provare quando hanno perso la figlia. Non so se abbia scritto anche di quello; nel caso, non ci sono ancora arrivata. Forse salterò quella parte. Avete presente quella sensazione per cui vi viene da piangere senza mai fermarvi? Ecco, io sto cercando di non infilarmi in situazioni in cui potrebbe succedere. Preferisco leggere qualcosa sull'arredamento di Dumfries nel diciannovesimo secolo, o di Baldochrie durante la guerra.

Man mano che il tempo passa, inizio a pensare che forse è il caso di trovarmi un lavoro. Niente di troppo pesante: preparare tramezzini, stare alla cassa della panetteria o cose del genere. Qualcosa per conoscere gente e tenermi occupata.

Chiedo a Cerys di farmi sapere se sente qualcosa. Non mi aspetto che mi assuma e glielo chiarisco. Non penso sarei molto brava in una caffetteria, a essere sincera: non sarei in grado di garantire quel livello di servizio allegro.

«Jenny ha trovato una nuova receptionist?», chiede Jilly. «Visto che ora Pam sta studiando?»

«Non ha assunto Kirsty Macdonald?»

«Ah, sì, certo». Mi guardano entrambe, pensierose. «Ho sentito che stavano cercando una persona alla bottega alimentare». Jilly raddrizza le etichette negli espositori delle torte accanto alla cassa.

«Tieni conto che è lontano», dice Cerys.

«Non così tanto, in realtà. Forse dovrei chiamarli». Mi piace la bottega alimentare, con i suoi scaffali ordinati di marmellate elaborate e salse chutney, esposizioni bellissime di prodotti locali e pane squisito.

«Quindi resti?»

«Solo per l'estate. O forse neanche, se non trovo niente».

«Ma sì, qualcosa salterà fuori», dice Jilly, rassicurante. «Se non aspiri a fare carriera».

«In realtà ho scoperto che non mi interessa molto. Non al momento, almeno».

Stamattina passeggio sulla spiaggia con Jenny e i cani. Mags è un golden retriever vivace, nipote del cane del quadro che c'è nell'ufficio di Alastair, e Rollo è un incrocio con un collie, con il muso a punta e sempre in movimento. C'è il sole, ma tira un vento freddo. La spiaggia, ampia e sabbiosa, è poco riparata, e i cani zampettano lontano prima di tornare di corsa, avanti e indietro davanti a noi, con i nasi per terra e le code che si agitano. Non c'è nessun altro, anche se è una bella distesa di sabbia e ciottoli: non ci sono famiglie che fanno picnic, non c'è nessun altro con i cani, niente bambini. Forse è troppo presto – siamo uscite alle otto e mezzo e il viaggio in auto è durato quaranta minuti, e probabilmente non sono neanche le dieci.

Jenny sta parlando dell'organizzazione del matrimonio. Lei e Alastair si sposano a dicembre e tutto, più o meno, è a posto. Ma non sembra impaziente.

«Voglio sposarmi», dice, «ma vorrei non dover organizzare il ricevimento».

Sembra passata una vita dal mio, di matrimonio, e alcuni ricordi di quel giorno sono impressi nella mia memoria mentre altri sono ormai sbiaditi.

«Di solito consiglio alle persone di fuggire insieme», le dico. «È molto più facile. E più economico. A meno che tu non voglia il vestito e tutto quanto». Mi chino per prendere il guscio arancione di una littorina e me lo metto in tasca. Qui ci sono un sacco di conchiglie, di ogni colore, e quelle piccole a spirale, che sembrano corna di unicorno in miniatura, formano dei banchi.

«Vorrei averci pensato. Saremmo potuti andare da qualche parte il weekend dopo che ci siamo fidanzati o qualcosa del genere, e ora sarebbe tutto un lontano ricordo».

«Sono sicura che sarà bellissimo», dico. Entrambe le famiglie abitano qui. Lei e Alastair si conoscono da quando andavano a scuola, nonostante i cinque anni di differenza: lui frequentava lo stesso anno del fratello maggiore di Jenny. Ma si sono messi insieme di recente, un paio di anni fa. Si sposeranno nella chiesa del paese, e il ricevimento si terrà in municipio, così le decorazioni natalizie verranno sfruttate al massimo.

«Immagino di sì».

«Comunque, in un attimo è tutto finito», le dico, «e sei libera. Non devi neanche restare fino alla fine, se non ti va».

«Sì, è vero. Ma comunque…». Punzecchia un pezzo di legno con la punta del piede. La marea si sta ritirando, lasciando dietro di sé alghe nere e bottiglie di plastica, piume di gabbiano, pezzi di corda verdi e arancioni. I miei occhi sono impegnati a cercare tesori.

Per la luna di miele andranno sull'isola di Skye, e quando me l'ha detto l'ho trovato divertente. Personalmente avrei preferito un posto più caldo delle Highlands a dicembre, anche se si tratta di un bellissimo cottage vicino a un *loch*. Ci vogliono sette ore di macchina, il che sembra incredibile, quindi la loro prima notte come marito e moglie la passeranno in un albergo vicino a Newton Stewart.

Ci fermiamo a guardare il mare. In lontananza si stanno formando dei cavalloni a causa del vento, e delle nuvole bianche si stanno muovendo velocemente nel cielo.

«Allora», dice, «è molto insensibile da parte mia parlarti del matrimonio?».

Rido. «No, per niente. Perché dovrebbe?»

«Non sono affari miei. Mi piace far finta di non essere un'impicciona», dice, «ma naturalmente lo sono».

«Non vale forse per tutti? Va tutto bene, puoi chiedere», le dico, «ma non parlarne con nessun altro, per favore».

«È successo qualcosa con tuo marito? Siete… separati?»

«Immagino di sì. Cioè, sì, lo siamo di sicuro». È la prima volta che lo dico da quando sono arrivata qui. Sono piuttosto sorpresa da quanto sia più facile rispetto a quando ho dovuto dirlo a tutti i miei amici a gennaio.

«Quindi divorzierete?», chiede, mentre camminiamo sulla spiaggia.

«Non ancora. Se si lasciano le cose come stanno e si sta separati per due anni è più facile, e nessuno deve andare in tribunale. Almeno così ho capito. Non mi sono informata molto. Forse dovrei».

«Hai intenzione di vendere la casa?».

Rido. «Dio, no. No, lui abita lì con la sua… ehm… compagna». Credo sia la prima volta che la chiamo così. A voce alta, almeno.

«Ah. Ma tu, allora? Non è giusto. È casa sua? Come funziona?»

«No, è di tutti e due. Compra la mia parte. Piano piano».

Esita. «Quindi ti ha lasciata per lei?»

«Sì, esatto». Le racconto un po' di Chris e Susanna, quel minimo necessario a spiegare come sono finita qui da sola.

«Sembra un povero coglione», dice con disapprovazione, il che mi fa ridere.

Io e Cerys siamo da Bookers a Dumfries. Credo sia rimasta molto sorpresa quando le ho detto che mi sarebbe piaciuto accompagnarla, ma è perché adoro la vendita all'ingrosso e non si ha mai l'occasione di andare in un posto del genere a meno che non si gestisca un'attività. Abbiamo riempito un carrello con bottiglie enormi di olio d'oliva e di girasole, e sacchi di riso, couscous e quinoa. È tutto gigantesco, lo adoro. Forme di formaggio grandi quanto una testa, barattoloni di erbe aromatiche e spezie, latte di pomodori grosse come barili (che purtroppo non compra, le loro enormi latte di pomodori se le fanno consegnare). Non riesco mai a decidermi su cosa mi piace di più: le cose piccole, come i mobili delle case di bambole, o quelle giganti, come quelle sdraio ridicole che si prendono in spiaggia e ti fanno sembrare una bambola.

«Sei facile da intrattenere», commenta Cerys, divertita dal mio entusiasmo.

«Sì, è verissimo. Credo sia una benedizione, non mi annoio mai».

«La prossima volta ti mando da sola. Non è che mi piaccia tantissimo questo posto».

«È lontano, in effetti». L'aiuto a caricare in macchina le buste di legumi. «Mi chiedo sempre come fai a calcolare quanto serve di ogni cosa».

«Di quello se ne occupa Jilly, è lei il cervello. E ha frequentato l'alberghiero. Io eseguo gli ordini: compro quello che c'è sulla lista e cerco di non farmi distrarre dal cioccolato».

«Che ingiustizia».

«Non dirlo a me. Comunque», dice, chiudendo forte il bagagliaio e aspettando che rimetta a posto il carrello, «pensavo che potremmo pranzare a Kirkcudbright. C'è un locale nuovo a cui volevamo dare un'occhiata».

«Uh, rivali?». Saliamo in macchina e lei attiva il tergicristalli per togliere la pioggerella dal parabrezza.

«Non li definirei *diretti* rivali, ma sì. Ci piace tenere d'occhio la concorrenza».

«Spionaggio industriale», esclamo allegra, mentre mi allaccio la cintura. «Più pranzo. Che meraviglia».

Kirkcudbright è forse il paesino più turistico fra tutti quelli a ovest di Dumfries. C'è un bel castello diroccato e un ambiente artistico florido, parecchi edifici affascinanti del diciottesimo e diciannovesimo secolo e un ponte di cemento degli anni Venti molto insolito che, a mio modesto parere, è orrendo e bellissimo allo stesso tempo. Oltre a tutto ciò, è un vero e proprio porto di pesca, seppur piccolo. Parcheggiamo vicino al castello nel momento esatto in cui inizia a piovere forte.

«Non è giusto», dice Cerys, e ci affrettiamo stringendoci i cappucci mentre il vento freddo soffia lungo St Cuthbert's Street. Cerys svolta un angolo, poi un altro, e alla fine ci troviamo fuori da quello che un tempo era palesemente un negozio enorme, forse di tessuti, o una farmacia. Ha delle meravigliose finestre alte e curve, e le mattonelle a mosaico davanti alla porta formano la scritta BRISTOW'S con bellissime lettere sinuose. Alle finestre ci sono grandi vasi riempiti con del muschio che contengono tulipani rossi e bianchi, e su un cartello scritto a gesso sul marciapiede si legge: TORTA! CAFFÈ! E MOLTO ALTRO!

«Mmm», dice Cerys, aprendo la porta. All'interno, tutto l'arredamento in legno è originale e i mobili non sono abbinati; diverse donne sono intente a pranzare e c'è un incredibile espositore in vetro per le torte, oltre al menu scritto col gesso dietro il bancone e a una macchina del caffè scintillante. Due donne sono dietro il bancone: una deve avere più o meno la mia età, l'altra è un'adolescente. Ci sorridono. Cerys è troppo impegnata a guardarsi intorno per parlare, quindi chiedo se dobbiamo ordinare al bancone e loro ci consegnano i menu e ci invitano ad accomodarci a un tavolo.

«Dove vuoi sederti?», chiedo a Cerys. «Vicino alla finestra?»

«No, andiamo in fondo alla sala, così vediamo tutto», risponde, e la seguo superando una scala che porta giù, dove ci sono i bagni e la cucina.

«È una seccatura per loro», commenta. «Devono fare su e giù tutto il giorno».

«Ma pensa ai polpacci, Cerys: di marmo». Scoppia a ridere e troviamo un tavolo con una panca lunga di velluto verde addossata alla parete in fondo, insieme a un paio di sedie da sala da pranzo diverse. Mi tolgo la sciarpa, sfilo il cappotto con qualche difficoltà e infine mi siedo dando le spalle alla sala. Cerys sta già pungolando la bottiglietta di vetro blu al centro del tavolo con dentro un tulipano, poi prende il macinino per il sale e quello per il pepe per vedere chi li ha fatti. Le pareti sono coperte di pubblicità vintage di corsetti e oggetti vari, quindi mi viene da pensare che il locale prima fosse un negozio di tessuti o vestiti, o qualcosa del genere. Ha i soffitti alti e portalampade eleganti.

«Che ne pensi?», mi chiede. Tiro fuori il telefono per scattare qualche foto al tulipano. Il blu del vetro fa risaltare i petali arancioni. Mi sporgo goffamente per avere un'altra angolazione e riuscire a prendere gli anemoni bianchi del tavolo accanto.

«Bei fiori», commento, riguardando le foto e cancellando quelle brutte. «Molto "instagrammabili". Mi piace anche l'arredamento. E anche il fatto che sia buio, ma non lugubre».

«Mmm», dice lei, spostando l'attenzione sul menu. Arriccia il naso.

«Trovato qualcosa di buono?», le chiedo, prendendo il mio – stampato su carta marrone, ovviamente.

«In realtà pare tutto fastidiosamente buono», risponde. «Le torte sembrano squisite, vero?»

«Le tue sono buonissime. Non credo che queste abbiano un aspetto migliore». È la madre di Jilly, Kate, a preparare le loro torte. È un prodigio.

Pensare alla madre di Jilly mi ricorda una cosa. «Kate ha sempre vissuto a Baldochrie, vero?»

«Sì», risponde Cerys, girando il menu per guardare le bevande. «E anche Michael. Sono autoctoni puri».

«Dovrei chiederle di Fiona».

«Chi è Fiona?»

«Mia cugina. Be', no... mia cugina di secondo grado. La figlia dello zio Andrew».

«Ah, sì. Cosa le è successo?». Mi guarda con la fronte aggrottata. «Perché non ha ereditato la casa? È morta?»

«Sì, ed era solo una ragazzina. Aveva quattordici anni».

«Oddio, davvero? Terribile. Com'è successo?»

«È terribile, lo so. Non so bene come sia successo, continuo a dimenticarmi di chiedere a mia madre. Ma avrebbe più o meno l'età di Kate, credo. Mi sembra sia nata all'inizio degli anni Cinquanta».

«Kate ha sessantatré anni», mi informa Cerys. «Quindi è molto probabile».

«Cercherò di ricordarmi di chiedere. All'epoca deve aver suscitato un gran clamore».

«Cristo santo. Sì, credo anch'io. Poveri genitori».

Capitolo sette

Faccio un salto a Baldochrie per comprare pane e latte. Parcheggio vicino alla libreria, pensando che magari potrei passare da Edward per vedere se è riuscito a vendere qualcuno dei miei libri. Sulla vetrina c'è un cartello: SI CERCA URGENTEMENTE ASSISTENTE ALLA VENDITA. RIVOLGERSI ALL'INTERNO.

Mi fermo a esaminarlo. Ho sempre desiderato lavorare in una libreria. E trovare impiego in paese mi aiuterebbe a conoscere gente. Se starò qui per qualche mese, dovrò fare più amicizie di quelle che ho ora: non posso pesare sempre su Jilly e Cerys, oppure su Alastair e Jenny. Ho già fatto diverse passeggiate con Jenny e i cani, e sono andata a cena da loro due volte. Lei mi piace un sacco, ma non si può certo travolgere una persona con la propria amicizia, no? E non ci si può aspettare che qualcuno condivida tutti gli amici con te.

Non so se sarebbe bello lavorare per Edward. Ma non importa, dal momento che non starò qui per sempre. Comunque, quando è venuto al Lodge siamo andati d'accordo. L'ho anche fatto ridere.

Accenno a Jenny del lavoro mentre beviamo il tè all'Old Mill. Posa la tazza e mi fissa.

«*Oddio*», dice, «non puoi lavorare lì. È uno stronzo».

«Davvero? Sembrava tranquillo quando è venuto a valutare i miei libri. Abbiamo passato una bella mattinata. Comunque, lo posso sopportare. Il mio vecchio capo era un coglione. E non sarebbe una cosa permanente».

«Eh, immagino di no. Mi chiedo se Rory si sia licenziato. Oh, starà per andare all'università. Dovrà studiare».

«Rory è il ragazzo che lavora lì?». L'ho visto un paio di volte da lontano, stava rimettendo a posto gli scaffali.

«Sì, un tesoro. Prima di lui ci lavorava il fratello. Tom».

«Quindi con Edward andavano d'accordo?»

«Oh, è uno stronzo solo con le donne. Di solito». Alza gli occhi al cielo.

«Che tipo di stronzo? Quelli lunatici e irritabili li so gestire, ma non quelli che allungano le mani».

Jenny ride. «No, non ho mai sentito cose del genere su di lui. Il contrario, anzi: ho amiche che ci hanno provato».

«Davvero?»

«Sì. Senza successo. È un povero imbecille».

Un paio di giorni dopo sono di nuovo in libreria, appoggiata al bancone. Edward è sulla sua sedia, rivolto verso di me. Abbiamo già parlato di quando potrebbe tornare per valutare le prime edizioni del ventesimo secolo. Sarà più difficile rinunciarci.

«Oh, a proposito, ho visto l'annuncio», dico. «Pensavo di fare domanda».

«Annuncio?»

«Sulla vetrina. Per assistente alla vendita».

«Oh, cazzo, no», dice. Mi sembra piuttosto scortese, anche per i suoi standard. Lo fisso.

«"Oh, cazzo, no"? Avresti potuto dire che sono troppo qualificata o qualcosa del genere, non c'è bisogno di essere offensivo. O più offensivo del solito».

Fruga nel cassetto della scrivania e tira fuori un avviso pastificato, tipo quelli sparsi per il negozio. Si legge: RICORDA: NIENTE RAGAZZE.

«Questa è la mia politica per il personale», dice.

Cerco di mascherare la mia risata con un colpo di tosse. «Credo sia discriminatorio. Ma non importa, non sono più una ragazza da decenni».

Mi guarda con una smorfia. «Dovrei cambiarlo e scrivere "Niente donne"? Posso farlo fare a Rory prima che se ne vada. Comunque, è la stessa cosa: niente personale femminile. A meno che non sia disperato».

«Ho sentito che *lo sei*. Quando parte?».

Sembra allarmato. «Sabato prossimo è il suo ultimo giorno».

«Tra una settimana? Studia e poi viaggio in interrail, giusto? Così ho sentito».

«Sì. Fa gli esami e poi per quattro settimane è su un treno di merda con i suoi cosiddetti amici, poi va all'università. INGRATO», urla in direzione del caminetto, dove Rory sta sistemando i libri di uno scatolone. Si gira e ci sorride.

«Insomma, niente ragazze?»

«Troppi problemi».

Scuoto la testa, incredula. «Non è la tua *casetta sull'albero*».

«Sì, invece. Altroché se è la mia casetta sull'albero». Edward annuisce, convinto.

«Che problemi, comunque? Lacrime? Mestruazioni?»

«Cristo santo».

Il suo commento mi fa ridere. «Allora?».

Solleva una spalla, irritato. «Si innamorano di me. O io mi innamoro di loro. È una cosa stupida e fastidiosa».

Rido di nuovo. «Oh, ma dai. Non stai parlando sul serio».

«No, è vero».

«Be', non c'è da preoccuparsi: io non sono nella posizione di innamorarmi di te, ed è improbabile che tu ti innamori di me, no? Non rispondere», aggiungo, «diamolo per scontato».

Rory mette l'ultimo libro sullo scaffale e ci raggiunge. «Ti s-serve qualcuno, Edward. È la mia ultima settimana qua».

«Ecco, vedi? Comunque, puoi continuare a cercare. Resto solo per l'estate», spiego.

«Come mai ti stai trattenendo? Pensavo ti fermassi solo per due settimane, e sei qui dal doppio del tempo». Edward incrocia le braccia e mi guarda con sospetto.

«Mi piace il posto. E non ho un lavoro. Te l'ho detto, ero un esubero. Quindi posso restare, per il momento».

«E il signor Mottram? Non gli importa che rimani tutta l'estate? O viene anche lui?»

«Non capisco perché sei tanto interessato a mio marito. Ne sarebbe molto sorpreso».

Mi guarda storto. «Non sono interessato. Chiedevo e basta».

«S-sembrava fossi interessato», dice Rory. Mi sorride. Edward fa un verso disgustato, e io e Rory ridiamo.

«Oh, per l'amor di Dio. Sai usare la cassa?».

Guardiamo tutti la scatola di legno sul bancone. Inspiro a denti stretti. «Sembra molto tecnologica. Ma se qualcuno mi insegnasse non dovrei avere problemi. Ho lavorato in un negozio di musica quand'ero all'università», aggiungo, «ma vedo che da quei tempi le cose sono cambiate».

Rory ride di nuovo. Edward mi guarda per un attimo con la fronte aggrottata. «E va bene. Tu», indica Rory, «la formerai. Puoi iniziare ora? Oggi?».

Sbatto le palpebre, sorpresa. «Immagino di sì. Sì, perché no».

«Allora vado a Glasgow, ora che siete in due per le vendite. Torno venerdì. Non farle fare niente di stupido. Tu», mi indica, «per il primo mese la paga è il minimo garantito. Poi ne parliamo. E tu», indica nuovamente Rory, «insegnale come funziona il catalogo. E più tardi deve arrivare una consegna da Murchison, così le puoi far vedere come ordinare gli scaffali».

«Sono abbastanza sicura di riuscirci da sola».

Mi guarda male. «Segui quello che ti dice Rory. Non fare niente di stupido».

«Ci proverò. Va bene, allora. Grazie». Mi esibisco in un saluto militare. «Non se ne pentirà, signor Maltravers, signore».

«Sarà meglio», risponde lui.

Io e Rory ci divertiamo insieme. È timido, alto quasi quanto Edward, con i capelli chiarissimi, tra il biondo e il ramato, e un infelice sfogo di foruncoli. A settembre andrà a St Andrews per studiare letteratura inglese, ammesso che passi gli esami. Adoro il suo accento. Edward è uno di quegli scozzesi fastidiosamente sofisticati che non hanno quasi accento, il che è un peccato.

Rory mi presenta Holly Hunter, la gatta del negozio, per metà persiana. Molla in giro palle di pelo chiaro e dorme su una pila di asciugamani sopra il termosifone all'ingresso. Mi fa vedere come si usa la cassa – entrambi fingiamo che sia una cosa troppo tecnologica e complicata – e mi spiega come funziona il catalogo. È collegato al sito, quindi le liste sono aggiornate. La maggior parte delle vendite, in particolare quelle relative ai libri antichi, arriva da internet; impacchettare con attenzione e andare all'ufficio postale fa parte del lavoro.

Rory è già in congedo di studio, quindi porta i suoi libri al negozio ogni giorno anche se dovrebbe stare a casa. Nel periodo degli esami, durante la settimana di solito lavora solo dalle quattro e mezzo alle sei. Gli faccio un sacco di domande da impicciona ogni volta che facciamo la pausa caffè, e lui risponde a quasi tutte.

Mi piace essere una donna di mezza età: se fossimo coetanei non saprei cosa dirgli, invece è piuttosto facile fargli domande, e lui è disposto a parlarmi, forse perché sono un'estranea. Gli racconto delle mie avventure universitarie, senza aspettarmi che mi dia retta più di tanto, e lui mi parla di Chloe, la sua ragazza, che a settembre andrà a Edimburgo. È preoccupato di quello che succederà quando saranno lontani e conosceranno gente nuova, e non lo biasimo.

«Quando vai all'università, tutto diventa più grande. È difficile non montarsi la testa. Ed è difficile non prendere sul personale quello che succede. Ma alla tua età, siamo tutti egoisti. Non è una critica».

«Ma la amo». Giocherella con un'etichetta del prezzo che qualcuno ha appiccicato sul marmo del bancone.

«Lo so, e sono sicura che vale lo stesso anche per lei. Non si tratta di quello».

Mi guarda, serio. «È una di quelle cose orribili che gli adulti danno per scontate, giusto?»

«In un certo senso. Mi sono arrabbiata tantissimo quando ero nella tua situazione e qualcuno ha detto al mio ragazzo che ci saremmo lasciati».

«M-ma l'avete fatto?»

«Alla fine sì». Sospiro. «E, alla fine, non importava neanche così tanto».

«Mi sento t-t-triste», dice, con il viso arrossato, «a pensare che le cose importanti ora potrebbero n-non esserlo in futuro».

«Sì, è triste. Ma – e questo non ti aiuterà molto – credo che se si vivesse sempre con la stessa intensità di quando si hanno, non so, tra i sedici e i ventiquattro anni, non si arriverebbe ai venticinque. Mi sono sentita sollevata quando si è calmato tutto».

«È allora che ti sei sposata?»

«Ho conosciuto mio marito quando avevo venticinque anni, sì».

«L'altro giorno n-non ne hai voluto parlare a Edward. Di tuo marito».

Perspicace, il giovane Rory. Rifletto un secondo prima di rispondere. «No, non volevo. È un po' antipatico, no? Non mi va molto di parlargli di me».

«Perché n-no?».

Arriccio il naso. «Non lo so. Non voglio dargli argomenti contro di me».

«E tuo marito lo è?».

Rido. «Più o meno. Ci siamo lasciati a gennaio».

«Oh. Mi d-dispiace molto», dice. «M-ma perché è un segreto?»

«Non saprei». Esito. «In realtà, non lo è. Ma preferirei che non lo dicessi a nessuno. A volte è meglio sembrare una persona sposata. È più facile».

Non mi aspetto che capisca, ma annuisce. «Ha s-senso. E Edward è strano. Riguardo alle donne».

«L'avevo immaginato. Anche se sono sicura di essere troppo vecchia perché sia strano».

«Eh, non saprei», commenta Rory.

Insomma, ora ho un lavoro. Mi piace. A volte il tempo non passa ma non è faticoso. Il negozio non è mai troppo affollato, ed è, naturalmente, sempre interessante. Non credo che Edward si aspettasse questo coinvolgimento da parte mia, ma quando torna da Glasgow e Rory non lavora per potersi concentrare sullo studio, pranziamo all'Old Mill e parliamo di affari.

Ci sediamo nella veranda, che è una stanza stupenda e luminosa anche in una giornata grigia come questa. Cerys ci porta il cibo – i loro toast al formaggio sono squisiti – poi si ritira dietro il bancone. Ogni tanto mi guardo intorno e vedo che ci osserva, chiedendosi, immagino, perché cavolo voglio lavorare con Edward. Per un po' mangiamo in silenzio, poi dico: «Se non è un problema, vorrei imparare un po' di cose sui libri e sull'arte di venderli o roba del genere. Quindi, se c'è qualcosa che diresti a un impiegato destinato a rimanere con te più tempo, sappi che mi interessa sentirlo».

Mi guarda a lungo, masticando pensieroso, poi annuisce. «Va bene, posso insegnarti. Sei abile?»

«Abile?»

«Intendo se sei precisa, con un buon occhio per i dettagli e la mano ferma. A volte aggiusto cose».

«Ah, intendi con i morsetti e la colla fatta con i conigli? So che non si dovrebbero riparare i libri con il nastro adesivo».

Rabbrividisce. «No, non si dovrebbe».

«Sì, alle medie ero una bibliotecaria. Avevamo un nastro adesivo speciale per sistemare i libri». Penso con affetto alla classe in ombra, sempre silenziosa, dove ho imparato la classificazione decimale Dewey e passavo gli intervalli da sola due volte a settimana, ad aggiustare libri per il signor Thompson.

«Okay, bene. Sì, posso farti vedere come si fa, e cosa cercare su internet e nei cataloghi di vendita eccetera. Se ne sei sicura». Riporta l'attenzione sul piatto, mangiando gli ultimi due pezzi di pomodoro.

«Sì, grazie. Mi piace essere coinvolta. Me lo devi dire se risulta fastidioso».

«E perché dovrebbe?». Versa dell'acqua nel suo bicchiere e, dopo un'occhiata interrogativa, anche nel mio.

«Be', è il tuo negozio. Non voglio che pensi che mi stia impicciando».

Sembra divertito. «Vuoi impicciarti?».

La considero un'occasione e rispondo: «No, solo che... pensavo all'esposizione in vetrina...».

Fa un sospiro profondo. «Continua. Ne possiamo parlare».

«Potremmo – cioè, *potresti* – avere un tema diverso ogni mese. Tipo il mese internazionale, o qualcosa del genere. Tirerò fuori qualche idea da sottoporti. E Rory dice che c'è una pagina Facebook, giusto?».

Scuote la testa. «Non pubblico mai niente».

«Lo so. Potrei occuparmene io. Sono brava con i social media, gestivo l'account Twitter dell'ultimo posto in cui ho lavorato. Avevamo quindicimila follower».

Sospira di nuovo. «Ho una libreria proprio per evitare tutta questa roba».

«Certo. Ma puoi continuare a evitarla, lascia che ci pensi io. Organizzate eventi?».

Ora sembra diffidente. «Tipo?»

«Be', so che c'è una sezione nuova. Ospiti mai gli autori per firmare i libri? O per qualche reading?»

«Non l'ho mai fatto. Non sono bravo con le persone, forse l'avrai notato».

Ignoro l'ultima frase. «E saresti disposto a provarci? Insomma, metti che riusciamo ad avere Amy Liptrot, per esempio».

«Mi piacerebbe molto conoscerla», dice, e per un attimo sembra animarsi.

«Sì, è gentile e alta, vero?». Annuisco. «E pare una persona molto interessante. Comunque: mettiamo caso che sia a Wingtown, per il festival o cose simili. Possiamo chiedere». Tiro fuori il telefono. «Il negozio ha un disperato bisogno di un account Twitter. Posso crearne uno? E anche di Instagram?»

«Per fare cosa, foto dei nostri tramezzini ogni giorno?», chiede divertito.

«Non è solo per le foto del pranzo», ribatto, anche se penso che potrebbe essere una bella trovata. I pranzi dei librai. «Posso scattare foto di libri belli o rari, e di quando li ripariamo e cose del genere».

«Non mi aspettavo fossi così entusiasta», dice. Mi guarda aggrottando la fronte. «È sconcertante».

«I giovani sono meravigliosi, ma non puoi aspettarti da Rory una mentalità imprenditoriale, per quanto sia esperto di tecnologia. Ma io ho studiato un po' di marketing e ci sono un sacco di cose che si possono fare oggigiorno senza spendere un centesimo. Immagino tu non abbia un budget per il marketing».

«Immagini bene».

«Bene, scommetto che posso fare lo stesso la differenza. Aumentare la clientela. Non dico di tanto, solo un po'».

È divertito, ha un mezzo sorriso sul volto. «Staremo a vedere».

Capitolo otto

Quando non sono al lavoro, vado in esplorazione. Ogni domenica, anche se piove, esco per tutto il giorno o per metà giornata. Sono stata al monastero di Whithorn, al castello di Caerlaverock e ho curiosato a Castle Douglas e Newton Stewart. Ho guardato casetorri e cerchi di pietre, e ho percorso in auto il sentiero stretto che porta a Cairn Holy, una famosa camera sepolcrale. Che senso ha stare qui se non visito le attrazioni del posto?

In una giornata stranamente soleggiata, raggiungo la fattoria di Drumtroddan per vedere le coppelle e gli anelli incisi su lastre di roccia cinquemila anni fa.

C'è silenzio. Le fattorie sono strane: o brulicano di attività o sono completamente immobili, e durante il giorno anche in una fattoria grande spesso non si vedranno persone né animali, solo edifici vuoti e tanti oggetti arrugginiti, fango e calce, cancelli e steccati, balle enormi di cavi sconosciuti, tubi avvolti tra loro. Mentre seguo i cartelli nell'aia, mi chiedo se siano infastiditi o contenti di avere queste famose incisioni sulla loro terra.

Parcheggio vicino all'enorme cartello VIETATO AI CANI e metto cinquanta penny nella cassetta sul muro con il messaggio dipinto SONO GRADITE LE DONAZIONI. Non credo guadagnino molto con i visitatori, neanche se tutti pagassero, cosa che probabilmente non accade. Mi chiedo se abbiano delle sovvenzioni per occuparsi delle pietre. Oppure è solo una seccatura, avere i sentieri e i passaggi consumati, e non poter usare un intero campo per le mucche a meno che non siano docili? Mi faccio tutte queste domande, ma non c'è nessuno a cui chiedere. Apro una staccionata e la richiudo con attenzione dietro di me, poi un'altra e infine una terza mi permette di entrare nel campo. Il terreno, sotto una coltre di erba verde, è duro e irregolare. Le pietre si trovano in fondo, circondate da recinzioni di ferro nere, arrugginite in alcuni punti, con piccole entrate che cigolano. Non circondano le lastre di pietra in modo troppo generoso, sono più che altro sistemate per includere più incisioni possibili in un posto solo. Dentro la recinzione l'erba è più corta, mangiucchiata dai conigli, e ci sono margherite, ranuncoli e campanule.

La brezza si è calmata e verso la fattoria si vedono solo erba verde, cielo azzurro e l'ammasso rosso del granaio nuovo e dei vecchi edifici della fattoria accalcati all'orizzonte. In lontananza sento un trattore e dei corvi che gracchiano sugli alberi a est. Gli affioramenti emergono in tre o quattro punti, esponendo vaste distese di roccia grigia coperta di licheni, con una sorprendente gamma di cerchi e anelli scolpiti e i segni delle coppelle. Mi siedo su una sporgenza naturale e mi chino per tracciare con le dita i vortici e le conche. È piuttosto emozionante e piacevole. Nessuno sa cosa significano questi segni, ma ci dev'essere voluto tempo per farli, non sono solo uno scarabocchio.

Il giorno dopo, al lavoro, do un'occhiata alla sezione di Storia locale e chiedo a Edward se posso scannerizzare qualche disegno a tratteggio dell'arte rupestre.

«Prendi il libro», dice, alzando lo sguardo per vedere cosa sto facendo.

«C'è scritto che costa dieci sterline», obietto.

Lui sventola la mano. «Non importa. Puoi prenderlo. Ci sono molte rocce scolpite in zona. Ne hai vista qualcuna?»

«Ieri sono andata a Drumtroddan».

«Ah, sì, quelle sono le più conosciute. Ce ne sono alcune a Hollinshaw», aggiunge. «Nel giardino».

«Davvero?»

«Sì. Aspetta, te le segno su una cartina. Se ti interessa».

«Magnifico».

Si alza dalla scrivania e inizia a frugare tra le mappe nella sezione dedicata alla cartografia. Abbiamo dozzine di mappe rosa della Ordnance Survey Landranger di tutta la nazione, in varie edizioni, e delle Explorer arancioni. Lotta con la numero 83, poi ci si china sopra per studiarla. «Ecco», dice, indicando con il dito. «Questa è casa tua...».

«Non mi stancherò mai di vedere casa mia su una mappa».

«E questo è il Viale. Vedi, il vecchio castello era qui...».

«C'era un castello? Cavolo».

«A Hollinshaw? Sì. Ci sono rovine nel bosco, ormai non è rimasto molto. Abitavano – abitavamo – lì fino all'inizio del diciassettesimo secolo. Poi abbiamo costruito sul terreno in cui ora c'è la casa, ma non si riesce a vedere molto dell'edificio originario. Comunque, se fiancheggi il confine del bosco qui, appena fuori dal sentiero trovi le rocce incise. Qui c'è un affioramento, ma devi cercare nella parte piatta sulla sinistra. Non è come Drumtroddan, ma si vedono chiaramente. Poi a ovest c'è un tumulo e anche un menhir. Credo sia sulla mappa… sì, eccolo. Nella parte alta, sopra il fiume».

«Wow, bello. Devo andare a vedere. Tuo fratello ha detto che posso girare ovunque nella proprietà». Lo guardo con la coda dell'occhio per studiare la sua reazione.

«Davvero?»

«Sì. Così almeno non mi sembrerà di sconfinare».

«Tanto qui non c'è quel reato». Mi guarda scuotendo la testa.

«Lo so, ma mi sembra strano e non potrei mai girovagare così, mi sentirei in colpa».

Edward ride. «Be', puoi stare tranquilla, se Charles ha detto che va bene».

«Sì. Grazie, prendo le mappe quando vado a casa. E posso davvero tenerlo?», chiedo sventolando il libro.

«Certo. Hai intenzione di studiartelo bene?».

Annuisco. «Mi piace imparare cose nuove. Qui è tutto diverso rispetto al Sussex, voglio sfruttare al massimo il mio soggiorno. Altrimenti lo rimpiangerò, quando tornerò a casa».

Mi guarda per un attimo, la sua espressione è difficile da decifrare. «Non riparti tra poco?»

«Oddio, no. No, resterò almeno fino a settembre».

«Bene», dice, e torna a fare quello che stava facendo.

Oggi è il mio compleanno. Quarantaquattro anni. Al Lodge arrivano biglietti di auguri da parte di Xanthe e Angela, di mia cugina Sarah e dei miei genitori. Sono a Shanghai. Hanno spedito qualcosa, ma mia madre non sa quando mi arriverà. C'è anche un biglietto da parte di due mie ex colleghe. Appena arrivo da qualche parte dove prende internet, mi aspetto di trovare messaggi su Facebook. Da parte di Chris non c'è niente. Mi dico che non mi aspettavo nulla. Apro i biglietti e li poso sulla mensola del caminetto. L'anno scorso eravamo fuori città per il mio compleanno. Non ci penso. E non va bene lamentarsi di non aver ricevuto biglietti, quando non ho mai accennato al compleanno: qui non lo sa nessuno, e non ho intenzione di parlarne. È un giorno come un altro.

Magari mi prenderò una bistecca, o andrò a Newton Stewart a cenare in un pub. Andare da soli in un locale sconosciuto non è molto più allettante rispetto al cucinarsi la cena. Ma non mi interessa: preferisco stare da sola che fingere di divertirmi da qualche parte. Mi chiedo cosa farò per il mio compleanno l'anno prossimo. Forse dovrei organizzare qualcosa. Ho un sacco di tempo per pensarci.

Parcheggio al solito posto vicino al municipio, e in quel momento mi squilla il telefono. Non conosco il numero, ma quando rispondo riconosco la voce di Chris. Mi chiedo se arriverà il giorno in cui non succederà. Questa è la prima volta che parliamo da quando sono qui – di solito comunichiamo via mail, ed è già raro.

«Buon compleanno», dice. «Ho pensato di chiamarti. Non sono riuscito a spedirti un biglietto».

«Non fa niente». Guardo le rondini piombare sul municipio e cerco di distaccarmi dalla conversazione.

«Ho dimenticato il compleanno di tutti», aggiunge.

«Oh, Chris, davvero? Sono tutti segnati sul calendario».

«Lo so».

«Be', dovrai fare uno sforzo. Non ti sei perso quello di tuo padre, vero?». Era la settimana scorsa, sei giorni prima del mio. Non gli ho mandato un biglietto – infantile, da parte mia.

«No, siamo... sono andato da lui».

Cerco di non pensarci. Sono andati tutti, mi chiedo? Anche i figli di Susanna? Non riesco a immaginarmi la scena. Forse è meglio così.

«Oh, be', meno male. Devi solo guardare il calendario all'inizio del mese. Nella credenza ci sono i biglietti».

«Ah, sono lì? Mi sembrava che ce ne fossero. Comunque, auguri, Thea. Fai qualcosa?».

Scendo dalla macchina e chiudo la portiera. Tira un vento freddo e tremo. «No, non ho organizzato niente». Sto per dirgli che non ho nessuno con cui fare qualcosa, ma mi sembra patetico quindi sto zitta.

«Be', d'accordo. Passa una buona giornata. Ehm...».

È chiaro che non sa cos'altro aggiungere. Mi intristisce il fatto che non abbiamo nulla da dirci.

«Sarà meglio che vada», gli dico. «Sto andando a comprare una torta».

«Ah, per il lavoro?»

«Sì». In realtà non ho accennato del mio compleanno a Edward, né ho intenzione di farlo. Ma se Chris pensa che daremo un'allegra festicciola in ufficio, tanto meglio.

«Va bene, allora. Stammi bene».

«Sì, anche tu».

Mi saluta e riattacchiamo. Mi appoggio un attimo alla macchina e mi mordo forte il labbro. Avrei preferito un biglietto, oppure niente. È più facile, se non gli devo parlare. Che conversazione breve e banale. Apro la porta della panetteria e studio la selezione di torte. Penso che prenderò dei panini dolci.

Quando arrivo a casa, sulla porta ci sono dei fiori in una scatola. Per un secondo folle penso siano da parte di

Chris, ma ovviamente non è così: sono di Xanthe e Rob. E va benissimo. Entro e li porto in cucina, frugando nel mobiletto sotto il lavello alla ricerca di qualcosa in cui metterli. Sono gerbere rosa acceso e gialle, e hanno una aspetto molto moderno nel vaso antico di vetro pressato, ma mi piacciono e le lascio sul tavolo della cucina, così posso guardarle mentre mangio la mia bistecca di compleanno.

In realtà non è stata una brutta giornata: c'era il sole e abbiamo venduto un bel po' di libri, il che ha messo Edward di buon umore. Tutto considerato, sarebbe potuta andare molto peggio.

Cerco di passare la serata chiamando Xanthe e guardando *Monty Python e il Sacro Graal*. In questo periodo dell'anno qui non fa buio fino quasi a mezzanotte, e andando a letto mi siedo sul davanzale della camera e guardo il giardino fuori per secoli, mentre la sera diventa notte. Mi sento strana e nostalgica, non necessariamente per tutti i compleanni durante il mio matrimonio, ma per il periodo antecedente – l'adolescenza e i miei vent'anni, quando non sapevo chi ero né cosa volevo. In questo momento dell'anno c'è qualcosa nell'aria che mi ricorda sempre di quando studiavo per l'esame di maturità. Non che quelle sere fossero lunghe e luminose come lo sono qui, ma anche a casa non fa buio prima delle nove, e passavamo un sacco di tempo nel giardino vicino alla scuola, all'imbrunire, bevendo sidro avuto illegalmente e fumando.

Qualcosa nella qualità della luce innesca i ricordi, e in tutti gli anni passati da allora, è proprio quel giugno particolare che ho più impresso nella memoria, o forse i cinque o sei di fila in cui "estate" significava "studiare" o cercare di studiare. Penso alle serate passate da Mark

Woodley, l'ultimo anno delle superiori, quando i suoi genitori non c'erano, e alle cose che facevamo invece di stare sui libri. Sembra impossibile che siano passati ventisette anni da quando ho perso la verginità. Cosa direbbe la me stessa diciassettenne se mi vedesse seduta qui, con il braccio contro il vetro e addosso i pantaloni del pigiama dello zio Andrew, senza piani o sogni per il futuro?

Capitolo nove

Giovedì, fine giugno. Edward è sulla sua poltrona verde e io sono appollaiata sul bancone. Non ho una sedia, perché non c'è spazio per due, quindi salgo su uno sgabellino e mi sistemo lì, quando il negozio non è affollato. Dice che "dà un'aria di informalità giovanile", al che di solito alzo gli occhi al cielo.

Stiamo mangiando i tramezzini che ho comprato all'Old Mill. Mentre mastico, mi viene in mente una cosa.

«Tuo fratello mi ha invitata a una festa», gli dico.

«Cosa?». Non rispondo, dando per scontato che mi abbia sentita benissimo. «Che tipo di festa? Cristo santo».

«Non lo so. Un cocktail party? Non ho mai partecipato a un cocktail party».

«Hai ricevuto un invito scritto?»

«No, mi ha mandato un messaggio. Ammetto di essere rimasta un po' delusa». Davanti agli occhi immagino un invito stampato con i bordi dorati e una calligrafia sinuosa.

«Un messaggio? Santo cielo. Che volgare. E come fa mio fratello ad avere il tuo numero?», Mi guarda storto. Davanti al suo tono di disapprovazione mi scappa da ridere.

«Me l'ha chiesto l'ultima volta che l'ho visto».

«E quando è stato? Perché gliel'hai dato?»

«La scorsa settimana è passato a trovarmi. Cerca di ammorbidirmi sperando che gli venda il Lodge». Almeno, è quello che credo stia facendo. Ultimamente è passato un paio di volte. Mai per troppo tempo, e abbiamo chiacchierato del più e del meno. La settimana scorsa abbiamo parlato della trasformazione del granaio a cui sta lavorando la sua squadra di costruttori. Mi ha chiesto due volte di Chris e io sono stata evasiva. Non so bene chi conosca la mia "situazione". Charles non credo; probabilmente stava solo cercando di capire se sono separata. Ma non gliel'ho detto. Ci siamo seduti in giardino e abbiamo bevuto un tè; è stato abbastanza piacevole. Non c'è bisogno di dire niente di tutto ciò a Edward.

«Te l'ho detto. Non vede l'ora di metterci le mani».

«Non l'ha chiesto direttamente, non da quando sono arrivata. Voleva sapere se avessi deciso cosa fare e bla bla bla. Lo sai com'è, parecchio affascinante».

«È un bastardo». Questo è quello che Edward ripete più o meno ogni volta che salta fuori il nome di Charles, anche se non ha ancora spiegato perché la pensa così, e io non ho intenzione di chiedere.

«Sì, okay. Comunque, cosa dovrei mettere per un cocktail party? Non riesco a non pensare a qualcosa che faccia un po' anni Ottanta».

«Un vestito».

Sbuffo. «Sì, grazie mille, Anna Wintour».

«Chi altro ci va? Sei sicura che sia una festa?»

«Ha detto che era una festa». Rido. «Pensi che stia cercando di farmi andare lì da sola? Oh, santo cielo. Ci saranno anche Alastair e Jenny. E Richard e Catriona, e i Callows, a quanto pare. Gliel'ho chiesto, non mi piace andare a eventi dove non conosco nessuno, ed essere single…», mi blocco, ricordando che Edward non sa che sono single, e non voglio neanche che lo sappia. «Voglio dire, essere da sola mentre tutti gli altri sono accompagnati è imbarazzante».

«Non puoi far venire il signor Mottram per il fine settimana? Verrà mai a trovarti?».

Ce l'ho con me stessa per aver tirato fuori l'argomento. «È troppo occupato al momento», spiego. «Il lavoro è un incubo».

«Be', Charles sarà da solo, no?». Alza gli occhi al cielo.

«Dici? Non saprei. L'ho visto andare a cavallo con una bionda». Ricordo che Charles ha detto "noi" quando mi ha invitata a visitare la casa, anche se ho notato che non l'ha più fatto da allora.

«Ah, probabilmente è Miranda. Non credo siano… anche se potrebbe essere». Edward scrolla le spalle, sottintendendo una totale mancanza di interesse da parte sua.

«Comunque, sarà impegnato a fare il padrone di casa e tutto il resto. E anche se non lo fosse, non vorrei passare tutta la serata con tuo fratello».

Mi guarda per un lungo istante. «Ah, no? E perché?»

«Non credo che abbiamo molto in comune, se devo essere sincera».

«No», concorda, «probabilmente no».

«In ogni caso, ha detto che ci sarà anche qualche single. Prima che tu lo chieda la risposta è no, non so chi siano. Che tipo di vestito? Non uno lungo, vero?»

«No, quello è da sera».

Sospiro. «Sono abbastanza sicura di non avere niente di adatto. A meno che non ci sia qualcosa nella stanza degli ospiti». Ho intenzione di ordinare gli abiti di zia Mary e fotografarli, così potrò metterli su eBay. Meraviglie vintage. «Magari c'è qualcosa di bello degli anni Cinquanta che potrei indossare. Anche se lo stile vintage è un po' triste addosso a una della mia età».

«Non essere ridicola».

«Ma è vero. I suoi vestiti degli anni Cinquanta non erano per una donna della mia età. Lei aveva tipo vent'anni, e probabilmente una vita di quarantacinque centimetri. Cosa che io non ho. E non ce l'avevo neanche da ragazza».

«Non puoi comprare qualcosa?»

«E dove? Non posso mica andare fino a Dumfries». Batto i talloni sul bancone.

«A Kirkcudbright vendono vestiti. E a Castle Douglas. Almeno credo».

«Boutique», dico. «Non lo so. Forse è meglio che cerchi su internet. Dovrò farlo oggi».

Non ho ancora la banda larga al Lodge, perché non ci vivo davvero, anche se in pratica è così. Forse dovrei risolvere la questione… è un bel fastidio.

«Edimburgo. O Glasgow».

«Non voglio andare fino a Glasgow, che cavolo. Sono due ore di macchina».

Scuote la testa. «Ma ci sono un sacco di negozi. Quand'è la festa?»

«Sabato». Restiamo in silenzio. Finisco il tramezzino e bevo un bicchiere d'acqua. Holly Hunter fa il suo ingresso dal corridoio, ci guarda entrambi e miagola a Edward, esigendo di essere presa in braccio. Lui se la sistema sulle ginocchia, dove la gatta fa le fusa – sembra una motosega. Non si siede ancora sulle mie gambe, per quanto cerchi di attirarla. Do per scontato che la conversazione sia finita, quindi prendo il telefono per controllare i messaggi.

«Devi proprio andarci?», chiede alla fine.

«Alla festa? Sarebbe scortese rifiutare. E mi piacerebbe vedere la casa. Non sono ancora stata dentro. Sono una ficcanaso. Mi piacerebbe entrare in una casa del genere come ospite, non come visitatrice. E vedere dove sei cresciuto».

«Non è così interessante».

«Non essere stupido, è una cosa affascinante».

Sembra vagamente sgomento. «No, invece».

«Pfff. Sì, Edward, ci puoi provare, ma non sarai mai normale, perché una persona normale saprebbe che il palazzo signorile in cui è cresciuto qualcuno che si conosce sarà sempre interessante».

Dopo una sessione di shopping piuttosto travagliata, ho un vestito nuovo. È di una tonalità di blu acceso piuttosto audace, e lucido. Sembrava carino in negozio. Jenny dice che è carino anche ora, ma non posso dire di esserne del tutto convinta. Però è di un bel colore, ed è un modello adatto a me, con la vita alta. È senza maniche, ma ho una specie di scialle nero, quindi va bene. Sono arrivata insieme ad Alastair e Jenny, e ora sono dentro la casa, finalmente, e mi stanno facendo strada in un corridoio con l'eco, tutto marmo e teste di cervo. Ci sono candele, pannelli e quadri scuri di fiori e frutta. Poi ci troviamo in una sala più luminosa, con divani e specchi e un caminetto enorme intagliato. Ci sono un sacco di persone – molte di più di quanto mi aspettassi – e sul soffitto sono dipinti cherubini paffuti. Fuori non è buio, e alle due immense finestre che danno sul prato davanti alla casa ci sono enormi tende arricciate e mantovane di quasi un metro. È più o meno come me l'ero immaginata, ma comunque molto strana. Cerco di immaginare come sarebbe crescere in un posto del genere, ma non ci riesco.

Alastair e Jenny sono stati trascinati via, ma Gavin McPherson, il proprietario di una ditta di arredi per il bagno che ho conosciuto quando sono andata a guardare le docce, si avvicina per salutarmi, e poi mi presenta una donna schifosamente attraente che si chiama Miranda, prima di sparire di nuovo. Cerco di non sentirmi abbandonata, e mi concentro su Miranda. Suppongo sia la bionda che ho visto cavalcare con Charles, dal momento che non ci possono certo essere tante persone con quel nome.

«Charles mi ha detto che sei amica di Eddie», dice. Bevo un sorso di Kir Royal e cerco di non agitarmi, anche se mi sento agitata. Il suo vestito costa di sicuro più delle cinquanta sterline che ho speso per il mio. Mi viene da pensare che anche la sua acconciatura probabilmente è costata più del mio abito, delle mie scarpe e della mia giacca messi insieme.

Eddie? Cristo santo.

«Sì, lavoro per lui», rispondo. «In libreria».

C'è un'altra donna, ugualmente attraente, che è in piedi di fianco a noi, come si fa a questi eventi. Credo si chiami Sophie. Si gira a guardarmi con gli occhi spalancati, incuriosita. «Davvero? Santo cielo. È un bravo capo? Ha un caratteraccio».

«Quando è di cattivo umore lo ignoro», commento, scrollando le spalle. Sposto lo sguardo dall'una all'altra. «Come lo conoscete?».

Miranda risponde: «I nostri genitori erano amici. Li conosco da quando eravamo bambini».

Annuisco e guardo Sophie. Lei ride. «Oh, io lo conosco – li conosco», posa gli occhi su Charles, che parla con un'altra donna attraente vicino alle finestre, «da anni. Ma non da tanto tempo come Miranda, grazie a Dio. Ho l'impressione che fossero bambini terribili».

Miranda ride. «Sì, soprattutto Charles».

«Peccato non si parlino», butto lì. Non so ancora il motivo e, lo ammetto, la questione mi affascina. Sophie si è allontanata con il marito, credo – un uomo molto più grande di lei con i capelli ricci bianchi.

Miranda annuisce. «Mio Dio, sì. Insomma, per un po' è stato anche divertente, ma in tutta onestà… è complicato. Non li si può invitare allo stesso evento. È difficile anche solo far uscire Eddie. Che spreco». Sospira. «Anche se do la colpa soprattutto a Carolyn».

«Chi è Carolyn?».

Piega la testa di lato, nei suoi occhi leggo una domanda inespressa. Evidentemente qua danno per scontato che tutti conoscano l'intera storia. Be', non io, cara. Non so niente. Si avvicina leggermente e abbassa la voce. «La moglie di Charles. Ex moglie, veramente. Insomma, Julia e Charles erano già separati quando… ma Carolyn… Non mi sono mai piaciute le persone del genere, tutte *spaventosamente* dissolute, e in un modo così all'antica».

Non ho la minima idea di cosa stia parlando, ma annuisco lo stesso.

Lei scuote la testa, sospira, e purtroppo cambia argomento. «Abiti qui da tanto?»

«In realtà non abito qui», dico, «resto solo per l'estate. Mio zio è morto e mi ha lasciato la casa».

«Ah, sei la donna del Lodge?».

Sbatto le palpebre. «Suppongo di sì».

«Charles mi ha parlato di te, ma non avevo capito che fossi l'amica di Eddie». Ride. «Che strano».

«Non lo conoscevo prima di venire qui», commento, irritata. Non mi piace l'idea che la gente parli di me. Non sono interessante, dopotutto. Cosa dicono, queste persone terribili con i loro lineamenti meravigliosi e senza accento scozzese? Immagino che lei venga da una casa come questa. Questo posto mi sta innervosendo. È bello trovarsi in un luogo del genere senza cardi o foglie di agrifoglio sui mobili per evitare che la gente si sieda, o funi che tengano lontani dai ninnoli – potrei toccare qualsiasi cosa in questa stanza, e anche se sembrerebbe strano non scatterebbero allarmi. Ma i ritratti di giovani donne bellissime degli ultimi tre secoli e una serie di giovanotti con la parrucca e l'uniforme che somigliano sempre di più a Charles e Edward mentre si fanno strada nel tempo è... troppo strana.

«Hai intenzione di vendergli la casa? A Charles, intendo», chiede Miranda, interrompendo i miei pensieri.

«Non lo so ancora».

«È molto impaziente. Oh, non avrei dovuto dirlo». Ride. «Ora potresti chiedergli più soldi!».

«Sono consapevole del suo interesse», rispondo, e poi mi sento in imbarazzo, in parte perché devo essere sembrata brusca e in parte perché così sembro convinta che sia interessato a me, e non è quello che intendevo.

«Immagino», commenta tranquilla. Le porte dell'ingresso si aprono e arrivano altre persone. «Ailsa, tesoro!», esclama Miranda, distogliendo l'attenzione da me. «Che meraviglia». Poi finge di baciare una donna tonda e minuta; quest'ultima indossa orecchini talmente brillanti che devono per forza essere diamanti veri. Mi allontano con aria assente.

Ora vorrei aver rifiutato l'invito. Non mi piace fare conversazione con estranei e a volte mi ritrovo a chiedermi cosa questa gente pensi davvero a eventi del genere (non che abbia mai partecipato ad altri eventi del genere). Incrocio lo sguardo di Jenny dall'altra parte della sala e lei fa una smorfia prima di tornare a rivolgersi all'uomo con cui sta parlando.

Mi sento grassa e – cerco di identificare la sensazione – grezza. Come se i miei piedi fossero troppo grandi e i vestiti troppo economici, e tutto il mio essere non abbastanza sofisticato. Sono le persone o l'ambiente a farmi sentire così? O il mio atteggiamento? Sono tutti affascinanti, ma vorrei essere a casa, oppure che ci fosse qualcuno con me in modo da non dover stare qui vicino a una *console* da sola cercando di apparire indipendente e rilassata. Mi sposto lentamente e mi vengono offerti canapè da una giovane elegante con una giacca bianca in stile vagamente militare. Prendo una mozzarellina imbrattata di purea di piselli ed evito il contatto visivo con Johnny, un cinquantenne che sta perdendo i capelli cui sono appena stata presentata. Io, lui, Charles e Miranda siamo i quattro single. Non posso fare a meno di avere una scarsa opinione della scelta di Charles, dando per scontato che ci abbia riflettuto. Ma lui e Johnny sembrano grandi amici, quindi forse non l'ha scelto per intrattenermi.

Vorrei che Edward fosse qui: sarebbe divertente guardarlo odiare l'intera scena. Ma forse non la odierebbe – dopotutto, deve conoscere tutte queste persone, anche se non gli piacciono.

«Thea! Ti diverti?». Charles appoggia la spalla sulla mensola intagliata del camino e mi sorride. «Ma quel bicchiere è vuoto, non va bene». Si guarda intorno alla ricerca di un cameriere.

«Oh, l'ho appena finito. Tra un attimo faccio il pieno, tranquillo». Mi schiarisco la gola. «Più che altro, siccome è la tua festa, ti stai divertendo?»

«È sempre bello avere gente in casa», dice.

«È molto grande per una persona». Il sottinteso mi diverte, e sorrido tra me e me.

«Non sono *sempre* solo. I ragazzi sono qui spesso, e ho una domestica, anche se non è proprio di compagnia».

Ha due figli, mi ha detto Jenny, avuti dalla prima moglie Julia, l'arredatrice di interni. Sono adolescenti, un maschio e una femmina. Sono quasi sempre via per la scuola, e trascorrono metà delle vacanze con Charles e l'altra metà con la madre, che ha una casa vicino a Dumfries. Lui e la seconda moglie, Carolyn, non sono stati sposati a lungo, o almeno così mi hanno detto. Niente figli, comunque. Mi chiedo com'è la domestica. Immagino una donna robusta vestita di tweed, ma chissà. Non può essere affascinante, però, altrimenti sarebbe di sicuro alla festa, no? Non so come funzionano queste cose nel ventunesimo secolo.

«Hai una di quelle cucine con un milione di tegami in rame?». Per qualche motivo, ho continuato a pensare a questa cosa.

«Be', sì, ma ormai non li usiamo più per cucinare. Nella mia ala della casa, ho fatto fare una cucina più piccola. Per fortuna è gestibile, ma ci sono stanze che teniamo chiuse per quasi tutto l'anno, a meno che qualche ospite non decida di trattenersi. E in inverno stiamo nell'ala est perché è più semplice riscaldarla».

«Non sarebbe più facile vendere e andare ad abitare in un posto più pratico?», chiedo, incuriosita.

«Dipende da cosa si intende per "più facile". In un certo senso sì. Ma abbiamo sempre vissuto qui. Dal quattordicesimo secolo, comunque».

«Sì, lo so. Non che non lo immaginassi». Mi chiedo cosa facessero i miei avi nel quattordicesimo secolo. Morivano di peste, suppongo.

«Devi venire, così ti faccio fare il tour», dice. «Sarebbe scortese da parte mia se abbandonassi tutti gli altri, stasera».

Rido. «Credo proprio di sì».

Beve un sorso e guarda i suoi ospiti, tutti impegnati a mangiare, bere e chiacchierare allegramente. Mi aspetto che farfugli qualcosa e scivoli via per parlare con qualcun altro, invece dice: «Ho sentito che hai consultato Gavin McPherson per il tuo bagno».

«Ah, sì. Be', è una bella rottura non avere una doccia come si deve, e se decido di restare – ma anche di vendere, a essere sincera – un bagno nuovo non farebbe male. Non sto... non voglio cercare di ottenere più soldi da te», aggiungo. «Insomma, se decidessi di vendere. Sei una delle opzioni».

«Sì», risponde, «immagino di esserlo». Sorride, e credo – anche se non potrei giurarlo – che mi faccia l'occhiolino.

Che strano. Forse ha un tic. Lo ignoro, comunque, e continuo a blaterare di bagni. Accenno al caminetto orribile che ho in salotto e mi viene in mente che Edward mi ha parlato dell'archivio di Charles e del fatto che potrebbe avere foto del Lodge.

«Ah, certo», dice. «C'è una stanza piena di progetti e fotografie». Guarda gli ospiti in sala. «Vieni, ti faccio vedere».

«Hai appena detto che non puoi abbandonare la festa», gli ricordo.

«Sono sicuro che non se ne accorgerà nessuno». Fa un cenno verso la porta, non quella da cui siamo entrati. «Lì ci sono un sacco di cose interessanti. Ti piacerà».

Lo seguo. Forse ha ragione. «Sì, ma gli ospiti?»

«Stanno bene. Guarda, sono tutti presi dalle loro conversazioni, non se ne accorgeranno neanche». Mi tiene aperta la porta ed esito per un istante, poi esco nel corridoio. Chiude la porta alle nostre spalle e di colpo c'è silenzio. Il corridoio si allunga in entrambe le direzioni, e noi svoltiamo a destra, lontano dall'atrio. Ci sono diverse porte su ogni lato, più vari pannelli e quadri illuminati dalla luce delle lampade sui tavolini.

«Charles, non c'è bisogno che me li faccia vedere adesso».

«Qui dentro», dice, e apre una porta. Accende la luce. La stanza in cui siamo è piccola, piena di scaffali e cassetti, e c'è una grande scrivania al centro con una sedia su entrambi i lati. Vista l'assenza di finestre, forse è più un armadio gigante.

«È tutto catalogato», spiega, sventolando la mano. «Registri della proprietà, fatture, testamenti... Di tutto, insomma. I progetti della casa sono qui. E quelli di tutti gli edifici della proprietà».

Contro la parete in fondo c'è un grande baule. Ci si avvicina e guarda le etichette. «Non tiro fuori questa roba da anni. Da quando abbiamo fatto i lavori all'East Lodge».

Mi guardo intorno, affascinata. Tutto questo è folle – possedere cose che la propria famiglia ha avuto per secoli. Il tavolo dei miei bisnonni non può certo competere.

«Ecco», dice, tirando fuori una cartella di cartone da un cassetto. «Qui dovrebbero esserci le foto. E i progetti…». Si china e apre un cassetto più in basso. «Sì, eccoli». Li sparge sulla scrivania e mi avvicino per sbirciare.

«Illuminiamo un po'…», dice, premendo il pulsante di una lampada arancione. «Ecco».

È meraviglioso guardare i progetti di casa mia, disegnati nel diciottesimo secolo.

«Forte».

Apre la cartella. «Sì, guarda, queste foto sono state scattate poco prima che tuo zio la comprasse. E queste sono…», ne gira una, «degli anni Venti. Quello è il custode, Dougie MacNeil. Mio padre parlava di lui. Quando è morto hanno venduto il Lodge».

Guardo l'uomo nella foto. Indossa camicia e gilet e sorride all'obiettivo. Un gatto bianco e nero è seduto sul gradino della porta alle sue spalle. Non ci sono glicini, il che fa sembrare la facciata dell'edificio stranamente nuda.

«Volevo dire…». Charles tira fuori un'altra foto, più vecchia, di una donna con un cappello in testa in piedi accanto a una ragazza su una sedia. Sembra antecedente alla prima guerra mondiale, forse il 1910.

«Sì?», lo incalzo.

«Quel vestito ti sta molto bene. Bellissimo colore».

«Oh», rispondo, imbarazzata e un po' preoccupata. «Sei gentile. L'ho scelto proprio per il colore».

«Sì, è molto… allettante».

Mi guardo. «Non era mia intenzione esserlo, ma grazie. Forse è un po' troppo lucido».

«No, è… stai benissimo».

«Be', grazie. Non sono abituata ad andare in posti in

cui ci si deve mettere in tiro». Mi schiarisco la gola, in imbarazzo. Fa caldo qui dentro, o sono io? Non voglio stare sola con Charles se ha intenzione di parlare di come sono vestita. «E grazie per avermi fatto vedere queste. Ma credo che la gente si chieda dove sei, dovremmo tornare di là».

Mi guarda per un lungo istante senza dire niente, poi abbassa lo sguardo sulle foto.

«Vieni pure quando vuoi a vederle meglio», dice. «Posso dire a Lynda di cercarne altre».

«Chi è Lynda?»

«Oh, la domestica».

«Gestisce le tue cose?». Sono sorpresa.

«La maggior parte». Mi sorride. «È come avere una moglie, ma senza...». Fa una pausa. «Ehm, seccature».

Mi scappa una risata nasale – molto fine – ma non commento. «Dovremmo tornare di là», dico invece. Charles spegne la luce e fa un passo indietro, lasciando il contenuto della cartella sparso sul baule. Lo seguo alla porta, che mi tiene aperta, posandomi l'altra mano sulla schiena. Allungo leggermente il passo; non voglio dare l'impressione di scappare ma neanche incoraggiare nulla. Se c'è qualcosa da incoraggiare. Dio, odio queste cose. Avevo scordato che avere un marito mi evitava queste... rotture.

Tornati nel salone, spero che nessuno abbia notato la nostra assenza. Siamo stati via abbastanza da suscitare supposizioni. Quando Jenny mi passa davanti, dico: «Oh, ecco Jenny. Le dovevo chiedere... Scusami», e le corro dietro.

«Ehi», mi saluta lei. «Ti ho vista rientrare. Cos'avete

combinato?». Fa un ghigno. «Niente di sconveniente, spero».

«Santo cielo. No. Voleva farmi vedere i progetti del Lodge».

«Ah, certo», ribatte, inarcando le sopracciglia. «Adesso si dice così?»

«Jenny».

Ora ride. «Ora tutti si chiederanno di voi due».

«Sono abbastanza sicura di no».

Sorridendo, dice: «Ma, a parte quello, come te la passi? È un bello sforzo, vero?»

«Estenuante». Conversare con gli estranei è dura. «E queste persone sono talmente raffinate».

Ride di nuovo. «Sì, un po'. Parla con me. Alastair è andato in bagno. Io stavo inseguendo la ragazza dei canapè. Hai provato uno di quei cosi minuscoli ai gamberetti?». Scuoto la testa, sollevata di poter parlare con una persona più diretta.

«Come va il lavoro?», mi chiede, dopo che entrambe abbiamo preso al volo due canapè ciascuna (mezzo fico con formaggio di pecora e i suddetti gamberetti coperti di *panko*) dal vassoio.

«Ah, sì», rispondo, cercando di infilarmi il mezzo fico in bocca in modo elegante. «Va bene, mi sembra. Mi piace».

«Davvero?»

«Mmm, sì. È interessante. E Edward è simpatico».

«Ti piace». Non è una domanda, è un'affermazione. Mi sta guardando con curiosità.

«Sì, mi piace. Non l'ho mai visto comportarsi davvero in modo detestabile, non capisco perché lo odiate tutti così tanto».

«Non lo odio», dice, «ma... è talmente scontroso che mi passa la voglia. E non importa quanto ci si provi – l'abbiamo invitato a cena un milione di volte –, non cambia niente. Credo gli piaccia essere infelice».

«Non credo lo sia», obietto. «Sembra abbastanza felice per conto suo. E penso gli piaccia fingere di essere scorbutico».

«Non è la prima volta che lo dici».

«Si riesce a farlo ridere davvero, quindi non penso sia davvero scorbutico».

«Non l'ho mai visto ridere sul serio. Devi essere uno spasso».

Ci penso su per un secondo. «Oddio, non credo. Forse non... Non lo so. Siccome sono nuova, non ha trascorsi con me. Mentre con voialtri...».

«Sì, è vero. Siamo abituati a lui».

«Sì. Comunque, per mia fortuna, andiamo d'accordo. In caso contrario sarebbe un po' uno schifo. Dopotutto, è praticamente la persona che vedo di più».

Lunedì, quando arrivo in negozio, Edward sta aprendo degli scatoloni pieni di nuovi libri. Alza lo sguardo al suono della campanella.

«Com'era la festa?»

«Oddio, orribile».

Sembra divertito, e immagino abbia tutte le ragioni per esserlo. «Davvero? Come mai?»

«Quelle cose non fanno per me. Conoscevo pochissime persone, erano tutti molto... sofisticati». Metto la borsa dietro il bancone e sospiro.

«Ma di sicuro te lo aspettavi, no?»

«Colpa mia che ci sono andata».

«La troppa curiosità uccide».
Lo guardo storto. «Be', per fortuna non mi è successo».
«E cos'è successo, allora?».
Conto con le dita. «Ero a disagio. In ansia. Annoiata».
Ride. «In ansia? Perché mai?».
Sollevo una spalla. «Non mi piace quel genere di cose. Ho dovuto conversare con estranei, mi sono sentita…».
«Come ti sei sentita?». È concentrato del tutto su di me.
«Non credo capiresti». Mi siedo sulla poltrona verde e muovo il mouse per riattivare il computer.
«Mettimi alla prova».
«Grassa, vecchia e… banale». Sbatte le palpebre e io rido. «Lo so, è stupido. Insomma, sentirsi banali. Il resto… Comunque è la mia negatività, a volte me ne dimentico ma è bella pesante». Rido di nuovo.
«Negatività? Non posso dire di averla notata». Sembra serissimo, ma sono sospettosa.
«Mi sfotti?».
Fa un ghigno. «No. Un po'. Comunque non sei grassa né vecchia. E di certo non sei banale».
«Invece sì. Insomma, tuo fratello è un *lord*. Non che mi importi, così come non m'importa di essere banale. Ma tutte le donne della famiglia di mia madre erano servitrici, negli ultimi duecento anni o giù di lì, ed è difficile non pensarci». Mi alzo e mi stiracchio; i gomiti scricchiolano. «Forse anche di più. È come una memoria genetica. Avrei passato il tempo a pulire, non a scattare per mangiare canape». Non pronuncio l'accento apposta. «Un secolo fa non mi avresti neanche parlato, se non per darmi ordini o…». Non riesco a esprimere bene ciò che intendo. «Mi sono sentita a disagio».
«Un secolo fa in realtà saremmo stati alla Somme in

mezzo al fango», dice. «Troppo impegnati a gridare ai soldati».

«Ah. Be', sì, forse. Ma sei un po' in là con gli anni, no? Stai facendo il mio stesso errore», aggiungo. «Pensi a te stesso come a un ragazzo giovane, come io mi immagino sguattera. Ma a quest'età sarei diventata una cuoca o una domestica, e tu saresti stato un generale oppure troppo vecchio per combattere».

Mi guarda con la fronte aggrottata. «Immagino di sì», commenta. «Hai ragione. Nella mia testa ho sempre vent'anni».

«Lo so. Deprimente, vero?».

Capitolo dieci

È inizio luglio e lavoro nella libreria da quasi due mesi. Mi occupo dell'esposizione in vetrina, ed è cento volte migliore rispetto a prima, se proprio devo dirlo. L'account Twitter, con orrore di Edward, è un successo clamoroso e ho iniziato a mettere su Instagram foto di libri, e sto anche pubblicando sulla pagina Facebook che il fratello di Rory aveva creato cinque anni fa.

«Non so perché ti dai tanto affanno», dice. «Quando te ne andrai, non farò niente di tutto questo».

«Aggiungilo alle mansioni di chi mi sostituirà. E-marketing».

«Cristo santo».

«Abbiamo già più di cinquecento follower su Twitter. Sta andando piuttosto bene. E per la maggior parte sono persone vere, non solo altre librerie». Sto aprendo delle scatole, tre delle quali sono arrivate stamattina, e togliendo quello che c'è dentro. Impilo i libri per terra accanto al bancone.

«Aiuto».

«Se assumi qualcuno di giovane, sarà felice di occuparsene. Non è difficile. E proprio grazie a Twitter ho venduto quel cofanetto di Austen della Folio Society».

«Lo so», dice a malincuore. «Sei brava».

«Non ne sono certa, ma non è affatto complicato. Interazione, Edward, ecco di cosa si tratta». Apro una guida turistica degli anni Settanta sulle Lowlands e la sfoglio. Ci sono fotografie meravigliose, molto sature, il mio tipo preferito di aiuola urbana, panorami con cieli sospettosamente azzurri e *lochs*. Sono le cose a cui non si pensa mai, come i cassonetti e le pensiline, a rendere nostalgici. O le scritte sulle facciate dei negozi: ce ne sono alcuni a Castle Douglas che hanno ancora le insegne degli anni Sessanta, le ho fotografate per il mio profilo Instagram personale. Una ha avuto quasi ottocento like. Sono un'esperta di social media.

Mi giro a guardare il mio capo, che sta sbuffando.

«Non ho aperto un negozio di libri antichi per *interagire* con la gente», dice con ribrezzo. Gli rido in faccia. Sono davvero convinta che quasi tutta la sua scontrosità sia una farsa. Magari ogni tanto riesce a ingannare anche sé stesso. Ma è più che altro una posa, una maschera. Non so perché voglia nascondersi così. Anche se passiamo spesso tutto il giorno insieme, e a volte la sera andiamo a prendere qualcosa da bere, non parliamo ancora molto di noi, dal momento che siamo troppo occupati a discutere di libri.

«Hai visto le previsioni?», mi chiede, alzando lo sguardo dal telefono.

«No», rispondo, aprendo un'altra scatola. «Uh, storia locale».

«È quello che c'è lì dentro? Ce ne ha messo di tempo ad arrivare. Comunque, più tardi dovrebbero esserci ventitré gradi, forse ventiquattro domani. Che caldo soffocante, non ci riprenderemo mai».

«È una temperatura piacevole», ribatto, sorpresa. «Non credevo potesse fare così caldo quassù».

Sbuffa «Ma certo. Più o meno ogni cinque anni per due giorni. Sai cosa dovremmo fare?».

Sistemo un'ultima pila di libri sul bancone e inizio a smontare la scatola. «Sì? Cosa dovremmo fare?»

«Chiudere il negozio e andare al mare».

È una proposta talmente inaspettata che rido. «No. Davvero?»

«Dovremmo andare al Capanno».

«Cos'è il Capanno? E non dirmi che è letteralmente un capanno, per favore».

«Invece sì. Anche se… è un po' più grande di un capanno normale. Ma niente di imponente. Le chiamano cabine da spiaggia, ma non sono come quelle che trovi a Southwold o a Brighton. È più una baracca. Niente elettricità. Ma c'è un bagno. È primitivo, ma meglio del campeggio».

«Al mare?»

«Già. A una quindicina di chilometri da qui. Una caletta. Ci sono un ruscello, scogli e un po' di sabbia. Ci andavamo spesso da piccoli».

«Ah, davvero?». Un frammento di informazione sulla famiglia.

«Va' a casa e prendi il costume».

Rido. «Non me lo sono portata. Sono venuta qui solo per svuotare l'abitazione, non avevo in programma di restare».

«Allora comprane uno».

«Fosse facile. Dubito che troverei un costume qui. In che negozio consigli di andare? Alla cooperativa? Forse dovrei andare a Dumfries».

Edward si accarezza il labbro inferiore. «Mmm. Forse hai ragione. Va' comunque a prendere vestiti da spiaggia e un asciugamano. E il tuo libro. E magari una felpa per stasera. Al cibo ci penso io».

Lo guardo. L'idea lo elettrizza, è palese.

«Stasera?»

«Oh, be', è bello accendere un falò sulla spiaggia e guardare le stelle», risponde.

Un po' dubbiosa, chiedo: «Ma... dormiremo lì?». Non sono sicura di voler condividere un alloggio con Edward. Non che pensi... Ma è una cosa intima, anche se non si è intimi.

«C'è una stanza ma non dormo mai lì. Si tratta più che altro di uno stanzone, ma è comodo. Il divano si apre e... Ma non stavo pensando di restare per la notte, solo di andare per la giornata».

«Oh, va bene, sembra... va bene». Sono sollevata di non dovermi preoccupare di passare la notte con lui. Be', non *con lui*, ma nello stesso edificio.

«Va' a prendere le tue cose. Passo a prenderti». Guarda l'orologio. «Tra una mezz'oretta? È inutile andare con due macchine. Forza. Bevi birra?»

«No».

«Allora vada per il vino, per accompagnare il pranzo. Faccio un salto da Rabbie per vedere che pesce ha».

«Vuoi davvero chiudere?»

«Be', non capita spesso di avere un bel tempo così. Cambio il messaggio della segreteria e metto un cartello sulla porta. Forza, va'. Passo a recuperarti per le... dieci e un quarto».

Edward ha una Land Rover Defender che ha visto giorni migliori. È sporca e c'è una brutta strisciata sul lato del guidatore. I sedili posteriori sono pieni di roba, compresi una cesta di vimini e un'enorme borsa frigo. Ci incastra anche la mia borsa e resta in piedi per strada, pensieroso.

«Cappello», dice.

«Ce l'ho».

«Crema solare».

«Ce l'ho».

«Hai preso il libro? Non c'è campo, quindi non aspettarti di navigare su internet».

«Non c'è problema».

«Va bene. Forza, andiamo».

Salgo sul sedile del passeggero e ammiro la vista dall'alto del 4x4.

«Ci sono tratti fuoristrada?»

«In realtà sì. C'è una strada, ma è una merda».

Mi metto gli occhiali da sole. «Forte», dico, «è come andare in vacanza».

«Quest'estate sono stato lì solo un paio di volte. Non mi dispiace andare quando piove o c'è vento – i temporali sono stupendi visti dalla spiaggia – ma quando fa caldo è un incanto».

Mi giro a guardarlo. Non sapevo potesse essere di così buon umore. «Quindi è un posto di famiglia? Visto che ci andavi quand'eri piccolo...».

Resta in silenzio per un po', pensieroso. «Sì. L'ha costruito mio nonno, appena prima della guerra».

«Pensavo avessi ceduto tutte le cose di famiglia», dico con cautela.

«Sì, be', il Capanno lo volevo tenere. Immagino di essere un ipocrita».

È severo con sé stesso tanto quanto lo è con gli altri, suppongo.

«Be', penso tu sia troppo duro», commento.

«Davvero? Non lo so cosa sono. Comunque, ho tenuto il Capanno. Probabilmente non vale molto, non ne ho idea».

«Se non c'è corrente...».

«Sì, le altre case sulla spiaggia ce l'hanno. Potrei allacciarla, ma lo preferisco senza. Mio padre ha sistemato l'impianto idraulico, cosa di cui ovviamente sono contento...».

«Guarda il cielo», lo interrompo, «non è meraviglioso? Insomma, non che abbia sempre piovuto da quando sono arrivata, ma porca vacca, non è mai stato così».

Ride. «No, non fa spesso così caldo. Anche se capitano molte belle giornate. Il tempo cambia velocemente qui, è difficile che piova per tutto il giorno».

Stiamo passando principalmente tra terreni agricoli: campi con mucche, pecore. Sono ancora sorpresa da quanto sia rurale. La strada passa lungo la costa, quindi palude costiera da una parte e campi dall'altra.

Alla fine usciamo dalla strada principale, poi svoltiamo di nuovo per imboccare un sentiero tra rovi pieni di spine, e poi ne prendiamo un altro ancora più accidentato. Intravedo il mare oltre un campo. Mi sento piuttosto elettrizzata.

«Laggiù sono tutte roulotte», indica. «C'è un negozio, quindi puoi prendere del latte, se ti serve».

«Non ti rovinano l'atmosfera?»

«Non si vedono dal Capanno, e i turisti non scendono fino a qui: è una bella sfacchinata, e hanno la loro spiaggia. Passa qualcuno con il cane. A volte si vede gente che sbircia dalle finestre, o sta seduta sulla panchina: non mi interessa, basta che non facciano casino. Scusa», aggiunge quando sobbalziamo su un tratto particolarmente sconnesso e io mi aggrappo al cruscotto. «Ecco, siamo arrivati. Saresti così gentile da aprirmi il cancello?».

Scendo dall'auto e attraverso il sentiero per arrivare al cancello coperto di muschio alla mia destra. C'è appeso un pezzo di lavagna dipinta, con su scritto solo MALTRAVERS, come se fosse il nome della casa. Apro il catenaccio e spalanco il cancello. Ci sono alberi corti e curvi, piegati dal vento; sul confine, un muro a secco coperto di felci e licheni. Mi sposto così può passare con l'auto, e guardo verso la baracca, o capanno, o casa. È in legno nero creosotato, su un piano solo; la porta d'ingresso, sul lato più vicino, è dipinta di verde smeraldo. Si apre sull'ampia striscia di spiaggia di ciottoli piena di erbacce dove Edward sta parcheggiando. Su questo lato c'è anche una finestra, coperta da una grata metallica. Finora non riesco a vedere il mare, anche se lo sento. Sulla sinistra, c'è un altro piccolo capanno con porte doppie e dall'aspetto più nuovo.

Edward scende dalla macchina e viene verso di me. «Apro e ti faccio fare un giro. Farà buio perché devo smontare gli scuri». Traffica con la porta, poggiandoci la spalla contro. «E poi… Ah, eccoci. Prego».

Lo seguo nel corridoio buio. L'aria immobile sembra asciutta, e si sente odore di legno tiepido, polvere e brace. L'odore di un capanno caldo mi ricorda le vacanze estive, i giorni passati a casa della mia amica Tara. Giocare nel capanno era vietato, per qualche motivo, ma noi ci intrufolavamo di nascosto mentre suo padre era al lavoro: aprivamo la sedia a sdraio, fingendo fosse casa nostra e ignorando il tagliaerba e i badili e i rastrelli.

«Attenta», mi avverte quando apre un'altra porta, «c'è un gradino. Aspetta qui un secondo».

Sparisce dietro di me e mi guardo intorno, isolata al buio. La luce filtra dai bordi degli scuri, quindi riesco vagamente a distinguere qualche divano e una poltrona, un tavolo contro un muro e una cucina a legna. Sento il fruscio di qualcosa che scivola, poi la stanza si riempie di luce.

«Oh, wow», commento a voce bassa. La parete anteriore è quasi interamente di vetro, e una metà è scorrevole quando la sblocca per aprirla. Fuori ci sono un prato verde brillante, scogli, oceano. Non riesco a scorgere la spiaggia perché è coperta dall'erba, ma vedo gli scogli che curvano a formare la cala, e il mare stesso. Il cielo e l'acqua hanno lo stesso colore, non c'è nemmeno una nuvola. Le pareti della stanza sono in legno di pino, come in uno chalet. Ci sono foto, una libreria. La poltrona che ho notato prima è uguale a quella su cui si siede Edward in negozio. Uno dei divani è piccolo, a due posti, degli anni Cinquanta, foderato con del tessuto blu ruvido, con i piedi sottili spigolosi, mentre l'altro è enorme, a quattro posti, e probabilmente è costato una fortuna quand'era nuovo. Sopra ci sono coperte di tartan. Sulla stessa parete della stufa, ci sono un lavello e una vecchia credenza con la superficie di marmo, simile al bancone della libreria. Sopra il lavello è sistemato un armadietto con tre sportelli aperti: dentro ci sono piatti, tazze e scodelle. I tegami sono appesi al muro.

«Il bagno – se vogliamo definirlo così – è in fondo al corridoio a sinistra. C'è anche una camera da letto, ma dormo sempre qui, oppure fuori sull'erba», dice. Mi guarda mentre osservo tutto. «E questo è quanto». Scrolla le spalle. «Naturalmente, l'attrazione è la spiaggia».

«Oh, sì! La spiaggia!». Corro fuori e attraverso il prato,

che lascia spazio a una curva stretta di sabbia marroncina, maceroni e cavolo marino, grandi mucchi di rocce, pile di alghe, conchiglie e ciottoli. Due gabbiani mi guardano da un ramo chiarissimo portato a riva dall'acqua. Nella cala, un'unica boa arancione oscilla tra le onde. È perfetto, sembra uscito dalla serie di romanzi *The Famous Five*. Mi giro verso il Capanno, da dove Edward mi guarda sorridendo.

«È bellissimo. Che meraviglia».

È contento che mi piaccia, credo. Annuisce con un sorriso. «Sistemiamoci prima che inizi a fare troppo caldo. Tè?»

«Fa davvero troppo caldo», dico sorpresa. «In cucina non sarebbe insopportabile? Hai intenzione di fare da mangiare dentro?»

«No, qui. Posso mettere un tegame a bollire sul fornello portatile. Ho bisogno di una tazza di tè».

«Forse sarebbe meglio. Anche se è una tua decisione», aggiungo. «Non sto cercando di darti ordini».

«Ah, no?». Mi rivolge un ghigno. Mi chiedo se stare all'aperto lo renda meno... irascibile, o sfuggente.

Spalanco gli occhi e scuoto la testa. «Non do ordini mai a nessuno».

«No, no, certo che no».

Lo guardo portare via gli scuri, uno alla volta, facendo il giro della casa ed entrando nel capanno piccolo. Riappare con un ombrellone indiano bellissimo, viola chiaro, con perline brillanti attaccate. Lo appoggia contro il muro e torna indietro a prendere il sostegno.

«Qui fa un caldo pazzesco, e non c'è ombra», spiega, sistemando l'ombrellone e allontanandosi di nuovo per poi riapparire, stavolta, con una carriola piena di legna.

«Se sistemo tutto ora», dice, «non dovremo farlo dopo quando sarà troppo caldo».

«Ti aiuto», dico, e mi chiede di tirare fuori le cose dalla cesta.

«Un po' presto per l'alcol, che dici?».

Annuisco. «Per me sì».

«Allora porta qui il vino e ti faccio vedere il frigo».

«Frigo? Ma non c'è corrente».

«Tutto verrà svelato».

Rientro e tolgo il coperchio della vecchia cesta della Fortnum che ha posato sul bancone. Dentro ci trovo due bottiglie di vino bianco e quattro di acqua frizzante, oltre a vari ingredienti per il pranzo e la cena. Mi carico di bottiglie. Non sono un'esperta, ma il vino sembra costoso. Torno fuori.

«Questo l'hai comprato apposta? Dovrei darti dei soldi».

«Oh, no, non dire sciocchezze. Okay, allora: questo è il lato ombreggiato, perché ci sono gli alberi. E qui sotto...». Fa rotolare una roccia, come le altre impilate intorno a quell'area, da un lato. Sotto c'è un pezzo di cerata, e sotto ancora una botola. La apre e mi mostra una buca quadrata nel terreno imbottita di ardesia, per mantenere il freddo, abbastanza alta per farci stare una bottiglia di vino. Dentro c'è qualcosa avvolto in una busta di carta.

«Ah», commenta, «me n'ero dimenticato».

«Cos'è?»

«Champagne». Lo tira fuori e scarta una bottiglia di Perrier-Jouët.

«Beccato», esclamo divertita. «Abbandoni bottiglie di champagne».

«Che immorale».

«Un po'. Comunque, bell'idea quella del frigo. L'hai fatto tu?»

«Sì, l'ho costruito quando andavo a scuola». Mi sorride. «Ne vado piuttosto fiero, a dirti la verità».

«Molto furbo».

«Sì, mia madre impazziva perché doveva mettere il latte in un secchio d'acqua fredda. E non c'era ghiaccio per i suoi gin tonic. Il ghiaccio continua a non esserci, ma puoi tenere il gin tonic fresco, soprattutto se metti i panetti di ghiaccio della borsa frigo qui dentro. Bene. Che altro? Credo che andrò a farmi una nuotata. Hai trovato un costume?»

«Ovviamente no. Ma va bene lo stesso, metto i piedi a mollo».

«Non sai cosa ti perdi. Puoi fare il bagno senza niente. È molto tranquillo...».

«Sì, be', non penso proprio. Temo mi servano parecchi sostegni e rinforzi».

La mia affermazione lo fa ridere. «Come vuoi. Io vado a cambiarmi», dice, e torna dentro. Resto fuori sull'erba e chiudo gli occhi. A parte il rumore delle onde, c'è silenzio. I raggi del sole sul viso sono divini. Stiracchio le braccia e assorbo il calore. Forse dovrei mettermi la crema prima di ustionarmi.

Mi sdraio sull'erba a leggere, mentre Edward fa il bagno, o passeggio sulla spiaggia? Se avessi anche solo cinque anni di meno, sarei già andata in spiaggia. Mi imbratto con la protezione 30 ricordando, stavolta, di spalmare la crema anche dietro il collo. Poi indosso il cappello e metto una borsa di lino vuota nella tasca della gonna. Sono soddisfatta di essermene ricordata, così non dovrò cercare di tenere in mano tutti i tesori che troverò sulla spiaggia. Mi giro a guardare la porta del corridoio. Edward è ancora dentro; non so se aspettarlo.

All'improvviso, mi sembra un po' strano che ci troviamo qui insieme. Non è che siamo… Siamo amici? Non proprio. Insomma, è il mio capo. Avrebbe portato Rory? Forse sì. Forse l'ha fatto. Non sembra avere veri amici, anche se non so perché.

Vado fino al limitare del prato e guardo la sabbia sotto, poi scendo sulle rocce finché non mi trovo tra i ciottoli. Mi chino per togliere i sandali e li lascio su uno scoglio, poi inizio a camminare lentamente lungo la spiaggia, dirigendomi a sinistra dove un grande sperone si affaccia sulla cala.

Adoro la spiaggia. Soprattutto quelle con conchiglie e legna trasportata dal mare, sabbia e pozze. Mi piace guardare e raccogliere cose. In una buona spiaggia si possono trovare vetri levigati di colori eccezionali, pezzi di porcellane vittoriane decorate, conchiglie interessanti. Qui ci sono di certo un sacco di conchiglie. Appena gli occhi si abituano, resto stupita. Sono diverse rispetto a quelle della spiaggia in cui Jenny porta il cane: mucchi enormi di patelle e cozze e, lì in mezzo, gli stessi paguri gialli e arancioni tendenti al marrone. Ora sono più giù, nella zona tra una marea e l'altra, sopra la sabbia che è appena emersa dall'acqua. Mi giro a guardare le impronte leggere che ho lasciato. Tira un po' di venticello e si sente il sussurro incessante delle onde.

Che giornata meravigliosa. Mi sento di ottimo umore. Si potrebbe quasi dire che sono felice. Non mi piace affrontare direttamente questo pensiero, però, perché se guardi la felicità di solito sparisce – è una creatura timida. E inoltre è solo uno strato – la gioia di un attimo, che viene dalla natura, dal sole e dal mare – che copre tutto il resto.

Da quando sono arrivata qui, non sono mai stata infelice come il primo mese dopo che Chris se n'è andato. Sarebbe impossibile, credo, sopportare a lungo un tale livello di tristezza. È un percorso lento, ma le cose miglioreranno. Sono già migliorate, ma so anche che in qualche modo sto evitando di affrontare i miei sentimenti. È facile non pensarci perché sono in un altro posto. Il "cambiare aria" di cui si parla. Tenersi impegnati in un luogo nuovo permette di ignorare ciò con cui forse bisognerebbe fare i conti. Ci sono cose su cui devo lavorare e ho paura che questo sia solo tergiversare. Quando tornerò nel mio appartamento orribile, che sto continuando a pagare nonostante sia vuoto, mi ritroverò al punto in cui ero rimasta: non ho affrontato e sistemato nulla. Rabbrividisco, come se il sole fosse scomparso dietro una nuvola, anche se nuvole non ce ne sono e il cielo è un'immensa distesa azzurra.

Sono distesa sulla spiaggia a guardare le conchiglie quando Edward mi supera di corsa, saltando oltre cumuli di ciottoli, mollando un asciugamano su uno scoglio ed entrando in acqua. Non si immerge con cautela, ma si butta tra le onde senza pensarci. Credo che l'acqua sia ancora fredda, anche se siamo quasi ad agosto. Mi siedo e lo guardo nuotare a stile libero, sollevando parecchi schizzi, per la cala. Sono invidiosa: non riesco a ricordare l'ultima volta che ho nuotato in mare.

Con la mia borsa ormai pesante, in cui ho messo sassi striati, gusci di patelle trasformati in spirali e anelli, e alcuni vetri verde chiaro, mi dirigo verso l'acqua. Sulla sabbia ci sono le impronte dei gabbiani e altre più piccole – ostricai? Delle piccole onde mi vengono incontro. Guardo il mare e il nuotatore lontano, poi entro in acqua. Che, come mi aspettavo, è gelida. All'inizio sembra troppo fredda, ma mi abituo velocemente e cammino, saltando le onde come facevo da piccola. Presto l'acqua mi arriva sopra le caviglie, e un'onda più grande mi sbatte contro le ginocchia, facendomi sussultare e ridere. Affondo le dita dei piedi nella sabbia, le orecchie piene del suono delle onde e, ancora una volta, sono consapevole di un preciso istante di felicità.

Tornata al Capanno, svuoto il bottino nel lavello per togliere la sabbia, poi sistemo tutto su un vassoio che ho messo al sole sul prato. Vado in giro a curiosare nel silenzio afoso e apro la porta del bagno – l'odore di legno scaldato dal sole, la vista sugli alberi al confine della proprietà dalla parte superiore della finestra, che è di vetro, in contrasto con la metà inferiore, coperta di brina; una grande bacinella antica, un water. Pulito ma semplice. Non c'è una vera e propria vasca, ma solo un piatto doccia con una tenda nell'angolo. La doccia stessa è semplicemente uno di quei tubi di gomma che si attaccano ai rubinetti. Ce n'è solo uno: probabilmente perché manca l'acqua calda. Una doccia fredda in Scozia sembra una crudeltà gratuita, ma immagino vada bene per togliere il sale dai capelli. C'è un vecchio armadietto bianco fissato al muro, e sopra il lavandino, appeso a una catena, si trova uno specchio rettangolare con i bordi spigolosi, in stile vagamente déco. Forse è lì da quando è stato costruito il Capanno. Con fiori intagliati, mi ricorda quello che i miei nonni avevano nel bagno. Mi diverte pensare che, probabilmente, l'avevano comprato nello stesso negozio.

Di fronte al bagno c'è un'altra porta. La apro. La stanza è buia, la finestra ancora sigillata. Apro di più l'uscio per fare entrare tutta la luce possibile. Ci sono tende sbiadite in una fantasia floreale tipica degli anni Settanta. Il letto non è a una piazza, ma nemmeno abbastanza grande da essere matrimoniale. I genitori di Edward dormivano qui? Con i ragazzi nella camera padronale? È difficile immaginare Lord e Lady Comesichiamano qui. Vedo un guardaroba piccolo e leggermente malfermo, una libreria piena di volumi in brossura e una cassettiera, il tutto di legno giallo liscio su grossi piedi. Sulla cassettiera c'è un assortimento di conchiglie e sassi, e una cosa che, mentre la osservo, stabilisco essere la vertebra di una balena. Un vecchio barattolo è pieno fino a metà di vetri levigati. Sul letto, fatto con precisione, sono piegati asciugamani e coperte. La stanza odora di polvere e cuscini. Dietro la porta trovo un impermeabile arancione acceso, uno specchio come quello del bagno e, appesa accanto a esso, la foto incorniciata di una donna, seduta fuori dal Capanno, che si ripara gli occhi dal sole. I capelli e l'abbigliamento – un vestito bianco largo ma con scarpe e calzamaglia – la collocano negli anni Venti o Trenta. Immagino sia la nonna di Edward, la moglie dell'uomo che ha costruito il Capanno.

Adoro la tranquillità che si respira. Il silenzio, l'odore di legno caldo. Le onde in lontananza. Casa dello zio Andrew è tranquilla – forse anche di più, visto che non c'è l'oceano – ma questo luogo sembra più isolato e vuoto. Edward ha detto che ci sono altre case vacanza in zona, ma da qui non si vedono. E ho una teoria per cui quando si va in un posto con qualcuno, e quella persona non c'è, il luogo in questione diventa più silenzioso rispetto a un posto in cui si è andati da soli.

Torno fuori e mi riparo gli occhi, cercando di trovare Edward. Non lo vedo da nessuna parte e inizio a preoccuparmi, ma poi la sua testa spunta dagli scogli mentre si arrampica fino al giardino.

«Ehi. Hai fatto una bella nuotata?»

«Fantastica, grazie. Mi sento rinvigorito. E muoio di fame. Pronta per il pranzo?»

«Oh, sì, certo. Ti aiuto».

«Va bene», dice. «Puoi prendere quello che vuoi. Piatti, padella, qualsiasi...», sventola la mano, «utensile. Avevo intenzione di fare un'insalata di pomodori, quindi puoi tagliarli. Di solito porto il tavolo vicino alla griglia. Vado a vestirmi, ci metto un attimo».

Mentre si allontana, si friziona la testa energicamente con l'asciugamano. I peli scuri su gambe e pancia sono lisci per l'acqua. È strano vedere una persona mezza nuda, difficile capire dove guardare. Prima non avevo mai osservato i suoi piedi, e neanche gli avambracci. Ha le spalle da nuotatore, larghe e muscolose in un modo discreto, e delle lentiggini su braccia e petto. Cerco di non guardarlo, sono in imbarazzo. Mi sentirei molto offesa se fossi in costume e mi accorgessi che qualcuno sta pensando al mio corpo. Gesù.

Capitolo undici

Più tardi, mentre siamo seduti sulla panca e guardiamo la cala, mangiando sgombri fritti e insalata di pomodori, gli chiedo se porta spesso gente qui in estate.

«Gente? Praticamente mai. Di solito vengo da solo. L'anno scorso mi hanno accompagnato Rory e uno dei suoi amici. Ci siamo ubriacati parecchio».

«Oddio, davvero?»

«Sì. Tragico, eh? Potrei essere il padre». Taglia il pesce ed evita il mio sguardo.

«Be'...».

«Mmm. Molto tragico. Non era quello il programma, ma hanno portato della birra e...».

Ci rifletto. «Rory non sembra uno che beve».

«Ma è giovane. Anche se non sei il tipo a cui piace particolarmente, puoi comunque bere molto a diciotto anni. O diciassette. Più di me, comunque. Stavo da schifo».

«Quindi niente festini alcolici quest'anno?»

«Sono una creatura solitaria», dice. «Perlopiù».

Dopo pranzo, ci sdraiamo su delle coperte sull'erba, sotto l'ombrellone. Fa caldissimo e sono assonnata. Sento gli occhi chiudersi e la testa cadere.

«Sonno?»

«Così pare».

«Fatti una dormita. Ti sveglio tra un'ora. Se vuoi».

«Che spreco di tempo», ribatto, ma mi sto già addormentando.

Quando mi sveglio mi sento strana, non so bene dove mi trovo e ho paura di essermi messa a russare. Ho male al collo e sbatto le palpebre guardando il mare in lontananza. Edward non è più vicino a me. Mi metto a sedere e mi guardo intorno per vedere dov'è.

Esce dal Capanno. «Ah», dice, «eccoti. Champagne?». Mi porge un bicchierino. «Scusa, sono gli unici bicchieri che ho. A parte i boccali».

«Di solito bevo lo champagne proprio nel boccale».

Ride. «Ah, sì?».

Mi stiracchio, muovendomi sulla coperta. «Grazie. Cristo, che caldo». Sollevo il bicchiere verso di lui e bevo un sorso. «Però questa sì che è vita».

Mi sorride. «Vero?»

«È bellissimo, sei molto fortunato».

«Mmm. Davvero? Immagino di sì». Distoglie lo sguardo, si chiude di nuovo. Vorrei non fosse tanto suscettibile. Non è mai del tutto sé stesso, è sempre... Non è proprio una persona difficile, o comunque non penso sia quello. C'è qualcosa di strano in lui, una tensione indefinibile.

Sospira. «Venivamo qui quasi tutti i fine settimana in estate, quand'ero piccolo. Ho sempre pensato che qui mio padre riuscisse a essere sé stesso. A casa è tutto un po' più formale».

Inarco le sopracciglia, divertita. «Un po'».

«E all'epoca era peggio, naturalmente. Mio nonno teneva molto all'etichetta. È morto quando avevo otto anni.

Immagino gestisse le cose allo stesso modo di suo padre e così via, o almeno ci provava, anche se all'epoca avevamo solo tre domestici. Mio padre era uno spirito libero. Più o meno. Beveva un sacco, allora. Litigavano spesso».

Lo guardo. È molto più di quanto mi abbia mai raccontato.

«Quando mio padre ha ereditato il titolo, è stato come travolto...», si ferma e tira un filo d'erba, «dal peso della tradizione, o qualcosa del genere. Ha smesso di bere, ma quando ho compiuto quindici anni, avevamo quasi le stesse identiche discussioni che avevo sentito da bambino».

«Deprimente».

«Sì. Sì, è vero».

«E... quanti anni avevi, quando è morto?»

«Venticinque».

«E...?»

«Avevo già deciso all'università di rinunciare al titolo. Com'era da prevedere, è andato fuori di testa quando gliel'ho detto».

«Ma sicuramente...», dico, «insomma, tuo fratello...».

«Si sarebbe infuriato ancora di più se fossi stato figlio unico. O se Charles fosse stato una femmina. Per carità. Probabilmente la cosa l'avrebbe ucciso».

Ci penso su. «Be', ma Charles non è una femmina, e tu non eri figlio unico, e questa cosa non l'ha ucciso».

«No. E so che era la cosa giusta da fare. Ma lui non ha neanche provato a capire. Non mi ha mai perdonato».

«È... è una cosa che ti preoccupa?».

Toglie l'erba dalla coperta. «No. Più o meno. A volte. In generale no».

«Immagino sia normale non avere le idee chiare su una

questione del genere. Ma non ti manca la casa? E ti sei pentito di non essere, be', Lord Coso?»

«Cristo, no. No».

«A posto, allora. Non puoi soddisfare tutti, e i genitori sono strani. Anche quelli senza un pedigree sono particolari, quindi...».

Mi guarda con la fronte aggrottata. «Come sono i tuoi genitori?»

«Oh, be', sono a posto. Lavoricchiano, sono in pensione. Anche se al momento non stanno facendo niente, quei pazzi scatenati. Sono nel bel mezzo di un viaggio in giro per il mondo. Credo siano in Cambogia. O in Laos». Scuoto la testa al pensiero.

«Davvero? Cazzo, non mi dici mai niente».

Gli sorrido. «Scusa, capo. Comunque, non credo abbiano mai avuto particolari aspettative nei miei confronti, quindi non li ho delusi troppo». Sorrido per fargli capire che scherzo, ma in realtà non ne sono sicura.

«Sei figlia unica? O hai fratelli e sorelle?»

«No, solo io».

«E tuo padre è di qui?»

«No, in realtà. Mio nonno si è trasferito a Birmingham prima della guerra, poi a Chichester ed è lì che ha conosciuto mia nonna. Era un ingegnere», aggiungo. «Non ha combattuto. Professione strategica».

«È lì che vivi? A Chichester?»

«Ci sono cresciuta». Non so bene dove vivo adesso. Ma non lo dico.

«Un altro bicchiere?»

«Oh, va bene. Di solito non bevo durante il giorno, devo stare attenta».

«Attenta?». Inarca un sopracciglio, in modo quasi civettuolo.

«Non voglio avere i postumi alle sette e mezzo. È una sensazione orrenda».

«C'è sempre il rischio». Si alza per prendere lo champagne dalla fossa di ardesia nel terreno e mi riempie il bicchiere.

«Cin cin. Dormi davvero fuori quando resti qui?»

«A volte, dipende dal tempo che fa».

«E non c'è... rugiada?».

Ride. «Sì, ma la sopporto. E il divano è molto comodo, se mi sento delicato».

«È che il terreno sembra diventare sempre più duro».

«Se vuoi ti vado a prendere altri cuscini».

Mi muovo e mi alzo per stiracchiarmi. «Forse dovrei farmi una passeggiata. Ma poi lo champagne diventerebbe caldo. Decisione difficile».

«Portatelo», suggerisce. «Se cammini per un quarto d'ora, c'è un'altra cala».

«Un quarto d'ora? Non credo di averne voglia. Comunque finisco di bere, prima di arrivare lì ed essere tentata di buttare il bicchiere in un cespuglio per evitare di tenerlo in mano».

Scoppia a ridere. «Puoi posarlo su un muretto e riprenderlo quando torni».

«Non incoraggiare la mia pigrizia», gli dico. «Vado a passeggiare sulla spiaggia».

Quando torno nel giardino, leggermente rinfrescata dopo aver messo a mollo i piedi, e con il bicchiere vuoto, Edward ha spostato l'ombrellone per seguire il sole ed è appoggiato contro il muro del Capanno, con le gambe allungate sulla coperta, il libro aperto sull'erba accanto a lui e un vassoio sulle ginocchia. Alza lo sguardo e sposta gli occhiali da sole sulla testa.

«Meglio?»

«Sì, grazie. Cosa fai?». Lascio cadere i sandali sull'erba. Sul tavolo c'è la bottiglia vuota di champagne, e accanto a essa una aperta di vino. La guardo, riflettendo, e poi decido di versarmene un po' nel bicchiere. Mi avvicina il vassoio e osservo cosa c'è sopra. È quella che definivamo "attrezzatura": un pacchetto di sigarette decorato con un polmone canceroso, un pacchetto di cartine, filtri da sigaretta. Sono un po' sorpresa.

«Non ti dispiace, vero?», chiede.

«Dio, no».

«Un pomeriggio sereno ha un certo non so che», dice.

Lo guardo per un istante e annuso l'aria. «È hashish? Odio l'hashish».

«No, è erba locale, non molto forte. Se fosse hashish l'avresti riconosciuto dall'odore».

«Immagino di sì». Penso alle finestre bianche della serra nel giardino del negozio. «La coltivi tu?»

«No. La prendo da un tizio. Fumi?»

«No, da anni».

Lecca il bordo della cartina e chiude la canna. «Vuoi?»

«Non lo so». Mi siedo accanto a lui, con la schiena contro il muro tiepido. «Non pensavo fossi un fattone».

«Cristo santo. Non lo sono neanche lontanamente».

Rido. «Ma è facile farti innervosire. Forse dovresti lasciare che l'essenza da fattone entri nella tua vita. Ti devi rilassare».

«Sono rilassato».

Ridacchio. «Sì, certo. Come una corda di violino».

«Non è vero».

«Cavolo, no, scusa, mi sarò confusa con qualcun altro».

«Sei parecchio insolente, lo sai?»

«È un bene per te», gli dico.

Accende la canna e inspira. «Davvero?», dice in una nuvola di fumo.

«Tutti ti prendono così seriamente... Non aiuta».

«Non aiuta?»

«A non essere uno stronzo». C'è una pausa, abbastanza lunga da farmi chiedere se non sia stata terribilmente scortese.

«Sono uno stronzo?».

Di colpo mi dispiace per lui. «Non lo so», rispondo. «Credo sia una messinscena. Comunque, con me sei stato molto gentile. Soprattutto oggi».

«Vero?»

«È stato carino da parte tua invitarmi».

«Immagino di sì. Considera che sarei stato solo se non l'avessi fatto».

Lo guardo per un attimo mentre fuma. «Ti senti solo?». Me lo chiedo da un po'.

Un'altra lunga pausa mentre riflette. «No. Penso che per sentirti solo, ti debbano piacere le persone più di quanto piacciano a me».

«Non so se è vero. Anche se non ami molto le persone, puoi comunque sentirti solo. Ma tu non lo sei, quindi va bene». Piego le ginocchia e ci appoggio i polsi, intrecciando le dita.

«E tu? In mezzo al nulla senza nessuno attorno. Di certo non è ciò a cui eri abituata. Non mi aspettavo che restassi così tanto».

«Neanch'io. Comunque è uno dei motivi per cui ho deciso di trovarmi un lavoro. Non sono abituata a stare per conto mio. Ma non direi che mi sentivo sola».

«E il signor Mottram? Soffre di solitudine senza di te? A me non farebbe piacere se mia moglie se ne andasse per mesi».

Non so bene cosa rispondere. Forse dovrei dirglielo e basta, non fa poi molta differenza. «Ne dubito», rispondo. «Vive con un'altra persona».

C'è un istante di silenzio. Ascolto le onde e il debole crepitio della cartina che brucia mentre Edward fa un tiro. Mi guarda con le sopracciglia aggrottate attraverso il fumo.

«Cioè, vuoi dire...».

«Siamo, cioè... Se n'è andato».

«Di recente?»

«Non così di recente. A gennaio».

«Cristo. Non l'avevi detto. Perché non l'avevi detto?».

Scrollo le spalle. «È uno dei motivi per cui sono venuta qui. Be', avrei comunque dovuto, ma è uno dei motivi per cui sono ancora qui. Insomma, non c'era bisogno che tornassi a casa perché non abito lì, ci vive qualcun altro».

Restiamo un istante in silenzio e lui riflette. «Ma perché è un segreto? Lo è? Qualcuno lo sa?»

«Oh, be', Jenny. E un altro paio di persone. Ma è una seccatura dirlo alla gente. E comunque non sono divorziata, quindi dovrei dire che sono separata, o quel che è, ed è... seccante. Immagino che quando sarò davvero divorziata... Grazie», prendo la canna che mi offre, «sarà più facile. Non voglio dover sempre dare spiegazioni».

«Avresti potuto dirmelo».

«Sì, è vero», dico con un sorriso. «Ma non volevo».

Aggrotta la fronte. «Perché no?»

«Non ritenevo fossero affari tuoi. E ho anche pensato che sarebbe stato più facile, dal momento che non volevi davvero assumermi e avresti potuto pensare che quello era... non lo so, un motivo per non farlo».

Vedo che ci riflette. «Da quanto eravate sposati?»

«Quindici anni. Insieme da diciannove».

«È tanto tempo».

«Già».

«Stai... Come ti senti? Per quello che è successo?»

«Intendi mio marito che mi lascia e si sbatte una che credevo fosse mia amica?»

«Cazzo».

«Già, non è proprio il massimo».

«Ma... non riesco a credere che tu non ne abbia mai accennato».

«Preferisco non parlarne». Sorrido di nuovo, divertita dalla sua espressione sconvolta.

«Come l'hai scoperto? O te l'ha detto lui?».

È strano che si sia fatto quest'idea, che l'abbia in qualche modo "scoperto". Ovviamente è andata proprio così.

«No, l'ho scoperto. Mi ha mandato un messaggio per sbaglio».

«Per sbaglio?»

«Voleva mandarlo a lei».

«Oh. Cazzo. È...».

«Sì, non è stata proprio la giornata migliore della mia vita».

«E come...».

«Era un'immagine», gli dico. «Una foto. Ho riconosciuto gli anelli di lei». Agito le dita. «Ne indossa un sacco, è una specie di...». Penso a Susanna, con la sua massa di ricci rosso henné e i gioielli argentati con turchesi e ambra. «È un po' hippie. Facile da riconoscere, anche se non si vede la faccia. Anche se sta inaspettatamente facendo un pompino a tuo marito».

«Cristo santo».

«Già».

«Mi dispiace tantissimo, Thea».

«Va tutto bene», rispondo allegra, «non è mica colpa tua. Comunque, da lì ha vuotato il sacco. Pensavo si sarebbe scusato e via dicendo, ma è venuto fuori che gli piaceva di più lei». Mi schiarisco la gola.

«È terribile».

«Sì. Ma è anche molto banale».

«Banale?».

Guardo la canna che ho in mano e mi rendo conto che si è spenta ancora prima che riuscissi a fare un tiro. Gli chiedo un accendino e me ne allunga uno rosso di plastica. Armeggio con la rotella, premo con il pollice, sento che gira. Inspiro e vedo la fiamma, e mi chiedo quand'è stata l'ultima volta che ho fumato uno spinello. Capodanno del 2000? Di sicuro da allora. Al trentesimo compleanno di qualcuno? Allora si poteva ancora fumare nei pub. Niente droghe, ovviamente. Preferivo i pub quando ci si poteva fumare, o forse ero solo più giovane. Ora odorano di bagni e fritto e birra scadente, mentre un tempo sapevano di mozziconi di sigaretta. Però si può uscire la sera e non dover poi lavare tutti i vestiti. Ci sono pro e contro.

«Non sono certo la prima persona che una mattina si sveglia e si rende conto di aver raggiunto la mezza età, di essere single e che niente sta andando come si aspettava. Succede di continuo. Non è interessante. È uno dei problemi», aggiungo. «Una delle cose che rendono difficile superarla. È talmente… Non importa cos'è successo o quanto mi senta da schifo, è impossibile avere un pensiero originale in merito. È peggio che innamorarsi, a proposito di cliché. Detto sinceramente, è parecchio banale». Sospiro. Sono molto impressionata dalla mia capacità di parlare di questa cosa senza piangere.

«Be', ma…».

«Comunque, l'unica cosa più banale del pensarci è parlarne». Sto un istante in silenzio, pensierosa. «Riprenderò il mio cognome», dico. «Non mi è mai piaciuto molto Mottram, Hamilton è molto meglio».

«Hamilton è un bel cognome», concorda.

Lo guardo, meditabonda. «Allora, sei mai stato sposato?»

«Io? Dio, no».

«E non hai mai convissuto, o sei mai stato fidanzato ufficialmente, o…».

«No».

Aspetto. Si renderà conto che mi deve delle informazioni o no? «Ma è un po' strano. Non hai davvero convissuto con nessuno? E… vai a letto con qualcuno?». Penso a quello che mi ha detto Jenny, e cioè che le sue amiche hanno provato senza successo ad attirare la sua attenzione. Edward stesso mi ha detto che le sue assistenti si innamoravano di lui o viceversa.

«A volte. Cerco di non farlo. O, almeno…».

«Cerchi di non farlo?». Sbatto le palpebre. «Non credo di aver mai conosciuto un uomo che abbia detto una cosa del genere».

Sembra un po' turbato. «È meglio non farsi coinvolgere».

«Accidenti». Non me l'aspettavo.

Tocca a lui sospirare. «Ti rivelo un segreto». Lo guardo con aria incoraggiante. Lui esita: sta cercando di decidere, credo, se sia una buona idea procedere con la confessione. Fa un respiro profondo. «Sono andato a letto con tutte le donne a cui mio fratello teneva».

Lo fisso. «Tutte?»

«Be', non nostra madre. O, be', qualunque altra parente. Ma tutte le sue ragazze, o quasi. Ed entrambe le mogli».

Ed eccola, finalmente, la grande rivelazione. Sapevo che c'era sotto qualcosa fin dal primo accenno fatto da Alastair mesi fa. Ma non ci posso credere. «Porca vacca».

«Lo so».

«*Porca vacca*».

«Non si tratta di molte persone». Fa un sorriso storto. «Be'. Un numero moderato».

«Non credo», dico, con cautela, «che sia il numero a sconvolgermi».

«No».

«Posso chiederti… Non so neanche cosa chiedere. *Entrambe* le mogli? Cristo santo».

«Sì. Bello schifo, eh? Anche se si era già lasciato con Julia. La prima moglie. Prima che…».

«E la seconda?»

«Sì, quello è stato… No. No, quella volta è stata colpa mia. Carolyn. Neanche mi piaceva, non davvero. Ovviamente erano tutte il suo tipo, non il mio». Mi sorride, un sorriso vero stavolta.

«Edward».

«Sì, allora, per tanto tempo il sesso per me è stato principalmente un mezzo per vendicarmi, ed è per questo che cerco di evitarlo».

«Vendicarti? Porca vacca. Dal nulla assoluto alle confessioni più bizzarre in un colpo solo. Cristo».

Butto fuori il fumo verso il bordo dell'ombrellone, dove il viola divide l'azzurro intenso del cielo. Sento i gabbiani e le onde, un merlo da qualche parte, un trattore o qualcosa del genere in lontananza.

«Dai, va' avanti», gli dico, «raccontami perché sei andato a letto con le mogli di tuo fratello. Eccetera».

«Vendetta», risponde, «te l'ho detto».

«Non è... È davvero un buon motivo? Insomma, non sei in un dramma. Com'è che si chiamava quello lì? Middleton. Era Middleton?». Una cosa che mi piace di Edward è che ha sempre le risposte alle domande su libri o drammi o poesia. È utile, perché la mia memoria fa pena.

«Thomas Middleton? Sì. *La tragedia del vendicatore*. E, Dio, no. No, è un motivo terribile. Ecco perché mi odia, nel caso te lo stessi chiedendo».

«Avevo sentito qualcosa. Vagamente».

«Sì, è stato un bello scandalo».

«Non mi sorprende».

«Già».

«Quindi hai... È stato...».

«L'ho fatto di proposito, se è quello che vuoi sapere. Non è stata una di quelle situazioni in cui lo fai e poi ti penti». Si stende e sposta il cuscino su cui era appoggiato sotto la testa. Fissa il cielo azzurrissimo e fa un ultimo tiro. Il fumo resta nell'aria. «Non mi ha presentato Carolyn fino al matrimonio. Per sicurezza».

«Oddio».

«Sì, ma ci sono comunque riuscito». Si rimette a sedere, si sporge per spegnere la canna premendo l'estremità contro un sasso e mettendo il mozzicone in un piatto vuoto. «Non penso gliene fregasse poi molto di lui. Non mi ci sono voluti troppi sforzi».

«Cristo. Quindi per cosa ti stavi vendicando? Sono sconvolta», gli dico.

«È per questo che mi odiano tutti», commenta. «È stata una cosa brutta da fare, anche se mio fratello è uno stronzo».

«Non credo che ti odino tutti, stai facendo il melodrammatico. E che cavolo ha combinato per farti reagire così?».

Sospira. Non capisco se è sollevato di poterne parlare con qualcuno o se vorrebbe non aver mai iniziato questa conversazione. Prosegue il racconto. «È stata una serie di cose. Immagino si siano accumulate nel tempo. Non siamo mai andati d'accordo; è un uomo sgradevole ed era un ragazzino sgradevole». Si porta le mani dietro la testa e guarda in alto.

Penso a Charles Maltravers, affascinante con il suo abbigliamento da cavallerizzo, che si offre di comprare la casa dello zio Andrew, che mi stringe la mano e mi guarda negli occhi, che mi invita a casa sua, che beve un caffè nel giardino del Lodge, che flirta con delicatezza, che mi mostra i progetti di casa mia, che mi fa i complimenti per il vestito. Non è di certo il mio tipo, ma non sembra... *sgradevole*. Ma i rapporti tra fratelli sono così: complessi come ogni altra relazione.

«Non penso potremmo essere *amici*», dico, «ma non mi è mai sembrato particolarmente spiacevole. Forse troppo sicuro di sé e, ehm, privilegiato».

«Troppo sicuro di sé è un'ottima descrizione. È sempre stato molto più... non lo so. Ha qualcosa che io non ho mai avuto, e per tanto tempo la cosa mi ha disturbato».

«"Qualcosa"? Che intendi?». Lo fisso.

«Oh, be', hai presente. Fascino, o quello che è».

Ha gli occhiali da sole, quindi non riuscirei a guardarlo negli occhi neanche se fosse in piedi, ma ci provo lo stesso: mi sporgo verso di lui e cerco di interpretare la sua espressione. Però non ci riesco.

«Sopravvalutato», dico. «E adesso non ti disturba?»

«Da quando gli ho rovinato il matrimonio? No».

«Cavolo. Allora, cos'ha combinato per farsi odiare?».

Sospira. «È stato tanto tempo fa. Forse... non lo so. Mi aspetto che una persona normale, o qualcuno che abbia una migliore percezione di sé...». Lascia la frase in sospeso.

Lo guardo. Sospira di nuovo. «Va bene. Quando ero un adolescente e stavo dando l'esame di maturità – avevo l'età di Rory – tutto sembrava... Avevo sempre discussioni animate con i miei genitori. Litigavo con mio padre, non solo perché stavo buttato sul letto e non mi facevo la barba», scuote la testa al pensiero di sé stesso adolescente, «ma per cose importanti: l'eredità e il privilegio e il titolo e l'angoscia della tradizione... Sì, ovviamente ero un coglioncello, anche se sono convinto di aver avuto ragione su quelle cose. Avrei potuto sforzarmi per capire che la questione lo stava consumando, immagino, ma era solo una parte del problema. Come ho detto prima, ero terrorizzato che sarebbe successo a me. La scuola era... non lo so. Non ho termini di paragone. Altre persone se la passavano peggio. Io tenevo la testa bassa e imparavo qualcosa. Ma ribollivo di rabbia tutto il tempo. E Charles è sempre stato uno stronzetto arrogante». Ride. «Era borioso, e un conservatore della peggior specie. Dopo le elezioni del 1987 abbiamo litigato. Siamo arrivati alle mani».

La notizia mi fa ridere. «Davvero?»

«Sì, una cosa vergognosa».

Ridacchio. «Hai vinto?»

«Aveva solo quindici anni, certo che ho vinto».

Ridacchio di nuovo.

«Comunque, ero innamorato di questa ragazza. Era la cugina di un'amica. Ogni tanto veniva per le vacanze, era di Edimburgo. La conoscevo da quando avevamo, non so, quattordici anni. Una volta mi ubriacai di brutto e dissi a Charles e Alex, la cugina, quello che provavo. Non era mia intenzione, volevo restasse un segreto. Comunque, a quel punto lui iniziò a prendermi in giro, come fanno i fratelli minori. Ma lui non è poi così minore, ha solo un anno in meno di me. Con le ragazze gli andava sempre meglio. È anche più bello, vero?».

Arriccio il naso, incerta. Immagino sia più attraente secondo gli standard classici, ma penso che Edward sia più interessante da guardare. Sono entrambi belli, a essere sincera. Ma non lo dico, mi limito ad ascoltare. Si siede di nuovo e piega le ginocchia, poi si toglie gli occhiali da sole.

«Disse che avrei dovuto confessarle i miei sentimenti. Lui aveva avuto delle ragazze, ma io no, mai. Sono maturato in ritardo: non ho pensato alle ragazze, quelle vere, fino agli ultimi anni delle superiori. Insomma, avevo cotte per cantanti e attrici, ma… Comunque, pensavo che Charles ne sapesse più di me. Ma dirle quello che provavo mi sembrava spaventoso. O meraviglioso, se le fossi piaciuto anch'io. Ma non le piacevo. Era bellissima:

capelli dorati, pelle chiara come il gelato alla vaniglia e lentiggini che sembravano gocce di cioccolato. Cristo, era incantevole». Ride al ricordo del sé stesso ragazzino. «È imbarazzante parlarne ancora adesso».

Mi sono chiesta spesso cosa si prova a essere belli: dev'essere strano risultare oggettivamente attraenti invece che rispecchiare i gusti personali di qualcuno.

«Comunque, disse che le avrebbe parlato per mio conto. Obiettai, ma lui probabilmente l'aveva già fatto. Si erano messi d'accordo per umiliarmi».

«Merda, davvero? Cos'è successo?».

Scrolla le spalle, storce la bocca. «Oh, be', forse non è davvero una cosa tanto terribile. Ma da ragazzino ero sensibile. Ero ferito e arrabbiato. Con tutti e due, ma soprattutto con lui perché l'idea era stata palesemente sua e perché... tutti l'avevano trovata uno spasso».

«Cos'hanno fatto?».

Mi lancia un'occhiata e poi distoglie lo sguardo. «Disse che le aveva parlato e che anch'io le piacevo. E che voleva incontrarmi. Eravamo a Edimburgo, durante le vacanze di Pasqua. Disse che aveva organizzato tutto. Io ero, be', sai, elettrizzato e nervoso e tutto quanto. Comprai dei fiori. E il mio libro preferito da regalarle». Scuote la testa. «Perché alle belle ragazze adolescenti piace un sacco la poesia metafisica, no? Le belle ragazze adolescenti alla fine degli anni Ottanta non riuscivano a fare a meno di quella roba».

«Di che autore?»

«John Donne, *ovvio*».

Rido. «Mi piace John Donne. Ma forse non lo conoscevo nel 1988».

«Be', in ogni caso. Charles mi disse che sarebbe stata sulle gradinate della National Gallery. Ma non c'era. Aspettai mezz'ora, un'ora, due ore. Ai tempi non avevamo i cellulari, quindi non c'era modo di scoprire cosa fosse successo. Aspettai. E aspettai. Poi si presentarono insieme, con altri ragazzi – amici in comune, compagni di scuola. Un gruppetto di nostri pari. Tutti consideravano divertentissimo il fatto che fossi stato lì ad aspettare, e un attimo dopo lei e Charles erano avvinghiati: si baciavano e... come ho detto, è imbarazzante pensarci». Giocherella con gli occhiali da sole, poi li rimette e si gira a guardarmi.

«Avrei ammazzato tutti e mi sarei ucciso, se avessi potuto. Non lo so. L'idea che mi piacesse qualcuno per loro era ridicola ed esilarante. È stato doloroso. Dopo quell'episodio... Non ero bendisposto nei confronti delle ragazze. Delle donne. Avrebbe potuto ottenere lo stesso risultato senza coinvolgerla, ma anche lei sembrò trovare la cosa divertente. Quello è stato l'aspetto peggiore: il fatto che lei lo ritenesse spassoso. Che le piacesse di più Charles. Che avesse preferito farsi baciare da lui per scherzo che accettare quello che io avevo da offrire».

«Oh, gli adolescenti sono terribili», commento, solidale. «Che crudeltà. E poi cos'è successo?».

Scrolla le spalle. «Da allora gli rivolgo a malapena la parola, e non ho mai più parlato con lei né con nessuno dei presenti. Sono andato all'università e ho iniziato a comportarmi in maniera distaccata e sarcastica. Sono rimasto sorpreso, e non in senso troppo positivo, quando quell'atteggiamento è risultato più efficace rispetto alla sincerità».

Mi dispiace un sacco per l'Edward adolescente. È terribile essere uno zimbello. Lo immagino, sincero con le sue poesie e i suoi fiori, che continua ad aspettare. È quel tipo di evento che ti segna più di quanto non dovrebbe.

«Mmm. Eri un tipo tenebroso?»

«Un pochino». Ride.

«Alto, cupo e misterioso».

«Era il mio scopo. Be', essere misterioso, sono alto e cupo di natura». Ci sorridiamo.

«Anche un ragazzo in corso con me era così. James. Non so bene il motivo, ma era cupo da morire».

«Funzionava?»

«Non con me, ho troppo senso dell'umorismo. Inoltre», gli dico, «anche se forse stenterai a crederci, all'università avevo un certo successo».

«Non stento affatto a crederci. Cos'è che ti faceva avere successo?»

«Ho preso un anno sabbatico, quindi ero più grande, e avevo vissuto lontano da casa. Avevo passato otto mesi in viaggio per l'Europa con la mia amica Angela. Ero stata a Berlino appena dopo la caduta del Muro, e avevo passato sei settimane a Parigi». Penso alla me stessa adolescente e sorrido al ricordo. «Avevo acquisito un'apparenza sofisticata piuttosto convincente. Di certo sapevo molto più della "vita" di alcune persone che avevano appena dato gli esami di maturità. E avevo dei capelli fantastici, il che aiutava. Taglio alla maschietta come Louise Brooks, nero corvino», dico ridendo.

«Quindi il Signor Lunatico e Misterioso non ti ha colpita?»

«No. Lo chiamavo Lord Byron. E forse gli piaceva pure. Ma, detto sinceramente, c'è mai stato un uomo più seccante?».

Edward ride. «Shelley è molto più figo».

«Sì, ma comunque seccante. Povera Harriet Shelley. Ma almeno la maggior parte delle sue poesie hanno un senso. Guarda, forse sarò ingiusta, ma *Il pellegrinaggio del giovane Aroldo* è un altro libro che non sono mai riuscita a finire. Non ce la posso fare con un poema che supera una pagina».

Ride di nuovo. «Neanche *Paradiso perduto*?»

«Oh, be', preferirei non fosse un poema».

«Sei una barbara».

«Lo so, scioccante».

Restiamo in silenzio per un attimo, poi dico: «Ma comunque – scusa, questa storia è troppo affascinante – è stato a quel punto che hai deciso di andare a letto con tutte le ragazze di tuo fratello?»

«Immagino di sì. La prima volta è stato un po' un incidente, davvero. E poi… Ho pensato… mi chiedevo se…».

«"Un po' un incidente"?». Mi abbasso gli occhiali da sole sul naso così riesco a guardarlo da sopra le lenti.

«Sì. Ero a una festa, c'eravamo tutti, e Tasha era presente. Era stata… Immagino fosse stata la sua prima ragazza seria, ma si erano lasciati quando lui era andato all'università. Ovviamente Charles aveva sofferto. Comunque, io e lei siamo sempre andati d'accordo, era Capodanno ed eravamo ubriachi, e sai com'è. Lui ha fatto finta che non gliene importasse, ma era chiaro il contrario. Quella sensazione mi piacque. Non vado fiero né di questo», aggiunge, «né di tutto il resto. Dopo quella volta, è diventata quasi un'ossessione. Andavo a letto con le ragazze che frequentava, se riuscivo. E di solito ci riuscivo. Avevamo gli stessi giri, anche se non ci parlavamo molto. Sarebbe stato meglio per entrambi se fosse andato all'università da qualche altra parte, e invece... Alla fine si è insospettito. A quel punto ero stato con Julia – be', come ho detto, si erano già separati. Ma è per quel motivo che non mi ha presentato Carolyn fino al giorno del matrimonio».

«Per impedirti di andare a letto con lei?».

Annuisce.

«Ma la cosa non ti ha fermato».

«Ah! No. Lei non riusciva a credere che non ci fossimo mai visti. Stavano insieme da tre anni. "Ti ha detto perché non voleva farci conoscere?", le avevo chiesto, e lei era rimasta sorpresa. "C'è un motivo?". Quindi gliel'ho rivelato: "Mi piace andare a letto con le ragazze di mio fratello". Lei era sconvolta. "Temo che non completerai la collezione", aveva risposto, e io: "Staremo a vedere". Deve aver pensato che fosse divertente. E dopo quella volta era sempre... Lui non mi invitava né niente del genere, ma a volte li vedevo. Carolyn veniva in negozio. Penso fosse intrigata, per qualche motivo. E con il mio atteggiamento indifferente, alla fine...».

«Oddio». Scoppio a ridere, ma in realtà sono piuttosto sconvolta da questa storia.

«Non mi piaceva neanche tanto, come ho detto. Ma lo facevamo spesso. Immagino avessimo una relazione. Alla fine ci ha scoperti. Dopotutto, il piano penso fosse quello».

«Porca vacca, Edward, è...».

«Non sono mai stato tanto... È stato parecchio soddisfacente. Ma quello è stato il momento in cui mi sono reso conto che avevo rovinato la mia vita tanto quanto la sua. La loro. Insomma, sì, era infelice e arrabbiato e tutto il resto, ma io non avrei mai – o quasi mai – provato a cercare qualcuno. Qualcuno per me, che non facesse parte del mio gioco. Ecco perché lo evito, in genere».

«In genere?»

«Ho delle amiche», dice. «Amiche… intime».

«Persone con cui vai a letto?»

«Ogni tanto, sì».

«Ma non ci stai insieme?»

«Dio, no. No».

«Cavolo. È tutto molto sofisticato», commento. «Mi sento decisamente provinciale». Poso il bicchiere vuoto sull'erba. Forse sono un po' sbronza.

«Non approvi».

«Non penso dovresti far girare la tua vita sessuale intorno a tuo fratello, ma a parte quello puoi fare come ti pare». Lo guardo. «Dopotutto, sei adulto e vaccinato. Gli accordi non ufficiali che hai con le tue amiche non mi creano problemi. Anzi, al confronto mi sembrano una cosa sana».

«Immagino di sì. E tu che mi dici?»

«Io? Cosa devo dirti?»

«Cos'hai intenzione di fare per la tua vita sessuale?»

«Oh, santo cielo. Niente».

«Mai più?»

«È troppo presto per iniziare a pensare di avere una vita sessuale. Sono passati vent'anni da quando sono stata con una persona che non fosse Chris. Non riesco a immaginare di conoscere qualcuno o di volerlo fare». Scuoto la testa. «Santo cielo».

«Hai il cuore spezzato?». Sta scherzando, ma io ovviamente no.

«Direi di sì».

«Davvero?»

«Sono… completamente distrutta». Sento il familiare nodo alla gola.

«Merda», dice, «mi dispiace. Non intendevo...».

«Non ti preoccupare. Sono sicura che alla fine andrà tutto a posto. O mi abituerò. O qualcos'altro. Non è la fine del mondo, dopotutto, lo so bene. Solo che... è molto triste e stancante».

Mi alzo, barcollando appena, e torno dentro per bere un bicchiere d'acqua. Apro il rubinetto e mi chiedo cosa stia facendo Chris. Starà lavorando. Chissà come si trova nei panni di quasi patrigno. Chissà se gli piace avere bambini in casa. Il figlio di mezzo è terribile. Mi chiedo se lui l'abbia mai voluto, in segreto. Non un figlio terribile, solo un figlio.

Potrebbero averne insieme, suppongo: lei è più giovane di me, ha trentotto anni o giù di lì. Stringo il bordo del lavello. Sembrano lontani mille chilometri, in un'altra vita. Ho l'impressione che potrei svegliarmi e scoprire che è stato solo un sogno – tutto questo, i mesi trascorsi qui. Potrei tornare a casa e trovarlo che mi aspetta, potremmo raccogliere i pezzi della nostra vita e andare avanti come al solito.

O forse è lui a tornare a casa da lei e a pensare agli anni vissuti con me come a un sogno, a un'illusione. Forse non vede l'ora che arrivi il momento in cui potrò essere messa da parte. Mi chiedo di chi sia stata l'idea, come sia successo. Non ho chiesto e forse non lo saprò mai: come dall'amicizia siano passati al primo bacio, come si siano avvicinati, come – non mi piace nemmeno pensarlo – si siano innamorati.

Apro la credenza e trovo un bicchiere, mi chino per riempirlo e quando mi rialzo sbatto la testa contro l'anta aperta, talmente forte che vedo le stelle.

«Ahia, cazzo. Merda», dico con eleganza. «Porca troia». Chiudo il rubinetto, poso il bicchiere e esamino con cautela il danno. Ho del sangue sulle mani.

«Stai bene? Cos'è successo?», chiede Edward da fuori.

«Mi sono aperta la testa», gli rispondo.

«Oh, no. Come hai fatto?». Ora è dentro, è venuto a vedere.

«Ho sbattuto. Non ho chiuso l'anta. Che deficiente. Ahi».

«Vieni qui», dice, «fammi vedere se hai bisogno di punti. Ma tanto non potrei guidare fino al pronto soccorso per altre quattro ore, tipo», aggiunge. «Penso di aver bevuto un po' troppo».

«Non credo sia così grave. Lo spero, almeno». Sono in piedi vicino alla porta, così può esaminare la testa. «Qui», dico. «Ahia».

Mi scosta con delicatezza i capelli. «Ah, sì», dice. «Non è grave. Ma sta sanguinando. Aspetta».

Mi appoggio contro il muro e resto in attesa.

Torna con uno strofinaccio umido e me lo preme sulla ferita. Mi sento stupida a stare qui ferma mentre lui mi tampona la testa.

«Ti fa male?»

«Prima sì, ora non tanto».

«Mi piace che sotto tu abbia i capelli argentati», dice. «Li ha fatti così la parrucchiera?».

Scoppio a ridere di cuore. «No, cretino, sono bianchi. O mi stai prendendo in giro?»

«No, è... Ma sopra non ne hai, sono tutti sotto. E non sono davvero bianchi. Sono argentati».

Ora sta sollevando ciocche di capelli e li osserva, passando le dita sul cuoio capelluto. Era da tantissimo tempo che un'altra persona non mi toccava, e sento un formicolio inappropriato ovunque. Ho le orecchie in fiamme, e probabilmente sono rossa come un peperone. Mi schiarisco la gola, imbarazzata.

«Crescono in questo modo», dico. «Strano, vero? Ormai sono così da un po', sette o otto anni».

«Non sono strani», ribatte, «sono... belli. O alla moda, non lo so. Che fortuna, eh? I miei capelli bianchi sono molto più spessi di quelli scuri e spiccano».

«Ma se quasi non ne hai».

«No, non ancora. A mio nonno sono venuti quando aveva quasi settant'anni. A me spuntano più nella barba». Si passa una mano sul mento, poi torna a scostarmi i capelli. Ne sembra molto affascinato. I miei capelli sono finissimi, ma ne ho un sacco. Mi arrivano quasi alle spalle; sono cresciuti rispetto al caschetto che avevo a inizio anno. Da una parte vorrei che la smettesse di toccarmi, ma allo stesso tempo no. Sono ben consapevole che stanno succedendo delle cose e spero non l'abbia notato: d'altronde non tira un vento freddo che giustifichi lo stato dei miei capezzoli. Cristo. Penso di essere molto più ubriaca di quanto non credessi. Sollevo una mano per toccare il taglio sulla testa, e lui sembra rendersi conto che passarmi le dita tra i capelli, cosa che essenzialmente sta facendo, è un po' strano.

«Merda», dice, «scusa, ho scordato quello che... Be', hai dei bei capelli».

«Grazie».

«Hai fame? Posso iniziare a preparare la cena», dice. Mi chiedo se intenda distrarmi.

Capitolo dodici

Per cena, Edward ha preso la bistecca. Non posso fare a meno di pensare che per lui è stata una giornata piuttosto costosa. Quando provo a dirglielo, però, reagisce come se l'avessi offeso e non ne parliamo. Beviamo altro vino, e svuotiamo anche quella bottiglia. Laviamo i piatti, prendiamo una tazza di tè, fumiamo un'altra canna, passeggiamo sulla spiaggia e discorriamo a lungo, e a volte in modo divertente, dei libri che abbiamo studiato all'università, dei compagni di corso, delle lezioni, di come si è passati dal grunge al brit-pop, del potere della musica dance che ha cambiato il mondo. Se fossimo in un posto in cui i cellulari prendono e ci fosse la corrente, staremmo ascoltando le nostre canzoni preferite. È divertente, stiamo facendo amicizia.

Tornati al Capanno, guardiamo il sole tramontare dietro la collina, sulla cala. Ho smesso di bere perché iniziavo a sentirmi stordita e anche perché ero un po' in imbarazzo… e perché mi sembra saggio non ubriacarmi, ubriacarmi di brutto, insieme al mio capo. Quando avevo un lavoro vero, evitavo di uscire a bere con i colleghi: in parte perché non li volevo vedere sbronzi, in parte perché non sarei mai riuscita a rilassarmi e in parte perché avevo paura di dire a qualcuno quello che pensavo davvero.

Mai perché ero preoccupata che mi venisse voglia di baciare qualcuno quando non sarebbe stato il caso. Non dico che non abbia mai pensato ad altri mentre ero sposata, ma non c'è mai stato il pericolo che potesse succedere qualcosa.

Non penso che ci sia nemmeno adesso. E non lo vorrei nemmeno. Non credo che mi piaccia in quel senso, ma oggi è stato diverso dal solito e penso che sia questo il vero Edward, o lo sarebbe se solo se lo concedesse. Non mi dà fastidio il suo lato burbero perché è divertente e perché mi piace ignorare la sua scontrosità, ma questa versione rilassata è molto più piacevole.

Suppongo di essere interessata a lui, e in parte è per il suo passato. Non per il fatto che si sbattesse le cognate – anche se la storia è molto stuzzicante – ma per le questioni aristocratiche. Come tante persone della classe medio-bassa operaia, ho sentimenti contrastanti nei confronti dei nobili. Sono intrigata e disgustata, terrorizzata ma affascinata. Pensate di conoscere i nomi dei vostri antenati del diciottesimo secolo. Immaginate se i vostri avi fossero stati in grado di leggere e scrivere per almeno cinquecento anni.

Ora fa più freddo, tira vento da nordovest. Tremo e prendo la felpa, e mi avvolgo in una coperta. Sarebbe meglio entrare e sedersi sul divano, ma in qualche modo mi sembrerebbe disfattista.

Edward dice: «Mi sa che apro l'altra bottiglia di vino. Che dici?»

«Ma poi come facciamo a tornare? Prima hai detto di aver bevuto troppo per poter guidare».

«Pensavo che potremmo restare». Sembra incerto, accigliato. Sento un leggero senso di preoccupazione. Era il suo piano fin dall'inizio? Di sicuro no, sembra troppo complicato e improbabile. Vero?

«Restare?»

«Sì. Potresti dormire nella camera da letto, se vuoi. O sul divano, che è molto meglio».

«E tu?»

«Per terra. O fuori. Come ho detto, di solito faccio così. C'è... una specie di materassino».

«Odio dormire con i miei vestiti». Per quanto sia vero, non appena lo dico me ne pento.

Ma lui non reagisce, si limita a dire: «In camera dovrebbero esserci delle magliette. Addosso a te saranno enormi, forse ti arrivano al ginocchio. Molto semplici».

«Sei più alto di me solo di una decina di centimetri», ribatto, offesa per qualche motivo.

«Sì, nanetta, come vuoi», risponde, ed entrambi troviamo la frase esilarante.

«Immagino che non ci sia molta scelta. Non è che possiamo chiamare qualcuno, visto che non c'è campo».

«Se vuoi tornare a casa, passiamo al parcheggio per le roulotte e chiamiamo qualcuno da lì. Sono sicuro che Jenny verrebbe a prenderti. O puoi prendere un taxi».

Lo fisso. «Mi costerebbe un milione di sterline».

«Magari non un *milione*, ma forse quaranta. Pagherei io, naturalmente, visto che è colpa mia se sei bloccata qui».

Ci penso un attimo. Non ho voglia di camminare mezz'ora per supplicare un passaggio come un'adolescente.

«Oh, be', che cavolo. Non lavarmi i denti una volta non mi ucciderà».

Ride, ma dice: «Sicura? Non voglio che pensi che ti abbia rapita».

«Pfff. Ho bevuto meno di te, potrei guidarla io la tua macchina. Forse».

«Davvero? Vuoi provare?»

«È difficile?».

Mi guarda, sta palesemente considerando se sarei in grado o meno. «Non ha il servosterzo».

«Sì, lo immaginavo. Vabbè». Osservo il mare per un attimo, poi torno a guardare lui. Sono piuttosto sicura che non sia un piano contorto per traviarmi. Ah ah, traviarmi... quel treno è già bello che partito. «Cos'ha il letto che non va?», chiedo.

«Oh, provalo se vuoi. Dovrei cambiare materasso, ma siccome non ci dormo mai, e di rado porto qualcuno, ci penso solo quando sono qui».

Mi dirigo verso la camera da letto. Edward mi segue. È buio.

«Aspetta», dice, «c'è una torcia... Ecco. Le magliette sono nel secondo cassetto». Accende la torcia elettrica e me la passa.

Apro il cassetto e tocco le pile ordinate di tessuto, poi tiro fuori una maglietta e la scuoto con una mano per aprirla.

«Va bene», dico, portandomela al petto, «è enorme».

Ride. «È troppo grande anche per me», concorda. «Ecco perché è qui. I vestiti che troverai sono presi un po' a caso».

La giro per osservarla meglio. Due omini stilizzati e una scritta con calligrafia infantile: "Joanna".

«Chi è Joanna?»

«Oh, nessuno. È il nome del gruppo. Il gruppo di un amico. Ha fatto anche le magliette».

«Sono bravi?»
«Non direi proprio bravi. Non erano male».
«Bravi abbastanza da comprare una maglietta?»
«Ah ah, sì, non l'ho comprata, me l'ha data lui».
«Be', penso mi starà». Mi giro per guardare il letto, chiarissimo al buio. «Allora, cos'ha che non va?»
«Provalo», dice. Gli restituisco la torcia e lui direziona la luce verso la testiera.
Scosto il piumino e mi sdraio, con cautela. Il materasso cigola in modo strano, e qualcosa – probabilmente la stessa cosa che ha provocato il rumore – mi si pianta nei reni. Oltre a questo, sembra che i piedi siano più in alto della testa. Mi giro su un fianco e si sente di nuovo il rumore. La molla non mi sta più trapassando, ma ho la vaga sensazione che potrebbe farmi finire per terra.
«Okay», dico, alzandomi, «sì, dovresti comprare un materasso nuovo».
«Atroce, vero? Per fortuna il divano è molto comodo. Prendi il piumino», aggiunge, aprendo il guardaroba e frugandoci dentro. Portiamo la biancheria da letto nell'altra stanza e la posiamo sul divano. Edward torna indietro per prendere il materassino e i cuscini e, con un enorme sbadiglio, io apro un pacchetto di patatine e lo svuoto in una scodella.
«Allora, lo apro il vino?», gli chiedo.
«Tu ne vuoi?»
«No».
«Non posso berlo tutto da solo».
«Puoi portartelo a casa». Prendo il cavatappi dal gancio accanto alla credenza e apro la bottiglia. Gli verso un bicchiere e poi, dopo un attimo di riflessione, prendo dell'acqua frizzante per me. Mi appoggio al lavello e lo

guardo mentre accende le candele nelle grandi lanterne antivento. Sono piuttosto stanca, sembra che questa giornata sia durata un'eternità. Ma in senso buono: mi sono senza dubbio divertita. L'ora di pranzo sembra passata da settimane; ora sono le dieci, e ovviamente non è ancora del tutto buio. Sbadiglio ancora e mangio qualche patatina.

«Quindi dormirai fuori?», gli chiedo.

«Penso di sì. Almeno per un po'. La luna sarà dietro di noi per un sacco di tempo, ma alla fine arriverà sopra il mare e sarà meraviglioso. E il cielo è terso». Va verso la porta e sull'erba, guardando il cielo. Lo raggiungo. Ci sono già le stelle, anche se non è del tutto buio.

«Dovresti stare fuori e guardare le stelle», dice, «almeno per un po'. Ma possiamo prepararti il letto».

Nel Capanno, armeggia con il divano grande. «Si tira giù», spiega, «ma non riesco mai... oh, ecco». Sistema il lenzuolo.

Guardo il divano-letto. È grande, forse più di un letto matrimoniale. Ora che ci ha messo sopra il piumino, devo dire che è allettante.

«È comodo davvero», dice, e si sdraia battendo la mano accanto a sé. «Prova».

«Ehm...».

«C'è un sacco di spazio, ci stanno tranquillamente due persone».

Porca vacca. Di colpo mi gira la testa, vado quasi nel panico. Forse tutto questo è stato un errore enorme. Vorrei essere a casa. In quella dello zio Andrew, intendo.

«Non penso che... Senti, se vuoi dormo io per terra», dico. «Insomma, non è mica giusto, se fossi venuto da solo...».

Una falena entra dalla porta e vola direttamente su una delle candele, friggendosi e distraendoci entrambi.

«Cavolo», dice, «avrei dovuto mettere la tenda». Si alza velocemente e tira fuori un enorme rettangolo di tessuto piegato da sotto i cuscini del divano più piccolo. È a rete, una zanzariera, e la aggancia rapidamente ai ganci sopra l'open space. Poi accende altre candele. Non dice nient'altro sul fatto di dividere il divano. Forse ho frainteso. Mi sento sollevata. È stato stupido da parte mia cedere al panico. Sono adulta, andrà tutto bene. Non cercherà di fare niente. Ci avrebbe già provato, se avesse avuto quell'intenzione. Mi tranquillizzo. Solo perché non sono abituata a... So che siamo spesso insieme – passo più tempo con Edward che con chiunque altro – ma di solito non siamo soli. Non *così*. Ma va bene. Mi sono divertita, no? Non devo pensare a prima, alle sue mani su di me, o a come sarebbe se... Devo pensare a qualcos'altro, subito.

«Vado a cambiarmi», dico.

«Fa' pure», risponde lui, per fortuna inconsapevole della mia confusione. Ora fuori sembra più buio, con le candele accese. Vado in bagno per spogliarmi, ma dimentico di portarmi una candela e devo tornare indietro.

«È davvero buio lì fuori», commento.

Lui ride. «Vero? Dopo sarà più chiaro, quando ci sarà la luna. Tieni, prendi una candela. C'è uno scaffale vicino allo specchio».

Molto più tardi, sento la sua voce dalla porta. «Vieni a guardare la luna. O stai dormendo?»

«No, non sto dormendo». Mi metto a sedere. Ho sonnecchiato, fatto sogni brevi e un po' spiacevoli, causati dall'alcol e dall'ansia. Non penso sul serio che si infilerà nel letto e cercherà di baciarmi o cose del genere. Non è quello. Ma basta per impedirmi di rilassarmi.

Comunque.

Scendo dal letto e cerco una coperta con la mano. Non si gela, ma non fa nemmeno caldo. Mi avvolgo nella coperta e passo sotto la zanzariera mentre Edward la tiene sollevata.

Si è messo un maglione ma ha ancora i pantaloncini. Vedo il sacco a pelo sull'erba. Immagino che vi fosse avvolto mentre guardava le stelle.

«Cavolo, non c'è una nuvola. Guarda là». La scia della Via lattea è sempre impressionante. La luna è a tre quarti o forse di più, e si staglia sulla cala, dove le onde a malapena si increspano, dipingendo un sentiero argentato verso di noi. «Wow».

«Lo so. Magnifico, vero? Peccato non sia piena».

«È comunque uno spettacolo. Conosci le costellazioni? Quella è Cassiopea», dico, «ma non so molto altro».

«Le Pleiadi. Quelle laggiù che brillano tanto. Le Sette sorelle. Sterope, Merope, Elettra… non mi ricordo le altre».

«Non credevo che ognuna avesse un nome», dico. «Che ignorante».

Ride. «E quella, se guardi dove sto indicando, è la Croce del nord, ovvero Cigno».

Avvicino il viso alla sua spalla alla distanza che mi sembra appropriata e stringo gli occhi guardando nella direzione segnata dal suo braccio.

«È in diagonale e sembra più un omino stilizzato senza gambe che saluta», la descrive, per aiutarmi a trovarla.

«Ah. Beccato, professor Brian Cox».

Ridacchia. «Magari», ribatte, e io emetto un verso di apprezzamento e intesa che lo fa ridere. Restiamo in piedi a guardare l'immensa moltitudine di puntini lontani. A parte il rumore delicato delle onde, c'è molto silenzio. Fisso in alto per talmente tanto tempo che perdo l'equilibrio.

«Attenta. È più facile da sdraiati», dice.

«Credo che per me sia troppo. Mi sa che torno a letto».

«Ah, va bene». Fa una pausa. «Cercherò di non svegliarti rientrando».

Arriviamo in città verso le undici e mezzo della mattina successiva, dopo che Edward si è fatto una nuotata e dopo aver mangiato un toast freddo sulla spiaggia.

«Apriamo il negozio?»

«Pensavo che prima dovremmo pranzare», dice. «Non c'è fretta, no? Andiamo all'Arms. Ci hai mai mangiato?».

Scuoto la testa. A volte andiamo al Railway Arms per bere qualcosa dopo il lavoro, ma non ci sono mai stata per pranzo.

«Non ci andrei per cena, ma per pranzo va bene. Vieni, offro io».

Lo fisso, sorpresa. «Mi vuoi offrire il pranzo? Non è il caso. Ieri hai pagato per tutto».

«Forza», dice.

Dentro, il pub è buio e all'antica. I pub scozzesi sono praticamente come i bar degli alberghi. Mangiamo della torta e patatine. «Magari il mio capo mi portasse fuori», scherza la cameriera.

«Questa è la mia ricompensa», le dico, «quando mi dice che sto facendo un buon lavoro ma non può darmi l'aumento». La faccio scoppiare a ridere.

Mentre beviamo il caffè, Edward tira fuori una cosa dalla tasca. «Chiavi», dice, posandole sul tavolo. Un portachiavi di legno grande quanto una cartolina, con l'indirizzo del negozio scritto con il pennarello.

«Chiavi? Per cosa?». Non sono del negozio, quelle le ho già.

«Del Capanno. Puoi tenerle finché non ritorni a casa», dice. «Così puoi andarci da sola, se vuoi. Quella piccola è per il lucchetto del capanno piccolo. Quella con sopra il nastro adesivo apre la porta a vetri».

«Oh, è... Sei gentile. Grazie. Sei sicuro? E se ci vuoi andare tu?»

«Non ci saranno problemi, se ci sarai anche tu. Insomma, abbiamo appena trascorso ventiquattr'ore insieme, no?»

«Sì, ma se volessi stare da solo? O portarci qualcuno?».

Scrolla le spalle. «Sono sicuro che troveremmo una soluzione. Ho pensato ti avrebbe fatto piacere poterci andare quando vuoi».

«Grazie». Sono piuttosto commossa e sto ricacciando indietro le lacrime. Spero non se ne accorga, è una cosa patetica. «Non so perché tutti ti credono tanto terribile», scherzo, «con me sei stato gentilissimo».

«Vero? Dovrò stare attento».

Capitolo tredici

È passata un'altra settimana. È l'inizio di agosto, e il tempo è cambiato: alterna momenti di afa fastidiosi ad altri freddi e grigi. Oggi non ha ancora piovuto, ma minaccia di farlo da stamattina. Edward è via; mi aspettavo che tornasse nel pomeriggio ma non è mai arrivato. Non è strano: va spesso fuori città per comprare e vendere libri, preso dalla sua vita sociale misteriosa. Ho contato l'incasso della giornata e aggiornato il catalogo, e ora sto aspettando con pazienza che una delle nostre clienti fisse, la signora Drummond, torni dall'angolo di negozio in cui è sparita, così posso chiudere. Una volta dovevo andare via e l'ho cercata. L'ho trovata appisolata su uno dei divani, circondata da libri di poesia. Ma non oggi: sta tornando nella sala principale con un paio di volumi verdi della Penguin di Agatha Christie. La servo e le auguro una buona serata, e la seguo alla porta con le chiavi. Ma, prima che riesca a chiudere, un'elegante donna bionda arriva alla porta ed entra. Faccio un passo indietro, leggermente allarmata. Impossibile che non mi abbia vista.

«Mi dispiace», dico, «stiamo chiudendo». Ha un aspetto vagamente familiare, anche se non riesco a riconoscerla.

«Oh, non c'è problema», risponde altezzosa, «Edward sta arrivando».

E infatti eccolo qui, subito dietro di lei.

«Buonasera, Thea», saluta. «Passato una buona giornata?»

«Ehm… sì, non male. Quindi sei tornato», dico, stupidamente. «Pensavo non saresti rientrato oggi».

«Cambio di programma», risponde.

Cerco di non fissare la donna. Sono abbastanza sicura che sia Sophie, che ho conosciuto alla festa di Charles, ma non al cento per cento. Indossa un meraviglioso completo vestito e giacca – di seta giallo primula, una cosa che io potrei pensare di mettere per una festa in giardino, se mai fossi invitata a un evento del genere, ma che poi deciderei di evitare perché è un colore troppo pallido. Lei sarebbe molto bella, addirittura stupenda, se non sembrasse tanto irritata.

«Salve», le dico, «non ci siamo già viste?»

«Non credo», risponde, e il suo tono lascia intendere che è *molto* improbabile.

«Hai un'aria familiare. Non ci siamo viste da Charles?»

«No». Mi guarda e si gira verso Edward.

«Oh», dice lui, «chiedo scusa. Lei è Thea, è… Lavoriamo insieme. E questa è Lara», mi dice.

«Salve», diciamo in contemporanea, con la stessa indifferenza.

«Forse hai conosciuto la sorella di Lara, Sophie».

«Ah, sì. Giusto. Vi somigliate molto». Sembra ancora più seccata, se possibile. «Stavo andando via», aggiungo, «tolgo il disturbo».

Edward ignora il saluto e dice: «Che programmi hai per la serata?»

«Ah, niente di che». Mi sento a disagio, consapevole che Lara mi vuole fuori dai piedi e alla svelta.

«Puoi unirti a noi per cena», dice, «pensavo di andare da Mario's».

Mario's non è proprio un ristorante: è aperto solo tre sere a settimana, e in sostanza è il suo soggiorno. Ci sono solo cinque tavoli. Il cibo è buono, ma è l'ultima cosa che vorrei fare. Lancio un'occhiata a Lara. Di rado ho visto una persona con un'espressione tanto arrabbiata. Si irrita subito e sbuffa quando dico che non voglio fare il terzo incomodo – lanciandomi in una supposizione che lui non corregge, quindi probabilmente è giusta – e Edward mi assicura che non lo sono. Metto le chiavi in tasca e vado a prendere il golfino dal cucinino.

«Sicura?», mi chiede. E aggiunge, abbassando la voce: «Mi farebbe comodo un po' di compagnia».

«Oddio. Allora perché l'hai portata?», sussurro.

«È una storia lunga».

«Hai voluto la bicicletta? Ora pedala. Non voglio reggere il moccolo».

Per quanto ne so, passava già molto tempo con Lara, e non l'ha mai nominata. Dopo che ci siamo conosciute però ne parla spesso, e sono abbastanza sicura che la veda ogni volta che va a Edimburgo. Immagino sia una di quelle con cui "non sta insieme" ma con cui ha un qualche accordo. Però non la porta più in negozio, e io ne sono sollevata – e non mi interessa approfondire il perché.

Venerdì pomeriggio, fine agosto. Edward stamattina è andato a una vendita privata – dalle parti di Gretna, credo – e mi aspettavo che rientrasse nel pomeriggio, ma ancora una volta non si vede. Ho già chiuso e sto facendo qualche foto delle copertine di pelle alla luce autunnale per divertimento, e per il profilo Instagram del negozio, quando mi chiama.

«Alla fine non torno stasera», mi dice. «Forse ho lasciato la finestra della cucina aperta. Puoi controllare? E mettere un po' di cibo nella ciotola di Holly Hunter?»

«Certo, nessun problema. Posso fare altro?»

«Magari controllare tutte le finestre? Non mi ricordo se ne ho lasciata qualcuna aperta e il meteo dice che ci sarà vento. È vero?».

Guardo fuori dalla finestra. «Mmm. Ha appena iniziato a piovere. E per essere le cinque e mezzo è buio pesto. Ma non sembra tiri ancora vento».

«Puoi controllare? Ti spiace?»

«Figurati». Vorrei chiedergli dov'è, ma non sono affari miei. È con Lara? Zitta, Thea. E anche se fosse? Può fare quello…

«Grazie. Vuoi che ti porti qualcosa dalla grande città?».

Be', così allora posso chiedere: «Dove sei?», in risposta.

«Edimburgo», risponde. «Qui fa freddo e piove».

«Hai comprato qualcosa, stamattina?»

«Non molto. Un paio di prime edizioni di Ballard, una firmata».

«Forte. Hai scritto a Malcolm?». Malcolm colleziona i libri firmati di Ballard, il che è utile.

«Non ancora. Puoi farlo tu. *L'isola di cemento* e *Il condominio*. Quella firmata è *Cocaine Nights*».

«Ah, cavolo». È il più recente e non vale molto.

«È quello che passa il convento. Comunque, non so quando tornerò. Probabilmente domenica. Allora, cosa ti porto?».

Rido. «Qualcosa di luccicante». Lo dicevo sempre a

mio padre quando andava fuori per lavoro. «Buon divertimento».

«Ci provo. E ti porto qualcosa di luccicante».

«Guarda che non è necessario, stavo scherzando. Ci vediamo quando torni».

Dopo aver pubblicato le foto su Instagram, salgo da lui. Non ci vado spesso, e ogni volta mi sembra un po' strano. Non sono mai stata invitata di sopra per una tazza di tè o simili. Non so se qualcuno sale mai, a parte credo Lara e le altre "amiche", anche se penso vada perlopiù lui da loro.

È una casa abbastanza grande di due piani, ci starebbe tranquillamente una famiglia. Ed è bella. Il salotto si affaccia sulla piazza ed è luminoso e con il soffitto alto, rivolto a sud, con due finestre a ghigliottina, divani enormi e un caminetto di marmo, quadri e, naturalmente, libri ovunque. Quando fa bel tempo, di sera la luce qui è meravigliosa. Ci sono tappeti e un portapiante in stile edoardiano bellissimo: una colonna tortile in mogano con un vaso in ottone che contiene una grande aspidistra. Mi piacerebbe un sacco vivere qui. Ho persino cercato qualcosa di simile in affitto sulla piazza con la vista sui tetti, per quanto gradisca la mancanza di scale al Lodge. Mi piace anche avere un giardino, e se abitassi in un appartamento non ce l'avrei. Edward ce l'ha, ma solo perché è il proprietario di tutto l'edificio. Una volta gli ho chiesto da dove arrivano i soldi – vendere libri non è un'attività così remunerativa – e lui ha fatto un'espressione afflitta prima di ammettere che lui e Charles avevano ereditato "una bella cifra" dalla nonna materna. A quanto pare, quel tipo di eredità è accettabile perché non è arrivata insieme a un titolo o a ettari di terra. Quando mi ha vista poco convinta mi ha ricordato, piuttosto scocciato, che era un ipocrita. E immagino di esserlo anch'io: in fondo ho ereditato qualcosa anch'io.

La sala da pranzo è splendida, con un elaborato soffitto di stucco e un enorme tavolo rotondo di mogano con delle gambe gigantesche. Buffet abbinato, specchio immenso sul caminetto in pietra scura. La cucina è lunga e stretta, con le finestre su due pareti e un tavolo in fondo, un lavello scheggiato e una credenza a incasso. Le pareti sono verde scuro, le ante bianche, fatte a mano, piene di roba, e ci sono un sacco di padelle, piatti, brocche e oggetti appesi ovunque. È disordinata ma accogliente. Credo gli piaccia cucinare, anche se non ha nessuno per cui farlo. C'è uno scaffale pieno di libri di ricette, e pile dello stesso genere aperte sul tavolo.

La finestra è aperta, come sospettava, quindi la chiudo. Non c'è traccia di Holly Hunter, ma le sue ciotole sono vuote, quindi ne riempio una di biscotti e l'altra di costoso cibo per gatti. Potrei mangiarlo io stessa, con un po' di pane tostato. Trovo divertente il fatto che abbia comprato una cosa del genere. HH è vecchia, ha almeno vent'anni – ce l'ha da quando è tornato dall'università. Riempio la ciotola dell'acqua e poi vado a controllare le altre finestre.

Non ho mai fatto la terza o la quarta rampa di scale, dal momento che portano solo al bagno e alle camere. Mi rendo conto che sto quasi camminando in punta di piedi. Le scale che conducono al secondo piano non sono larghe come quelle più in basso, e invece di librerie ci sono stampe incorniciate e foto.

È un peccato che Edward abiti qui da solo. Forse chiederà a Lara di trasferirsi, penso cinica. Non credo proprio che le piacerebbe, anche se forse non sono molto benevola nei suoi confronti. A quanto pare, non le è piaciuto il Capanno quando l'ha portata lì l'anno scorso. Si è lamentata praticamente per tutto il tempo. Niente corrente né acqua calda, lui era un pazzo eccetera. «Forse è un po' troppo sofisticata per il Capanno», gli ho detto quando me l'ha raccontato.

Volevo chiedere di lei – da quanto si frequentavano, quanto era "ufficiale", quando si sono conosciuti, se era stato a letto con sua sorella... ma non l'ho fatto. Gli ho chiesto se fosse il suo "tipo" e mi ha risposto che non aveva un tipo. Allora gli ho domandato: «A parte "quelle che sono state con tuo fratello"?», e lui mi ha mandata a fare in culo. Giustamente.

In cima alle scale mi fermo. Due porte chiuse e due socchiuse. E una aperta – quella del bagno, con tutti i sanitari metallici ma in stile vittoriano, molte piante e un mucchio di asciugamani bianchi abbandonati per terra. Ma è in ordine, per essere un bagno usato solo da un uomo. Non ha nessuno che gli pulisce casa, o almeno non ne ha mai parlato. Probabilmente se ne occupa da solo. Non me lo immagino a spolverare, ma suppongo lo faccia.

Do per scontato che le porte chiuse siano quelle delle camere da letto – e affacciandomi al volo ne ho la conferma. Letti rifatti, strana mancanza di oggetti. Le altre due devono portare alla sua camera e allo studio. Scrive. Come ci si aspetterebbe.

«Poesie di merda», è quello che ha detto quando gli ho chiesto cosa scrivesse. Ma non devono essere così terribili: a quanto pare, qualcosa è stato pubblicato.

La sua camera è di fronte, sopra il salotto. È inaspettatamente bianca e inaspettatamente ordinata, anche se c'è una prevedibile pila di libri accanto alla porta. E la finestra *è* aperta, quindi almeno non sono salita fin qui per niente. Ci devo combattere, perché è aperta nella parte superiore. Le finestre di questo tipo non sono mai facili; mi chiedo se quando erano nuove funzionassero bene, ma io non ho mai usato una finestra a ghigliottina nuova, solo quelle antiche con corde sfilacciate e pulegge coperte di vernice. Alla fine ce la faccio e fermo la vite, poi chiudo le tende, perciò devo procedere a tentoni nel buio oltre il letto.

È strano essere nella sua stanza. Le camere da letto sono personali, no? La sua vestaglia, di tartan scuro, è appesa dietro la porta, e c'è una cassettiera bianca con sopra uno specchio che funge da toletta e su cui c'è di tutto, biglietti e fotografie. Esito e poi accendo la luce, così posso guardare meglio le foto. Ce n'è un'altra di sua nonna, se si tratta di lei – la donna nella foto al Capanno. E forse questa è sua madre? Una polaroid scolorita degli anni Settanta di una donna molto bella con indosso un vestito a vita alta di Laura Ashley che ride verso l'obiettivo. Ha detto che i suoi genitori seguivano la moda bohémien alla fine degli anni Sessanta, prima che lui nascesse. Dovrei cercarli: su internet potrebbero esserci delle immagini e sono curiosa. Non ho mai avuto l'impressione che fosse particolarmente legato a sua madre, quindi è strano che abbia una sua foto. Sempre se è davvero lei.

Infilata nella cornice dello specchio c'è una foto di Edward, sbarbato e sorridente, in una sala studenti con altri due ragazzi: tutti fumano e il tavolino è pieno di bottiglie di birra. È strano vedere la versione giovane di una persona conosciuta nei suoi quarant'anni. Sembrano i ragazzi che frequentavano il mio corso di laurea: i due che non sono Edward hanno i capelli lunghi, mentre i suoi sono una zazzera corta dietro e cotonata sopra, tipo i Jesus and Mary Chain. Fantastico. Jeans attillati neri, Dr Martens sul tavolo, sopra le loro teste l'angolo di un poster che riconosco essere Béatrice Dalle in *Betty Blue*.

Sempre sulla toletta ci sono poi un piattino pieno di gemelli, un orologio da taschino su un espositore, un paio di spazzole che sembrano antiche, argenti rovinati con le iniziali di qualcun altro – RVTM. C'è un biglietto che raffigura un quadro di Edward Hopper. Lo prendo – mi sento in colpa ma non riesco a farne a meno – e lo apro per leggere il messaggio.

Fine settimana meraviglioso, tesoro, non vedo l'ora che arrivi il prossimo. Sempre tua, Corinne

Ah. E chi è Corinne? E Lara sa di lei?

Sul muro vicino allo specchio c'è un disegno della casa, Hollinshaw, e un altro, una vecchia stampa, di un castello in rovina, la tipica "casatorre" scozzese. E una foto del Capanno, il cielo azzurro sopra le pareti in legno nere. A parte questo e la cassettiera, però, non c'è molto altro. Come il resto della casa fosse talmente imbottito di roba da non lasciare nulla per la sua camera.

Spengo la luce e attraverso il pianerottolo per arrivare all'ultima stanza, lo studio. Ah, ecco perché in camera da letto non c'è molto: è tutto qui. Librerie strapiene, cartoline di quadri su ogni spazio libero della parete, polvere, CD e anche una pila di audiocassette. Il vecchio stereo è un ammasso di pezzi metallici – nel 1995 o giù di lì dev'essere costato una fucilata. Trovo anche dischi, dentro alle casse sul pavimento. Mi chino per dare un'occhiata veloce. In negozio ascolta solo musica classica, ma dal momento che al Capanno abbiamo parlato tanto di musica, non mi sorprende vedere gli album di Nick Cave e degli Smiths. Di sicuro si addicono al ragazzo della foto. Poi i Black Sabbath, Can, Prince e David Bowie, i Clash, i Nirvana – mi chiedo quanto spesso ascolti questa musica, ora. Cosa c'è nel giradischi? Sollevo con attenzione il coperchio. I Bauhaus. Cavolo.

La scrivania, che è un tavolo giallo in fòrmica, è davanti alla finestra senza tende, anche questa aperta. È sopra la sala da pranzo e si vedono i tetti e gli alberi in giardino. Mi sporgo per combatterci, ma funziona molto meglio di quella in camera da letto e scivola in basso, chiudendosi con un tonfo. Giro la vite e guardo la scrivania. C'è una macchina da scrivere. Questa cosa mi fa ridere: è proprio da lui averne una, anche se so che per comporre usa il computer. La macchina è in fondo alla scrivania. Penso sia più un simbolo che un oggetto da utilizzare davvero. Ci sono anche fogli di carta volanti, tutti di dimensioni diverse; nessuno è battuto a macchina, sono tutti scritti con una calligrafia inaspettatamente ordinata, per la maggior parte a matita. Sul davanzale c'è un barattolo pieno di matite in diverso stato. Nella parte anteriore della scrivania vedo una pila di fogli ordinata, fermata con un sasso bianco liscio.

Guardo il primo foglio della pila. So che è da maleducati, e ci vado sempre cauta con le parole degli altri nel caso dovessi incappare in cose imbarazzanti. Potrebbero essere imbarazzanti perché brutte – magari una poesia orribile – o perché vere. La verità rischia di svelare troppo, è troppo cruda. Una volta ho letto una cosa scritta da una coinquilina, che aveva appeso sul muro vicino alla scrivania, riguardo allo "strisciare nella vita evitando le mine dell'amore", o qualcosa del genere – non ricordo esattamente – ma era talmente vero e puro che dopo mi riusciva difficile parlarle, come se mi avesse confidato un segreto. E forse era proprio un segreto, perché non mi aveva certo invitata in camera sua. Quando le mie coinquiline non c'erano, andavo sempre nelle loro stanze. Non è che ficcassi il naso dappertutto, non ho mai aperto un cassetto o letto un diario. Semplicemente, mi piaceva stare nelle loro camere e guardare i poster e i libri, sapendo che non si sarebbero mai accorte che ero stata lì.

Non lo farò
Non so farlo
Non devo farlo
Non posso farlo

Questo è quello che ha scritto Edward. Sentendomi stupida e in colpa, arrotolo la manica del golfino e sollevo il sasso, anche se ho paura di lasciare impronte. Scosto il primo foglio. Sotto ce n'è uno più piccolo, su cui ha scritto:

Sponde argentate
~~*Sole dorato*~~
~~*Sabbia dorata*~~
La sabbia è davvero dorata? IMPEGNATI DI PIÙ.

E di lato, sullo stesso foglio:

Patella/particella?

Lo giro.

Peltro morbido
Lavato dalla pioggia
Nuvole e licheni

Sono frammenti, non poesie vere e proprie; solo appunti. Sono un po' delusa. Guardo il foglio successivo, dove ha scritto:

"BANALE"

Così, tra virgolette rabbiose, una delle quali ha bucato il foglio. Fisso la parola, sentendo il sangue concentrarsi sulle guance. È strano sentirsi in imbarazzo quando si è da soli. L'ha forse scritto per quello che ho detto, settimane fa, sulla festa di suo fratello? O sto trovando collegamenti che non esistono? Dopotutto, è solo una parola.

Sul foglio successivo, stavolta a righe, che sembra strappato da un quaderno per i compiti, ha scritto:

Una stanza vuota sembra più vuota
Una notte in solitudine sembra più lunga
La miniatura fredda della luna
Più distante

«Questa ha potenziale», dico ad alta voce, facendomi sobbalzare. Mi sto comportando in modo pessimo. Dovrei andarmene. Risistemo i fogli, riguardando quello con scritto "BANALE". Il problema del ficcare il naso in giro è che non puoi fare domande su qualcosa che hai trovato e che non avresti dovuto vedere. Potrei chiedergli qualsiasi cosa di questa stanza tranne di quello che ha scritto. Adocchio una pila di quaderni accanto alla macchina da scrivere. Mi chiedo cosa ci abbia scritto.

Edward è… immagino sia un mistero. Un mistero vagamente affascinante.

Con un sospiro, esco dalla stanza senza toccare altro e mi avvio di sotto.

Quando arriva a casa, a metà pomeriggio di martedì, ho già venduto una prima edizione di Harry Potter per quattrocentocinquanta sterline e sono piuttosto soddisfatta di me stessa.

«Ciao», dice, «come te la passi, libraia in erba?»

«Vendo come una libraia navigata. Guarda. Forse dovresti promuovermi». Giro la ricevuta così può vederla.

Capisco che è soddisfatto. «A proposito. Ecco qui». Tira fuori una scatola lunga e piatta dalla tasca della giacca e me la porge. «Una cosa che luccica».

Mi sento un po' afflitta per aver ricevuto un regalo che in sostanza ho chiesto. «Non dovevi prendermi niente. Stavo scherzando».

«Lo so. Ma l'ho visto e ho pensato potesse piacerti».

Apro la scatola. Dentro c'è un cucchiaio. Un enorme cucchiaio da tavola, d'argento, con le mie iniziali, tutte e tre, ALH, sul manico.

«Oh, caspita». Fisso il cucchiaio, poi Edward. «È incredibile! Le mie iniziali!».

«Lo so, non ho mai trovato una cosa con un monogramma utile. Forte, eh?»

«È costato tanto?», chiedo, sospettosa.

«No. Quando ci sono le incisioni costano meno. Perché chi è che vuole le iniziali di qualcun altro?»

«Ma è comunque argento». Sfrego il dito sul marchio. «Quant'è antico?»

«Credo sia di metà epoca vittoriana. Cerca».

«Cercare? Come?».

Fa un verso di disapprovazione. «Qui». Si siede alla scrivania e va su Google. Lo osservo mentre guarda i marchi.

«Allora, vediamo», dice. «Penso sia di Glasgow. Sì, ecco, è il simbolo di Glasgow, la testa. E questa P è l'anno, 1860. E questo è il costruttore: Kerr & Philips. Forse puoi anche cercare proprio loro, se vuoi. Scoprire dov'era il negozio».

«Wow». Accarezzo la conca del cucchiaio, di una lucentezza meravigliosa. Raccolgo della salsa immaginaria da un piatto durante una cena vittoriana immaginaria della domenica. «È bellissimo. Chissà chi era ALH. Grazie mille».

«Non c'è di che».

«Dev'essere costato un sacco, non dovevi. Stavo solo scherzando. Ho detto "qualcosa di luccicante" solo perché...».

«Lo so. L'ho visto è mi è sembrato perfetto quando mi sono ricordato che il tuo nome inizia per A».

«Mi sorprende che ti sia ricordato l'iniziale del secondo». Lo guardo con la fronte aggrottata. Sono più che sorpresa, in effetti. Sono più o meno sbalordita.

«Avevo paura di aver sbagliato», dice, «ma ero quasi sicuro. Lucy, giusto? Althea Lucy».

«Sì. Be', lo custodirò gelosamente», dico, e poi sento la punta delle orecchie in fiamme per l'imbarazzo. Ma lui non se ne accorge, è girato verso lo schermo.

«Hai venduto altro?», chiede, e torniamo su un argomento più sicuro.

Cerco su Google "cucchiai vittoriani" mentre sono seduta in macchina dopo il lavoro, scroccando il Wi-Fi del municipio. Da ottanta a trecento sterline.

Non so che pensare. Forse per lui non sono tanti soldi? Anche la stima più bassa per me è una cifra importante. Sono confusa. Sarebbe stupido vederci troppo – o qualcosa, addirittura. Giusto? L'ha visto, ha pensato a me e poteva permettersi di comprare un regalo – che fosse un po' caro o molto caro – senza pensarci troppo. Tutto qui.

Ieri sera, Xanthe ha chiamato e mi ha raccontato della cena da Chris e Susanna, dove Angela, a quanto pare, ha bevuto un po' troppo e ha chiesto di me.

Xanthe va a serate del genere per tenermi aggiornata su quello che succede. Non è un problema se vuole essere loro amica – conosce Chris da tanto tempo, da più di quanto lo conosco io, in realtà – e i suoi resoconti degli eventi in cui è coinvolta la nuova coppia sono sempre divertenti.

Comunque, mentre mangiavano il dolce, Angela ha chiesto a Chris se ultimamente mi aveva sentita, come stavo e così via (forse *non* ha avuto molto tatto: avrebbe potuto chiedere a Xanthe in un momento più opportuno, oppure ricordarsi quello che le ho detto io stessa solo la scorsa settimana!).

Chris ha risposto la verità, e cioè che non ci sentivamo da un po', e Angela ha detto che le sembrava triste che mi fossi sentita in dovere di trasferirmi così lontano. Chris è rimasto infastidito da quel commento e ha risposto che non mi ero trasferita, stavo solo passando del tempo da un'altra parte.

«Però resterà lì», ha affermato a quel punto Angela. «È proprio un peccato... mi manca». Xanthe è intervenuta per dire che mancavo anche a lei, e Susanna è scoppiata a piangere ed è uscita di corsa dalla stanza.

Gli altri cinque sono rimasti seduti a guardarsi, e Rob ha detto: «Dovresti assicurarti che stia bene, Chris». Jeff, il marito di Angela, ha detto che gli dispiaceva se Susanna c'era rimasta male, e Angela ha commentato: «Non puoi sconvolgere la vita di tutti senza che la gente resti sconvolta». E anche se può sembrare terribile ... non lo so.

Secondo Xanthe, Susanna non ha mai pensato a come tutti gli altri si sarebbero sentiti riguardo alla situazione, me inclusa, per quanto possa sembrare strano. Se io andassi a letto con il marito di un'altra persona, non mi stupirei di saperla sconvolta una volta scoperta la tresca. Pensieri del genere rendono più difficile passare all'azione? Chi lo sa. È facile fare congetture, ma non si può essere certi di nulla finché non ci si trova in quella situazione. Ammetto che di rado cerco di entrare nella testa di Susanna o di provare empatia nei suoi confronti. Dopotutto mi sembra che per lei sia finita bene, dal momento che vive in casa mia con mio marito. Ma credo che al suo posto ci penserei. È per me che la gente si dispiace, e se la cosa mi fa piacere, probabilmente Susanna ne è turbata. Dubito che si veda come la cattiva della storia, non lo fa mai nessuno.

Mi chiedo come si giustifichi con sé stessa. Forse si dice che le cose tra me e Chris erano già complicate? Immagino che sia una buona scusa, e forse ha ragione. Ci doveva essere qualcosa che non andava, anche se io non ne avevo idea, anche se mi irrita il pensiero che lui avrebbe potuto dirmelo, se c'era un problema, e avremmo potuto risolverlo.

Ma ormai è storia antica. Non so neanche quando si sarebbe potuto sistemare. Non sembrava ci fosse niente di diverso dal solito, almeno non per me. Sembrava tutto esattamente come sempre. Se l'avessi notato forse mi sentirei meglio, ma devo aver fallito su tutti i fronti.

Non va bene sentirsi male per questa storia. Ho più o meno smesso di rivedere tutto nella mia testa, chiedendomi dove avrei potuto incollare i pezzi. La risposta è: da nessuna parte. Tuttavia, anche se le mie riflessioni sono ragionevoli, non significa che ora sia in grado di immedesimarmi in Susanna, e nessuno si aspetta che lo faccia.

Non mi piace sentire storie come quella della cena, o di come la figlia più piccola di Cora Thwaite abbia detto a Ruby, la figlia di Susanna, che sua madre era una "ruminafamiglie" perché l'ha sentito dire dai suoi genitori. Ruminafamiglie… carina, eh? Un'incomprensione da scuola elementare di "rovinafamiglie". Ma sentirlo è sempre meglio che imbattermi in qualcuno di loro: sarebbe un orrore incontrare Susanna in città, o magari al supermercato. O forse mi farebbe bene e mi aiuterebbe a costruirmi uno scudo di indifferenza.

Capitolo quattordici

Sono stata da sola per la maggior parte della settimana. Edward è andato di nuovo a Edimburgo. A volte mi dice quello che ha fatto, ma non sempre. Sono le cinque e mezzo, la porta è serrata e c'è il cartello CHIUSO mentre sto passando la scopa. Da dove arriva la sporcizia? Dalle scarpe della gente, suppongo. Bisogna spazzare tutti i giorni; il lunedì mattina, prima dell'apertura, passo l'aspirapolvere.

Ho aggiornato il catalogo e buttato del latte scaduto. Il clima è caldo e secco, quasi un'intera settimana di quelle giornate che a volte capitano a settembre con una luce meravigliosa, lenta e intensa; la vite americana sul retro del negozio è di un rosso scarlatto. Dato che non piove da un po' dovrò innaffiare il giardino, o almeno i vasi nel patio. Mi piace il negozio dopo la chiusura: è silenzioso e immobile, i granelli di polvere danzano nei raggi di sole inaspettati.

Gli orologi ticchettano e si sentono cigolii misteriosi provenire dagli scaffali e dalle assi del pavimento. Mi piace immaginare che i libri si stiano sistemando per dormire, anche se è un'idea stranamente romantica per me. Do un'occhiata a Twitter e preparo dei tweet per il fine settimana, così non ci devo pensare. Spero che Edward abbia fatto qualche foto mentre era in giro. Alla gente piacciono le foto. I tweet sui libri vanno bene, ma le immagini dei libri hanno più successo. Però lui non ci pensa sempre, nonostante gli scriva per ricordarglielo. Probabilmente neanche li legge, i messaggi.

Ho spento il computer e sto per andare in giardino quando sento la chiave nella serratura e mi giro per salutare. Non mi aspettavo tornasse, ma d'altronde non è obbligato a dirmi i suoi programmi.

Apre la porta e mi vede. «Oh, ciao, Thea. Ancora qui?». Ha in mano una scatola che posa sul bancone.

«Stavo per annaffiare le piante... Oh, ciao, Lara».

«Sì, ciao», risponde. Sono io o ha la faccia più fastidiosa del mondo? È raro che mi stia antipatico qualcuno, ma Lara mi sta decisamente antipatica. E non voglio chiedermi il perché.

«Hai bisogno di una mano?», chiede Edward.

«Oddio, no, no, tranquillo. Fai quello che devi». Mi ritiro nel corridoio e mi fermo vicino alle scale. «La settimana è stata produttiva?»

«Non è andata male. In macchina ci sono delle altre scatole, ma possono aspettare fino a domani. E la prossima settimana deve arrivare della roba. Ho comprato una bellissima collezione di George Eliot, rilegata in tessuto, degli anni Sessanta. Verde scuro, molto elegante. E una prima edizione firmata di Toni Morrison. Un'emozione».

«Davvero? Cos'è? *Amatissima*? Ti prego, di' di sì».

Ride. «Sì».

«Quanto costa?»

«Sei tentata?».

Lara è a metà delle scale, si gira e sbuffa per quell'interruzione della sua serata.

«Mentirei se dicessi che non lo sono».

«L'ho pagato centonovanta, probabilmente ci farò due e cinquanta».

«Accidenti. Allora mi limiterò a osservarlo. Comunque, tolgo il disturbo».

Guardo Lara, che non sta alzando gli occhi al cielo solo perché sarebbe una cosa volgare.

Lui solleva il capo e la fissa. «Sali pure, ci metto un secondo».

«Edward...», si lagna lei.

Forse non si sta lamentando, sarà una mia impressione. Lancio un'occhiata a Edward: sembra leggermente seccato. Non capisco proprio chi glielo fa fare. Dev'essere fantastica a letto. Ma non riesco a crederci, sembra talmente... rigida. Immagino facciano sesso furioso. Magari a lui piace, c'è gente che gradisce. Non che mi riguardi, o che mi interessi il tipo di sesso che gli piace. Merda, ora sto arrossendo e non ho ascoltato quello che mi ha detto.

«Thea?»

«Scusami. Cos'hai detto?»

«Che ho comprato degli atlanti, grandi. Dovremmo sistemarli sul tavolo delle mappe. Fare una specie di esposizione. Sei brava a farle».

Il tavolo delle mappe è un nuovo acquisto. Ho visto la pubblicità su Facebook e sono stata ispirata dal baule a Hollinshaw. Adoro i bauli e i tavoli delle mappe, perché i cassetti sono meravigliosi e quelli dei tavoli delle mappe sono enormi. Gli ho detto che avremmo dovuto prenderlo e tenerci dentro le cartine, ovviamente. Le mappe piacciono a tutti. E abbiamo degli atlanti grandiosi. E Edward ha acconsentito, quindi ora abbiamo – cioè, ora ha – un tavolo delle mappe.

«È una bella idea», concordo. «Va bene, ci penso su. Meglio che vada, così ti lascio in pace».

«Ti aiuto».

«No, davvero...», inizio, ma stiamo già attraversando le sale sul retro per andare in giardino. «Sarà seccata», insinuo, lanciandogli un'occhiata.

«Oh, be', tanto è sempre così».

Non posso ribattere nulla, non sono affari miei. Ma non approvo: o una persona ti piace oppure no. Se ti piace, sii gentile; se no, che senso ha?

In giardino inizia a riempire uno degli annaffiatoi con il tubo. Quello spazio verde è una sorpresa, più grande di quanto ci si aspetta. Ci sono alberi, bordure e un prato; è rilassante e bello, ma non ordinato come quello del Lodge. Edward fa un po' di giardinaggio e la nipote di Jilly, Wendy, viene una volta a settimana in estate a tagliare l'erba e a fare un po' di manutenzione. Ci sono un sacco di vasi con agapanti e gigli, degli alberelli, aceri. Un tavolo e delle sedie sono sistemati vicino alla casa, e ci sono panchine sparse. Edward viene qui fuori a leggere la sera, dice, e a volte ci pranziamo, se non piove. Vorrei curarlo di più ma non c'è tempo, il giardino del Lodge mi tiene impegnata a sufficienza e penso che lo stato in cui versa rattristerebbe lo zio Andrew. Faccio del mio meglio ma sto lavorando, dopotutto. Ho dovuto comprare delle membrane per le erbacce per l'orto. L'anno prossimo pianterò verdure.

Se sarò ancora qui.

Bagno i vasi e Edward riempie il secondo annaffiatoio. Poi inizia a girovagare e guarda le sue piante. È una bella serata, molto tranquilla, e il cielo è blu. Potrei cenare fuori, se quando arrivo a casa farà ancora abbastanza caldo. Finisco il giro e inizio ad arrotolare il tubo. Se fosse il mio giardino, temo lo lascerei fuori, pronto per il prossimo utilizzo.

«Va bene», dice, «sarà meglio che vada ad affrontare la situazione».

Resto un attimo in silenzio con la mano sulla porta. «Posso chiederti una cosa?»

«Certo».

«È una domanda personale».

«Fa' pure». Sembra divertito. «Non sarà edificante».

«Mi chiedevo – e so che sto ficcando il naso – perché l'hai portata qui se non vuoi passare del tempo con lei?». Ora siamo nella sala in fondo, e chiudo la porta alle nostre spalle. Qui nella sezione di Storia locale fa caldo e c'è silenzio. «Non devi rispondere, non sono affari miei».

«Me lo domando spesso anch'io».

«Siete stati insieme tutta la settimana?»

«Oh, no. No, sono passato a prenderla stamattina. Di solito non la porto qui, non le piace».

«Davvero?»

«Odia i libri, odia le orribili province. Non è molto affezionata a me».

Lo fisso. «Allora perché...».

«Non ne ho idea».

«Oookay...».

«Ho detto che stavo tornando a casa e ha detto che sarebbe venuta con me. Credo che il suo compagno sia via».

«Il suo compagno? Pensavo foste...».

«Oh, no. Convive».

«Davvero? Ah, va bene. Va bene».

«Lui sa di me. Immagino non gli interessi».

Lo guardo a bocca aperta. «Santo cielo. Be', come ho

detto, non sono affari miei. Ma ero curiosa». Attraversiamo il corridoio, superiamo la sala piena di testi teatrali e poesia e andiamo verso le scale. «Sarà arrabbiata perché non sei salito subito».

Scrolla le spalle. «Probabilmente sì».

«E… litigherete?»

«Forse. Di solito non reagisco. Il che la fa arrabbiare ancora di più». Sorride, all'improvviso. «È una cosa perversa, vero?»

«Un po'». Sono delusa. Ma non saprei dire il perché. Quel sorriso lascia intendere che a lui stia bene, e forse prima avevo ragione. Forse il punto è proprio quello.

«Be', buona serata», gli dico, scostando la tenda in modo da poter recuperare il golfino dal gancio vicino al lavello.

«Anche a te, Thea. Hai programmi?»

«No, il solito. Ci vediamo».

«Chiudi tu?».

Annuisco. Lui sale le scale e lo guardo per un istante. Non si gira, ma solleva una mano per salutare. Vado nella sala principale e prendo la borsa da dietro il bancone. Mi sento uno schifo e non so perché. Ma a volte la tristezza arriva come un'ondata. Faccio un respiro profondo e cerco di non pensare a loro, insieme di sopra, che litigano.

Chiudo a chiave la porta alle mie spalle e osservo le rondini che volano sul municipio. È ora di andare a casa. Per cena c'è l'insalata, e dopo potrei guardarmi un film. Qualcosa che mi consoli ma nulla di sentimentale.

Perché passare del tempo con una persona che neanche ti piace? Non riesco proprio a capire. Penso all'uomo con cui Lara vive: come fa a non importargli di lei e Edward? Forse sono io che non sono molto sofisticata.

Davo per scontato che lei fosse single, visto ciò che vuole da lui, qualsiasi cosa sia. Capisco che possa essere utile avere un amico con cui… andare a letto. Ma non sono amici, no?

Però il sesso deve essere fantastico, altrimenti chi glielo fa fare?

Quando la mattina arrivo al lavoro, li sento gridare. Lei, almeno. Resto immobile nel corridoio, con metà giacca addosso. Immagino non mi abbiano sentita entrare. Oppure non gliene importa, il che sembra molto più probabile.

«…Prestare un po' di attenzione, che cavolo!», urla Lara.

Sento il rombo della voce di Edward ma non capisco cosa stia dicendo.

«Non me ne frega un CAZZO», grida lei.

Sono a disagio. Dovrei forse nascondermi dietro la tenda? E se scendessero continuando a litigare? Avverto il rumore di passi sulle scale, ed è lei che scende furiosa. Mi viene quasi addosso, ma è evidente che non le interessa; si limita solo a ringhiare: «La porta è aperta?»

«Sì…», rispondo, e quella guizza via.

«Lara! Per l'amor di Dio», dice Edward. «Ah, ciao, Thea. Senti, è meglio se le vado dietro: non può tornare a casa se non le do uno strappo fino alla stazione».

La stazione è a Dumfries e, come abbiamo già detto, è a un'ora e venti da qui.

«Sarà un viaggio piacevolissimo», commento.

«Cristo, lo so. Scusami, torno più tardi».

«Va bene». Lo guardo mentre le corre dietro. Porca vacca.

Torna in negozio all'ora di pranzo, mentre sto mangiando i miei tramezzini. Ho dovuto mettere il mio cartello preferito – TORNO TRA CINQUE MINUTI! – così sono potuta correre all'Old Mill a prendere da mangiare. E quando sono tornata c'era una cliente vera in attesa, non era mai successo. E ha anche acquistato – i miracoli non finiscono mai!

«Ciao», lo saluto. «Ti ho preso il pranzo. Non sapevo se lo volevi».

«Grazie. Arrivo subito, mi sto pisciando addosso».

«Ti prego, dammi tutti i dettagli», borbotto mentre lui corre in bagno.

Poi torna. «Perché l'acqua calda ci mette una vita ad arrivare?».

Scrollo le spalle. «Perché le tubature sono antiche, credo».

«Maleducata. Non sono più vecchie di me», dice, e ride per la mia espressione. «Scusa. Questi sono per me?».

Annuisco.

«Grazie mille. Muoio di fame. Non ho fatto colazione».

«Eravate troppo occupati a gridarvi contro?»

«Mmm. Sì».

Si lascia cadere sulla sua poltrona verde e dà un morso enorme al tramezzino. «Mi fai un caffè, angelo?», chiede in modo confuso.

«Come di certo saprai, la richiesta suonerebbe meglio così: "Thea, mi faresti un caffè, per favore?"».

«Te ne sarei molto grato».

«Ne sono sicura. Ma preferirei che non mi chiamassi "angelo"».

«Tesoro?».

Ora sto arrossendo. «Peggio ancora».

Fa un verso contrariato con l'arrosto in bocca. Dopo aver ingoiato, dice: «Ma me lo faresti? Per favore? Dopo te ne offro uno. O ti offro la cena, o qualcosa del genere».

Sospiro e mi alzo dal bancone. Nella penombra del cucinino, preparo due caffè e li porto di là. Ora è al telefono – il suo, non quello all'antica del negozio, che è a disco e che non riesco mai a usare perché fa troppo eco ed è strano.

«Se la smettessi di gridarmi contro», dice, «potrei... No. No, non è... Cristo santo».

Smetto di guardarlo e mi sposto nell'atrio. Sono affascinata dalla scena, ma non posso stare lì impalata a fissarlo mentre sta avendo una conversazione personale. Sposto il peso da una gamba all'altra e fingo di non ascoltare. Riesco a sentire chiaramente quello che dice: è infastidito, quindi ha alzato la voce.

«Va bene. Non mi interessa. No. Come ti pare. No... Non dovrebbe essere difficile, che dici? No. Ma è... Non mi dire... Sì, va bene, come ti pare».

Credo abbia finito. Giusto? Sbircio dalla porta. Posa il telefono sul bancone e preme le dita sulla fronte. «Ma porca troia», dice.

Torno nella sala principale e prendo il caffè. «Per fortuna ci siamo solo noi», dico. «Non è molto professionale».

«Già».

«Allora, com'è andata la mattinata?».

Geme. «Che Dio mi salvi dalle troie egocentriche e isteriche».

«Non mi piace molto», dico, «ma, per favore, non darle della troia». Mi appoggio al bancone senza guardarlo.

«Perché no?»

«È un insulto sessista». Resto un istante in silenzio. «E anche dire che è isterica, naturalmente».

«Allora è una bastarda», ribatte, dopo averci pensato su. «E irragionevole. O... forse non del tutto irragionevole. Non lo so».

«Perché litigavate? Se posso chiedere».

«Oh, solita storia. Sono distante e indifferente, a quanto pare».

«Ed è così?». Bevo un sorso di caffè.

«Be', sì. Non mi interessa molto, e perché dovrebbe? È un accordo che...», esita un istante, «conviene a entrambi, non una relazione amorosa».

Faccio una smorfia. Non mi sorprende che sia arrabbiata. «E la pensa così anche lei?».

Ha la decenza di sentirsi in imbarazzo. «Credo di sì. Insomma, all'inizio siamo stati molto schietti sulla questione. Spero».

«Quindi, e scusa se insisto, come funziona? Dici: "Non mi dispiacerebbe fare sesso con te in maniera semiregolare, ma senza legami"? È una richiesta efficace? Vorrei saperlo, nel caso dovessi mai trovarmi in una situazione del genere».

Ride. «Ma tu non ne avrai bisogno. Conoscerai qualcuno. Non dovrai fare accordi inutili e irritanti».

Non ne sono proprio convinta, ma vabbè. «È inutile e irritante?»

«Per una cosa che dovrebbe girare solo intorno al sesso, ci sono troppe urla. E non molto sesso».

«Ah».

«Già. "Ah"».

«Come vi siete conosciuti?».

Finisce il tramezzino e si toglie le briciole dalle gambe. «Grazie a Sophie».

«Ah, giusto, mi ero scordata di lei. E come la conosci?».

Si gira verso il computer e muove il mouse per sbloccarlo. «Secondo te?»

«Mmm... tuo fratello usciva con lei?»

«Bingo».

«Quindi sei...».

«Sono stato a letto con tutte e due, sì. Con Sophie un sacco di tempo fa: era la ragazza di Charles all'università, o una delle tante».

«Davvero? Sembra molto più giovane. Di Charles, intendo». Quello che intendo davvero è "di me", ma non c'è bisogno di rivelare le mie insicurezze.

«No, ha la tua età. Sophie, dico. Lara ha trentotto anni o giù di lì. Ce n'è un'altra in mezzo: Rachel».

«Sei andato a letto con lei?».

Mi guarda per un attimo e poi ride. «No».

«Oddio. Cos'è successo?»

«Cavolo, sei una cafona. Non ci ho mai provato».

Ci rifletto. «È tanto brutta?»

«Ah! No, è felicemente sposata, da anni. È una cosa molto insolita».

«I ricchi sono orribili», commento in modo vago.

«Non sai quanto».

Sono ancora intrigata da una cosa che ha detto ieri. «Quindi, il marito di Lara...».

«Non ne ho idea. Non mi interessa. Se sono a Edimburgo la chiamo, e se lui non c'è ci vediamo. Anche quando è lì, a volte. Ma se è via vado da lei: molto più facile che assicurarmi che il posto in cui alloggio sia accettabile». Alza gli occhi al cielo. «Non capisco perché tu sia tanto interessata a questa storia patetica. Non avrai intenzione di scriverci un libro, vero?».

Rido. «Oddio, sarebbe un romanzo bellissimo. Lo intitolerei *Come vive la dolce metà*. Ma no. È che… è talmente diverso dalla mia esperienza di vita. Non riesco a immaginare come qualcuno riesca ad accettare che la moglie si sbatta qualcun altro».

«Non ho intenzione di chiederle di lasciarlo. Quindi sono in buonissime mani».

La frase mi fa venire in mente un'immagine un po' inquietante, quindi cerco di non pensarci. «Ma perché non cerchi una persona che ti piace? Non sarebbe meglio?».

Si gira di nuovo verso lo schermo. «E che senso ha? È troppo tardi. Ho mandato tutto a puttane».

«Ne sei proprio certo? Non capisco perché tu ti sia fatto quest'idea. Sei una bravissima persona. Naturalmente burbero da matti, ma potresti rasserenarti un po'», alzo lo sguardo verso la porta che si apre, «se battessi chiodo con regolarità. Buon pomeriggio», continuo in modo fluido, ignorando la sua risatina divertita mentre saluto una coppia di turisti che sono entrati in negozio. «Fateci sapere se vi possiamo aiutare». Un uomo che avrà più o meno la mia età e la figlia adolescente borbottano la solita risposta britannica imbarazzata sul fatto che stanno solo "dando un'occhiata".

Li osservo mentre si guardano intorno. La ragazza ha dei capelli pazzeschi: lucidi e cotonati bassi, un'acconciatura che Mandy Rice-Davies avrebbe sfoggiato prima di una giornata in tribunale. Sono colpita e un po' gelosa. Qui vengono due tipi di clienti: le persone che sanno cosa vogliono e ci si fiondano o chiedono subito, e quelle che girovagano. Con queste ultime non si può mai sapere se compreranno o meno, dipende se vedono qualcosa di loro gusto. È per questo che continuo a dire che dovremmo spostare la storia locale nella prima sala del negozio. Alla gente in vacanza piace comprare cose che riguardano la zona. Edward non è convinto, ma scommetto che farebbe la differenza.

La sera, mentre chiudiamo, dice: «Allora, andiamo a mangiare qualcosa?»

«Ah, non pensavo dicessi sul serio».

«No, ti porto fuori. Dove andiamo? Cosa ti va? Pesce e patatine? Possiamo andare al porto».

«A quel fish and chips all'angolo? Non ci sono mai stata».

«Forza, allora», dice. «Non preoccuparti di passare la scopa, ci penso io dopo».

«E i vasi?»

«Lasciali perdere».

Prendo la giacca e metto la borsa a tracolla, e attraversiamo la piazza per scendere al porto. Mi sembra sempre strano che ce ne sia uno, la città non è proprio sulla costa. Ci sono poche barche e un sacco di edifici di cantieri navali, argani e cose varie. Niente dighe o opere di sbarramento, perché è più un tratto di fiume che di mare, anche se è soggetto alle maree e viene chiamato "baia". C'è un chiosco che vende gelati, tè e tramezzini di granchio, e un fish and chips, con il tradizionale bancone in fòrmica e niente su cui sedersi mentre si aspetta, se non il gradino piastrellato della vetrina. Fuori ci sono due panche e un cartello livoroso che dice di non dar da mangiare "ai cacchio di gabbiani".

Edward ordina per entrambi e portiamo i nostri pacchetti di pesce e patatine più avanti, dove c'è un muretto su cui ci si può sedere con una vista più bella del fiume. Prende dalle tasche bustine di aceto, ketchup e maionese e mangiamo le patatine calde con le dita unte.

«Come faccio a mangiare il pesce senza posate?», mi

preoccupo, e lui caccia fuori una manciata di forchettine di legno e un coltellino svizzero.

«Ecco qui, principessa», dice, e io rido.

«Lo so, sono una snob».

«E poi dici a me che sono raffinato».

«Immagino che da piccolo mangiassi sempre con le mani». Mastico un pezzo di pastella. «Oppure con forchette e coltelli d'oro».

«L'oro non è molto pratico per le posate… non è abbastanza duro».

«Ah, certo. Argento? Come il mio cucchiaio?»

«C'erano posate d'argento. Solo per le occasioni speciali e le feste». Lotta con una bustina di ketchup. «Merda. Oh, ecco».

«Non tutti i giorni?»

«No, tutte le altre volte utilizzavamo posate prodotte a Sheffield. Credo fossero regali di nozze dei nonni».

«E il cibo veniva servito…», cerco di ricordare il nome di una porcellana costosa, «in piatti di Sèvres?»

«C'era qualcosa di Sèvres, ma non tutto il servizio. Royal Doulton per i pasti di tutti i giorni. E qualche Villeroy & Boch che mia madre aveva regalato a mio padre per un anniversario. Orrendi, tipici degli anni Ottanta, ma presto torneranno di moda».

«Ti manca tutto quello?».

Si pulisce le dita sul tovagliolo e apre una lattina di Coca-Cola, che frizza troppo. «Cazzo». Lo guardo bere, divertita. «Gesù, no. Per niente. È assurdo vivere in una casa enorme quando puoi a malapena permetterti il riscaldamento. E venti stanze non sono niente quando ci si odia».

Mi lecco della maionese dal pollice. «Vi odiavate davvero?»

«Be', forse non quand'ero molto piccolo, prima che mio nonno morisse. All'epoca eravamo più legati. O sembrava lo fossimo. Non so cosa sia successo. Forse i miei hanno smesso di amarsi. E pensavano che i figli sarebbero stati più bravi e meno esasperanti. Forse».

«Ma tua madre va d'accordo con Charles?»

«Solo perché si vedono pochissimo».

«Ah».

Punta lo sguardo sulla baia per un istante, poi si gira di nuovo verso di me. «Mia madre era di una bellezza straordinaria. Amica di tutte le persone giuste: partecipava a feste, a vacanze sugli yacht, ballava tutta la notte, champagne e bla bla bla. Prima che nascessi, facevano la bella vita». Si interrompe per un istante. «Hai mai letto *Like a Pendulum Do*?»

«Sì, ma tanti anni fa».

«Be', hai presente il personaggio che muore di overdose? Lady Elspeth? È ispirata a lei».

«Non ci credo». Faccio cadere una patatina, distratta.

«Sì. E Johnny Meltram a Mick Jagger».

«*Quello* lo sapevo. Quindi c'è qualcosa di vero? Ovviamente non è morta di overdose».

«Ci è andata vicino».

«Oddio, sul serio?». Lo fisso.

«Così dicono. Lei non ne parla mai. Ma può raccontare storielle piccanti su varie persone, se è dell'umore. Andrew Loog Oldham, Dusty Springfield e Lord Lucan».

«Porca vacca. Quindi cosa, pasticche?»

«Credo di sì. Eccitanti, sedativi, tutta la roba degli anni Sessanta. Sì, era più interessante che procreare. Erano esausti quando sono arrivato io. Essere alla moda è stancante».

«Di sicuro. Accidenti». Ci penso. *Like a Pendulum Do* era famosissimo quando ero alle superiori, l'avevamo letto tutti. E c'era anche un adattamento trash per la televisione. Lo adoravo. Ricordo di aver chiesto a mia madre come si faceva il trucco agli occhi "da gatta" – avevo sempre e solo usato il kajal, non avevo mai sentito parlare dell'eyeliner liquido. Non si poteva comprare. Io avevo dovuto prendere un panetto solido che avevo mischiato da sola all'acqua. Avevo comprato il primo paio di ciglia finte nella farmacia della stazione; e a ispirarmi, a quanto pare, era la madre di Edward. O almeno una sua rappresentazione.

«Tua madre andava a letto con Mick Jagger». Sono vagamente incredula.

Ride. «Forse».

«Be', nel libro sì».

«È vero». Svuota la lattina e la posa sul muretto tra noi.

«Porca vacca».

«Non ci crederesti se la vedessi», dice. «Ora non è così forte».

«Ah, no? Non è come Joanna Lumely?».

Ride di nuovo. «No, è più... Credo si sia spinta troppo nella direzione opposta».

«Cavolo. Mia madre darebbe di matto se sapesse che conosco una persona la cui madre è andata a letto con Mick Jagger». Mangio il pesce in silenzio per un po', tagliandolo con il temperino. «A me piace Charlie Watts. È il mio preferito».

«Non Keith?»

«Keith mi piace, già solo perché non è morto. Ma Charlie è il migliore».

Ride. «Perché?»

«Penso sia piuttosto bello. È uno di quegli uomini che migliorano: niente di che a vent'anni, ma splendido a sessanta».

«Okay».

«E mi piacciono le cose che dice, tipo che non suona la batteria nei Rolling Stones, ma suona la batteria per Mick e Keith. Il che consiste principalmente nel dover aspettare che compaiano da chissà dove. E mi piace il fatto che sia sposato con la stessa persona dal 1965 o giù di lì».

«Sì, una cosa ammirevole. Per i Rolling Stones in particolare».

«Lo penso anch'io. Mi piace che nelle foto sia sempre sullo sfondo con un'espressione leggermente seccata perché deve farsi fotografare». Continuerei ancora a chiacchierare così, ma alzo lo sguardo dalle patatine e trovo Edward che mi guarda con un'espressione molto strana sul viso.

«Che c'è?»

«"Che c'è" cosa?»

«Mi stai fissando. Mi sono impiastricciata di ketchup?»

«No, scusa. No. Ti va qualcosa da bere?». Si alza, appallottolando la carta e guardandosi intorno alla ricerca dell'immondizia.

«Da bere?»

«Sì, andiamo al pub».

Capitolo quindici

Il pub è incredibilmente pieno.

«Penso suoni un gruppo, più tardi», dice Edward porgendomi da bere e stringendosi accanto a me a un tavolo libero. «Ecco perché c'è tutta questa gente».

«Avevo visto che fanno musica dal vivo. Forse dovrei sforzarmi un po' e uscire più spesso», commento. «So che Jilly e Cerys ogni tanto vanno a vedere qualche concerto».

«Vuoi allargare il tuo giro di conoscenze?»

«Dovrei, vero? Non posso stare sempre chiusa in casa o aspettarmi che Jenny e Alastair mi invitino a fare qualcosa. O dipendere da te». Mi guarda da sopra il bordo del bicchiere. «Insomma, so che non sei molto socievole; sei gentile a uscire con me ogni tanto».

«Sì, vero?»

«E inizio a chiedermi se un giorno sarò interessata a conoscere gente». Rigiro due volte il sottobicchiere e poi ci poso sopra il mio gin tonic.

Sbuffa. «Gente. Intendi uomini».

Sposto lo sgabello più vicino al muro per nascondere il leggero imbarazzo. «Be'... non lo so. Forse. Non sono sicura che...».

«Non c'è molta scelta da queste parti. Dovrai lanciare la rete più lontano».

«Non ho una rete. E non credo ne avrò bisogno per un po'. Ma, sai, se… se ci fosse… se mi fermassi più a lungo, forse dovrei sforzarmi un pochino».

«Mmm».

La nostra conversazione con il cuore in mano viene interrotta a questo punto da Jilly e Cerys, che ci hanno visti dal bar.

«Restate per sentire la band?», chiede Cerys.

«Non lo so», rispondo, mentre Edward dice: «No». Ridiamo tutti, ovviamente.

«Ci sediamo con voi», dice Jilly, cercando un altro sgabello, «poi quando ve ne andate prendiamo il vostro tavolo».

«Che maleducate», commenta Edward, ma si sposta sulla panca per fare spazio a Cerys.

«Chi suona?», chiedo.

«Ah, sono un piccolo gruppo locale. Si chiamano Critheann. Due violinisti. La ragazza che canta è pazzesca», dice Jilly. «Se suonano, li andiamo sempre a sentire. Uno di loro è il figlio di Cara, quella del Lemon Tree, hai presente?»

«Ah, okay. Credo di averlo visto. Ha la barba?»

«Sì, esatto, è lui», annuisce. «Sono stati in Irlanda tutta l'estate a suonare ai festival folk. Hanno fatto un CD».

«Non ho mai visto questo posto tanto affollato».

«Devi uscire di più», dice Cerys. «Non far girare la tua vita sociale intorno al Signor Tristezza, qui».

Edward la guarda storto e ridiamo tutte di lui. Mi guardo intorno. «Non ho mai visto più di due persone al bancone del bar. Non vedevo tanta gente insieme da quando sono stata da Tesco due fine settimana fa».

«Ah, le piccole gioie dei paesini».

«Guarda, c'è quel tizio», dico, mentre osservo il bar affollato.

«Quale tizio?»

«Era in negozio stamattina. Con sua figlia». Indico vagamente la mia testa.

«Ah, sì, la ragazza con quei bei capelli», dice Edward. «Ha comprato delle cartoline. Hai parlato con lui per secoli».

«Be', non secoli. Voleva una copia di *Cinque piste false*, quindi stavamo parlando di Dorothy Sayers e Gatehouse of Fleet e Kirkcudbright. Dovremmo farci un volantino».

«Per te dovremmo fare un volantino su tutto».

Jilly ride. Ci trova spassosi, lo so.

«Non è vero. Solo di qualcosa. Dovremmo farne sicuramente uno su *The Wicker Man*».

«La scorsa settimana sono venuti dei clienti che cercavano i luoghi di *The Wicker Man*», mi viene in aiuto Cerys.

«Ecco, vedi?»

«Ah. Immagino di non poterti fermare», dice Edward, e la prendo come una vittoria.

Mi giro verso il punto in cui l'uomo di stamattina sta ora parlando con un ragazzo sui vent'anni. Il figlio? Forse. «È difficile trovare uomini che leggono Dorothy Sayers, non so perché».

Edward scrolla le spalle. «Immagino che Wimsey piaccia di più alle donne».

«Dici?», rispondo, dubbiosa. Non che abbia dubbi sul fascino di Lord Peter – ho una cotta letteraria per lui da quando avevo più o meno quattordici anni. «Ma sono dei bei libri, no? Insomma, a *te* piacciono».

Lui sorride. «Io sono molto singolare, Thea, l'avrai notato».

«Bah».

A questo punto, l'uomo di stamattina si volta e vede che lo sto fissando, il che è imbarazzante. Ma ultimamente non mi imbarazza nulla. Che senso ha? Gli sorrido e lui ricambia. Non vedo la figlia da nessuna parte, e sono delusa: mi piacerebbe osservare ancora i suoi capelli, e vedere cosa indosserebbe a una serata come questa. Stamattina aveva un fantastico vestitino arancione acceso con calzamaglia verde lime. Una delle poche cose che mi mancano dell'adolescenza è la capacità/propensione a indossare abiti favolosi. Le cartoline che ha comprato prima facevano parte della collezione vintage di Edward, giustamente. Le ho parlato dei negozi a Castle Douglas con le insegne degli anni Sessanta.

Sono rimasta sorpresa da quanto mi piace parlare con i clienti. Immagino sia perché non si sa mai cosa cercano in una libreria di libri usati, e nessuno ha mai fretta. La maggior parte di loro è gradevole. E mi piace vedermi come una persona amichevole e disponibile, lo yin, se vogliamo, contrapposto allo yang di Edward. Il pensiero mi diverte e ridacchio.

«Che c'è?»

«Oh, niente. Pensavo. Comunque, ne vuoi un'altra? Vado al bar prima che ci sia troppa calca».

«Rimani?»

«Pensavo di fare un altro giro. Non so se restare anche per il gruppo».

«Va bene», dice, «prendo un'altra birra».

Guardo Jilly e Cerys e loro sollevano contemporaneamente i bicchieri quasi pieni.

«Tranquilla», dice Jilly, «siamo a posto».

Mi ero dimenticata come fosse un bar affollato, e la mia stessa sorpresa per la situazione mi diverte. Mi infilo tra due uomini vestiti per un'escursione e mi sporgo, con una banconota da dieci ben stretta tra il pollice e l'indice – operazione "attirare l'attenzione della barista": iniziata. Non bado molto a chi mi sta attorno, e quando la persona accanto a me parla, non ho idea che si stia rivolgendo a me.

«Scusa», dice, «ehi?».

Giro la testa. È l'uomo della libreria. «Oh! Ciao. Ci si rivede», dico, e poi mi sento stranamente a disagio.

Mi sorride. «Sono Keith».

Sono divertita: giusto poco fa, con Edward stavamo parlando di Keith Richards. Quest'uomo non sembra affatto Keith Richards, ma d'altra parte vale un po' per chiunque, no?

«Thea. Ciao».

Ci sorridiamo. So che è amichevole. La chiacchierata di stamattina è stata piacevole, ma mi sento ancora presa alla sprovvista. È alto più o meno come me, ha i capelli che iniziano a diventare bianchi e degli occhiali alla moda.

«Posso offrirti da bere?», chiede.

Non riesco davvero a ricordare l'ultima volta in cui un uomo in un pub mi abbia offerto da bere. Lo guardo a bocca aperta. «Be', ehm…».

«Sento di doverlo chiedere: sei… la libreria è a gestione familiare? Insomma, quello è tuo marito? Quello con cui sei ora?».

Lancio un'occhiata verso i miei amici. «Ehm, no, è solo il mio capo».

«Va bene. Dovevo esserne sicuro. Allora, bevi qualcosa?»

«Ehm, certo. Certo, perché no. Grazie. Prendo solo una Coca-Cola. E devo ancora ordinare la birra per Edward», aggiungo. Sono un po' agitata, ma incrocio lo sguardo della cameriera e ordino il boccale.

«Solo una Coca-Cola? Sicura che non ti posso offrire altro?»

«No, devo guidare. Grazie».

«Quindi, non sei di qui?»

«Be', più o meno. Abito a otto chilometri da qui». Stamattina non ho fatto la classica domanda che si fa ai clienti in un posto vagamente turistico, quindi glielo chiedo ora. «Sei qui in vacanza?»

«Sì, per due settimane. Questa è la seconda», dice, e si sporge per ordinare da bere per noi.

«Porto solo questa», gli dico, prendendo la birra di Edward. «E poi torno».

Mi dirigo al nostro tavolo e mi sento strana. Non ricordo davvero l'ultima volta che uno sconosciuto mi ha offerto da bere. Sul serio, sono passati decenni.

Edward accetta il boccale e commenta: «Quindi ora siete migliori amici, eh?»

«Cosa?», rispondo, anche se ho capito perfettamente.

«Quell'uomo, quel tizio… sai, no?»

«Ah, di stamattina, sì. A quanto pare, si chiama Keith». Mi sento in imbarazzo, a disagio.

«Cosa voleva?»

«Dici adesso?».

Annuisce. Mi sta guardando male, il che mi fa sentire a disagio e anche leggermente seccata.

«Voleva offrirmi da bere. Sarà meglio che torni», aggiungo, guardando verso il bar. «Ho detto che…».

«Gli permetti di offrirti da bere?».

Cerys, che sta guardando lo scambio con interesse, dice: «La gente può offrire da bere a Thea, se vuole, Edward».

«È passato tanto tempo dall'ultima volta in cui qualcuno mi ha offerto da bere», confesso. «Uno sconosciuto, intendo. Torno subito».

Mi faccio strada verso il bar, dove Keith aspetta con i bicchieri. Ora ci spostiamo da una parte, allontanandoci, o almeno allontanandoci il più possibile. Solleviamo i bicchieri e ci sorridiamo imbarazzati.

«Allora, sentendoti parlare non mi sei sembrata del posto», dice Keith. «Da quant'è che abiti qui?»

«Oh, non vivo esattamente qui... ho ereditato una casa». Gli spiego dello zio Andrew. Lui mi parla delle sue vacanze. È di Southampton. Divorziato. Hanno visto i poster del concerto in paese, stamattina. Il figlio è qui da qualche parte, ma la figlia è rimasta nel cottage perché le folle le mettono ansia.

«Sei qua per il concerto?», mi chiede. «O è un posto in cui vieni di solito?»

«Ogni tanto ci fermiamo a bere qui. È il pub più vicino al negozio, l'altro è a ben cento metri di distanza». Rido. «Ma è solo una coincidenza. Non mi ero accorta ci fosse un evento in programma. Di solito facciamo solo un giro – perché devo guidare per tornare a casa».

«E stasera resti?»

«Oh, be'. Non lo so...», rispondo, distratta. Ho appena guardato dall'altra parte del bar e ho incrociato lo sguardo di Edward. Mi sta ancora guardando storto. Cerys scuote la testa e alza gli occhi al cielo. «Magari resto per un po'», dico. «Le mie amiche dicono che il gruppo è bravo, e stavo giusto dicendo che dovrei essere più socievole».

«È dura, vero, quando ti trasferisci in un posto nuovo?»

«Sì. Soprattutto se sei single». Mi domando se forse non avrei fatto meglio a tacere quel particolare.

Lui annuisce. «È tutto fatto per le coppie. Quando ho divorziato, è stato molto difficile abituarmi. Sono sicuro che è così per tutti».

«Sì, è strano. Non mi dispiace fare quello che voglio, ma non riesco a immaginare di andare ad appuntamenti o cose del genere. Non credo di averlo mai avuto, un appuntamento». Rido. «Io e il mio ex marito eravamo amici, e poi ci siamo messi insieme… non siamo mai usciti per un appuntamento».

«Avevo portato la mia ex moglie a cena fuori», dice. «Avevo risparmiato per secoli. Avevo solo diciannove anni». Mi sorride. «E poi siamo andati al cinema. L'ho portata a vedere *A letto con il nemico*, che non è un film molto romantico».

Rido. «No. Ma è pieno di tensione, quindi va bene, perché ci si può stringere la mano per caso».

Ride a sua volta. «Sì, mi ricordo che a un certo punto mi aveva afferrato la gamba ed ero saltato sulla poltroncina. Dopo è sembrato normale abbracciarla». Ci sorridiamo.

«Dovresti venire a conoscere gli altri», dico. «Tuo figlio starà bene per conto suo?». Mi guardo intorno, ma siccome non so com'è fatto, è inutile.

«Prima stava parlando con delle ragazze. È molto più bravo di quanto sia mai stato io, non è mai nervoso».

«La spavalderia della gioventù», commento.

«Immagino di sì. Io non ero così alla sua età».

Faccio strada verso il tavolo all'angolo. «Oh», dico, guardando il posto vuoto. «Dov'è Edward?»

«Se n'è andato», risponde Jilly. E scuote la testa.

«Ah. Stava… Ah, va bene», dico.

«Geloso», dice Cerys.

«Ma davvero?». Rido. «E di cosa? Comunque, lui è Keith, è qui in vacanza». Li presento e ci sediamo, e mi sforzo di non pensare a Edward che se n'è andato senza salutare. Non era obbligato a restare, dopotutto. Lo vedrò domani. Riporto l'attenzione sugli altri, che ora stanno parlando di alcuni dei posti che Keith e i figli hanno visitato mentre erano qui, e di dove Sam ha pescato e del fatto che a Clarissa non piacciano i posti rumorosi.

Sembra molto piacevole, uno con cui è facile parlare e piuttosto divertente. Quando va al bar per prendere ancora da bere, Cerys si gira a guardarmi. «Be', mi sembra proprio che lui ci stia. Tu ci stai?».

Impallidisco. «Oddio. No, non credo proprio».

«Non dovresti preoccuparti di quello che pensa Edward», interviene Jilly. «Non sono affari suoi, no?»

«No», rispondo. «E non mi preoccupo. Ma non si sarà davvero offeso, giusto?»

«Te l'ho detto», commenta Cerys, «è geloso».

«Non dire scemenze». Sono ancora più in imbarazzo. «Perché dovrebbe esserlo?».

Mi guardano entrambe.

«Non saprei proprio», dice Jilly.

«Non ne ho idea», aggiunge Cerys. E poi ridono. Non so che dire. È questo il problema con le persone che non si conoscono bene: mi piacciono Jilly e Cerys, ma è difficile capire quando scherzano.

Keith torna dal bar con il figlio. La gente inizia a spostare le sedie lontano dall'angolo con il tavolo da biliardo, dove compaiono amplificatori e microfoni.

«Potrei fermarmi per un po'».

«Dovresti. Sono fantastici, davvero», dice Cerys.

Quindi resto, e sono bravi sul serio. Passo una serata inaspettatamente allegra, anche se è difficile parlare quando c'è la musica. Qualcuno balla, ed è come in quei film-documentari sulle comunità che si creano il proprio intrattenimento. Parlo con persone con cui non ho mai conversato ma che ho visto in giro, alla cooperativa o vicino al fiume mentre portavano in giro i cani. Ma alle nove e mezzo sono cotta.

«Io vado», dico a Keith. «È stato un vero piacere».

«Anche per me», risponde. «È sempre bello conoscere persone che vivono nel luogo in cui sono in vacanza, mi fa sentire uno del posto».

«Devi lavorare sull'accento», dice Jilly. «Anche Thea ogni tanto usa parole scozzesi»,

«Non di proposito», obietto. «Insomma, non vorrei dare l'impressione di prendervi in giro. Uso sempre le parole del posto quando ci sono da un po'… non lo faccio apposta».

«Ah, tranquilla, pensiamo sia una cosa carina», dice Jilly, facendomi una smorfia ridicola.

Mi chiedo per un attimo se Keith mi chiederà il numero o qualcosa del genere, ma non lo fa. Credo di esserne sollevata. Saluto tutti e recupero la borsa dal davanzale su cui l'avevo nascosta, dietro la tenda.

Con mia sorpresa, fuori fa freddo – ma forse sarebbe più preciso dire che dentro c'era molto caldo. Cammino sulla strada verso il municipio nella semioscurità. La musica del gruppo è ancora forte – chissà se Edward riesce a sentirla. Mentre passo in macchina davanti alla libreria, alzo lo sguardo verso le finestre dell'appartamento, ma è tutto buio.

Cerco di identificare quello che provo. Sento uno strano senso di eccitazione nervosa per... qualcosa. Mi ricorda il periodo in cui andavo alle feste nella prima adolescenza. Una sensazione singolare di... non so, aspettativa? Non che ce ne fossero, non davvero. Keith non mi ha chiesto di rivederci. Mi sfrego il viso al buio. È curioso che tutti i modi di pensare a questo genere di cose abbiano una fraseologia giovanile. Immagino sia perché l'ultima volta che mi è stato offerto da bere e ho flirtato con uno sconosciuto ero giovane. Mi viene da sospirare, pensando alla me stessa più giovane. Non che fosse infelice, e neanche particolarmente stupida, era solo... È solo passato tanto tempo, e tutto quello che faceva era nuovo. Ora niente di ciò che faccio è nuovo, ma qualcosa è insolito. Non lo so. Sento come se fossi quasi sul punto di identificare qualcosa di importante ma senza riuscirci davvero.

A casa, mi preparo una tazza di tè e guardo un documentario sui villaggi lacustri scozzesi che ho scaricato dall'iPlayer la scorsa settimana. Vado a letto più tardi del solito, ma non è proprio un orario che tutti definirebbero "tardo". Però non riesco a dormire. Avevo dimenticato quella sensazione, di parlare con un uomo a cui si piace. Ma non è esatto. Parlo spesso con uomini a cui piaccio. Intendevo quando qualcuno ti offre da bere e si impegna ed è chiaro che ti trova attraente, anche se non è bastato a dargli la spinta per cercare di approfondire la conoscenza. È semplice, per quanto cerchiamo di rendere queste cose complicate.

E – questo è un pensiero microscopico, quasi ignorato, che mi fa sospirare ogni volta che si presenta – Edward non è incazzato, vero? Perché dovrebbe? Però sembrava.

Penso di nuovo a lui che mi guarda male dall'altra parte del pub. Non voglio che ce l'abbia con me, soprattutto dopo che ci siamo divertiti tanto prima di entrare nel locale. Perché deve essere sempre così irritabile? Non è che...

Sono un po' agitata quando vado al lavoro la mattina dopo. E irritata con me stessa perché mi sento così. Perdo tempo in macchina per secoli – buttando via gli scontrini che ho in borsa, rimettendo i CD nelle custodie. Ma non posso temporeggiare per sempre. Sicuramente mi sto preoccupando per niente, dico a me stessa mentre apro la porta della libreria.

Edward è al solito posto, e legge le notizie sul computer. Alza lo sguardo quando arrivo al bancone.

«Buongiorno», dico. «Come va?»

«Mi chiedevo se saresti venuta», commenta bruscamente.

«Ti chiedevi se sarei venuta?». Lo fisso. «Perché diamine non avrei dovuto?».

Scrolla le spalle. «Hai fatto tardi ieri sera».

«Santo cielo. Lo so che sono vecchia», mi sporgo per posare la borsa sotto il bancone, «ma ce la faccio a stare sveglia fino alle nove e mezzo senza dovermi dare malata».

«Le nove e mezzo? A mezzanotte stavano ancora suonando».

«Davvero? Non sono rimasta fino a mezzanotte».

«Ah». Ha girato la poltrona per guardarmi. «Sei andata a casa con quell'uomo?»

«Cristo santo. No. Perché cavolo chiedi una cosa del genere?»

«Ah. Pensavo fosse successo. Gli piacevi».

Ci penso. «Sì, credo di sì, ma non abbastanza per cercare di... be', combinare qualcosa. Comunque, non sono mai tornata a casa con un uomo appena conosciuto, non sarebbe proprio da me. Cristo».

«Ah».

«Eh. *Cristo*». Scuoto la testa.

«Sembravate andare d'accordo. Ridevate e...».

«Sì, sembrava una persona piacevole. Chi lo sa. Vive a Southampton, quindi non è che lo conoscerò meglio».

«Non ti ha chiesto di rivedervi?». Sembra incredulo e immagino sia un complimento. Più o meno.

«No».

«Oh».

«Già. "Oh"».

«Volevi che te lo chiedesse?».

È questa la vera domanda, no? «Non esattamente, no».

«Non esattamente? Vuol dire sì?»

«No, no, non è quello... è che... Be', è bello pensare di poter piacere a qualcuno».

«Per me non era un gran che», commenta. «Ti piacciono quel genere di cose?».

Mi limito a guardarlo.

«Insomma, hai presente». Almeno ha la decenza di sentirsi un po' in imbarazzo e abbassa lo sguardo quando gli lancio un'occhiataccia.

«Non tutti hanno la fortuna di essere aristocratici di buona famiglia», gli dico. Lui sembra confuso. «Voglio dire, non sono proprio...». Faccio una pausa e penso. «Cameron Diaz, no?».

Liquida l'affermazione con un cenno. «Se ti chiedi se gli uomini ti vorrebbero scopare, immagino che la risposta sia sì», dice.

Ci fissiamo. Sento lacrime inaspettate che mi fanno pizzicare il naso. «Non è molto... Non è proprio quello che intendo». Tutto questo mi infastidisce, il suo atteggiamento mi infastidisce. È... cosa? Scortese, ecco cos'è, e non capisco perché debba essere così antipatico. Non ho fatto niente di male. E poi cosa significa "qualcosa di male"? L'intera situazione è irritante. «O forse sì. Comunque, meglio mettersi al lavoro».

Mi allontano dal bancone. Ieri ho aggiustato dei libri e devo togliere i morsetti e fare le foto, se sono a posto e c'è la luce giusta. È una mattina nuvolosa. Apro la porta sul retro e vado in giardino, giro le chiavi e apro la porta del laboratorio. È disordinato: per terra è pieno di pezzi di carta, la superficie del tavolo da lavoro rovinata è coperta di lino, catone e pezzi di pelle. Ci sono un lavandino e un fornello elettrico per scaldare i tegami con la colla, e gli scaffali sono carichi di oggetti utili come cestini della merenda pieni di lamine d'oro e vasetti di gesso. C'è un divano, declassato e portato lì da una stanza più consona, e una sedia alta.

Mi appoggio al tavolo e chiudo gli occhi. Non capisco perché Edward abbia fatto quel commento. Potrebbe essere la verità, o forse no. Ma non importa. Un tempo, pensare una cosa del genere mi avrebbe turbata, ma ora? Anche solo pensare che qualcuno voglia... quello, dopotutto è una vittoria. Perché quando la persona con cui sei stata a letto negli ultimi vent'anni ti lascia, almeno una delle implicazioni nella sua scelta è che non voleva più fare sesso con te. Ed è deprimente. Non sono mai stata bella o sexy da morire, e durante la scuola davo per scontato di non piacere a nessuno – che mi mancasse quello che serviva per essere alla moda, di qualsiasi cosa si trattasse. Ero incapace di sfoggiare un taglio di capelli decente, risultavo piuttosto intelligente ma non molto sportiva – caratteristiche che fuse insieme portano a un caso da manuale di ragazza con bassa autostima. Ma finite le superiori, e in parte grazie a Mark Woodley e a quello che abbiamo fatto in camera sua, la fiducia in me stessa e nella possibilità di essere attraente – non per tutti, ma per abbastanza gente – ha preso slancio, e quando sono arrivata all'università ero propensa a credere di avere qualcosa, una scintilla... quello che era. E quindi sembrava essere vero.

Le persone che ti piacciono non sempre ricambiano allo stesso modo, e viceversa, ma sapevo che c'erano ragazzi – o addirittura uomini – che potevano guardarmi e pensare: «Sì, Thea ha un non so che di affascinante». La maggior parte di quel non so che ormai è sparito, si è consumato, raggrinzito; la freschezza della gioventù si dissolve, ma da adulta ci sono altre cose che compensano. A parte quelle che si perdono o si rompono quando qualcuno decide che non ti vuole più. Non ho affrontato queste ultime. Ma è verissimo: preferisco che qualcuno voglia "solo" scoparmi, per quanto possa sembrare squallido, piuttosto che nessuno mi guardi più con desiderio.

Il che non significa che abbia intenzione di andare a letto con qualcuno a breve, comunque. E non riesco proprio a capire come l'intera questione abbia a che fare con il mio datore di lavoro.

Mi guardo le mani: unghie cortissime e la fede di mia nonna, troppo grande per l'anulare, sul dito medio della mano sinistra. Ho tolto la mia il mese scorso, quando finalmente ho smesso di usare il nome da sposata. Mi fa ancora strano: la mano sembra vuota senza la fede sottile in platino e l'anello antico di fidanzamento, scoordinato, con il diamante che abbiamo comprato a Brighton una vita fa. Li ho sistemati entrambi in una scatola portagemelli in fondo a un cassetto. Potrei venderli, comprarmi qualcosa di nuovo. Provo a immaginare le mie mani su qualcun altro. Qualcuno che non ho mai incontrato, magari? O forse non ci sarà mai più nessuno.

Tolgo i morsetti dai libri e le imbottiture che proteggono la copertina. Hanno un aspetto cento volte migliore rispetto a ieri, quando le copertine erano del tutto separate e rischiavano di essere perse per sempre. Una bella edizione degli anni Cinquanta di *Alice*, data come premio scolastico, con l'allegra copertina illustrata, e un'edizione del 1896 rovinata ma divertente di *Every Girl's Annual*. Edward non credeva valesse la pena salvarli – sono arrivati in una scatola di roba sgombrata da una casa – ma io pensavo proprio di sì.

Metto i libri aggiustati in una scatola sul divano e guardo la pila di quelli da fare. Sento bussare alla porta ed eccolo, il signor Maltravers, in imbarazzo, che mi porge la borsa. È un cestino piuttosto frivolo coperto di fiori finti, e vederlo dondolare sulla sua mano è divertente.

«Ha squillato il telefono», dice. «E poi ti è arrivato un messaggio. Quindi ti ho portato la borsa».

«Ti sta bene, dovresti comprartene una».

«Ah ah».

La prendo e tiro fuori il telefono dalla tasca interna.

«Ho pensato potesse essere quell'uomo», spiega, «e non volevo che perdessi la chiamata. Prima sono stato uno stronzo, ti chiedo scusa». Sospira.

«Sì, be', a meno che Jilly o Cerys non gli abbiano dato

il mio numero – cosa altamente improbabile – non era lui a cercarmi». Alzo gli occhi al cielo. Sblocco il telefono e guardo il messaggio. Rido.

«Come sospettavo». Sollevo il cellulare. «È da parte della banca».

«Ah», dice Edward. Sembra imbarazzato. «Ehm, va bene».

«Hai chiuso?», gli chiedo. Non si può certo abbandonare così il negozio.

«No, piano B».

Il piano B scatta quando mettiamo cassa e computer in cassaforte e tiriamo fuori l'avviso di emergenza, che è in una grande cornice e su cui si legge: IL NEGOZIO NON È SGUARNITO, ANCHE SE AL MOMENTO NON C'È NESSUNO AL BANCONE. VI CHIEDIAMO DI SUONARE IL CAMPANELLO, O MANDARE UN MESSAGGIO A QUESTO NUMERO, E QUALCUNO ARRIVERÀ SUBITO. E RICORDATE DI SORRIDERE ALLA TELECAMERA DI SICUREZZA. A volte lo usiamo se c'è solo una persona e deve andare in bagno. La storia della telecamera è unicamente per evitare che la gente rubi i libri. Edward dice spesso che anche le brave persone sono tentate di rubare, ma la maggior parte non lo fa se sa (o pensa) di essere filmata. Sembra funzionare.

«Allora è meglio che torni», dico. «Hai pranzato?»

«No. Vado a prendere dei tramezzini all'Old Mill».

«Ottimo. Con gli scampi, per favore, se ne hanno».

Edward si accarezza il labbro inferiore. «Va bene», risponde. Per un attimo credo stia per aggiungere qualcosa, ma cambia idea e mi lascia sola nel laboratorio.

Più tardi, nel pomeriggio, dopo aver mangiato i miei tramezzini agli scampi al bancone, torno in laboratorio per incollare altri libri. Ho un mal di testa terribile e i crampi. Prendo un antidolorifico e persevero, ma mi sento malissimo. Non so se il mal di testa sia la conseguenza del nervosismo di prima per quella cavolo di conversazione con Edward o se sia invece legato ai crampi. È da gennaio che ho il ciclo irregolare. Dovrei andare dal medico per capirne la ragione: lo stress per la separazione con Chris, la premenopausa o chissà cos'altro.

«Stupido utero», borbotto tra me e me, e mi alzo per stiracchiarmi. Mi fa male la schiena e sono esausta. Le ultime ventiquattr'ore sono state più intense rispetto alle mie abitudini. Potrei andare a prepararmi una tazza di tè. Oppure sedermi un attimo sul divano.

«Thea. Thea, sveglia».

«Non sto dormendo», biascico, «sto riposando gli occhi».

«Certo, tesoro. Dai, ora alzati, ho preparato una bella tazza di tè».

«Oddio, davvero?». Apro gli occhi e cerco di sollevare la testa. Sono crollata sul bracciolo del divano e il collo mi fa malissimo.

«Tutto bene?». Edward è rannicchiato per terra accanto al divano con una tazza in mano.

«Ahia».

«Sì, immaginavo. Ora siediti e bevi il tè».

Gli sorrido. «Grazie. Stavo per tornare e prepararmene una tazza».

«Mi chiedevo dove fossi. Quando si sono fatte le tre e mezzo ho pensato fossi morta».

«Mi sono solo addormentata un attimo. Sono davvero

le tre e mezzo?». Prendo la tazza. «Oddio». Chiudo gli occhi. «Grazie, è una goduria».

«Stai bene?»

«Sì, sono solo stanca e ho un po' di malte», rispondo.

"Malte" è una parola del negozio, vuol dire mal di testa. Sono convinta che chiunque lavori in una piccola squadra abbia un gergo proprio, noi ne stiamo sviluppando uno. Se continueremo a lavorare insieme, alla fine saremo impenetrabili per gli estranei.

«Hai preso qualche pastiglia?».

Annuisco.

«Vuoi che ti porti a casa?»

«Non dire scemenze».

«Sono le quattro passate. Ti accompagno a casa e torno a prenderti domani mattina».

«È una follia».

«Non è vero. Stai da schifo».

«Ah, grazie».

Ride. «Bevi il tè, io vado a chiudere la cassa».

Mi lamento debolmente, ma lui è già sparito. Mi appoggio ai cuscini e chiudo di nuovo gli occhi. Il pensiero di essere portata a casa è allettante. Potrei guidare, ovviamente, ma è bello non doverlo fare. Sospiro, finisco di bere il tè e riordino – controllo che il fornello sia spento, tolgo il grembiule, prendo la borsa e chiudo a chiave la porta del laboratorio.

«Pronta?», chiede Edward quando arrivo davanti all'entrata.

«Sì. Sicuro che non è un problema? Ce la faccio a guidare. E dovrai anche tornare a prendermi domani mattina. Sembra una bella rottura».

«Non c'è problema. Andiamo». Mi tiene aperta la

porta. «Sei molto pallida: non è che ti sei presa qualche malanno?»

«No, no, è solo... hai presente, no?»

«No, cosa?»

«È ora di scegliere tra un'ampia gamma di eufemismi», dico, sbadigliando.

«Cosa?»

«La caduta dello strato interno del grembo», dico. «Non è una parola divertente "grembo"?»

«Ah».

«Sì, è terribile che abbia le mestruazioni nel tuo negozio, eh? Lo odierai», dico ridendo.

Lui borbotta. «Fa male?»

«Oggi sì, chissà perché. Al momento il mio ciclo è un po' irregolare. Scusa, troppe informazioni».

Mi apre la portiera e mi accomodo sul sedile, chiudendo gli occhi appena la cintura è allacciata.

«Gentilissimo», sussurro, ma mi ignora.

Devo essermi addormentata in macchina, perché mi sveglio di soprassalto quando ci fermiamo sulla ghiaia. Apro gli occhi e sbatto le palpebre quando vedo la porta del Lodge, e mi sento sollevata. È così bello essere a casa.

«Chiavi», dice Edward.

«Eh?»

«Chiavi. Dammi le chiavi, così apro la porta».

«Oh, no, non c'è bisogno che...».

Allunga la mano, sospirando.

Obbedisco e frugo nella borsa, prendo le chiavi e gliele porgo. Lui scende dalla macchina e fa il giro per aprire la portiera del passeggero. Non perché sono debole, ma perché c'è qualcosa che non va con la maniglia. Mi libera e scendo impacciata, e lo seguo mentre apre la porta.

«Grazie per avermi accompagnata», dico.

Lui sventola la mano, irritato, e posa le chiavi sul mobile. «Stai bene? Hai preso le pastiglie e cose del genere? Cosa mangi per cena?»

«Non ne ho idea. Vuoi un po' di tè?». Sento di doverlo chiedere, anche se preferirei sdraiarmi sul divano per un po' e non pensare a fare la padrona di casa.

Mi guarda, pensieroso. «Lo preparo io. Hai sistemato a logica, giusto? In cucina?»

«A logica?». Mi chiedo se sia così. «Credo di sì».

«Forza, siediti», dice, e mi posa un dito sulla spalla, conducendomi verso il salotto.

Non so perché, ma mi fa ridere. «Va bene», dico, «non c'è bisogno di fare il prepotente in casa mia».

«Fa' come ti dico, per una volta».

Lascio cadere la borsa vicino alla porta, mi appoggio al muro e tolgo le scarpe. La luce del tardo pomeriggio batte sul tappeto verde e io mi lascio cadere, esausta, sul divano. Dalla cucina arrivano colpetti e tintinnii mentre Edward cerca cucchiaini e tazze. Chiudo gli occhi per un attimo.

«Ecco qui», dice.

«Grazie. Oggi mi hai preparato due tazze di tè... potrei abituarmici».

«Lo faccio sempre il tè», protesta, corrucciato. «Che cavolo».

Chino la testa sulla tazza per nascondere il mio sorriso. «Lo so. Grazie».

Non si siede, ma gira per la stanza e guarda le cose che ho sistemato sulle librerie, sbirciando una pila di DVD e cassette. Poi si dirige verso il tavolo.

«Cos'è questa roba? Stai scrivendo un libro?», chiede.

«Oddio, no. No, è tutto di Andrew. La sua biografia o qualcosa del genere. Sapevi che aveva scritto una vagonata di appunti?»

«Su cosa?»

«Sulla sua vita», sventolo la mano, «eccetera. Storie sui suoi genitori – i miei bisnonni. E i loro genitori. Quel genere di cose, hai presente?»

«Ah, giusto. In effetti ne aveva fatto cenno. Aveva detto di avere un sacco di diari e frammenti».

«Sì, è proprio così. La mia bisnonna aveva un diario. In realtà, è un po' strano».

«In che senso?»

«Non lo so, credo... Da quanto ho capito, erano borghesi, forse lei era di ceto un po' più alto. Non lo so. Comunque è tutto visite mattutine, decorazioni floreali, la guerra boera e cose del genere. Alcune parti mi hanno ricordato... Hai mai letto qualcosa di Molly Keane?»

«*Le buone maniere*. E...», vedo che scorre gli archivi nella sua testa, «*Amiche devote*...».

«Quello l'ho letto a sedici anni», gli dico, «e l'ho trovato scioccante e spaventoso».

Ride. «Un po' lo sono. I suoi personaggi. Selvaggi, emotivamente violenti...».

«Sì, sono tutti orribili e patetici in modo grottesco. Mi piacciono molto. I libri. Comunque, alcune parti mi ricordavano questo, anche se ovviamente non erano così...». Sventolo di nuovo la mano.

«Raffinati». Mi guarda con un lieve ghigno.

«Sì, grazie, non erano raffinati come i personaggi dei libri di Molly Keane. In genere era uno schifo», aggiungo, «essere donna».

«Sì». Prende una sedia dalla sala da pranzo e si accomoda. «Com'è essere donna in questo momento?»

«Mi stai chiedendo della quarta ondata femminista o del mio utero?».

Ridacchia. «Volevo dire: come ti senti?»

«Non male».

Sta ancora ridendo e scuote la testa. Beve un sorso di tè e si gira a guardare i fogli sulla scrivania, spostando le fotografie nel coperchio della scatola di scarpe che sto usando per metterle in ordine.

«Oh», dice, «questa è Fiona?»

«Fa' vedere».

Solleva la foto.

«Sì».

«Avevo visto solo quella». Fa un cenno del capo verso un'immagine incorniciata sul tavolino rotondo sotto la finestra: Fiona a circa nove anni con i boccoli. Quella che ha in mano Edward è una foto di scuola, in cui Fiona indossa un blazer e sembra distratta.

«Sì, è lei». Sfrego le dita sulle tempie. «Ha mai parlato di lei? Volevo chiedere alla madre di Jilly, secoli fa, perché a quanto pare la conosceva. Ma mi sono scordata. Non so neanche cos'è successo. E tu?»

«Oh. Be', sì, parlava un po' di lei. Le piaceva andare in bicicletta. Girava ovunque insieme alle amiche. Una dovrebbe essere la sorella di Kate, credo… Ce n'erano due, comunque, nell'incidente, se così lo vogliamo chiamare. Ehm… no, non ricordo il nome dell'altra ragazza».

Resto in attesa mentre pensa alla storia.

«C'erano dei ragazzi, suoi amici, che lavoravano su una barca da qualche parte… credo oltre Kirkcudbright. Fiona e la sorella di Kate, se era davvero la sorella di Kate, andarono lì a vedere cosa combinavano. C'era un molo, credo di legno. Ora non penso ci sia più. Comunque doveva essere marcio, oppure lei è solo scivolata, non ne sono sicuro. In ogni caso, caddero entrambe e Fiona sbatté la testa sui gradini, o qualcosa del genere. L'altra ragazza non sapeva nuotare. I ragazzi si buttarono subito e le portarono fuori, ma per Fiona era troppo tardi. Non c'erano posti in cui poter telefonare, quindi uno dei ragazzi dovette andare in bici a chiamare il medico. Ci volle troppo tempo, quindi lei morì».

«Ah», dico. «Sì, ricordavo che era annegata. Terribile». Guardo il viso sorridente di mia cugina. Quant'è ingiusto tutto quanto, quant'è casuale. Se fosse viva, forse avrebbe dei nipoti. Uno di loro potrebbe essere seduto proprio qui, magari a parlare con Edward. Rabbrividisco.

«Già», concorda. «È seppellita nel cimitero del paese».

«Davvero? Sai dove?»

«Superato il cancello, dalla parte della cooperativa, è più avanti sulla sinistra. Si capisce dalle date, tutte le cose più nuove sono su quel lato».

«Non mi sono neanche mai chiesta dove fosse seppellita. Né lei né i suoi genitori». Ne sono un po' turbata.

«Oh, be', sono tutti lì. Avevano lasciato spazio per i loro nomi sulla lapide».

Ci guardiamo per un lungo istante. «Cristo».

«Lo so. Direi che adesso sono insieme», prosegue, «se fossi quel tipo di persona. E se fosse fisicamente vero». Scrolla le spalle.

Io sospiro. «Già».

«Andavano in chiesa», dice, svuotando la tazza, «Mary e Andrew. Dopo l'incidente hanno smesso, più o meno».

«Li capisco. In questi casi, la fede si può perdere o trovare».

«Infatti».

Mi viene in mente un'altra cosa. «Dov'è seppellito tuo padre?»

«Oh», mi sorride. «Abbiamo un sepolcro. In chiesa».

Figurarsi. «Ma davvero».

«Sì, molto elaborato. Ottone e compagnia bella. Ma solo le ultime tre generazioni. Sai, morti gloriosamente in guerra eccetera. Prima, venivano tutti buttati nel sepolcro a casa».

«Buttati».

Ride. «Be', immagino fosse una cosa un po' più elaborata di così. C'è una cappella».

«Davvero? E dove? Non l'ho mai notata».

«È piccola; in fondo, dietro le stalle. Facevano un po' di esercizio, camminando per quasi trecento metri la domenica mattina. Comunque, dovrei andarmene e lasciarti in pace, sembri ancora...».

«Come?»

«Non lo so. Fragile?»

«Non sono mai stata definita "fragile" in tutta la mia vita», commento in tono piatto.

Lui scuote la testa. «No, ma è così. Dovresti andare a dormire presto, ma assicurati di mangiare qualcosa».

Alzo gli occhi al cielo. «Grazie, papà».

Ignora la battuta e si alza. «Se hai finito, ritiro la tazza. E torno domani mattina a prenderti. Verso le nove?»

«Grazie. Molto gentile da parte tua».

«Sì, sì», risponde, e porta le tazze in cucina.

Capitolo sedici

Due settimane dopo sono all'Old Mill, a bere caffè e leggere il giornale, mentre mando e-mail a varie persone e traffico su Twitter. Cerys si avvicina e chiede: «Ti spiace se mi siedo con te? Sono in pausa».

«Prego».

«Allora, come stai?»

«Bene. Sì, sto solo facendo delle cose su Twitter per la libreria».

«A Jilly sono piaciute molto le tue foto su Instagram».

«Sì, sono soddisfatta di come sta andando».

Mescola il caffè. «Ed non farà mai niente del genere».

È l'unica che lo chiama Ed. A lui non sembra importare, ma non riesco a immaginare di chiamarlo così anch'io. Si trovano bene insieme, lui e Cerys. Anzi, direi che è la sua amica più stretta, qui. A volte vanno insieme al cinema a Dumfries. Quando l'ho scoperto sono rimasta sorpresa, ma Cerys ha una laurea in Storia del cinema, e vanno a vedere cose artistiche che a Jilly non interessano.

«Cosa, i social media? No, non penso. Gli ho detto di aggiungerlo alle mansioni della sua prossima vittima».

«Quindi vai via?». Mi guarda con i suoi occhi luminosi da uccellino.

«Oh, no. Al momento no. Non so cosa fare. Sono tentata di restare», le dico, «ma mi chiedo se non sia… be', da codarda».

«Da codarda?»

«Sì. Visto come la mia vita è crollata». Faccio tambu-rellare le dita sul tavolo. «Non avevo intenzione di "rico-minciare" né niente del genere quando sono venuta qui. Non ho mai pensato di vivere da un'altra parte. Ma ora che sono qui…».

«Sì, so cosa intendi. Neanch'io avevo intenzione di restare. All'inizio sono venuta qui in vacanza, poi sono tornata a casa, ma solo per prendere tutte le mie cose». Arriccia il naso.

«Davvero?». Sono sorpresa. Non ho mai pensato alle origini di Cerys, anche se è chiaro che non è scozzese.

«Già. È stato prima di conoscere Jilly. Ero sposata, lo sapevi?»

«Cosa? Con un uomo?».

Ride alla mia reazione. «Sì, lo so. Pensa un po'».

«Santo cielo».

«Sì, sono stata sposata per quasi dieci anni. Andava bene. Anche se, come puoi immaginare, avevo qual-che… problema. Sono venuta qui d'istinto, solo perché c'era un'offerta last minute sul sito di un cottage. Avevo bisogno di un po' di tempo per me. E quando sono arri-vata, mi è piaciuto tantissimo. Credo avessi già deciso di lasciare Ryan. Quindi ho pensato: "Che cavolo, perché non scappare?". Anche se preferisco pensare di esse-re corsa incontro al mio destino», aggiunge, ridendo di nuovo.

«E i tuoi amici? La famiglia?». Sono segretamente im-pressionata da questa avventatezza.

«Non ho famiglia. E i miei amici vengono a trovarmi. E

qui ho conosciuto delle persone – Ed, Jenny e Alastair. E poi Jilly. Ed eccoci qui».

«Caspita. Pensavo che tu e Jilly foste insieme da sempre».

«No».

«E – scusa se ficco il naso, sei liberissima di mandarmi a cagare – hai frequentato altre donne prima di sposarti?»

«Sì, qualcuna. Niente di serio. Ho sempre pensato di essere principalmente etero. Ma in realtà credo sia proprio il contrario». Ride ancora. «Ah. Ti direi che il matrimonio è stato una perdita di tempo, ma in realtà non è vero: amavo Ryan, e non credo fossi pronta per Jilly. Se l'avessi conosciuta quando avevamo vent'anni, non avrebbe funzionato».

«La vita è strana, eh?»

«Sì. Senti, volevo parlarti», dice poi, «di Charles».

«Charles?». La guardo perplessa.

«Il fratello di Ed».

«Sì, so chi è», rispondo, «ma perché?»

«Mi ha chiesto di te».

«Cosa ti ha chiesto? Mi conosce. Sono stata a casa sua. E lui è stato da me».

«Non mi ha chiesto chi fossi, cretina».

«Ah». Ridiamo entrambe. «E allora cos'ha chiesto?»

«Voleva sapere di tuo marito. E di te e Ed».

La guardo con la fronte aggrottata. «Davvero?»

«Sì. Voleva sapere se stai divorziando. E se credevo che voi... hai capito».

«Assolutamente no». Sento le guance avvampare, purtroppo.

«Ma non mi dire. Visto lo stato in cui era per colpa di quel tipo... Cristo santo».

«Cosa?»

«Il tuo amichetto all'Arms, la settimana scorsa».

«Ah, Keith. È stato strano, vero? Si è comportato in modo bizzarro». Ancora non so cosa pensare.

Lei ridacchia. «In effetti. Comunque, sì, Charles ha chiesto se eri divorziata e gli ho risposto: "Non proprio. Ma quasi". E pensavo che tu e Ed, sai, andaste a letto insieme, ma gli ho detto di no. E poi lui ha chiesto se secondo me tu gli piacessi, e gli ho risposto: "Thea piace a tutti"».

«Oh, sei un amore. Guarda, mi hai fatta commuovere. Santo cielo». Mi tampono gli occhi. «Che deficiente. Io, intendo». Scuoto la testa. È assurdo che mi venga da piangere tanto facilmente al pensiero che qualcuno dica qualcosa di carino su di me. Tragico.

«Be', è vero. Comunque, gli ho detto che sembravate andare d'accordo e che a Ed faceva bene avere un'amica, cosa che lui ovviamente non ha gradito. Penso che vorrebbe vederlo morire da solo, ma lasciamo stare. Poi ha chiesto se Ed stesse frequentando qualcuna, e gli ho detto che pensavo che Lara fosse ancora sulla scena. È così?».

Argh. Cerco di non pensare a Lara. «Sì, per qualche ragione pare di sì. L'hai conosciuta?»

«L'ho vista una volta», risponde Cerys.

«E che ne pensi?»

«Oh», scrolla le spalle. «Sono tutti uguali. Tutti snob. Ti sta simpatica?»

«No. Be', non la conosco, ma...».

«Ma non ti sta simpatica».

Non posso negarlo. «No. E non credo piaccia neanche a Edward, il che... è incomprensibile».

«Suppongo gli faccia comodo».

«Non così tanto. Insomma, abita a tre ore di macchina da qui».

«Sì, hai ragione. Ma è una cosa seria, vero? In realtà intendevo questo».

«Mah. Comunque», dico, «dove voleva arrivare Charles? Non capisco».

«Non lo so. Ma se ti invita a cena o cose del genere...».

La fisso. «Perché diamine dovrebbe farlo?».

Mi guarda sbattendo le palpebre. «Gli piaci».

«Ma non di certo in quel senso. Insomma, immagino che le sue mogli fossero affascinanti, eleganti e... vistose? In senso buono, di classe. Non come me».

Cerys è pensierosa.

«Potrei suonare maleducata», dice, «quindi non fraintendere, ma forse hai ragione. Forse tu non sei abbastanza... sofisticata. E forse sei troppo vecchia, sai come sono fatti gli uomini. Ma se Charles ha pensato di poter ferire Edward in qualche modo usando te, penso che potrebbe riuscirci».

«Ma perché pensa che venire a letto con me sconvolgerebbe Edward?». Aggrotto le sopracciglia.

«Dai, Thea, non sei stupida. Tutti credono che andiate a letto insieme, e se non è così, alla fine succederà».

«Oddio, davvero la gente pensa questo? No, dai». La guardo con tanto d'occhi, anche se mi sento stupida per non aver pensato che gli altri si sarebbero interessati al nostro rapporto.

«Sì, davvero. Mi dispiace, ma è un paesino e sono tutti curiosi. Lo sai che non ha mai assunto una donna. Con te esce, non è mai sgarbato eccetera».

«È sempre sgarbato, che cavolo dici?»

«Sì, non così tanto».

Tiro su col naso. «Uno dei motivi per cui mi piaceva qui è perché a casa mia tutti parlavano di me. Adoravo l'anonimato di Baldochrie».

«Sì, be', te lo puoi scordare, l'anonimato. È che la gente è ficcanaso, e adora le storie d'amore e gli intrighi; poi tu sei nuova, e ora tutti sanno che sei single e si chiedono con chi finirai».

«Argh».

Ride. «E a Charles piaci. Ma potrebbe avere un ulteriore motivo oltre al "sarebbe divertente portare fuori a cena Thea". E piaci anche a me, quindi ho pensato di dirtelo».

«Porca vacca».

«Insomma, ovviamente se ti va fattelo, per me non è certo un problema».

«No, hai ragione. È troppo affascinante. Non mi piace la gente affascinante».

«Preferisci Ed». Ride. «Nessun fascino».

«Certo, mi piace molto. Ma non ho intenzione di andare a letto nemmeno con lui». Rido. «Cristo. Sembra di essere all'università».

Sono in libreria. Sono passate meno di ventiquattr'ore da quando Cerys mi ha detto tutte quelle cose strane. Non so cosa pensare.

Mi squilla il telefono, è un numero che non riconosco.

«Pronto?»

«Thea. Sono Charles».

Quasi mi cade il cellulare di mano. Cristo santissimo. Sento un'ondata di isteria inaspettata e devo mordermi la guancia.

«Puoi parlare?», chiede.

«Io… Sì. Ciao. Devo solo…». Scivolo giù dal bancone e vado sul retro del negozio.

«Non avrei dovuto chiamarti mentre sei al lavoro», dice, «ma dopo sono occupato e volevo parlarti».

«Be', eccomi qui. Ciao. Cosa posso fare per te?»

«Mi chiedevo se fossi libera per cena».

Mi scappa da ridere, ma mi trattengo. «Per cena? Cavolo», dico, «di colpo va di moda offrirmi da bere e invitarmi a cena. Che emozione».

«Perché, chi è che ti offre da bere?»

«Oh, un tizio», rispondo, ridendo tra me e me. «L'ho conosciuto all'Arms la settimana scorsa».

«Ah. Ti ha chiesto di uscire?»

«No. E per fortuna, visto che non sono pronta per gli appuntamenti».

«Ah», dice Charles.

«Ma presumo che tu non mi stia chiedendo un appuntamento, giusto?». Non so quand'è stata la prima volta che ho trovato divertente far sentire la gente un po' a disagio. Forse oggi.

«Be'», risponde, «non sarebbe nemmeno un non appuntamento».

«Ma non vuoi un appuntamento con me, giusto? Cos'è successo a Miranda?». Silenzio leggermente imbarazzato. «È via?»

«Io e Miranda non… non stiamo insieme», dice.

«Davvero? Pensavo di sì».

«Mmm, no, non… No».

«Che cavolo, voi Maltravers e le vostre relazioni non convenzionali». Inizio a tornare verso il negozio dalla porta principale. «Comunque, dove pensavi di andare?».

Si schiarisce la gola. «C'è un ottimo ristorante al Knockandry».

«L'albergo? Sale da pranzo di alberghi…», commento, «non credo siano un gran che. Scusa, sembro schizzinosa».

«È buono», ribatte. «Hanno una stella Michelin, se può aiutarti».

«Un po' sì», rispondo ridendo. «Ti starai già pentendo di avermelo chiesto, eh?»

«No, affatto», dice educatamente.

«E quando volevi fare?»

«Pensavo magari giovedì».

«Questo giovedì?». Mi appoggio al bancone.

«Sì, se sei libera».

«Be', di solito sì. La mia vita sociale è molto limitata. Va bene, grazie. Ci vediamo lì?»

«Passo a prenderti. Va bene per le sette e mezzo?»

«Benissimo», rispondo, «grazie».

Infilo il telefono nella tasca posteriore dei jeans e rido di cuore. Edward sta vendendo una collezione degli anni Settanta dei libri a fumetti di Thelwell a un uomo con la giacca di tweed. Una volta datogli il resto e aver messo i libri nella busta, chiede: «Che c'è da ridere?»

«Che c'è da non ridere. Santo cielo. Allora, era tuo fratello», gli rispondo. «Indovina cosa vuole».

«Mio fratello? Perché ti chiama?»

«Esatto, perché. Mi vuole portare fuori», dico. «Usciremo a cena».

«Vai a cena con mio fratello?». Sopracciglia e fronte aggrottate.

«A quanto pare».

«Perché cavolo ci vai?»

«Per due motivi», rispondo, «a essere sincera. Il primo è che non sono mai stata a cena con un lord». Ridacchio. «E immagino sarà un posto elegante, e mi piace mangiare bene. L'altro motivo è che, oddio, perché cavolo vorrà cenare con me? Pensi che mi farà ubriacare e cercherà di farmi firmare il contratto per vendergli la casa?»

«Se ti fa ubriacare, non è alla casa che punta», commenta Edward con disapprovazione.

«Pfff. Sì, ma seriamente: è strano, vero?»

«Non credo che "strano" sia la parola giusta».

«Ma dai, certo che lo è. Gli ho chiesto se era un appuntamento. Ha risposto: "Non sarebbe un non appuntamento"!». Ridacchio. «È il genere di cose che diresti tu».

«Se invitassi qualcuna a cena, sarebbe di sicuro un cazzo di appuntamento», dice.

Scuoto la testa. «Mi hai offerto la cena la scorsa settimana e non era un appuntamento, no? Comunque, non piaccio a tuo fratello. Sono sicura».

«Ah, no? E cosa te lo fa pensare?»

«Be', non sono un po' rozza per lui? Dai, su».

Chiude gli occhi per un attimo. «Cristo santo».

«No, non me la bevo», dico, issandomi sul bancone e sbattendoci i talloni contro. «Dico seriamente. Ne parlava anche Cerys ieri. Non ha senso. E tutte quelle donne patinate? La casa ne era piena quando sono andata a quella festa orribile. Io non sono come loro».

«Magari ha voglia di cambiare», commenta Edward. Non riesco a decifrare la sua espressione, il che è strano.

«Be', ne dubito».

«Cos'ha detto Cerys?»

«Le ha chiesto di... ehm...». Mi sento inaspettatamente in imbarazzo. «Be', di noi. Di me e di te».

«Ah, be', ecco qui».

«Cavolo, sono lusingata se mi ha invitata fuori a cena perché per qualche folle motivo crede che ti dia fastidio».

«Forse sotto c'è dell'altro».

«Dici? Immagino che lo scoprirò. Glielo chiederò».

Edward mi guarda con le braccia incrociate. «Cosa gli chiederai?».

Piego la testa di lato. «Ehi, Charlie, vuoi scoparmi o vuoi solo far incazzare tuo fratello?».

Il cipiglio sul suo viso scompare quando scoppia a ridere. «Sei uno spasso».

«Lo so».

«Non gli dirai davvero così, vero?»

«Perché no?»

«Non lo so». Scuote la testa. «Porca vacca».

«Non vorrei scoprirlo dopo», dico. «Immagina l'umiliazione».

«Vedo che ti ha messa di buon umore».

«Solo perché è divertente. È piuttosto divertente, non trovi? Insomma, è un modo strano per attaccarti, se è quello che sa facendo. So che non ci vai d'accordo, ma di certo non ti importerebbe più di tanto se...».

«Non la troverei una cosa tanto divertente», dice, «se andassi a letto con mio fratello».

Ci guardiamo.

«No, ma... non è un gran che come vendetta. "Ah, sì, Edward si è sbattuto mia moglie, quindi pensavo di intendermela con la sua dipendente"?».

Gli era tornato il broncio per un attimo, ma ora sta di nuovo ridendo. «"Intendermela con". Che razza di modo di dire è?»

«Non lo so, credo sia del Nord. Una delle mie coinquiline all'università lo diceva. Andavamo a caccia con la speranza di intendercela con qualcuno. Non credo significasse "fare sesso", in realtà, ma solo "andare d'accordo"».

«Non intendertela con mio fratello».

«Ah ah, tranquillo. Che piaccia o meno a tuo fratello è irrilevante. A me di certo non piace lui».

«La cosa non ha mai fermato nessuno», ribatte in tono piatto.

«Magari non te. Ma per me basterebbe. Soprattutto visto che tuo fratello ha un sacco di contro».

«E allora perché ci vai a cena?»

«Te l'ho detto: curiosità».

Scuote la testa. «Lo stesso motivo per cui sei andata a quella festa. Ma poi te ne sei pentita».

«Un po' sì, è vero, ma è stata interessante. E se tuo fratello riesce a farmi sentire banale a un "non appuntamento", be'...». Rido. «Sarebbe una fatica inutile. A meno che non abbia in mente qualche cavolata alla *My Fair Lady*. O quell'altra roba, come si chiamava? Re vattelappesca. Cophetua. Giusto?»

«Re Cophetua e la mendicante?»

«Quello. Cos'è? Shakespeare? Lo conosco solo perché Harriet Vane ne parla quando Lord Peter le chiede di sposarlo».

«Non sposare mio fratello».

Questo mi fa ridere ancora di più. «Oddio, ti immagini? Andrei in giro per la casa pretendendo che la gente si rivolga a me chiamandomi "mia signora"». Ridacchio. «Ne sarei tentata solo per dare fastidio a tutti».

Mi guarda.

«Non dico davvero, sto scherzando». Ridacchio tra me e me. «Però cavolo».

«Thea».
«Sì?»
«So che sembrerà... potrebbe suonare scortese. E non voglio insinuare che mio fratello abbia un secondo fine. Sei una donna attraente...».
Ridacchio più forte.
«Ma, sai, potrebbe... Dovresti stare attenta».
«Attenta? Cos'è, hai paura che mi roipnoli?». Resto un attimo in silenzio. «Credi che sarebbe il verbo giusto? Io sono roipnolato, tu sei roipnolato, egli è roipnolato... Non lo so, che dici? Sulla parola», aggiungo, «non sulla possibilità che mi voglia drogare». Rido ancora.
«Cristo santo». Si copre gli occhi con la mano.
«Che c'è?»
«Sono serio».
«Senti, non mi interessa niente di Charles. Quindi non cambia nulla se ha un secondo fine. Non è che ci rimarrei male. "Oh, ma pensavo di piacerti, buaaah". Questa ero io che sceglievo il corredo da sposa e poi è saltato fuori che me l'aveva chiesto solo per darti fastidio. E, come ho detto, come vendetta fa un po' schifo. Farà meglio ad aspettare che tu conosca una persona che ti piace davvero. Hai solo quarantasette anni o giù di lì, può ancora succedere».
Si gira dall'altra parte. «Molto improbabile».
«Sì, forse, ma... Oppure potrebbe, non so, comprare tutti i libri usati in Scozia o dire al marito di Lara che volete fuggire insieme. Mandare all'aria il vostro accordo».
«Non mi importerebbe. E probabilmente non può permettersi di comprare tutti i libri usati in Scozia».
«Cosa faresti se fossi in lui, Signor Vendetta?».
Si gira per un istante. «Be'», dice, «credo che riuscirei a escogitare qualcosa».

«Forza, allora, dimmi».
«Ti farò sapere», risponde, «se dovesse farcela».
«Buuu».
«Comunque, basta così. Non hai del lavoro da fare?».

La sera dopo sono al pub con Jenny, Cerys e Edward. Anche se Edward sta leggendo qualcosa sul telefono, quindi è quasi come se non ci fosse. Stiamo parlando della mia cena di domani.

«E non ho la minima idea di cosa mettere. Gli inviti di Charles mi fanno venire voglia di vestirmi come le donne degli Human League», dico.

Jenny ridacchia. «Ma che cavolo dici?»

«Intendo in stile barbaramente anni Ottanta, ma sofisticato. Hai presente? Un cappellino con il velo, spalline, magari una sopragonna?». A questo punto ridiamo come isteriche.

«Oddio, una sopragonna?». Cerys si asciuga gli occhi.

«Sì, e magari collant fantasia. A pois?».

Jenny mi afferra il braccio. «Oppure un fiocco alla caviglia».

«Oddio».

«Una pochette?», suggerisce Cerys.

«Sì, abbinata al cappello. Da piccola ritagliavo le foto che ritenevo particolarmente eleganti dai cataloghi di mia madre», dico. «Il cappellino con il velo è sempre allettante».

Jenny annuisce. «Come Joan Collins».

«Sì, esatto! Joan Collins in *The Bitch*, probabilmente».

«Oh, dovresti proprio. Forse c'è tutto al charity shop».

«Come si chiamava quella donna», dice Cerys, «quella nella pubblicità della Polo?»

«La marca di abbigliamento?»

«No, no, la Volkswagen Polo. O era la Golf? Lo spot in cui lei esce da quella casa lussuosa e butta via la pelliccia e sta per gettare le chiavi nel tombino ma cambia idea».

Ora capisco cosa intende. «Ah, sì. Paula qualcosa. Paula Wilcox».

«No», interviene Edward. «Paula Hamilton. Era una modella».

«Sì, giusto. Dovrei puntare a quello stile». Gesticolo vigorosamente e Cerys ride forte.

«Però perché?», chiede Jenny.

«Non lo so, sembra la cosa giusta da fare».

«Che stupida», dice Edward.

«Sei solo geloso», ribatto ridendo.

«Non sono geloso per un cazzo», sbotta. Sbatte il bicchiere sul tavolo, si alza e attraversa il locale prima che una di noi riesca a dire qualcosa. Fissiamo tutte la porta mentre si chiude con un colpo.

«Cristo santo», commenta Jenny.

«Non andargli dietro», dice Cerys, ma è troppo tardi. Sono fuori e lo cerco. Eccolo, si avvia a grandi passi verso la libreria.

«Edward!».

Mi ignora e gli corro dietro. Cerys ha ragione, dovrei lasciarlo cuocere nel suo brodo. Ma odio essere fraintesa.

«Ehi!». Gli afferro il braccio e si libera. Gli corro davanti e allargo le braccia per impedirgli di proseguire. «Che cavolo di problemi hai?»

«Non ho nessun problema». La sua espressione è talmente tempestosa che mi sorprende non inizi davvero a piovere.

«Certo. Hai deciso all'improvviso che dovevi andare a

casa? Dopo avermi sbottato contro?». Fa un passo avanti e io ne faccio uno indietro. Poi di nuovo. Lancio un'occhiata dietro di me per assicurarmi di non cadere dal marciapiede. Siamo quasi arrivati alla libreria.

«Non ti ho sbottato contro», dice. Ora ha un'espressione imbarazzata più che arrabbiata.

«Sì, invece. Hai detto…».

«Lo so cos'ho detto. Ed è vero. Non sono geloso per un cazzo».

«Cristo santo. Ma ascoltati. Intendevo dire geloso della mia *stupidità*, perché tu non puoi essere stupido, visto che sei un…», agito le braccia, «un cavolo di *cretino* colossale».

Ci guardiamo male.

«Non ti sarei corsa dietro se non avessi pensato a un malinteso. Ma sapevo che non avevi capito, perché sei… uno stronzo. E odio essere fraintesa. Quindi», gli batto il dito contro il petto a ogni parola, «Non. Ti. Azzardare. A. Fraintendermi».

Fa un passo avanti e io ne faccio un altro indietro. «Sei un…», continuo.

«Cosa sono?»

«Un enorme…».

«Sei scortese», dice. Ora sta cercando di non ridere, e io devo mordermi il labbro. Ma sono ancora incazzata con lui. Fa una scenata, mi tocca corrergli dietro come se fosse un adolescente, o il mio…

«Che cavolo hai che non va?», dico.

«Lo sai già», risponde. «Sono un pezzo di merda».

«Non sopravvalutarti. Puzzi di più e non hai lo stesso calore», ribatto, e lui scoppia a ridere.

«Dio santo, Thea Hamilton», commenta, «che uscite,

le tue. Sei perfetta...», incespica leggermente sulle parole, «perfettamente ridicola».

«Non è ridicolo, è giustissimo».

«È così che si parla al proprio capo? Che roba».

Stiamo ridendo, ma la situazione sembra stranamente seria, o forse importante. Ora sono contro la porta della libreria, e Edward china la testa verso di me. Per un istante, un centesimo di secondo, penso che stia per baciarmi. Ma non lo fa. Con le sue labbra così vicine all'orecchio che riesco a sentire il suo respiro sulla guancia, dice: «Questo è un problema disciplinare».

«Oddio». Rido più forte. «Hai intenzione di rivolgerti alle risorse umane? Questo signor Maltravers è un tiranno».

Non posso negare di essere elettrizzata dalla cosa, e se mi baciasse, io... Be'.

Fa un passo indietro e incrocia le braccia. «Credi? Gli dico di non essere troppo duro con te, tranquilla».

«Sono terrorizzata».

«Si vede. Ora, se ti spostassi...».

«Quindi torni a casa?»

«Cerys mi ha visto rendermi ridicolo in svariate occasioni», risponde, «ma non vedo perché dovrei regalarle l'opportunità di ridermi in faccia».

«Oh, be', d'accordo». Gli passo accanto e torno sulla strada. «Che cavolo, non riesco a credere di esserti corsa dietro».

«Mi stupisce che tu l'abbia fatto», commenta. Ci guardiamo per un istante. «Non ne valgo la pena».

«Continua a ripeterlo», ribatto, «prima o poi mi convincerai. Ci vediamo domani».

Tornata al pub, Cerys sembra sorpresa di vedermi. «Ah», dice, «non credevo saresti tornata».

«Ho lasciato la borsa», rispondo, «e le chiavi. Non potrei tornare a casa, altrimenti».

Si scambiano un'occhiata.

«Mi devi cinque sterline», dice Jenny, e io osservo, sconvolta, Cerys tirare fuori il portafogli con un sospiro e allungarle la banconota.

«Cosa sarebbe?»

«Abbiamo scommesso», spiega Jenny.

Prendo la borsa e le lancio un'occhiata sospettosa. «Su cosa?»

«Non importa. Alla fine vincerò io», dice Cerys. «Quindi te ne vai?»

«Sì».

«L'hai raggiunto?»

«Sì. Che cavolo di problemi ha? Mi sembra di essere amica di un adolescente. Uno di quelli stupidi».

Jenny ride. Cerys è seria. «È che non sa come comportarsi in momenti del genere».

«Si è comportato così anche con te quando siete diventati amici?».

Scoppia a ridere. «Cristo santo, no. Anche se, a dirla tutta, ogni tanto diventava irascibile».

«Di solito riesco a farlo tornare normale», dico, «ma è estenuante».

Capitolo diciassette

Sono in corridoio in attesa che Charles passi a prendermi. Non sono nervosa perché non sono presa da questa cena, anche se ho comprato un rossetto nuovo, ma mi interessa sapere cosa risponderà alle domande che ho intenzione di fargli.

Quando nel tardo pomeriggio stavo uscendo dalla libreria, Edward ha detto: «Non voglio sembrare uno stronzo, ma... ti prego, non andare a letto con mio fratello». Mentre pronunciava queste parole non mi guardava negli occhi, continuava a fissare il computer.

«Ah ah. Cosa faresti, nel caso?»

«Non lo so. Vediamo di non scoprirlo, eh?».

Gli ho fatto una pernacchia forte e infantile e sono andata a casa a prepararmi.

E ora sono tutta in tiro e aspetto. Niente spalline o cappellini con il velo, purtroppo. Mi sono dovuta far andare bene un vestito nero e una giacca rossa di seta, sandali col cinturino, e ho dovuto comprare le autoreggenti in farmacia. Non mi piacciono molto, ma spero non mi mettano in imbarazzo scendendomi sulle gambe. Sto ballando nel corridoio perché sono di buon umore – non saprei dire perché, dal momento che "cenare con Charles" non è nella mia lista di cose da fare prima di morire. Mi chiedo se il personale dell'albergo lo chiamerà Lord Hollinshaw. In quel caso, potrei scoppiare a ridere.

Quando il campanello suona, devo prendermi un attimo per calmarmi. Faccio un respiro profondo e apro la porta a un Charles in ghingheri. È una bella serata, gli ultimi raggi rosa e oro del tramonto sono ancora visibili nel cielo.

«Ciao», lo saluto e, dal momento che forse stasera una stretta di mano non è adatta, mi sporgo così può baciarmi la guancia.

Chiacchieriamo educatamente mentre chiudo la porta a chiave e lo seguo verso la macchina. Credo ne abbia più di una; stasera è un'auto tedesca blu scuro con interni in pelle chiara. Non mi interessano molto le macchine, ma di sicuro questa è comoda. Una Mercedes. Gli interni delle auto sono quasi tutti di colore scuro, capisco all'improvviso, perché con i tappetini neri non puoi osservare lo spazio in cui sistemi i piedi. Quando sono chiari si vede tutto, è piuttosto strano. È un po' diversa dalla vecchia Defender scassata di Edward.

«Sei mai stata al Knockandry?», mi chiede.

«No. Non c'è molto a parte l'albergo, giusto?»

«No, effettivamente. Solo la spiaggia e un campo da golf».

Penso di chiedergli se gioca, ma perché? Non voglio parlare di golf. Gli chiedo, invece, come vanno i lavori per trasformare il granaio, e parliamo di quello, e del bagno nuovo che ho fatto fare al Lodge. Non ho mai avuto un bagno nuovo di zecca, ed è una cosa molto elettrizzante. Vado a guardarlo spesso per ammirare il pavimento in ardesia e la vasca indipendente e la doccia meravigliosa. Probabilmente ho speso più di quanto avrei dovuto, ma è stupendo e lo adoro. Ora che è finito, il disagio di trovare polvere ovunque e non avere il water è dimenticato.

Parlare di muratori e tubature fa passare la mezz'ora di viaggio verso l'albergo. È un edificio sontuoso: vittoriano in un elaborato stile baronale.

«I miei nonni venivano ai balli qui, prima della guerra», mi dice. «E i miei bisnonni ci cenavano, prima che diventasse un albergo».

«Ah», commento, indifferente. Poi mi ricordo che le persone di cui parla erano anche parenti di Edward. Mi dico che questo non li rende più interessanti, ma in realtà è così. Resto in piedi accanto alla macchina e alzo lo sguardo sulle torrette e i merli. È enorme, non mi sorprende che sia un albergo da ottant'anni. Chi può permettersi di mantenere un edificio del genere?

«All'epoca, naturalmente, tutti avevano anche una casa a Londra, e una nelle Highlands per la caccia».

Cristo. Non è giusto. So che è una cosa affascinante, ma comunque non è giusto.

Camminiamo sulla ghiaia e giriamo l'angolo dell'edificio. Un lungo vialetto, una fontana, giardini formali che scendono sulla costa, l'oscurità dell'oceano.

«Non si vede molto del panorama ora che sta facendo buio», dice, «ed è un peccato: è molto scenografico».

Un usciere elegante ci apre la porta e ci troviamo in un grande atrio con il pavimento in marmo. Al centro della sala, sopra un enorme tavolo lucido, c'è un vaso pieno di fiori. Dozzine di corna appese dimostrano l'abilità nella caccia al cervo dei proprietari precedenti. Ci sono tende in tweed di tartan delicato ed enormi divani di pelle comodi sistemati davanti a un camino immenso. Il banco dell'accoglienza è talmente discreto che sembra quasi non ci sia. Ma non ho molto tempo per guardarmi intorno, perché veniamo subito condotti verso le scale.

La sala da pranzo è al primo piano, sopra l'atrio, con una magnifica vista sui giardini e sul mare.

«Mi siedo sempre vicino alla finestra», dice Charles, facendomi strada tra i tavoli con le tovaglie bianche. Ci sono già altre coppie, e una festa di famiglia dall'altra parte della sala. I tavoli sono rotondi, c'è la moquette, e tutto è sobrio ed elegante. Non vedo l'ora di leggere un menu. Un cameriere mi prende la giacca e un altro mi sposta la sedia, stendendo poi il tovagliolo e posandomelo sulle gambe. Portano la carta dei vini e il menu, e io mi guardo intorno con interesse.

«Vieni spesso qui?»

«Con una certa regolarità. È il posto migliore in questo lato di Dumfries. Secondo me».

Annuisco e riporto l'attenzione sul menu. Non uscivo fuori a cena da secoli. L'ultima volta in cui sono stata in un posto speciale è stato con Chris – per l'anniversario? In tal caso è stato lo scorso settembre: siamo andati a Londra e abbiamo cenato al Murano. Un anno fa, ma ne sembrano passati cinquanta. Chris mi aveva regalato una collana, che ho lasciato lì a casa quando ho preso tutta la mia roba. Prima la indossavo, ma sembrava… be'. Comunque, l'ho lasciata lì.

Parliamo un po' di cibo e di altri posti in cui abbiamo cenato. Non so se gli interessi il cibo o solo che il ristorante abbia una buona reputazione. Trovo Charles molto più difficile da capire rispetto a Edward, ma probabilmente perché non mi ci impegno.

Quando arrivano gli antipasti dico: «Mi stavo chiedendo perché volessi cenare con me».

Sembra sorpreso. «Ho pensato sarebbe stato piacevole passare una serata insieme e conoscerti meglio».

«Davvero?»

«Sembri scettica».

«Un po'».

Mi guarda con la fronte aggrottata e somiglia molto di più al fratello rispetto al solito. Lo trovo divertente.

«Ma perché?»

«Non riesco a immaginare di essere il tipo di persona con cui vai a questi "non appuntamenti"», spiego, e inizio a tagliare la mia trota affumicata.

«Perché dici così? Non chiedo a chiunque di venire a cena con me, sai?»

«Ne sono certa, e tutto questo è bellissimo», agito il coltello indicando la sala, «ma è comunque la verità».

«Thea…».

«Sarò schietta», dico. «Spero non ti dispiaccia. Ma il fatto è che non riesco a immaginare di essere adatta per essere la prossima Lady Hollinshaw. E se vuoi iniziare qualcosa di meno serio, le stelle Michelin sono esagerate». Gli sorrido. «Capisci?»

«È… Io…».

«Quindi comprenderai perché sono scettica. Sospetto ci sia un secondo fine».

Beve un sorso d'acqua. «Un secondo fine».

«Sì. Non sono arrabbiata né niente», aggiungo, «sono solo… Voglio essere sicura che tu capisca che devi essere sincero con me. Fino a gennaio ho passato del tempo – probabilmente anni – sotto lo stesso tetto con una persona che mi stava mentendo alla grande su una cosa fondamentale. Non ho intenzione ripetere l'esperienza a nessun livello».

«Tuo marito. Non osavo chiedere cosa fosse successo», dice. «Ti ha… mentito?»

«Sì. Aveva una relazione con una mia amica. Per un lasso di tempo non specificato. So che hai passato una situazione simile», dico. «E non è bello. Quindi penso a Miranda, e a te, e a me eccetera».

«L'ho già detto, io e Miranda…».

«Sì, e sinceramente non mi preoccupa tanto Miranda. Ma cosa penserebbe se sapesse che siamo a cena fuori?».

C'è un lungo silenzio, che sfrutto per finire l'antipasto. Il vino che ho ordinato è buono, ma forse è un bene che non ne stia bevendo a litri. Mi chiedo quanto mi sentirei diversa se mi importasse qualcosa di tutto questo. Ma non è questo il caso, ed è liberatorio. Mi guardo di nuovo intorno. Ormai fuori è quasi buio, e vedo la sala alle mie spalle riflessa nel vetro scuro della finestra. Ora c'è qualche persona in più, sono vestiti tutti bene. Chissà quante di queste coppie alloggiano qui. Appena arrivo a casa, guardo il sito per vedere come sono le camere. Mangio l'ultimo pezzo di pane che c'è sul piatto lucido sopra il tavolo e sorrido al mio accompagnatore.

«E mi chiedo anche», dico, ora che mi viene in mente, «perché non frequenti Miranda in modo normale. Sembra adatta».

«Adatta», ripete Charles. Non capisco se sia seccato o solo in imbarazzo.

«Sì, insomma, è più simile a te. Più di quanto lo sia io».

«È perché non sei come Miranda che ho voluto portarti a cena», risponde.

«Ah, davvero?». Allora avevo ragione sull'essere un po' rozza. Chissà se c'è un modo per dirlo senza dirlo davvero. «Ti incuriosisce la plebe, eh?»

«Thea». Sembra addolorato. «Non so perché pensi…».

«Oh, ma dai. Senti, Charles, se sono sospettosa è anche

perché sono amica di tuo fratello e so che lo odi». Apre la bocca e sollevo una mano. «Non mi interessano i perché e i percome. So che Edward si è comportato male in passato, ma credo che l'abbia fatto anche tu. Mi piace pensare che io e te andiamo d'accordo, e non vorrei che tu...», a questo punto mi fermo per un istante, in attesa che il cameriere sparecchi, «che tu vedessi qualche... vantaggio nell'avvicinarti a me, per esempio, in modo da infastidirlo. E non dico che gli darebbe fastidio. Ma non sono una pedina né niente del genere».

«Thea, davvero, io non...».

Gli rivolgo un sorriso incoraggiante.

«Non farei mai e poi mai una cosa del genere», dice.

«Ottimo, mi fa piacere sentirlo». Appoggio entrambi i gomiti sul tavolo. «Sarebbe una bella seccatura».

Arrivano le portate principali e ci distraiamo per un attimo. Però mi chiedo: cosa farebbe Edward se andassi a letto con Charles?

Naturalmente non accadrà.

Ma se lo facessi?

Sarebbe arrabbiato, immagino, ma solo perché si tratterebbe di Charles. Detto ciò, si è comportato in modo singolare con Keith.

Penso di essere strana riguardo a Edward. Be', lo so. Sto cercando con tutte le mie forze di non pensare a niente di tutto quello. Credo ancora che ciò che provo per Edward – e, come ho detto, mi rifiuto di analizzare quello che provo – sia in qualche modo irreale, causato dalla situazione in cui mi trovo, dagli spazi nella mia vita e dalla quantità di tempo che passiamo insieme. Mi fa ridere, ed è attraente, e io sono un'idiota. Anche se pure lui è strano riguardo alla sottoscritta, è una cosa stupida e senza senso.

Ma dovrei ascoltare quello che dice Charles.

«È... è vero, trovo imbarazzante il fatto che tu sia amica di mio fratello», dice. «Perché significa che devo cercare di non dire quello che penso di lui, e di solito non mi mordo la lingua».

«Puoi dire quello che vuoi». Scrollo le spalle. «Insomma, prenderei tutto con le pinze».

«Però ti piace».

«Mi piace, sì. Lo trovo divertente ed è sempre stato gentile con me. O abbastanza gentile». Sorrido al pensiero della reazione di Edward all'essere descritto come "gentile".

«Allora sarebbe scortese se ne parlassi male davanti a te. È anche il tuo capo».

«Sì, e sono molto leale», dico. «Quindi, Charles, me lo dici perché siamo qui?»

«Be', pensavo...».

Ora sto mangiando l'anatra, ed è deliziosa. Di certo non posso lamentarmi del cibo: è squisito. Forse non particolarmente emozionante, ma ben studiato e ben cucinato. Immagino conoscano i loro clienti. Non è un posto in cui si cerca l'innovazione a tutti i costi.

«Sì?».

Sospira. «Non lo so. Tutto quello che hai detto è molto ragionevole. Forse dovrei cercare di conoscere qualcuna che... Ma non è molto romantico, vero? A questo punto potrei scrivere un annuncio sul giornale: "Cercasi moglie". Sto sempre rimandando. Non è andata bene quando l'ho fatto. E tu... penso che tu sia...». Sospira di nuovo. «Non lo so. Forse hai ragione a interrogarti sui miei secondi fini».

«Sono solo un po'... sospettosa? Purtroppo il mondo

non offre occasioni del genere alle donne della mia età, a meno che l'uomo in questione non sia molto più vecchio. Ma tu hai solo due anni più di me, giusto? E io non sono né bella né ricca, ma il caso vuole che abbia una proprietà accanto al parco di Hollinshaw. E, anche se so che vuoi il Lodge, non hai bisogno di scoparmi per ottenerlo».

Gli va di traverso l'arrosto. Divertita, lo guardo tossire, rosso in viso, e poi bere altra acqua. Quando gli occhi smettono di lacrimargli, dico: «Scusa, colpa mia».

«No, no. Be'». Sorride, forse è il primo vero sorriso che gli vedo fare. «È stata colpa tua, ma non importa. È... Non si tratta di quello».

«Bene».

«Insomma, non sto cercando di avere il Lodge. Lo voglio, sì, ma non è per quello che ti ho invitata a cena».

«Ma capisci perché sospetto di te».

«Sì».

«E se fossi venuta a cena con te perché pensavo di piacerti, potrei temere che tu abbia dei fini che non c'entrano niente con me».

«Sì. Ma...».

«Ma, per tua fortuna, non mi importa», dico. «Perché, anche se sei gentilissimo, e una compagnia molto piacevole, non sono sulla piazza. Non voglio fidanzati, compagnia di gentiluomini e neanche sesso».

«No?».

Rido. «No».

«È... Mmm».

«Cosa?»

«Che delusione».

«Davvero? Dopo tutto quello che ho detto?»

«Be'», replica, di colpo in imbarazzo, «preferirei non

pensassi quelle cose. Ma ti trovo comunque molto...». Si ferma, scegliendo le parole con attenzione. «Avvenente».

«Avvenente. Bello».

«Ho divorziato due volte», dice. «Penso che il secondo matrimonio sia stato un errore. Non solo per quello che è successo. Ho provato a impedirlo, ma ho fallito. Credevo fosse colpa di Carolyn, o di mio fratello... ma in realtà penso sia stata colpa mia».

«Non sono un'esperta, ma forse la responsabilità è di tutti quanti».

«Conosci la storia?»

«In parte», ammetto con cautela.

«E il resto? Sai che mi ha seguito, per anni, per andare a letto con le mie ragazze?»

«Per la maggior parte ex, giusto?»

«Ma è comunque fastidioso, se devo dire la verità». Guarda la tovaglia. «Alla gente sembrava divertente. Non è piacevole quando le persone fanno paragoni, anche se dovrebbe essere per scherzo».

Scrollo le spalle. «Immagino di no. Ma capisci perché avevo qualche sospetto su questa cena».

«Pensi che farei lo stesso. Ma hai detto che... non hai... con Edward?»

«No. Ma ero comunque... cauta».

Stanno di nuovo ritirando i piatti e chiedono se vogliamo vedere il menu dei dolci. Io sì, ovviamente, anche se non prendo quasi mai il dessert.

«Mi sembra di aver rovinato la serata», dice.

«Oh, no, affatto. Mi sto divertendo». Mi esibisco in un altro sorriso incoraggiante. «Ed è meglio mettere tutte le carte in tavola, no?».

Capitolo diciotto

Stamattina arrivo tardi al lavoro per un appuntamento dal dentista. Sono orgogliosa di me per aver prenotato un controllo anche se non abito qui. Siccome Baldochrie non è molto grande, ho conosciuto la dentista Louise e la sua assistente Bonnie una sera a un evento all'Old Mill, e poi le ho viste un'altra volta da Jenny e Alastair. Non conoscevo il mio dentista precedente fuori dall'ambito lavorativo, quindi è un po' strano. E fanno sempre domande quando hai la bocca aperta e non puoi rispondere. Per fortuna va tutto bene. Mi assilla un po' per prendere un appuntamento per la pulizia e poi mi lascia libera. Percorro velocemente la via principale, decisa ad arrivare in libreria prima delle dieci. Sono le nove e quaranta, quindi mi aspetto che il negozio sia aperto, ma non è così. Frugo nella borsa per prendere la chiavi e apro la porta. Apro la tenda e mi guardo intorno: le luci sono spente, così come il computer.

«Edward?», provo a chiamarlo. Nessuna risposta. Forse sta ancora dormendo. C'è una prima volta per tutto. So che è in casa, la macchina è fuori. Poso la borsa e accendo il computer, poi giro per il negozio ad accendere le luci. Metto su il bollitore e mi fermo per un attimo in fondo alle scale, in ascolto. Lo sento muoversi di sopra, quindi perlomeno non è morto.

«Ehilà?»

«Thea?»

«No, sono una ladra che ha fatto irruzione. Sto rubando tutto».

«Ah, va bene, continua», risponde scendendo. Sta mangiando qualcosa da una scodella, e ha i capelli umidi. «Scusa. Mi sono svegliato tardi». Sembra esausto, ha le occhiaie.

«Tutto bene?»

«Sì, solo un po' di malte».

«Oh, poverino. Ti fa molto male? Hai preso le pastiglie? Ho appena messo su il bollitore, vuoi una tazza di tè?»

«Va' a prendere un caffè come si deve, ti spiace? Prendi i soldi dalla cassa», dice. «Prendine uno anche per te».

«Va bene. Altro?».

Sospira. «Se ci fosse un tramezzino al bacon…».

«Vediamo. È un po' tardi per il bacon, all'Old Mill».

«Supplica Cerys».

Rido. «Va bene. Se non ne hanno, posso comprarne un po' dal macellaio».

«Sei un angelo».

Alzo gli occhi al cielo. «Leccaculo».

«Missione Tramezzino al bacon: compiuta», gli dico, posando la busta unta sul bancone. «E anche il caffè».

«Oddio, grazie».

«Figurati. Postumi da sbornia?»

«No». Prende il tramezzino e si gira.

Mi isso sul bancone e tolgo il coperchio dalla tazza di caffè. Non lo prendiamo spesso dal bar – sembra uno spreco dal momento che il nostro bollitore funziona perfettamente e Edward non compra caffè scadente. Abbiamo il caffè istantaneo migliore sulla piazza, e anche una caffettiera per quando non gli va l'istantaneo. Ogni tanto è bello prendere il caffè dal bar; mi ricorda il mio precedente lavoro, quando ogni giorno mi concedevo un latte macchiato gigante da Costa sulla strada per l'ufficio.

È strano quanto poco pensi alla mia vecchia vita lavorativa. A volte penso ai miei colleghi – ad alcuni ero affezionata – ma non mi manca assolutamente niente: non il viaggio, che era scomodo e comprendeva i tratti peggiori a senso unico; né gli uffici, che erano costruiti male, brutti e in una zona commerciale esposta al vento nella periferia della città, con piante esasperanti nel parcheggio, quattro ascensori di cui almeno uno sempre fuori servizio e un sistema di sicurezza scomodo – non si poteva pagare in contanti alla mensa, ma bisognava caricare i soldi sulla propria carta usando una delle due macchinette al piano terra, una delle quali, di nuovo, era sempre fuori servizio. E non mi mancano le riunioni inutili in cui la gente scriveva cose sulle lavagne e nessuno redigeva i verbali e non si concludeva mai niente. Ripensandoci, forse il fatto che l'azienda incaricata delle piante per l'ufficio le avesse portate via tutte, perché nessuno aveva pagato per farle annaffiare, era segno che non andava tutto bene alla Data Tech Solutions.

Sorseggio il caffè e penso ai miei programmi per la giornata. Devo scrivere dei tweet sui libri che Edward ha comprato la scorsa settimana. Mi chiedo dove siano.

«Non hai sistemato sugli scaffali la roba nuova, vero?»

«No, è ancora tutto nelle scatole. Le ho messe nella sezione di Poesia. Alcune sono pesanti, le sposto io».

«Va bene. Hai passato un buon fine settimana?»

«Direi di no», risponde, ma non mi pare voglia parlarne. Penso a cosa rispondere. Non ha lavorato né venerdì né sabato, credo fosse fuori città.

Finisce il tramezzino e si pulisce le dita con un tovagliolo di carta. «E tu? Com'è andato il "non appuntamento" con mio fratello? Siete fidanzati ufficialmente?».

Rido. «Cretino. No, è andato bene. Il cibo era buono».

«Nient'altro?». Inarca le sopracciglia. «Se è tutto quello che hai da dire, Charles non si è impegnato un gran che».

Scrollo le spalle. «Te l'avevo detto che non era niente di importante».

«Ahia. Ti ha chiesto di rivedervi per un caffè?».

Rido di nuovo. «No. Gli ho detto che non ero interessata e che credevo non lo fosse nemmeno lui, e che in pratica avrei evitato di complicare le cose tra noi perché non ne avevo nessuna voglia».

«Hai detto davvero così?». Mi guarda scuotendo la testa.

«Be', ora sto parafrasando. Ma in sostanza sì».

«E lui che ha risposto?»

«Oh, era un po' agitato, ma è andata a finire bene». Gli sorrido. «Non credo sia abituato ad avere intorno gente che gli parla in modo schietto».

«Probabilmente no. È circondato da leccapiedi».

Sbuffo. «Sembra terribile. Comunque, sei andato a Edimburgo?»

«Sì».

Aspetto per vedere se ha intenzione di aggiungere altri dettagli, ma si guarda bene dal farlo. Prendo le forbici da dietro il bancone e vado nella sezione Poesia per aprire le scatole. Stamattina è tutto molto tranquillo: niente telefonate, niente e-mail, niente clienti. Apro la prima scatola e inizio a tirare fuori i libri. Qualche minuto dopo, Edward mi raggiunge. Invece di spostare le scatole, però, si siede sul divano e chiude gli occhi. Lo guardo con aria solidale. Non l'ho mai visto così esausto, quasi fragile.

«Non saresti dovuto restare a letto?», chiedo.

«No, tra un attimo starò bene».

«Sicuro? Non sembri molto in forma».

«Ieri notte ho fatto tardi. Non sono arrivato a casa fino alle quattro e qualcosa».

«Accidenti. Io sarei morta».

«Sì, be'». Sospira, sbatte le palpebre e sbadiglia.

«Eri... ehm...». Smetto un attimo di spacchettare e penso a cosa voglio chiedere. Non voglio fare la ficcanaso. O almeno, non voglio *sembrare* una ficcanaso. «Come mai hai fatto così tardi?»

«Litigio colossale», risponde. Sospira di nuovo. «Me ne sarei dovuto andare molto prima, ma sai com'è».

«Ah. Urla?»

«Molte urla».

«Da parte di entrambi?»

«Principalmente sue». Mi sorride. «A me non importa abbastanza da gridare».

Faccio una smorfia. Mi chiedo se la sua mancanza di interesse è il motivo per cui lei gli urla contro.

«È tutto molto seccante», dice. «A volte mi chiedo... Ma non è interessante, scusa».

«A volte ti chiedi cosa?».

Si mette a sedere e ci guardiamo. «No, niente. Non fa nulla, non è importante».

«Perché stavate litigando?»

«Be', neanche quello è interessante. Le solite cazzate».

Mi giro verso la seconda scatola e tolgo il nastro adesivo. «Ma passate dei bei momenti insieme? Tu e Lara?»

«Bei momenti?»

«Sì, tipo...». Fingo di concentrarmi sui libri da togliere dalla scatola. «Ti fa ridere? O tu la fai ridere?»

«Una volta sono finito col culo per terra in George Street, in mezzo alla neve. Credevo di essermi rotto il coccige. Lei l'ha trovato esilarante».

«Non era proprio quello che intendevo. Parlavo di divertimento. Vi divertite?»

«Se ci divertiamo? Mmm. La risposta breve è no, proprio no».

«E quella lunga?»

«Sempre no».

«Oh, Edward», dico. «È... be'. È un peccato, ecco cos'è».

Scrolla le spalle. «Non importa. Allora, vuoi che pensi io all'ultima scatola?».

Dopo pranzo, dice: «Ah, dimenticavo: ti ho preso questo. Per aver venduto tutti quei libri di storia la settimana scorsa».

Lo guardo, ma la sua espressione è indifferente e indecifrabile. «Vendere libri è il mio lavoro. Non devi comprarmi niente».

«Lo so, ma non ti pago molto, no? Quindi prendilo come un bonus». Posa sul bancone un pacchetto di carta marrone.

Lo guardo. «Non credo dovresti farmi regali. A meno che non sia il mio compleanno».

«E quand'è il tuo compleanno?»

«A giugno».

«Be', allora me lo sono perso. C'eri? Cioè, hai lavorato?».

Annuisco. «Sì, era un martedì».

«Avresti dovuto dirlo». Mi guarda con la fronte aggrottata. «Perché non l'hai fatto?».

Scrollo le spalle. «Andava bene così. Abbiamo mangiato il dolce – ti ho preso una pasta».

«Rimedieremo al prossimo compleanno». Ha ancora la fronte aggrottata. «Pensi che sarai ancora qui?»

«Chi lo sa. Forse».

«Dai, apri», dice, facendo un cenno col capo verso il pacchetto. Lo prendo, è leggerissimo. Strappo la carta e spiego la carta velina blu che c'è dentro. Un cucchiaino d'argento, lungo a malapena quanto il mio mignolo. Non c'è spazio per tre iniziali sul manico, ma c'è una A elegante e in corsivo.

«Oh, che bello». Lo guardo. «Cos'è? Un cucchiaino per la cocaina?».

Sbuffa. «No, non è per la cocaina. Cristo. È un cucchiaino per il sale, credo, o per la mostarda».

«È stupendo. Grazie».

È girato di spalle, chino alla ricerca di qualcosa in uno dei cassetti della scrivania. «Non c'è di che».

«Però non comprarmi nient'altro... Mi sento in colpa».

«Non devi. Non stavo cercando qualcosa da comprarti, l'ho notato e basta. Passo molto tempo a curiosare nei posti che hanno quel genere di cose. E non è costato molto».

«L'hai detto anche l'ultima volta».

«Sì, be', questo era ancora più economico. E più antico... Georgiano. 1801».

«Definisci economico. Era meno di venti sterline?».

Annuisce. «Dodici».

«Ah, va bene. Mi sembra ragionevole. Okay. Grazie. È bellissimo. Forse dovrei iniziare a collezionare cucchiai».

«Sei disposta ad accettarlo, allora?»

«Sì. Credo di averti preso dodici sterline di paste, quindi va bene».

«Ottimo».

«Ma, davvero, non prendermi nient'altro a meno che non sia Natale o...».

«Perché no?»

«Non è decoroso», dico compita.

Lui ride. «Non vorrei mai essere inappropriato».

«Be', non lo è. Mi fa sentire...».

Mi guarda intensamente. «Ti fa sentire...?»

«Non lo so». Sono in imbarazzo, e mi chino per mettere il cucchiaio nella tasca anteriore della borsa.

«Credevo che a tutti piacessero i regali».

«Sì, ma... non è questo il punto».

Sto pensando se tornare a casa o no. Non per sempre, almeno non ancora, ma per vedere Chris. Credo di essere talmente "lontana dagli occhi, lontana dal cuore" che si sia dimenticato di accendere un nuovo mutuo sulla casa. Dopotutto sto ancora pagando la mia parte, insieme all'affitto dell'appartamento vuoto e la tassa per il magazzino. Non voglio continuare a pagare con Susanna che vive in casa mia, non è giusto, per quanto possa suonare infantile. La cosa mi preoccupa, e anche se ieri ho ricevuto una sua e-mail in cui mi rassicurava che si stava occupando della questione, l'aveva già detto prima, e ancora non ho le mie centocinquantamila sterline. Devo iniziare a pianificare. Xanthe mi ha mandato il link dei costruttori che stanno costruendo sulla strada costiera, a casa. Gli appartamenti sembrano belli, e potrei prenderne uno per abitarci o da affittare, dipende da cosa deciderò di fare. Sarebbe bello avere un'entrata, anche se sono sicura che sia una seccatura avere a che fare con le agenzie immobiliari. La casa è il prossimo passo. Una volta risolto quello, dobbiamo solo divorziare, e presto mancherà solo un anno prima di poterlo fare senza andare in tribunale.

Stamattina Edward è stranamente di buon umore, ha anche fischiettato mentre preparava il caffè. Sostiene che fosse *Famous Blue Raincoat* e non *Sunshine, Lollipops and Rainbows*, ma poco importa. È passata una settimana da quando ha litigato con Lara. Non ne ha più parlato, ma d'altronde perché avrebbe dovuto?

«Sei vispo», gli dico, allungandogli la mia tazza così ci può versare il latte.

«Dubito di essere mai stato vispo».

Rido. In effetti è improbabile. «Stranamente allegro».

«Sì, be', sono di buon umore». Mi rivolge un sorriso.

«Per qualche motivo in particolare?»

«Sì, a dire il vero. Ho fatto un cambiamento importante nella mia vita. Credo proprio che approverai».

Prendo il caffè e torno nella sala principale. «Davvero?»

«Già. Ho chiuso. Con Lara».

«Oddio, sul serio?». Mi giro a guardarlo. «E come mai?»

«Ho pensato a quello che hai detto. E al fatto che non mi divertivo con lei da... be', forse non ci siamo mai divertiti. Non ricordo nemmeno un momento in cui non sia stata solo una fatica bestiale».

«Cavolo. Altroché se approvo. Non che siano fatti miei, ma sembrava una cosa insensata. Cos'è successo?»

«Ieri, dopo il lavoro, sono andato lì. Le ho detto che mi era passata la voglia».

Chiudo gli occhi per un istante. «Porca vacca. Non mi sta simpatica, ma avresti potuto avere un minimo di tatto».

Ridacchia. «Sì, va bene, non ho detto esattamente così. Ho detto che era dura e che le cose non stavano andando come voleva lei e che lo sapevo benissimo e bla bla bla».

«Che gentiluomo. E poi?»

«L'ha presa piuttosto bene».

«Niente urla?»

«No, stranamente».

«Te la sei scopata?»

«Certe volte mi sorprendi, Thea», dice, con un'espressione addolorata.

«Che c'è?». Bevo un sorso di caffè. «Sono curiosa. Insomma, la gente fa cose del genere, no? Un'ultima volta in memoria dei vecchi tempi». Gli sorrido. «È capitato addirittura a me».

«No, non me la sono scopata».

«Avresti voluto?»

«No». Sospira. «Ed era una parte del problema».

«Cosa, che non volevi…».

«Le cose erano… insoddisfacenti da quel punto di vista da un po'. Per entrambi».

Mi fa piacere sentirlo, anche se non sono per niente fatti miei. E non ho la minima intenzione di esaminare la mia reazione. «Immagino non abbia senso, se non vi piacete e non battete nemmeno chiodo».

«Già».

Oggi sono sola in negozio, come il resto della settimana. Ho litigato con le zucche per tutta la mattina cercando di sistemare l'esposizione della vetrina per Halloween – cascate di foglie della vite americana che si ammucchiano negli angoli, alcune candele a batteria dentro un paio di lanterne fatte con le rape che ho intagliato per ore ieri sera. Mi è venuta una vescica sul palmo a forza di svuotarle: sono molto più dure rispetto alle zucche, ma anche più tradizionali. Le zucche andranno in una pila autunnale. Appoggeremo un manico di scopa contro il muro – tutto molto discreto. Becky, la postina, entra con un pacco facendo suonare la campanella.

«Mi serve una firma», dice.

Non è molto grande, più o meno come il cartone delle uova, ed è indirizzato a me, il che è strano. Scarabocchio il mio nome sul documento digitale e guardo il pacco. Non ho ordinato niente, non ho idea di cosa possa essere. Apro la busta imbottita e dentro ci trovo davvero un cartone delle uova. Attaccato al coperchio c'è un biglietto.

Te li mando così non li devi aprire mentre sono presente. Consideralo un regalo di compleanno in ritardo. Ed evita di frignare che non avrei dovuto prenderti niente. Non mi interessa. E.

Faccio un verso scocciato. Ma, allo stesso tempo, ovviamente sono curiosa e contenta. Aveva ragione: a chi non piacciono i regali? Però mi sento ancora un po' a disagio ad accettare doni dal mio capo. Comunque. Altri cucchiai?

Taglio il nastro adesivo che chiude la scatola delle uova e la apro. Ognuno dei sei scomparti ha dentro un pacchettino. Arriccio le labbra e ne apro uno.

Portatovaglioli ad anello. D'argento e decorati, naturalmente, con un monogramma che riporta le mie iniziali. Sono stupendi, molto semplici ed eleganti. L'incisione è dietro, non all'interno. Mi siedo al computer e li cerco. Sono di Glasgow, come il cucchiaio. 1857. A quanto pare, anche se non sono nella confezione, nel caso siano tutti uguali... Mi fermo un attimo e ne apro altri due, constatando è proprio così. Allora gli sono costati probabilmente quasi trecento sterline.

«Non li posso accettare», dico ad alta voce. Non mi sembra giusto, neanche se fossero arrivati il giorno del mio compleanno. Considerando che quel giorno l'avrei conosciuto solo da sei settimane o giù di lì, sarebbe stato molto strano se mi avesse regalato dei portatovaglioli ad anello antichi e costosi. Ma anche facendo finta che il mio compleanno sia oggi, è sbagliato. Mi sento molto strana al riguardo. Come per il cucchiaio, do per scontato che se lo possa permettere e non ci pensi troppo prima di spendere trecento sterline per un regalo. Ma comunque non va bene. Assolutamente. Capisco che lui non se ne farebbe niente, e che non andrebbero bene come regalo per qualcun altro, ma potrebbe venderli su eBay, o magari alla persona da cui li ha comprati. Frugo nella borsa alla ricerca del telefono e gli mando un messaggio.

Ciao. Grazie per i portatovaglioli. Sono bellissimi. Ma non li posso accettare. Scusa se rompo, ma mi mette a disagio il fatto che tu spenda tutti questi soldi per me. Per ricambiare, ci vorrebbero un bel po' di paste. Li metto in cassaforte. Apprezzo il pensiero, non credere che sia un'ingrata. T.

Poso il telefono sul bancone e vendo qualche libro a una coppia che si trova qui in luna di miele. Sono entrambi radiosi e mi fanno sentire un po' triste. Ognuno ha comprato all'altro uno dei suoi libri preferiti, è una cosa molto dolce. Glieli incarto. Questa è una novità: ho appeso un grande rotolo di bellissima carta marrone dietro il bancone e ho comprato nastri di una dozzina di colori diversi. Se il negozio non è molto affollato, e non lo è mai, faccio dei meravigliosi pacchetti di carta marrone. Tutti adorano i pacchetti di carta marrone con i nastri. La ragazza è contenta e ha fatto una foto da mettere su Instagram quasi prima che riuscissi a finire.

«Tagga il negozio», le dico, e poi parliamo di Instagram per una decina di minuti e in linea di massima la considero un'interazione con il cliente ben riuscita, un tipo di interazione che Edward non riuscirebbe mai ad avere. Sono una risorsa, è vero, ma non mi merito comunque un regalo da trecento sterline.

Dopo è il turno di una coppia anziana, che compra qualche libro di Noddy con la copertina rigida, e di un cliente fisso, che acquista le novità qui ed è entrato per l'ultimo di Ian Rankin. Non abbiamo una selezione molto ampia di volumi appena usciti, ma Edward ordina sempre libri di autori scozzesi e abbiamo due scaffali dedicati ai gialli scozzesi moderni.

Mi dimentico del messaggio che gli ho mandato e non guardo il telefono finché non sono a pranzo.

"Vaffanculo", è la sua risposta, il che mi fa ridere.

"No, dico davvero", rispondo.

"Non mi interessa".

"Edward".

"Thea".

"Per favore, non litighiamo per questa cosa".

Squilla il telefono. «Non stiamo litigando», dice. «Ciao».

«Sì, ciao. Senti…».

«No, senti tu. Sono affari miei quello che faccio con i miei soldi. Posso comprarti quello che mi pare».

Rido. «Non puoi».
«Sì che posso».
«No, non puoi. Ci sono vagonate di cose che non mi puoi comprare». Svuoto quello che resta di un pacchetto di patatine direttamente in bocca.
«Tipo?»
«L'amore», dico in modo poco chiaro mentre mastico. «Scusa. Ehm, la felicità. Lo sanno tutti che nessuno può comprare queste cose. E anche altre che sono meno...». Sventolo la mano, anche se non mi vede. «Be', metafisiche. Troverei bizzarro e inappropriato se mi regalassi biancheria intima, o anche vestiti, per esempio. Però penso che una sciarpa o qualcosa del genere andrebbe bene».
Devo averlo sconvolto, non risponde.
«Ehm... giocattoli erotici. Sarebbe fuori luogo. Libri sulla dieta. Anzi, qualsiasi libro di autoaiuto. Pornografia. Sarebbe strano se mi regalassi un profumo, o un bagnoschiuma, o droghe pesanti, o lenzuola».
«Sei la donna più strana che abbia mai conosciuto», commenta. Sono contenta che non sia qui, perché arrossisco per l'imbarazzo.
«No, non è vero. Che cafone».
«Invece sì. Non penso proprio che regalarti dei portatovaglioli equivalga a comprarti eroina. O dei porno, o un vibratore. Dio santo».
«No, ma il punto è che è inappropriato. Non l'oggetto, in questo caso, ma il prezzo. Non riesci proprio a capirlo?»
«Mi stai annoiando».
Rido, ma non cambierò idea. «Comunque», dico, «li ho messi in cassaforte. Quand'è che torni?»

«Tra una mezz'ora».
«Davvero? Non stai guidando, vero?»
«No, sono alla bottega alimentare. Vuoi qualcosa? Immagino tu possa accettare un cavolo, o del pane fatto in casa, giusto?»
«Ah, sì. Se hanno il lievito naturale me ne puoi prendere un po'? Ti ridò i soldi».
«Cristo», lo sento sospirare. «A dopo».

Capitolo diciannove

È un normalissimo mercoledì, o almeno un normalissimo mercoledì nella mia nuova strana vita normalissima. Sono al lavoro da un paio d'ore, ci siamo presi il primo caffè della giornata, Edward mi ha fatto vedere dei libri su internet che saranno in vendita a fine mese e abbiamo parlato di nuovo di spostare la sezione di Storia locale nella sala principale del negozio, cosa su cui mi sono impuntata da quando ho iniziato. Quando mi arriva una notifica sul telefono, non prevedo il disastro. Lo tiro fuori dalla tasca dei jeans e guardo. Un messaggio di Xanthe.

Lo apro. "Susanna è incinta", c'è scritto.

Sento una stranissima sensazione allo stomaco, fino al centro del mio essere. Un'espulsione viscerale d'aria e di dolore e... È come vomitare, ma senza rimettere niente. E poi un rumore strano, come un singhiozzo fortissimo. All'inizio non capisco nemmeno che viene da me.

«Stai bene? Thea?».

Il telefono suona di nuovo.

"Mi spiace. Non sapevo come dirtelo. Chiamami", dice Xanthe. Poso il cellulare sul bancone.

«Scusa», dico, e cerco di raggiungere a passo normale la tenda in corridoio che nasconde il cucinino e il bagno. Ma c'è un cliente proprio lì accanto, che sta guardando la narrativa per bambini (da collezione, 1890-1950).

«Chiedo scusa», riesco a dire, «devo...».

Il bagno è in fondo a un corridoio piccolo, oltre il lavello e il bollitore. È una stanza stretta e senza finestra, illuminata da un'orribile lampadina. Ci sono un lavandino antico e un water antiquato con un serbatoio in alto. Riesco a chiudere la porta e sollevare il copriwater prima di rimettere.

Sono oggettivamente sorpresa dalla mia reazione. Non riesco a pensare a nient'altro che mi abbia fatto reagire in modo tanto fisico. E ci avevo pensato, dopotutto. Quel giorno, al Capanno, avevo immaginato la situazione. Ma mi stavo mettendo alla prova. Non pensavo davvero che sarebbe successo. Chris non ha mai voluto figli. Giusto? A quanto pare non ne ho idea, e il fatto che non lo sappia, che non possa saperlo, che per me sia un mistero come per chiunque altro mentre un tempo era la persona che conoscevo meglio, mi fa piangere. Tiro la catenella e mi lavo mani e viso nel piccolo lavandino. Bevo l'acqua dalle mani ma non smetto di piangere. Mi fisso nello specchio crepato.

«Ma guardati», borbotto. «Ovvio. Ovvio. Cristo santo».

«Thea? Stai bene? Cos'è successo?». La voce di Edward è attutita dalla porta. Merda. Non c'è più intimità, eh? Non succede niente in solitudine. Si è sempre esposti, costretti a dare spiegazioni.

«Niente, sto bene», rispondo, sciacquandomi il viso.

«Sicura?».

Non so cosa dire, quindi lo ignoro e continuo a piangere, cercando di non fare troppo rumore. Mi soffio il naso e mi lavo di nuovo la faccia.

Forse stavolta non smetterò mai di piangere.

Sapevo che era finita. Lo sapevo da gennaio. Non mi aspettavo certo che cambiasse idea. Non ho mai creduto che un giorno sarebbe andato tutto bene, o almeno non prima di qualche mese. Stavo migliorando. La stavo superando. O no? Non posso crederci. Chris ha quarantasette anni. Quando il figlio sarà all'università, lui avrà quasi settant'anni. Sarà il più piccolo dei quattro e di certo i fratelli lo odieranno.

Ma non sono affari miei. Non devo preoccuparmene, non devo interessarmi a quel povero bambino. Non ha nulla a che vedere con me. Sarò solo "la prima moglie di papà", sempre se gli parleranno di me. Non so perché questa cosa mi fa piangere ancora di più, ma è così.

«Thea? Esci, per favore».

«Non voglio». Serro gli occhi, come se così potessi fermare le lacrime.

«Non c'è nessuno, o quasi. Chiudo».

«Non dire scemenze, sto bene», gli dico da dietro la porta.

«Thea, ti prego».

Apro la porta con riluttanza e tiro la catenella, poi spengo la luce. Il corridoio è buio dietro la tenda.

«Scusa», gli dico, «devo aver… ehm…».

«Stai bene?». Mi guarda nel buio.

«Dovevo vomitare. Scusa».

«Cazzo, davvero? Dovresti sdraiarti un po'».

«No, sto bene».

«Non dire cavolate. Va' di sopra e stenditi sul divano. Chiudo il negozio».

«Non ce n'è bisogno, davvero. Tra un attimo mi riprendo. Ero solo… un po' sotto shock».

«Di sopra», intima. «Subito».

Ci fissiamo per un attimo. Valuto se ribattere, ma poi penso che mi piacerebbe stendermi.

«Va bene. Scusa».

«Non ti scusare, per l'amor di Dio. Sali e basta».

Salgo le ampie scale eleganti e apro il cancelletto a prova di bambino sul pianerottolo, ignorando l'avviso che dice: PROPRIETÀ PRIVATA, VIETATO ENTRARE. Chiunque venga qui per curiosare nella sezione di Ingegneria/Storia navale riesce a vedere il salotto di Edward sulla sinistra, la cucina a destra e la terza rampa di scale sopra. Sono sempre venuta qui da sola, per dare da mangiare a Holly Hunter quando Edward non c'è. Entro nel salotto luminoso, al contrario del mio umore. Mi siedo nell'angolo del divano e mi concedo di piangere ancora un po'. E perché no? Cristo, però, sono stanca di tutto questo. Stanca. Non voglio sentirmi così. Non voglio sentire niente.

Mi chiedo quando Chris mi dirà la novità. Immagino vogliano sposarsi, quindi dovremo divorziare, il che vuol dire andare in tribunale. Non ci ho dato troppo peso perché eravamo d'accordo di aspettare i due anni di separazione e arrivare a un accordo "senza responsabilità", dal momento che non volevo accusarlo di tutto quello che ha fatto. Infantile, eh? E sembra talmente all'antica piagnucolare per l'adulterio. Cristo.

«Ehi», dice Edward, raggiungendomi qualche minuto dopo. Mi porge un bicchiere d'acqua che bevo d'un fiato, grata. Posa il bicchiere vuoto sul tavolino e si siede accanto a me mentre cerco, senza successo, di smettere di singhiozzare. «Ti ho portato il telefono», dice. «Ti sono arrivati altri messaggi».

Lo prendo, ma non guardo. Immagino che siano di Xanthe. Vorrà sapere se sto bene, mi dirà di chiamarla.

«È... Stai...».

«Sto bene».

«Mmm. Non sono affari miei, ma è ovvio che non stai bene».

Tiro su col naso e tremo. È ridicolo piangere così. Mi sento stupida.

«Aspettano un bambino», gli dico. «Chris e Susanna».

Non dice nulla. Non c'è niente da dire, d'altronde. Restiamo seduti sul divano e cerco di controllarmi, ma non riesco a evitare il verso penoso che sto facendo. Pianto convulso, il peggiore.

«Ehi», dice alla fine. Si avvicina, girandosi verso di me. «Ehi, basta... così ti ammalerai».

In effetti, mi sento sull'orlo dell'isteria. Non va bene.

«Thea».

Mi soffio il naso per la cinquantesima volta.

«Ehi, senti... vieni qui», dice, e mi avvolge tra le sue braccia. Non me l'aspettavo – non è il tipo, non credo. Ma mi abbraccia, anche se sono un ammasso di lacrime e muco. Mi accarezza la schiena e fa versi rassicuranti. Piango sulla sua spalla.

«Mi dispiace», dice. «È proprio uno schifo».

«Già». Cerco di asciugarmi il viso con la manica, ma non ci riesco. Restiamo seduti per secoli; Edward mi accarezza la schiena mentre io smetto pian piano di piangere. Chiudo gli occhi e mi sento più tranquilla. Alla fine mi allontano, in modo da potermi soffiare il naso.

«Scusa. Non c'era bisogno di chiudere il negozio».

«Non essere sciocca, certo che c'era bisogno. Guarda in che stato sei».

Chino la testa. «Sì, lo so, scusa. Grazie».

«Thea, smettila. Perché ti stai scusando? Non hai fatto

niente di male». Posa la mano sulla mia e accarezza le nocche con il pollice. Così mi confonde. Ma non dico niente né sposto la mano.

«Mi sento stupida. E...». Ma non ho intenzione di parlarne con lui, sarebbe...

«Perché non hai figli?».

Lo fisso. Di solito non si chiede. O, almeno, conosco persone che lo fanno, ma nessuno l'ha mai domandato a me, non in modo così diretto.

«Io...».

«Volevi? O no?»

«Io... D'accordo», dico. «Ehm. Non funziono molto bene, dentro. I bambini se ne vanno».

Mi guarda e rido, in imbarazzo. «Ho avuto un aborto appena sposata. Non stavamo cercando di avere figli. Non è stato un trauma né niente. Era solo di sei settimane, su per giù, e avevo solo ventisette anni. Non era... Andava bene così. Mi sono un po' spaventata quando ho scoperto di essere incinta, non mi sentivo pronta. E comunque, le donne hanno a-aborti spontanei in continuazione, a volte neanche se ne rendono conto».

Mi guarda con intensità. Mi sento molto... nuda. Faccio un respiro tremulo.

«E poi ne ho avuto un altro, più avanti. Neanche allora ci stavamo provando. Ma immagino che non lo stessimo nemmeno evitando».

Ricordo la mattina d'inverno, la luce del bagno, quanto sembrava fredda. Sembra passato tantissimo tempo, una vita fa. Allora ero una persona diversa. Ho sempre scacciato il ricordo.

«Ed è stato peggio. E hanno detto che se... se volevamo... probabilmente sarebbe andata bene. Ma io non volevo diventasse una cosa su cui ossessionarmi. E lui non voleva… ha sempre detto di non volere figli. Così diceva. Che non ne aveva mai davvero voluti. E a me non è mai davvero interessato. Avere bambini. Insomma, sono carini». Rido, ma è una risata smorta. «Però non ho mai immaginato di essere una… di avere figli. Quindi non ne abbiamo avuti».

Intreccio le dita e guardo le vene sul dorso della mano. Non so bene quando hanno iniziato a essere così evidenti. Un altro segno dell'età, suppongo. «Ma forse ha mentito per tutto il tempo. Forse lo diceva perché pensava fosse quello che… ma io l'avrei fatto. Se l'avesse detto. Se me l'avesse detto. Avrei fatto di tutto». Rido di nuovo. «Così sembra che mettere su famiglia sia una cosa insolita, invece che perfettamente normale. Ma io… ehm. Mi sconvolge». È un eufemismo enorme. «Pensare che forse era quello che voleva, e io non lo sapevo, e ora…».

«Merda», dice Edward. Mi posa la mano sul viso e mi asciuga le lacrime con le dita.

«Mi dispiace. Non vorrai certo sentire tutto questo».

«Thea».

«Che cosa stupida. È solo che… non voglio sentirmi come se avessi incasinato tutto».

«Non l'hai fatto. È stato Chris. È andato a letto con la tua amica».

«Io… sì».

«Avrebbe dovuto parlartene, se avesse voluto mettere su famiglia. Sei sua moglie».

«Sì».

«Non credo l'abbia fatto apposta», dice. «O, se l'ha fatto, scommetto che non l'aveva previsto, quando ha iniziato».

«Quando ha iniziato?»

«Ad andare a letto con la tua amica».

«Ah. No. Probabilmente no».

«Era suo? Il messaggio?»

«No. No, era Xanthe. Chissà come fa a saperlo. Forse lo stanno già dicendo a tutti». Il pensiero mi provoca un tale senso di desolazione che potrei gridare. «È che iniziavo a sentirmi meglio. Cioè, stavo sempre male. Forse finora ero ancora nella fase di negazione, ma avevo l'impressione... che sarei arrivata a un punto in cui... E ora mi sembra che sia stata colpa mia. Avevo pensato che all'inizio... ma poi ho pensato che no, non ho fatto niente di male, è solo una di quelle cose... cose del genere succedono, ma ora...».

«È uno schifo, sì. Ma non è colpa tua. E lo supererai, e starai bene».

«Davvero? Non ne sono tanto convinta. Non so se... Ho la sensazione che creda di aver perso tempo. Avrebbe potuto trascorrere tutto il tempo in cui siamo stati insieme con un'altra, avere figli e...».

«Ehi. Non piangere. Dai». Mi stringe di nuovo, ma stavolta non mi abbraccia: mi asciuga le lacrime con le labbra.

E poi ci baciamo, ed è una cosa inaspettata ma...

Ci baciamo per un tempo infinito. Dopo un po' smetto di pensare e sento solo le sue labbra, la sua lingua e la sua mano sul viso. È... straordinariamente bello. Non mi aspettavo che mi baciasse, e chiunque concorderebbe sul fatto che forse non era il momento migliore per farlo. Devo essere in uno stato terribile. Addirittura vulnerabile. Ma non voglio che smetta perché... be', per tantissime ragioni diverse.

Ma quando ci fermiamo, ci stacchiamo e ci guardiamo, capisco che è pentito e che non è stato un gesto meditato.

«Merda», dice. «Oddio. Mi dispiace tantissimo».

«Non importa». Non posso guardarlo. Se lo facessi, inizierei di nuovo a piangere.

«Non intendevo...».

«Lo so. Non importa. Non preoccuparti». Mi ricompongo. Piangere, vomitare, rivelare i miei segreti... è stato tutto un errore.

Ha di nuovo tirato su un muro; mi lascia le mani e si alza. «Tè», dice. «Preparo del tè». Poi sparisce e io piego le gambe, posando il viso sulle ginocchia. Piangerei un altro po' ma credo di non avere più lacrime. Chiudo gli occhi e penso a Alison Moyet. Quanti anni avevo quando cantava *All Cried Out*? Ero giovane. Forse dodici anni. Di sicuro troppo piccola per capire il senso di vuoto e di sfinimento.

Cosa succede quando il tuo capo ti bacia e poi stabilisce di aver commesso un errore? Sarà imbarazzante, no? Almeno possiamo dare la colpa a... qualcosa di emotivo. Io devo aver agito così perché ero sconvolta, quindi non devo essere imbarazzata né temere che possa pensare che lo volessi davvero.

Anche se in effetti è così.

Vorrei avere di nuovo dodici anni. O venticinque, o quaranta. O essere morta.

Porta due tazze di tè e posa la mia sul tavolo accanto al divano. Poi si siede, ma stavolta non accanto a me: si sistema sulla poltrona vicino alla porta.

«Riesci a guidare? Posso portarti a casa».

«Non ho bisogno di andare a casa. Non è neanche l'ora di pranzo. Bevo questo e poi torno giù e apro».

Mi guarda con la fronte aggrottata. «Sicura?»

«Sì, sicura. Davvero, sono... è stato solo lo shock. Mi passerà, e il modo migliore perché succeda è avere cose a cui pensare. Sai, tenermi impegnata, come dice tua madre». Bevo il tè. Non ho mai conosciuto sua madre, naturalmente. «È il genere di cose che dice?».

Il suo viso si fa scuro. «Mia madre dice cose tipo: "Oh, tesoro, sul serio? Un negozio?", e: "La scorsa settimana, a una cena, ho conosciuto una ragazza deliziosa, ti piacerebbe"».

Rido, sollevata di avere qualcos'altro a cui pensare. «Davvero?»

«Roba di questo tipo, sì. Per lei sono un po' una delusione, come potrai immaginare».

«Ma vorrebbe che fossi felice, no?».

Mi guarda con intensità. «Vorrebbe che seguissi le regole e non creassi problemi».

«Ah».

«Non sono benvoluto dalla mia famiglia. O in generale».

Non so cosa rispondere. Bevo il tè, e restiamo seduti in silenzio.

Alle cinque e mezzo, quando sta chiudendo la cassa e io mi preparo ad andare via, chiede: «Come ti senti?»

«Meglio di prima». Prendo la borsa. «Grazie ancora per... ehm», cerco le parole giuste, «per essere stato così gentile, prima. Lo apprezzo molto».

Aggrotta le sopracciglia. «Non sono mai gentile». Si muove, a disagio. «Vorrei scusarmi di nuovo. Per il mio... comportamento inappropriato».

Tiro fuori le chiavi dalla tasca e ci giocherello. «Lascia perdere, per favore. Non importa. So che non intendevi... Non importa».

«Domani non ci sono», dice bruscamente. «Forse nemmeno venerdì».

«Ah, va bene. Quindi andrai a Fort William alla fine?».

Annuisce. «Potrei salire anche a Inverness. Ti chiamo se... se serve».

«Va bene. Grazie ancora», dico, e lo lascio nel negozio buio diretta fuori.

Sono qui da sei mesi, ormai l'estate è finita. Siamo a metà ottobre. Dovrei pensare di tornare a casa, ma non voglio. So che è un atteggiamento da codarda, solo che non voglio tornare, ora meno che mai. Non voglio vedere nessuno né che la gente provi ancora più pena per me, e il pensiero che le persone parlino – del bambino, cosa che faranno, e chi li può biasimare? – mi fa tremare. Sarebbe molto più facile non tornare, se non per prendere le mie cose. Ma voglio davvero restare qui? Mi guardo intorno, osservando le belle case in pietra con le luci accese, che mentre si fa sera sembrano molto accoglienti. Vedo le luci spegnersi nell'ufficio di Alastair, degli adolescenti che fumano alla fermata del pullman vicino alla cooperativa, la serietà vittoriana del municipio. È un bel posto, mi sono creata un nuovo inizio, qui. Potrei restare senza problemi.

Dove altro potrei andare? Ovunque, suppongo. Ovunque voglia.

Edward è via per tutto il resto della settimana. Chiama ogni mattina per fare domande sul negozio. A parte quello, lo si può definire "distante". Do da mangiare a Holly Hunter, ma non entro in nessuna delle stanze dell'appartamento a parte la cucina.

Mi manca. È una noia quando è fuori; anche l'Edward di malumore se non altro mi fa compagnia.

Non penso al bacio. Non troppo, almeno. Non avrebbe senso, no? Meglio ignorare e dimenticare.

Lunedì mattina sono in ritardo. Ho dormito male, e non ho sentito la sveglia. Mi preparo in fretta: bevo il caffè e mangio il pane tostato mentre mi sistemo i capelli. Tra i vestiti della zia Mary ho trovato un bellissimo twin set in cashmere color crema che mi sta, perché a quanto pare sono un po' dimagrita – il che è sorprendente, ma utile – e decido di indossarlo insieme a una gonna aderente che ho comprato al charity shop. Di solito non mi metto in ghingheri per andare al lavoro, non è necessario, ma oggi ho bisogno di apparire rispettabile e sicura di me. Non sono la donna che è crollata in un pianto isterico, o che ha baciato una persona che non avrebbe dovuto baciare.

Quando apro la porta, noto una busta sul tappetino. Non è passata la postina, quindi deve essere stata consegnata a mano (è una frase strana: anche Becky usa le mani quando consegna la posta).

È indirizzata alla "signorina T. Hamilton", ma non c'è indirizzo. La apro mentre vado alla macchina.

Thea,

mi dispiace informarti che ho deciso di mettere fine al tuo impiego presso la Libreria Fortescue. Ti prego di considerare questa lettera un preavviso; in allegato trovi l'assegno con lo stipendio del mese.

Ti chiedo di restituirmi le chiavi non appena ti sarà possibile.

Vorrei anche approfittare dell'occasione per ringraziarti del lavoro che hai svolto negli ultimi sei mesi, e augurarti il meglio per il futuro.

Con affetto,

Edward Maltravers

Fisso il foglio. Ancora una volta, mi si forma un nodo di angoscia nello stomaco. Non posso certo dire che questa sia stata una delle settimane migliori della mia vita.

È perché mi ha baciata, vero? L'angoscia viene sostituita quasi subito dalla rabbia. Sono furiosa. Mi tremano le mani. Sono imbestialita, cazzo. Anzi, mentre salgo in macchina, lanciando la borsa sul sedile del passeggero, non mi viene in mente un momento in cui sia stata più arrabbiata.

Spalanco la porta talmente forte che sbatte contro il retro di uno scaffale. La campanella suona forte. Entro nel negozio a passo pesante – cosa che non ho mai fatto in vita mia – e mi giro di scatto verso il bancone. Eccolo lì, che scrive al computer come se fosse tutto a posto. Alza lo sguardo, sbigottito, e si raddrizza quando inizio a parlare.

«Che cazzo è questa?», grido, sventolando la lettera. «Cosa stracazzo è?».

Lui si ricompone, l'espressione cupa già stampata in faccia. «Penso sia chiaro».

«Sì. Sì, cazzo, è chiarissimo. È per mercoledì? Brutto pezzo di merda».

Mi rendo conto che ci sono due clienti in negozio, entrambi a disagio, che mi fissano. Ma non mi interessa.

«Thea...».

«Pensavo fossimo amici», dico. Mi si spezza la voce e tossisco, in imbarazzo per essere sembrata sconvolta.

C'è una pausa, e poi risponde: «Non siamo amici».

Faccio un passo indietro, scioccata.

«Gli eventi... gli eventi mi hanno ricordato della mia

politica sulle assunzioni», dice. Si gira e apre il cassetto della scrivania, poi solleva il cartello plastificato che mi aveva fatto vedere quella mattina di tanto tempo fa, quando sono entrata a chiedere del lavoro.

RICORDA: NIENTE RAGAZZE.

«Niente ragazze», commento, «giusto?». Vado verso di lui e mi appoggio sul bancone. «Perché si innamorano di te? Be', io non sono innamorata di te», sibilo, anche se non saprei se è vero o meno. «E non ti aspetterai davvero che creda che tu lo sia di me».

Mi guarda male. «Non mi interessa quello che credi».

«Ah, sul serio?»

«La cosa mi è del tutto indifferente», afferma in modo freddo.

«Ma dai. Non starai mica sottintendendo che mi vorresti scopare, no?».

C'è un lungo silenzio.

«Magari dieci anni fa», dice, «ma no. Non vorrei».

Anche se mi aspettavo una cosa del genere, sono sconvolta che l'abbia detto davvero. Avrebbe potuto limitarsi solo a un "no", non sarei rimasta sorpresa. Non deve esserci un motivo, no?

«Be', è una bella fortuna. Perché non ti scoperei neanche se mi pregassi». Strappo la lettera e l'assegno, con risultati discutibili, e gli butto in faccia i coriandoli piuttosto grossi.

«Vaffanculo», gli dico. «Goditi il resto della tua vita patetica».

Prendo le chiavi del negozio dalla borsa e le butto per terra, seguite da quelle del Capanno. Poi esco a grandi passi sbattendo la porta alle mie spalle. Resto ferma sul marciapiede, con il petto gonfio, e mi rendo conto che sto piangendo quasi nello stesso momento in cui inizia a piovere. Mi giro in una direzione a caso e mi allontano.

Non siamo amici.

Credo sia la cosa più crudele e dolorosa che mi sia mai stata detta, almeno da quando ho finito la scuola. Quando Chris mi ha informata che se ne andava, non è stato crudele. È stato tragico e brutto, ma non crudele. Ha cercato con tutto sé stesso di non dire niente di doloroso, per rendere la cosa il più civile possibile. Mi asciugo il viso con la manica e allungo il passo. Poi inizio a correre, forte e male sulle scarpe eleganti. Svolto in strade secondarie senza pensare e poi non so dove sono. Ma c'è una pensilina del pullman, e sta piovendo forte ora, quindi vado lì sotto, tra i singhiozzi. Mi sembra di non aver fatto altro che piangere negli ultimi nove mesi e, davvero, che c'è di peggio di una quarantaquattrenne che piange in pubblico? È umiliante. O lo sarebbe, se me ne fregasse qualcosa di quello che pensano gli altri.

È un brutto colpo pensare di essere amica di qualcuno e scoprire che non è vero. Penso a tutto il tempo che abbiamo passato a parlare, e di quando siamo stati al Capanno, e a tutti quei pranzi e alle bevute dopo il lavoro, e alle volte che abbiamo riso talmente tanto che mi sono venute le lacrime agli occhi. Mi ha comprato il cucchiaio, per l'amor di Dio. Due, anzi. Ero piuttosto sicura fossimo amici. Ma non lo eravamo. Non lo siamo. È una cosa devastante.

Resto qui per venti minuti, e sto piangendo talmente forte che non una, ma due adolescenti, creature slanciate con addosso tute e delle sopracciglia perfette, mi chiedono se sto bene. Una di loro mi offre una sigaretta e l'altra dice: «Eh, sì, sono tutti dei bastardi». Non credo che mi conoscano, non mi sembrano clienti fisse della libreria, ma dopotutto è una piccola cittadina. Comunque non mi interessa. Per niente.

Capitolo venti

Quando arriva il pullman salgo. Chiedo all'autista dove sta andando e nel mio dolore resto piacevolmente sorpresa, perché è diretto a Castle Douglas e prenderà la strada che supera la svolta per il Lodge. Quindi compro il biglietto.

Scendo e mi rendo conto che sono molto più lontana da casa mia di quanto pensassi. Percorrendo il tragitto in macchina, è difficile farsi un'idea delle distanze. E a questo punto realizzo anche di essere andata in paese in automobile, stamattina, e di averla parcheggiata vicino alla chiesa.

Devo ripercorrere i miei passi perché la fermata è più avanti di quanto ricordassi, c'è un sacco di strada da lì al Lodge. La pioggia è aumentata di intensità, e sono incazzata con me stessa per aver scordato che ho una cacchio di automobile. Le scarpe fanno un rumore strano e sono fradicia. Quando il tacco si incastra in una buca, per poi rompersi, penso seriamente di sedermi nel canale in attesa di morire.

Invece me le tolgo e zoppico con i piedi coperti solo dalle calze. Mi sono sempre chiesta da dove arrivano quelle scarpe spaiate che si vedono sul ciglio della strada. Ora lo so. Sono tentata di lanciarle, ma forse le posso riparare, quindi decido di tenerle. Sono bagnata fradicia, sporca, esausta per aver pianto, e ora mi porto dietro un paio di scarpe rotte. Santo cielo.

Sento una macchina alle mie spalle e mi sposto sul bordo della strada, che è fangoso ma freddo, e stranamente mi dà sollievo ai piedi. Devo essere una visione tragica. La macchina, rossa e lucida, mi supera e si ferma quasi subito. Alzo lo sguardo e vedo Charles scendere, in modo piuttosto impacciato (è un'auto sportiva, è bassa).

«Thea? Oddio. Mi sembrava di averti riconosciuta. Stai bene? Sei zuppa».

«Ah, ciao, Charles. Sì, ho preso il pullman e...».

«Dov'è la macchina? Vieni, ti porto a casa». Apre la porta del passeggero e mi fa salire.

Mi siedo sul sedile, apatica. È una Porsche, o qualcosa del genere, e di solito trovo interessante stare in un'auto simile. Ma al momento sto tremando e mi preoccupo della tappezzeria.

«Che diamine ci facevi sul pullman? La macchina ha qualche problema?».

Immagino che Charles non sia mai stato su un pullman. Non riesco a immaginarmi la scena. Forse quand'era all'università. La mente vaga e devo tornare al presente con un po' di sforzo.

«Ho dimenticato che ce l'avevo».

Si gira a guardarmi, sconvolto. «L'hai dimenticato?».

Non so cosa dirgli. Di certo non voglio parlare con lui di Edward. «Sì... è stata... la mattina non è stata molto bella».

«Al lavoro?».

Esito. «Sì».

«Cos'è successo?».

Ora siamo al Lodge, ci stiamo fermando sul Viale.

«Ho litigato con il capo. Grazie del passaggio, è...». Ma lui è già sceso, e ha fatto il giro per aprirmi la portiera. «Grazie».

«Devi metterti qualcosa di asciutto», dice. «Ti preparo una tazza di tè».

Non so come liquidarlo senza sembrare maleducata. Dopotutto mi ha dato un passaggio, e ora il sedile del passeggero è bagnato e ci sono impronte di fango sul tappetino costoso. Apro la porta e lo faccio entrare.

«Cos'è successo alle scarpe? Mio Dio, Thea, stai sanguinando».

Guardiamo entrambi le macchie di fango e sangue sul lastricato.

«Ah. Scusa, forse ti ho sporcato di sangue l'auto. Credo di essermi tagliata per strada. Si è rotta la scarpa». La alzo per fargliela vedere. «Non è proprio la giornata migliore della mia vita». So benissimo di avere le calze distrutte e le gambe schizzate di fango.

Lui sembra sconvolto. «Devi lavarti i piedi. Ti fa male?».

Mi metto in equilibrio su un piede e cerco di guardare la pianta dell'altro. «No. Solo un pochino. Ma sono gelati, non sento niente. Hai ragione, li devo lavare».

«Sì, va'. Io metto a bollire l'acqua».

«Non ce n'è bisogno», dico, «posso pensarci io...».

«Non discutere», ribatte brusco. Cristo. Forse lui e Edward sono molto più simili di quanto credono. È una cosa da nobili dare per scontato che la gente faccia quello che dici, no? Quando Edward mi ha ordinato di salire di sopra, mercoledì, andava bene. Probabilmente farei di tutto se usasse un tono abbastanza deciso. Mi offende di più ricevere ordini da Charles.

Sia chiaro: ha ragione, dovrei cambiarmi. Sto congelando.

Torno indietro in pigiama e vestaglia, con i piedi puliti e un cerotto sul taglio, e le calze di lana – ho buttato via quelle rotte e messo tutti i vestiti nella cesta della roba sporca. Charles è in salotto, dove ha acceso il fuoco, e ci sono due tazze di tè sul tavolino.

«Oh, così va meglio», dico, in piedi davanti al camino e allungando le mani verso le fiamme. Sono sorpresa che sia in grado di accendere il fuoco; di sicuro avrà qualcuno che si occupa di cose del genere. «Che giornataccia. Grazie».

«Non c'è di che. E la prossima volta che abbandoni la macchina da qualche parte, Thea, chiamami».

Rido. «E verresti a prendermi? Sarebbe una bella seccatura per te. Comunque non ho in programma di farlo di nuovo. Non riesco a credere che oggi mi sia successo. Chi è che dimentica di avere la macchina? Sono una cretina».

Prendo la mia tazza e mi siedo sulla poltrona. Ho le mani ancora fredde e mi sento stranamente affaticata.

Si schiarisce la gola. «Perché hai litigato con Edward?»

«Oh, è che... Preferirei non parlarne, se non ti dispiace. Non è importante».

Charles incrocia le gambe e poi le distende. Sembra a disagio, il che è strano: è una di quelle persone che si trova bene in qualsiasi ambiente. Immagino che lo insegnino nelle scuole dei ricchi.

Posa la tazza sul tavolino. «Tu e lui siete... So che hai detto di no... ehm... Ma...».

Ah, ecco, è nervoso per una domanda personale. «Siamo cosa?». Me lo può chiedere se lo vuole sapere. Non ho intenzione di facilitargli la cosa. In ogni caso non capisco perché gli interessi.

Si muove di nuovo, appoggiandosi ai cuscini. «Ehm. Tutti sembrano pensare che…».

«Tutti?»

«È una piccola cittadina, Thea, la gente parla».

«E parla ancora di me e Edward? Credevo avessero di meglio a cui pensare».

«So che non sono affari miei». Prende di nuovo la sua tazza. «Ma mio fratello è uno stronzo».

«Mmm. Capisco perché lo pensi», concordo. «Ma ho sentito dire la stessa cosa di te».

«Da lui? Be'». Si schiarisce la gola di nuovo e continua. «È che… odio pensare che potresti avere una relazione con una persona che…».

«Non vado a letto con tuo fratello», dico. Non so se mi creda o meno.

«La gente chiacchiera. Non è famoso per…», storce la bocca, «il suo comportamento appropriato. E quando lavori con qualcuno, solo voi due…».

«Non c'è bisogno che ti preoccupi. La nostra relazione è, o era, del tutto platonica».

«E allora perché avete litigato?».

Rifletto. Immagino che presto tutti lo verranno a sapere. C'erano clienti in negozio, dopotutto, e se non mi si vede più lì, la gente si chiederà dove sono.

«Mi ha licenziata». Bevo il mio tè, tranquilla.

«Ti ha *licenziata*?»

«Già».

«E perché mai?». È stupefatto, mi fissa a occhi spalancati.

«Non lo so bene», mento. «Mesi fa mi aveva detto che normalmente non assume donne. Suppongo sia quello. Ero molto seccata. Quindi abbiamo litigato».

«E… sei comunque licenziata?».

Annuisco.

«Che imbecille. Quindi… cosa farai? E – scusami se te lo chiedo – avrai problemi? A livello finanziario, intendo».

Rido. «Non mi pagava poi così tanto. Ma così mi concentrerò sul da farsi. Devo decidere se restare qui o tornare nel Sussex. Immagino dovrei tornare a casa. Tranquillo», aggiungo, «se decido di vendere il Lodge, te lo farò sapere».

«Oh, be'. Grazie. Ma puoi restare, no? Ci sono altri posti in cui potresti lavorare. Ci sono anche altre librerie», dice. «A Wingtown è pieno. Ammesso che tu voglia lavorare in una libreria. Di sicuro non sfrutteresti appieno le tue capacità».

È un complimento? Immagino di sì. Finisco il tè. «Non so ancora cosa voglia fare. Non ho mai avuto intenzione di restare. Vedremo. Qui mi piace, quindi potrei tenere la casa e affittarla». Mi giro a guardarlo. «So che non è quello che vorresti sentire».

Fa un gesto impaziente. «Devi fare quello che vuoi, non sei certo obbligata a vendere».

«No, è vero». Sospiro. «Comunque, non lo so. Vedremo». Mi alzo. Voglio che se ne vada, e ha finito il tè. Spero che le buone maniere lo spingano ad alzarsi. È così.

«Tolgo il disturbo», dice. «Assicurati di stare al caldo. E se hai bisogno che qualcuno ti porti a recuperare la macchina, fammi uno squillo. Sarò felice di aiutarti».

«Oh, sei gentile. Grazie. E grazie anche per il passaggio, il tè e tutto quanto», gli dico mentre lo conduco nel corridoio. Apro la porta e tremo, e mi stringo tra le braccia. Il vento è freddo e la pioggia si abbatte sulla facciata della casa.

«Oh, non c'è di che, davvero. Non è necessario ringraziarmi. Be', ci vediamo».

Penso che mi stia per baciare la guancia, ma allungo la mano per stringergliela, e lui lo fa.

«Ciao», saluto, e chiudo la porta mentre lui sale in auto. Sento il rombo del motore mentre si allontana e torno in salotto, che ora è meravigliosamente accogliente.

Capitolo ventuno

Dopo che Charles se ne va, non so cosa fare. Mi siedo e fisso il fuoco. È una giornata triste e grigia, ed è buio anche in salotto, che di solito è sempre luminoso quando c'è il sole.

Non riesco a credere di aver permesso che una persona nuova mi ferisse in questo modo. Dove cavolo avevo la testa? Credevo forse di stare mettendo radici, in un posto in cui avrei potuto essere felice? Che stupida. Pensavo di essermi fatta degli amici qui? La gente prova curiosità nei confronti dei nuovi residenti di una piccola cittadina, ma ciò non vuol dire che siano amici. Forse nessuno di loro è mio amico. Dopotutto, perché dovrebbero? Se neanche piaccio alla persona con cui ho passato la maggior parte del tempo… Ma non lo si può certo biasimare. Non sono interessante o utile. Sono solo una stupida donna di mezza età che è stata lasciata dal marito per un'altra, e neanche questo è tanto sorprendente.

Non capisco perché baciare una persona che non ti piace. Magari lo eccitano le donne che piangono, anche se mi sembra improbabile. Ma d'altronde è andato a letto per chissà quanto tempo con una che non gli piaceva, quindi va' a sapere.

In quanto adulta, devo credere che fosse serio quando ha detto quello che ha detto – e cioè che non siamo amici –, perché che senso avrebbe affermare una cosa del genere se non fosse vera?

Mi fanno male le viscere, e anche il cervello.

Ho fallito in tutto. Ora cosa farò? Prima ero arrabbiata, ed era un sentimento positivo, ma ora mi sento svuotata e fredda. Immagino che dovrei andarmene. Non voglio più stare qui. Scapperò di nuovo. Potrei continuare così per sempre. Scegliere a caso un paesino. O forse sarebbe meglio una città. Potrei fuggire a Inverness o Sheffield e lavorare in un supermercato o qualcosa del genere, e non parlare con nessuno se non per lavoro.

Il telefono squilla e mi fa sobbalzare. Rispondo controvoglia. È Jenny.

«Stai bene? Mi ha chiamato Cerys, qualcuno le ha raccontato che stamattina hai litigato di brutto con Edward».

Chiudo gli occhi. Cristo santo, ma la gente non può farsi i fatti suoi? «Sì», confermo, «è vero».

«Perché? Tutto okay? Ho provato a chiamarti sul cellulare».

«Qui prende di merda».

«Lo so, ecco perché ho pensato che fossi a casa».

«Sì». So che dovrei dire più di questo, formulare una frase, ma pace.

«Cos'è successo?».

Non so cosa rispondere. Non voglio dirglielo. È una cosa patetica. Semplice e senza fronzoli. «Mi ha licenziata».

«Porca vacca. Quindi è vero? Cerys me l'ha detto, ma non ci credevo. Ho pensato avesse capito male. Ha detto che Micky Doolin era in libreria».

«Oh, può essere. Non lo so. C'erano dei clienti. Comunque sì, è vero».

«Che cavolo è successo?».

Immagino la faccia di Jenny, indignata per me, arrabbiata, con le labbra serrate. Forse lei è mia amica. Prima ero solo negativa. Sospiro. Dovrò spiegare questa storia a un milione di persone, e non ne ho la minima voglia. «Non lo so, devi chiedere a Edward».

«Sono già stata lì... non mi parla».

«Molto maturo».

Ride. «Vero? Ma, Cristo, se è di malumore. Mi ha detto di togliermi dalle palle, punto».

«Sì, be', spero stia da schifo. Spero ci si soffochi col malumore».

«Be', che si fotta. Quell'uomo è un coglione. Te l'avevo detto di non lavorare per lui», aggiunge.

«Sì. Avrei dovuto darti retta».

C'è un attimo di silenzio.

«Se stasera vuoi venire...», dice.

«Oh, non posso. Be', immagino che potrei. Insomma, ho lasciato la macchina in città... Comunque, grazie, ma non sono molto dell'umore per socializzare».

«Se ne sei sicura... Se ti va di parlare, o per qualsiasi cosa... Non riesco a credere che ti abbia licenziata».

«Nemmeno io. Ma in realtà sì», aggiungo. «In realtà, ora che ci penso, era inevitabile». Immagino la libreria, il senso di benessere che mi dava, l'odore dei libri, il sole sul lastricato. Mi si stringe la gola. Mi piace quel negozio tanto quanto mi piace Edward. Anche se lui non mi piace per niente, vero?

«Comunque, tranquilla, sto bene. È la cosa migliore e cliché vari».

«Mmm. Va bene. Se sei sicura. Ma chiamami, se ti va».

«Grazie».

Prendo una coperta dalla camera da letto e il libro che sto leggendo e vado in cucina a preparare una tazza di tè. Penso per un attimo che mi servirebbe qualcosa di più forte: c'è una mezza bottiglia di Gordon's nella credenza, anche se non ho limone né, peggio ancora, acqua tonica. Non posso bere del gin liscio alla mia età – credo sia una citazione di qualcosa. Ho una lista di cose in testa a cui sto cercando di non pensare. Ma è difficile, quando si è soli. Meglio guardare un film o roba simile.

Non voglio pensare a mio marito che avrà un figlio, o al fatto che ho perso il lavoro – per la seconda volta in un anno, tra l'altro –, o che dovrei trasferirmi, o che ho perso un amico, ma a quanto pare no, perché non era un amico. Mi sento un'imbecille insopportabile. Sono imbarazzata e mortificata.

Cristo, è deprimente. Apro la credenza alla ricerca di qualcosa che mi tiri su. C'è una scatola di wafer Tunnock's, ma mi ricordano lui.

Che schifo. Come faccio a essere così turbata da questa cosa? Dopo tutto quello che mi è successo quest'anno, non dovrebbe neanche importarmene.

Per fortuna non ho permesso a me stessa di pensare a com'è stato baciarlo.

Ho fatto un casino enorme.

E ora sto piangendo di nuovo. Mi odio.

Quando mi sveglio la mattina dopo, per un decimo di secondo ho dimenticato tutto e penso a cosa devo fare al lavoro: c'è una pila di libri nel laboratorio e… Ah, già.

Merda.

Nonostante l'esercizio fatto in quello che non devo più

definire "primo trimestre", non ho ancora un metodo sicuro per gestire lo stato emotivo in cui mi trovo. Sono stesa sul letto e fisso il soffitto. È piuttosto buio; la radiosveglia mi dice che sono solo le sei e mezzo, ed è troppo presto per alzarsi se non si ha un lavoro.

Sento la pioggia scorrere nelle grondaie. A parte quello c'è silenzio, il riscaldamento non si accende prima delle sette. Forse dovrei di nuovo dare un'occhiata a quegli appartamenti. Se tornassi in Inghilterra... ma, sul serio, che senso ha? Che senso ha tutto quanto? Se potessi scegliere un posto del Paese in cui vivere, per quale opterei? Questa è l'occasione per trasferirmi a Brighton o in Cornovaglia o nelle cavolo di Ebridi Esterne.

Avrei dovuto vendere il Lodge a Charles non appena me l'ha chiesto, avrei risolto un bel po' di problemi. Se l'avessi fatto, starei iniziando una nuova vita da un'altra parte, oppure sarei di nuovo a Brackwell a riprendere quella vecchia.

Tengo la testa sotto le coperte per un po' ma non serve, non riesco a riprendere sonno. Mi toccherà alzarmi dal letto, e fa freddo, e non ho niente per cui farlo.

Dovrei occuparmi di una di quelle cose che rimando da mesi, tipo fotografare i vestiti della zia Mary per eBay. Ma non è il giorno ideale per la fotografia. Forse dovrei iniziare a mettere nelle scatole i volumi della biblioteca. Almeno ora conosco altri librai, posso sempre venderli – non mi serve Edward. Potrei aprire una mia libreria. Sarebbe divertente.

Ho pensato di regalargli l'Orwell per il compleanno. Non ero ancora del tutto convinta, perché vale un sacco di soldi, ma ci avevo pensato. Dare a qualcuno una cosa che si possiede non è come comprare un regalo, ma ovviamente non prenderei a nessuno qualcosa che costa migliaia di sterline, sarebbe irrealizzabile. Mi sento una povera imbecille solo per aver considerato l'idea. Per fortuna la verità è venuta fuori prima del suo compleanno, altrimenti mi sarei messa in ridicolo. Tremo al solo pensiero.

Perché mi ha baciata? È una doppia mazzata, dal momento che ora lo odio e penso a cose a cui non dovrei pensare.

Forse dovrei essere arrabbiata. Come ha osato baciarmi? Sì, meglio. Come ha osato, per poi decidere che era tutto un errore, un errore talmente grande da licenziarmi?! Avrei dovuto rassegnare le dimissioni. Molestie sessuali, o quel che è. Insomma, non ho chiesto io di essere baciata, non me l'aspettavo. Avrei dovuto spingerlo via, mandarlo a cagare, invece di sciogliermi come una stupida in un romanzo rosa.

Ma è bravissimo a baciare.

Zitta, cos'hai, quindici anni?

Dio, quanto sono patetica.

Scendo dal letto e mi avvolgo nella vestaglia. È arrivato il momento di un caffè e di accendere il fuoco.

Piove tutto il giorno. Se smettesse andrei a recuperare la macchina, ma continua. Quindi mi siedo e guardo fuori dalla finestra della cucina. Le piante gocciolano, le foglie stanno cadendo. Sembra tutto molto simbolico. Oggi non ho combinato niente. Ho fatto il bagno e mi sono messa calze di lana e un pigiama pulito – sempre dello zio Andrew. Probabilmente ha trent'anni. Un vecchio pigiama da anziano a righe blu e bianche. Lo adoro. Ce ne sono sei e non ho intenzione di indossare altro per andare a letto, mai più.

Poi mi stendo sul divano e guardo videocassette. Lo zio Andrew aveva una collezione niente male di film di guerra e musical. Ho guardato *Il giorno più lungo*, *Ice Cold in Alex*, *Non sparare, baciami!* e *Incontriamoci a Saint Louis*. A colazione ho mangiato un toast, e anche a pranzo. Penso di chiamare Xanthe, ma poi decido di non farlo. Le manderò una mail domani. Mi chiedo se la pioggia si calmerà abbastanza da permettermi di prendere il pullman e andare in paese. So che Charles ha detto che mi avrebbe dato un passaggio, ma non voglio chiederglielo.

All'ora del tè guardo il telefono e trovo due chiamate perse dal negozio.

Osservo i numeri per secoli. Mi chiedo perché abbia chiamato. Non ha lasciato messaggi. Non ho intenzione di telefonargli. Se è importante, richiamerà lui. Non mi interessa parlare dei contributi che mi ha versato o cose del genere.

Passo il resto della serata decisa a non chiamare, e furiosa con me stessa perché vorrei farlo.

Mercoledì sta ancora piovendo. Mi chiedo cosa succederebbe se non andassi mai a riprendere la macchina. Alla fine morirei di fame. Il pensiero mi fa ridere: non riesco a immaginare di essere talmente testarda da morire di inedia. Va bene, mi vesto e vado in paese.

Andare alla fermata del pullman con un paio di stivali è molto più veloce che provare a farlo con i tacchi. Ho pensato di tornare a casa a prendere tutti i miei vestiti invernali – e il resto delle mie cose – ma ora non ne sono così sicura. Per fortuna Jenny mi ha dato questi stivali di gomma, che sono sorprendentemente comodi, a patto che li si indossi con due paia di calze sotto. Ho la giacca da pescatore dello zio Andrew, che è della taglia giusta ed è impermeabile e ha un sacco di tasche. Sta solo piovigginando, e mi sento bene mentre cammino a grandi passi lungo la strada e salto le pozzanghere. Fa freddo e la giornata è grigia, e allora?

Ho dimenticato di guardare gli orari del pullman, quindi mi tocca stare seduta alla pensilina per quasi mezz'ora. Ma qui c'è un po' di campo, quindi inganno l'attesa su Facebook e guardo come se la passano tutti.

In paese faccio il giro da dietro di proposito, sbucando alla cooperativa, così non devo passare davanti alla libreria. Non guardo neanche da quella parte, immagino che quel punto della piazza non esista e mi comporto come se non ci fosse nulla da vedere. Accarezzo l'idea di andare all'Old Mill ma non sono pronta per la curiosità e la compassione. Fingo di stare bene, ma se Cerys mi chiedesse qualcosa crollerei, e non ne ho proprio voglia. Invece entro in panetteria e compro due fette di torta alla crema e una pagnotta, poi recupero la macchina e torno a casa, evitando con attenzione di guardare la libreria mentre ci passo davanti.

Spero stia male quanto me.

Sembra improbabile.

A casa mi faccio un bagno, e leggo Sherlock Holmes nella vasca finché l'acqua non diventa fredda, dopodiché rimetto il pigiama e preparo un tramezzino col bacon per pranzo. Poi mi siedo nell'angolo della camera da letto, l'unico posto in cui c'è campo, e scrivo una mail a Xanthe.

Giovedì vado in spiaggia, anche se sta ancora piovendo. C'è tantissima umidità, ma non mi interessa. Solo che quando torno a casa sto congelando, quindi faccio di nuovo un bagno pomeridiano.

Alle tre e mezzo suonano il campanello. Sono sorpresa: le uniche volte in cui arriva qualcuno di inatteso è per una consegna. Non ho sentito macchine, ma è anche vero che ero piuttosto distratta. Stavo guardando *Acorn Antiques* perché all'improvviso mi sono ricordata che esistono cose che fanno ridere e che avrebbe potuto essere utile. Ho comprato il DVD a cinquanta penny al charity shop, mesi fa, e sono grata alla Thea del passato per averci visto lungo.

Metto in pausa e vado alla porta.

È Charles, il che è una sorpresa.

«Ho pensato di passare a vedere come stavi», dice.

«Oh! Ciao. Scusa, non sono presentabile. Scioccante, eh? Vuoi entrare?». Poi penso di essere sembrata sgarbata. «Cioè, entra pure, prego. Posso offrirti un tè?»

«Grazie. Ti ho portato questi», aggiunge, offrendomi una scatola incartata che immagino contenga cioccolatini.

«Oh, che gentile, grazie. Vieni in cucina».

Sono contenta di aver pulito stamattina, anche se non mi andava. La cucina è abbastanza ordinata e non sembra troppo quella di una persona la cui vita è andata a rotoli. Metto su il bollitore e apro il pacchetto. La supposizione sui cioccolatini era giusta. Si tratta di un prodotto locale: sono passata davanti alla piccola fabbrica in cui li fanno, appena fuori Dumfries, e li vendono nella bottega alimentare vicino a Wingtown.

«Stamattina ho lasciato Alexa dalla madre», dice Charles. «Sono passato davanti al negozio».

Alexa è sua figlia. L'ho vista da lontano ma non la conosco. Non ho mai incontrato l'altro figlio, Duncan.

«Molto gentile da parte tua», dico. Apro la scatola. «Oh, sembrano squisiti».

Ci sediamo a bere il tè e mangiamo due cioccolatini ciascuno. Charles mi chiede come sto e io rispondo che va tutto bene.

«Allora, hai ripreso la macchina?»

«Sì, sono andata ieri».

«Avresti dovuto chiamarmi, ti avrei portata».

Scrollo le spalle. «Non mi sono praticamente bagnata, non è stato un problema».

Restiamo seduti in un silenzio leggermente imbarazzante.

«Hai deciso cosa fare? Riguardo al lavoro?»

«Oddio, no. Non ne ho idea. Dovrei provare a cercare qualcos'altro», dico, «o forse tornare a casa e basta».

«Intendi nel Sussex?»

«Forse».

«Ah. Non prendere decisioni affrettate», dice. «Sono sicuro che riuscirai a trovare qualcosa».

«Sì, be', vedremo». Mi schiarisco la gola. Non so cosa dirgli, d'altronde ci siamo già visti a inizio settimana. So che vuole chiedermi di lunedì, ma non ho intenzione di raccontargli niente.

«Non vale la pena di stare male per lui. Non so cosa sia successo, ma...».

«Senti, non ne voglio parlare. Grazie. Non importa, starò bene, devo solo organizzarmi. Avrei preferito non essere licenziata, ma non importa. So che sembra brutto che me ne stia qui in pigiama, ma oggi sono uscita. Sto solo guardando film. Sembra di essere vacanza», mento, «quindi ho pensato di sfruttare al meglio la situazione».

«Ho visto Jilly alla bottega alimentare, ha detto...».

«Saranno tutti molto intrigati da questa faccenda», interrompo. «Peccato ci fossero clienti».

Mi guarda con la fronte aggrottata. «È successo qualcosa la scorsa settimana? Tra te e Edward? Per quello ti ha licenziata?».

Sospiro. «Non voglio essere scortese, Charles, sei stato gentilissimo e lo apprezzo. Davvero. Ma non voglio parlare con nessuno di questa cosa, men che meno con te».

«È solo che, sai...».

«Charles».

Apre la bocca e la richiude.

«Bravo».

«D'accordo», dice. «Senti, se c'è qualcosa che posso fare, qualsiasi cosa...».

Finisco il tè. «Grazie. Se mi viene in mente qualcosa, ti faccio sapere». Gli sorrido. «Sarebbe magnifico se potessi sistemare le condizioni meteo».

«Purtroppo non posso farci molto». Posa la tazza. «Sarà meglio che vada. Ho ospiti a cena».

«Cucini tu?». Non riesco proprio a immaginarmelo.

«No. No, è Lynda che si occupa di tutto».

«Ah, certo. Mi dimentico sempre di Lynda».

«Sarei perso senza di lei», commenta, e poi si alza. «Spero che tu ti senta meglio».

«Oddio, starò bene. Grazie per i cioccolatini».

Nel corridoio, esita. «Non devi permettergli di farti soffrire».

«Charles».

Con la fronte aggrottata, dice: «Non sa come comportarsi con le donne, non ne è mai stato capace».

«Senti, non sono affari tuoi. Ti ho detto che non volevo

essere scortese, ma ti ho anche detto che non ne volevo parlare».

«Però vorrei che lo facessi», ribatte.

C'è un lungo silenzio.

«Dovresti andare», dico, «altrimenti arriverai tardi alla tua cena». Apro la porta. «Piove ancora», aggiungo, sbirciando fuori.

«Sì. Va bene. Non essere triste... Non mi piace vederti così giù».

«Starò bene. Sono grande». Ma è dolce da parte sua preoccuparsi per me, quindi gli permetto di baciarmi la guancia mentre l'acqua cade intorno a noi.

«Buona serata», gli dico, e lo saluto con la mano mentre corre verso la sua macchina rossa fiammante.

Non faccio in tempo a sedermi che sento bussare con insistenza alla porta. Sono sbigottita: in pratica vivo in mezzo al nulla, la gente non passa qui per caso, e ora ho due ospiti in un giorno solo. O magari è Charles che ha dimenticato qualcosa? Torno in fretta nel corridoio, riannodando la cintura della vestaglia, e apro la porta.

Mi trovo davanti un Edward furibondo, lo sguardo in tempesta.

Capitolo ventidue

«Che cavolo ci faceva qui?», ringhia. Faccio un passo indietro e lui si avvicina, gocciolando sul lastricato. Guarda la vestaglia che ho addosso. «E perché cavolo non sei vestita?»

«Porca vacca», sbotto. «Datti una calmata. Che ti prende?». Arretro di nuovo. «E chi cavolo ti credi di essere per sbraitarmi contro in casa mia? Hai una bella faccia tosta».

«Perché era qui? Vai a letto con lui?»

«Oh, Cristo santissimo». Mi prendo la testa tra le mani. «Immagino che in tal caso risulterei più attraente, vero?». Sono sorpresa io stessa dal mio commento. Evidentemente sono ancora arrabbiata con lui. Ma la situazione si infiamma: in pratica si mette a ringhiare e io arretro ancora.

«Mi ha chiesto anche lui se vengo a letto con te», aggiungo. «Non vado a letto con nessuno dei due e non ne ho neanche l'intenzione, che cazzo. Cristo. È solo passato per vedere se stavo bene».

«Perché non dovresti stare bene?»

«Dio santo. Lunedì è stata una giornata da schifo, non credi?».

Fa un altro passo avanti e io uno indietro. Non ho paura, ma è fradicio.

«E come lo sa? L'hai chiamato?»

«Non penso di averlo mai chiamato. Mi ha dato un passaggio dalla fermata del pullman».

«La fermata del pullman? Cosa?»

«Piantala di fare domande!». Lo guardo storto. «Avevo lasciato la macchina in paese». Sbatto velocemente le palpebre e serro le labbra. Sono stanca di piangere. Non lo farò. Ho pianto per ore ieri, e oggi è andata bene – non ho pianto quasi per niente. No.

«L'avevi lasciata in paese?». È incredulo. «Ti aspetti che ci creda? E come mai hai addosso la vestaglia?». Mi punta contro un dito.

«Non devi vestirti se non hai un lavoro», rispondo. «Che senso ha? E non mi interessa se ci credi o no, non cambia niente. Lunedì sono tornata a casa in pullman, e mi sono infradiciata mentre tornavo dalla fermata, Charles mi ha vista e si è fermato».

«Perché diamine sei tornata a casa in pullman?». Sembra sconvolto quasi quanto lo era Charles. Dev'essere bello vivere una vita in cui i pullman sono come alberi o piccioni: esistono, li vedi, ma fanno solo parte dello scenario.

«Ero un po' turbata», dico sarcastica. «Mi avevano appena licenziata e qualcuno è stato molto scortese con me. Quindi sono scappata». Muovo le braccia, imitando qualcuno che corre in modo patetico. «E ho pianto alla fermata, e poi ho dimenticato di avere una macchina, quindi sono salita sul pullman e sono tornata a casa. Ma ho dovuto camminare per tipo mezzo chilometro, senza scarpe, e tuo fratello è stato così gentile da fermarsi e darmi un passaggio, se proprio lo vuoi sapere».

«Senza scarpe?»

«Mi si è rotto un tacco». Lo guardo male. «Sembrerà strano, ma non ero vestita per fare un'escursione».

Si è calmato un po'. Ora mi sta solo fissando.

«Comunque, che cavolo ci fai qui? Ti nascondi tra i cespugli per vedere chi entra in casa? Sei fradicio».

«No, io... No».

«Ottimo, sei stato chiarissimo. Che eloquenza».

«No, io... Senti, Thea...».

«"Senti, Thea"», gli faccio il verso. «Non voglio sentire. Non so perché sei qui. Non voglio parlare con te». Poi penso a un'altra cosa. «Chi c'è in negozio?»

«Ho chiuso prima. Volevo vederti», dice bruscamente. «Non hai risposto al telefono... Ero preoccupato...».

«Davvero incredibile che non volessi parlarti. Comunque, che ti importa? Pensavo mi avessi licenziata. Non sono un tuo problema».

«Thea...».

«Che c'è? Piantala di dire: "Thea"».

«Oddio», dice. Si mette le mani tra i capelli. «È tutto sbagliato. Senti, mi dispiace. Sono venuto per scusarmi...».

Scoppio quasi a ridere. «Sei venuto per *scusarti*? Mi stai gridando in faccia da quando ho aperto la porta».

Si copre il viso con le mani per un attimo, poi alza lo sguardo verso il soffitto. «Lo so. Sono un... Scusami. Possiamo ricominciare?»

«Santo cielo, quanto sei stupido. Entra e siediti». Indico la cucina. «E togliti il cappotto, stai gocciolando sul pavimento».

Lo guardo, con le braccia incrociate, mentre appende il cappotto all'attaccapanni nel corridoio, e poi lo seguo.

Si siede al tavolo. Sembra passata una vita dall'ultima

volta che è stato qui, quel giorno in cui mi ha riaccompagnata a casa. Allora eravamo seduti in salotto, ed era stato strano vederlo nella cucina ordinata, con le credenze di fòrmica blu e i banconi macchiati, il tavolo giallo e le sedie di vinile rosse.

Tutte quelle urla mi hanno fatto venire caldo, quindi mi tolgo la vestaglia e la poso sullo schienale di una sedia.

Arrotolo le maniche del pigiama da anziano e metto su il bollitore. Edward mi guarda con aria torva. Bevo un bicchiere d'acqua, preparo il tè, prendo il latte dal frigo. Dopo un istante di riflessione, tiro fuori la scatola di wafer al caramello dalla credenza. Non so perché penso che se ne meriti uno. Metto i cinque che restano in un piattino – i dolci in un piattino sono una cosa della mia infanzia, e mi piace seguire la tradizione in onore delle zie e delle anziane morte da tempo.

Poso il piatto sul tavolo davanti a lui e mi siedo di fronte. «Prendine uno».

Esita, forse pensando che non è il caso di farlo dopo avermi gridato in faccia, ma allettato comunque dall'offerta.

«Forza», dico. «Lo so che lo vuoi». Alla fine, un sorriso. Scuoto la testa. «D'accordo, quindi sei venuto a scusarti. Per qualcosa di specifico o in generale?»

«Oddio. In generale, credo. Insomma, per tutto».

Scrollo le spalle. «Forza, allora». Chiudo gli occhi per un istante. «Non riesco a credere che tu mi abbia accusata di andare a letto con tuo fratello».

Geme e posa la testa sulle mani. «Mi dispiace».

«Neanche mi *piace*, tuo fratello. Come ho già detto e ripetuto. Anche se sembra brutto da dire. Non lo odio né niente del genere. Lunedì è stato gentile con me. Guarda, oggi mi ha anche portato dei cioccolatini. Roba di classe».

Osserva la scatola ma non reagisce. «Lo so. Mi… mi dispiace».

«Non sono come te. Non faccio sesso con la gente per motivi contorti». Prendo un wafer e do un morso, masticando con impegno. Non ho idea di cosa succederà. Sono talmente sorpresa che sia qui, e non riesco a immaginare cosa dirà. Sento le farfalle nello stomaco, ma non sono nervosa.

«Lo so. Lo so. Non sapevo cosa pensare, ed è facile dire cose stupide e cattive. Più facile che dire qualcosa di importante o di vero».

«Sul serio? Non lo so, Edward, mi sembra che la cosa più facile sia dire la verità o restarsene zitti. Non so perché tu voglia ferire le persone a cui piaci». Sento pizzicare di nuovo gli occhi, e sbatto velocemente le palpebre per ricacciare le lacrime indietro.

«Ti piaccio?»

«Be', mi *piacevi*», rispondo. Poi rido. «Perché credi che fossi così sconvolta? Davvero, quando hai detto che non siamo… amici…». Mi si spezza di nuovo la voce. Bevo dell'acqua e mi schiarisco la gola. «Credevo lo fossimo. Mi sono sentita stupida». Lo guardo per un attimo, poi distolgo lo sguardo. «Mi sento molto stupida».

«Mi dispiace. Non era mia intenzione. Sbaglio sempre in queste situazioni. Non riesco mai a fare la cosa giusta, quella sensata. Fraintendo sempre o mando tutto a puttane». Sembra triste, e fa una pausa per scartare il wafer. Piega la carta in due, poi di nuovo a metà e un'altra volta ancora, lisciando i bordi con il dito.

Resto in attesa.

«Se non siamo amici, è colpa mia», dice.

«Be', sì, ovvio».

«Perché mi piaci».

«Bello. Di solito l'amicizia funziona così», lo informo, «soprattutto se entrambe le persone sono adulte».

«Sì».

«Ma…?»

«Ma c'è un problema».

«Che sei uno stronzo?».

Fa un lieve sorriso. «No, non è quello. Anche se di certo non aiuta».

«Forza, allora», incalzo. «Illuminami».

«Ho provato a dirtelo. Ma penso tu non mi abbia creduto, o non abbia voluto capire».

Inarco le sopracciglia, perplessa.

«Non possiamo essere amici perché sono innamorato di te».

Lo fisso per un istante, poi scoppio a ridere. Alla fine devo posare la testa sul tavolo perché crollo; il mio collo è stranamente molle quando rido tanto. Non succede spesso, ma a scuola passavo un sacco di tempo con la testa sul banco, debole per le risate.

Dopo quello che sembra un secolo, mi calmo pian piano e mi asciugo gli occhi. «Cretino», dico. Immagino di averlo sconvolto. Mi sta di nuovo guardando storto. «Cretino. Fai tutto da solo. Sei solo suggestionabile. Passi il tempo con una persona e ci vai d'accordo, e visto che hai un concetto distorto delle relazioni ti convinci che abbia un significato che invece non ha. Capisco che sia un problema quando si ha a che fare con un adolescente, ma non devi preoccuparti per *me*, no? Né licenziarmi. Se passiamo insieme abbastanza tempo, la cosa morirà da sola. Insomma...». Sento che sto di nuovo per arrabbiarmi. «Insomma, alla fine muore anche quando si è innamorati davvero di qualcuno. Alla fine uno dei due va a letto con un'altra persona, anche se pensi che durerà per sempre. Ma, sul serio, perché hai pensato una cosa del genere?»

«Non importa», risponde, e si alza.

«Invece sì. Non stavo ridendo di te», aggiungo, «solo del concetto».

«Perché lo trovi divertente?»

«Perché è ridicolo. Mi sembra improbabile che qualcuno si innamori ancora di me. Soprattutto tu. Insomma, perché dovresti? Ci sono persone come Lara di cui puoi innamorarti. Forse lei non è l'esempio giusto, ma sai cosa voglio dire. Dio». Mi asciugo gli occhi. «Scusa, sarò sembrata scortese a ridere così. Non era mia intenzione. Siediti. Finisci il tè».

«Thea. Proprio perché ho stupide cotte in continuazione, questa volta so che è vero».

Scuoto la testa. «Ah, sì, certo. E come lo sai?»

«Perché è del tutto diverso».

Ci guardiamo.

«Cosa intendi?»

«Quando mi capita di pensare che una ragazza sia attraente, a qualcosa tipo "Che bella pelle", immagino come sarebbe baciarla...».

«Pfff».

«E sì, anche come sarebbe andare a letto con lei, lo ammetto. Ma non mi è mai capitato di chiedermi cosa succederebbe se fosse sempre presente né se le piacerebbero i miei posti preferiti. O di leggere un libro e pensare di parlarne con quella persona, e chiedermi se l'ha letto anche lei. O di preoccuparmi quando è triste e desiderare che sia felice. Né di desiderare che sia con me quando devo andarmene».

Ci guardiamo per un altro lungo istante.

«Molte di quelle cose significano essere amici, Edward. Tutte quante, anzi. Non è...».

«E di volerla baciare ogni volta che la vedo. In libreria non c'era una donna – a lavorarci, dico – da tipo dieci anni».

«Niente ragazze?»

«No, te l'ho detto».

«Be', allora...».

«Ma è quello che provo per te».

Ci fissiamo per secoli. Sento il cuore in gola.

«Ma...».

«E mi dispiace di aver detto quelle cose terribili. Fa paura sentirsi così. E so che tu non provi lo stesso, quindi forse mi sarei dovuto tenere tutto per me. Ma... volevo che lo sapessi: se non siamo amici non è certo perché ti disprezzo. Mi piaci... tantissimo».

È una cosa talmente sentita che mi vengono di nuovo le lacrime agli occhi. Non so dove guardare né cosa dire. Chiude gli occhi e prosegue.

«L'ho capito quando siamo andati al Capanno, anche se ho deciso di non confessarlo nemmeno a me stesso. Ma era bellissimo essere lì con te. E mi aspettavo che sarebbe andata così, ecco perché ti avevo invitata. Ho sempre trovato la tua compagnia molto rilassante. Quasi come essere da solo, ma meglio. Mi piace il fatto che non c'è bisogno di starti sempre dietro, e mi piace il fatto che non ti annoi».

«Non mi annoio quasi mai», ammetto. «E come potrei al Capanno? È stupendo».

Mi sorride. «Lo so. Lo credo anch'io. Ma pensavo fossi sposata. Però poi mi hai raccontato di Chris – era evidente quanto fossi sconvolta. E non hai mai fatto niente che mi facesse sospettare... un interesse nei miei confronti. E quando ti sei fatta male alla testa...».

Ora sono a disagio a pensare a quell'episodio, alle sue dita tra i capelli.

«Ho dimenticato dov'ero mentre ti guardavo i capelli, o chi ero, o...».

«Sì, è stato un po' strano. Nessuno mi toccava così da secoli», dico. «È stato... intenso».

«Sì».

Mi schiarisco la gola, imbarazzata.

«Non volevo che sembrasse un piano architettato ad hoc, quello di bere troppo e intrappolarti lì. E ho pensato che se non mi fosse importato», dice, «probabilmente ci avrei provato con te. Ma sapevo che invece mi importava. Sono stato benissimo».

«Anch'io. È stato bello. Anche se ero un po' nervosa». Poi vedo il suo viso e dico: «Ehm, solo perché pensavo fosse... imbarazzante. Come quando mi hai baciata mercoledì. So che non volevi, e mi ha sconvolta il fatto che...».

«Sì, be', non è che proprio non *volessi*. Ma è stato un pessimo momento per baciarti. Non dico che ce ne sarebbe stato uno giusto, ma non stavo cercando di approfittarmi di te. Di come ti sentivi».

«Lo so».

«Volevo solo farti stare meglio». Arriccia le labbra. «E volevo baciarti».

«Mmm».

«Quindi scusami. Lo so che... che non significava niente. Per te». Sembra quasi in ansia, mentre lo dice, e penso per l'ennesima volta che non abbiamo mai la certezza di ciò che passa per la testa degli altri, e a quanto sia strano.

«Non so cosa te lo fa credere», rispondo. «Insomma, non sono del tutto morta dentro».

C'è una pausa.

«Vedi, il fatto è che...», inizio, mentre lui dice: «Non sapevo se...».

«Vai», dico.

«No, prima tu».

Mi concentro. «Vedi, il fatto è che ci ho pensato. Per secoli. A te. E credo... quando ci piace una persona, è molto più difficile capire se lei ci ricambia. Più di quando si è indifferenti».

Non credo me la renderà facile, mi sta solo fissando. Quindi proseguo.

«Non sono in condizioni troppo buone, emotivamente parlando. Non dimenticherò mai lo schifo che ho passato all'inizio dell'anno, Dio mi è testimone. Ma mi sembrava di stare meglio, di aver fatto progressi. Perché venire qui mi ha permesso di dimenticare più facilmente la realtà. Mi sono rassegnata a pensare che in qualche modo sia stata colpa mia se Chris mi ha lasciata. Anche se a livello razionale so che non è vero. So che mi abituerò a stare da sola, e che volterò pagina come fanno le altre persone divorziate, e che andrà tutto bene. Perché non mi sono sentita sola come mi aspettavo, e in parte è stato grazie a te». Mi fermo di nuovo, cercando di trovare le parole giuste. Per essere una che parla tanto, mi riesce difficile trovare le parole giuste nei momenti importanti. «Perché anche se sei scortese e antipatico, e non sei neanche sempre presente... Nonostante tutto questo, avere la libreria e qualcuno con cui parlare di tutto quello che non c'entra per nulla con Chris, o con la casa, o col fallimento della ma vita... era come se fossi di nuovo me stessa, in un certo senso. Io, Thea Hamilton. Non Thea Mottram. Se tornassi a casa, sarebbe di nuovo orribile, perché dovrei vedere persone e posti e tutte le cose quotidiane che non saranno mai più come prima. Quindi forse è stato tutto falso, quest'idea di una nuova versione di me stessa. Comunque...». Esito, non so come fermarmi. «Scusa, sto parlando da una vita».

«Puoi parlare quanto vuoi», dice, «non è un problema».

«Ma stavi per dire qualcosa. Un secolo fa, prima che...».

«Quando dici che non sei indifferente», inizia, poi si ferma. «È questo che stavi dicendo all'inizio? Ho ascoltato tutto, ma sono rimasto incagliato lì...».

«Volevo che mi baciassi, sì. Se è quello che stai chiedendo». Alzo gli occhi al cielo. «O, almeno, è stata una sorpresa, ma non sgradita. E forse non è stato il momento migliore. Ma, sai, avevo già pensato che l'avresti fatto. Quando ti sono dovuta correre dietro perché stavi facendo lo stronzo. Allora ho pensato che mi avresti baciata».

È un po' imbarazzato. «Sulla porta? Sì, io...».

«Quella è stata la prima volta che ho pensato che avresti... ma poi non è successo nulla, e ho creduto di essermi immaginata tutto. Comunque. Non mi è dispiaciuto quando mi hai baciata. Davvero. Ma lo sai, giusto?»

«Io...».

«Giusto?»

«No... non ne ero sicuro. Avrei dovuto chiederti il permesso di farlo. Mi sono sentito in colpa. Ma volevi che ti baciassi?». Sembra molto insicuro di sé stesso, ed è una fortuna essere seduta abbastanza lontano da non riuscire a toccarlo. Vorrei rassicurarlo, calmarlo e confortarlo. E non so se sia una buona idea o meno.

«L'avrai capito di sicuro. Insomma, dammi della sentimentale, o della stupida, o dell'ingenua, ma sembrava tutto perfetto e…». Ripenso a quel momento sul divano: la mia mano sul suo petto, le sue dita sulla mia guancia, lo slancio con cui ci baciavamo, le lingue intrecciate. «Be'», scrollo di nuovo le spalle. «Sexy».

«Oddio», commenta.

Avvicino un po' la sedia, mi sporgo sul tavolo e lui mette la mano tra le mie.

«È difficile parlarne», dico. «È imbarazzante. Ma sei stato dolce ad abbracciarmi, e il bacio è stato un bonus».

«Va bene».

«Quindi, per favore, smettila di preoccuparti».

Ride. «Ci proverò».

«Non c'è niente di male nel trovare attraente qualcuno», dico. «Mi sorprende un po' sapere di piacerti, ma eccoci qui. Quindi, ora che le carte sono in tavola, possiamo essere di nuovo amici?».

Mi stringe le mani. «Non lo so. Possiamo? Perché non penso che smetterò di provare quello che provo».

Non riesco a guardarlo negli occhi. È stranissimo sentirgli dire queste cose. Ha le mani calde, più calde delle mie. È bello tenersi per mano, anche se ho le braccia talmente tese che fanno quasi male.

«Sì, ma vedi, non afferri il punto», gli dico. «Funziona molto meglio da amici. Insomma, forse è più complicato, ma se non c'è amicizia non… ci sono le basi da cui partire. Ovviamente se ti ci butti corpo e anima e le cose finiscono, dopo è difficile rimanere amici. Dobbiamo decidere cosa sia più importante. Per me è importante avere un amico, e non so come gestirei la situazione, al momento, con qualcuno innamorato di me». Aggrotto la fronte perché non sono ancora convinta che lui lo sia, e probabilmente è scortese da parte mia. Ma non vedo perché dovrebbe. Prima ho fatto un cattivo esempio con Lara, ma è vero che ci sono un milione di belle donne che non sono state a letto con suo fratello e che sarebbero molto più adatte. Comunque. «Non lo so. Una volta che vai a letto con qualcuno è tutto diverso, anche se provi a evitarlo».

«Non ho mai provato a essere amico di una persona con cui sono stato a letto».

Rido. «No, immagino di no». Mi sembra che tutto questo sia diventato… non so, quasi impersonale. Non ho idea di cosa dire ora, mentre sono qui con il mento appena sopra la superficie del tavolo. Tenere su la testa mi sta facendo venire male al collo. Sono molto tentata di appoggiarla sul tavolo. Sono stanchissima. Poso la fronte e il naso contro il legno e chiudo gli occhi.

«Thea. Stai bene?»

«Sono solo stanchissima».

«Vado via?»

«Possiamo metterci più comodi». Alzo lo sguardo e lui annuisce. Gli lascio le mani e mi alzo. Lui mi segue e gli faccio strada nell'atrio. Avevo intenzione di andare in salotto, ma poi ho un'idea migliore. O più stupida. Sono in confusione.

Mettersi sul letto sarebbe da pazzi, vero? Gli chiedo se gli va? Non credo di riuscirci. E non sono sicura di quello che succederebbe. Non so se riuscirei a fare quello che di solito si fa a letto. E portarci qualcuno e poi scoprire che non si può fare sesso è andare in cerca di guai. Non penso sia una buona idea. Anche se ora che ci ho pensato…

So che è una cattiva idea andare a letto con persone innamorate di te, se tu non ricambi. L'ho imparato quand'ero giovane. Comunque, ancora non credo che lui lo sia, non davvero. Mi pare improbabile.

E non è che io non sia neanche un po' innamorata di lui. Ci sono molte zone grigie.

Mi fermo un attimo, e forse Edward nota la mia esitazione perché mi chiama. Quindi mi giro e lui mi tira a sé. «Posso baciarti?», chiede, il che mi fa ridere.

«Se vuoi».

«Sicura?»

«Mi piacerebbe, se lo facessi».

Sono contenta che, in questo giovedì pomeriggio di fine ottobre, questo corridoio freddo sia buio, perché so che ho il viso rosso, e i capelli si sono asciugati in modo strano e, dopotutto, ho addosso un pigiama da uomo che potrebbe essere vecchio quanto me. Edward mi avvolge un braccio intorno alla vita e mi posa l'altra mano sul viso. Chiudo gli occhi e ci baciamo molto lentamente. Sto tremando. Sento solo le labbra, sono consapevole del mio seno contro il suo petto, delle mani tra i suoi capelli, tra i ricci. Sono senza fiato quando si stacca. Mi bacia la fronte, e mi stringe finché non sussulto. Poi ci guardiamo per secoli. Alla fine dico: «Ti va di sederti sul divano?», e lui ride. «Andiamo?», ed entriamo in salotto.

Mi viene in mente che è passato un sacco di tempo da quando ho fatto sesso su un divano, e il pensiero mi fa arrossire. Mi siedo di fretta. Insomma, non stiamo per… Non ce n'è bisogno, no? Ho un letto molto funzionale a poca distanza da qui. Non che faremo sesso. Non ancora, almeno. Giusto?

Ci guardiamo. Non ho idea di cosa fare.

«Vieni qui», dice, quindi mi avvicino leggermente. Per qualche motivo, mi sento in imbarazzo. C'è confidenza con Edward – lo vedo almeno tre o quattro volte a settimana, ogni settimana, da maggio. Ho passato ventiquattr'ore intere con lui al Capanno. Ho guardato il suo viso più di quanto abbia guardato quello di chiunque altro da quando sono qui, eppure ora mi sembra diverso perché ci siamo baciati due volte e mi ha detto che... Il mio cervello evita stupidamente la frase. Ma dai. Mi ha detto che mi ama. Queste cose l'hanno cambiato per sempre. Se voglio lo posso toccare, srotolare un riccio o accarezzargli un sopracciglio, posargli il dito sulla rughetta tra gli occhi.

«Mi stai fissando», dice, e si sporge di più, con il naso contro la mia guancia. Chiudo gli occhi e piego leggermente la testa di lato, e sento le sue labbra sulla mascella, sul collo.

Cristo.

Tutto questo mi spaventa. Mi ha già fatta sentire tristissima. Anche se è stato tutto un errore, un fraintendimento, sono stata comunque peggio di quanto fosse accettabile. Che cavolo sto facendo?

«Oddio», dico, «è una cosa molto stupida da fare?».

Si siede meglio e ci guardiamo.

«Forse», risponde. «Non mi raccomanderei a nessuno».

«Oh, non per te», lo rassicuro. «Sarebbe stato stupido con chiunque? Sono a pezzi, e non voglio...».

«Lo capisco», dice. «E so che non sono una gran scelta. Non sarei dovuto venire».

Fa per alzarsi e gli poso la mano sulla gamba. «No, non dire così. Non è quello. Sono contenta che tu sia venuto. Ma questa settimana sono stata male».

«Sì, anch'io», risponde, e ride. «Non credo di essermi mai sentito tanto triste».

«Be', io di sicuro sì, ma questo ci si avvicinava parecchio».

«Mi dispiace di averti ferita. È l'ultima cosa che avrei voluto. Mi dispiace di non essere riuscito a dirti quello che provavo. Avevo paura».

«Oddio», dico ridendo.

«Che c'è?»

«Be', cazzo, sei adorabile», rispondo, e poi ci stiamo di nuovo baciando, ed è tutto molto intenso. Tutto pulsa e freme in un modo che mi ricorda altri momenti di tanto tempo fa.

Alla fine dico: «Okay. Andiamo a letto?».

Mi guarda in modo molto serio nella penombra. «Cosa, ora? Vuoi?»

«Sì, credo», dico, anche se il pensiero che la mia camera sia in disordine mi distrae un po'. Sono abbastanza sicura di aver rifatto il letto, di solito non mi dimentico. Le lenzuola sono pulite, comunque, le ho cambiate sabato. Non che importi, sarei sorpresa se gli interessasse lo stato della camera o delle lenzuola.

«Credi?».

Rido della sua espressione. «Mai aspettarsi che dica la cosa giusta, non lo faccio quasi mai. Quello che intendo è...». Mi alzo e lo tiro su. «Mi piacerebbe andare a letto con te, ma non so se sia una buona idea o se dovremmo. Ma so che voglio, quindi ignorerò tutto il resto».

Nel corridoio, apro la porta della camera. È quasi buio,

la luce che filtra dalla finestra è grigia e inizia a svanire. Sta ancora piovendo.

Ora che siamo qui, penso che potrei aver commesso un errore. La parola "disagio" non si avvicina neanche all'imbarazzo che provo. Mi vedo allo specchio della toletta e faccio una smorfia.

«Che c'è?».

Indico lo specchio. «Ho appena visto il mio riflesso. Mi ha ricordato che anche se mi sento come quando avevo diciannove anni, o venticinque, purtroppo non ho quell'aspetto».

«Per me stai benissimo», dice. «Quel pigiama…».

«Era di Andrew», lo interrompo. Mi guardo e poi gli sorrido. «Ecco, ho rovinato il momento?»

«Dio. Per niente», risponde. «Non mi interessa chi l'ha comprato e quando… è quello che c'è sotto che mi interessa».

Fa piacere quando la gente dice cose del genere, anche se è difficile crederci.

«Hai cambiato idea?». Ha le mani in tasca, mi guarda dal letto.

«Non credo». Non so cosa fare con le mani, o cosa dovrei fare in generale. «Mi sono scordata come funziona». Mi sembra che la luce non vada bene, quindi tiro la tenda, e diventa buio. Troppo buio? Lo specchio della toletta brilla riflettendo la luce che arriva dal corridoio. Edward è una sagoma scura, grande e indistinta. Dio, quant'è difficile.

«Candele», dico, «ecco cosa… Aspetta». Frugo nel cassetto del comodino. Sono sicura che ci siano… sì. Minicandele. E fiammiferi. Ne accendo una con la mano che mi trema. La luce fioca mi fa stare meglio.

Edward si toglie il maglione e lo posa sulla sedia. Siamo in piedi e ci guardiamo. Togliersi i vestiti davanti a una persona per la prima volta non è mai semplice. Il pensiero che a breve sarà nudo, sul mio letto, è difficile da immaginare. Merda. È eccitante ma anche spaventoso.

Salgo sul letto. Ho ancora addosso il pigiama, che mi fa da scudo. Ho anche le calze – dovrà essere molto entusiasta.

«Le candele vanno bene», dice. Inizia a sbottonarsi la camicia e io sollevo la coperta fino al naso così non mi vede sorridere.

«Valorizzano», concordo. «Il che è un bonus. Mmm. È strano. È strano? E, peggio ancora, è molto prevedibile?».

Ride. «Qualcuno direbbe di sì».

«Odio essere prevedibile».

Sale sul letto e si sporge per baciarmi. Non credo mi stancherò mai di baciarlo. Immagino che avessi dimenticato com'è baciare qualcuno. Baciare qualcuno quando è ancora tutto nuovo ed elettrizzante.

Alla fine si allontana e ci fissiamo. È diverso quando si sa di poter guardare qualcuno quanto si vuole, senza le buone maniere del mondo esterno di mezzo. Quando si è così vicini, si può vedere davvero la pelle di una persona, e le rughe sul suo viso, e la barba. Edward non se la fa tutti i giorni, e c'è più bianco lì che nei capelli. La pelle sugli zigomi è liscia, ed è ancora abbronzato. Ha sempre un aspetto scompigliato, non gli interessa troppo come appare. Ma credo sia attraente, perché ha dei bei lineamenti. E quelle sopracciglia. Ci poso un dito sopra, seguendo la direzione in cui crescono i peli, toccando le rughe di espressione tra di essi.

«Nei quadri a Hollinshaw c'erano parecchi uomini con queste», dico.
«Ah, sì, le sopracciglia dei Maltravers».
«Alcuni ti somigliavano molto. I tuoi avi».
«Poveracci».
Ridacchio. «Sì, certo. Perché, prima di tutto, essere orrendi non importa se si è ricchi, e secondo, tu non sei orrendo, no?»
«Ho un viso cupo, l'ho sempre pensato».
«No, sei una persona cupa».
«Non è vero».
«Be', allora ritiro tutto». Gli sorrido. «Hai presente quello che stavi dicendo prima? Di quando siamo andati al Capanno. Ricordo di aver pensato che forse il vero Edward era quello che avevo visto quel giorno. Non così scorbutico».
«Non sono scorbutico». Muove la mano sotto le coperte, la sento calda sul fianco.
«Non sei scorbutico in questo momento», concordo, «è un bel cambiamento. Voglio dire che eri molto scorbutico quando sono arrivata qui. E immagino fino alla settimana scorsa».
Distoglie lo sguardo. «Sì, vero. Ero... non ero proprio in me».
«Avresti potuto parlarmene. Perché diamine non l'hai fatto?»
«Non credevo di potere. Non credevo... Be', che cavolo. Non avrei mai creduto di finire qui, nel tuo letto».
«No, è una cosa inaspettata».
«Ma sono contento», dice, «è molto meglio che essere arrabbiato e solo».
«Nessuno vuole esserlo».

«No. Allora. Cosa vuoi?»

«Non lo so».

Penso di essere spaventata. Non di lui, no. Della situazione in cui siamo, del potenziale di questo momento. Non so cosa veda sul mio viso, ma aggrotta di nuovo la fronte e mi accarezza piano la guancia con un dito.

«Se hai cambiato idea…».

«No, no, è solo che… è strano».

«Perché?»

«Non saprei. Principalmente perché non ho mai immaginato, immaginato davvero, di stare a letto con qualcun altro. Quindi è strano. E poi non ho mai immaginato di essere a letto con te». Rido. «Oh, questa era una bugia enorme».

«Cosa?»

«Che non l'ho mai immaginato. Ho cercato di non farlo. Ci ho provato con tutte le forze».

«Ah, sì». Annuisce. «Mi ricordo. Non mi avresti scopato neanche se ti avessi pregata, giusto?».

Scoppio a ridere. «Ah, oddio. Be', avrei potuto. Se mi avessi pregata *sul serio*. Sono stata cattiva, ma quello che hai detto tu era molto peggio».

«È vero. Mi dispiace. È stata un'uscita terribile. Volevo solo essere crudele. Non volevo che mi perdonassi, quindi ho detto la cosa peggiore che mi è venuta in mente». Mi prende la mano e la bacia. «Perché, se ti ricordi, sono uno stronzo».

«Altroché». Rifletto un istante e gli poso una mano sul petto. «Ho appena pensato una cosa».

«Stai sempre a pensare».

«Sì, è vero».

«Allora?»

«Be', non possiamo fare sesso».

Aggrotta la fronte, poi spalanca gli occhi. «Non possiamo? È un brutto colpo».

«Vero? Non avevo pensato alla logistica».

Ride. «Alla logistica? Che frase romantica. Che cavolo vuoi dire?»

«Voglio dire che non… non credevo che avrei ancora fatto sesso. E di sicuro non qui. Quindi non sono preparata».

«Preparata? Psicologicamente?».

Forse mi sta prendendo in giro.

«Non ho preservativi, né diaframma, né pillola né niente. Nessun contraccettivo».

«Ah, sì, mi sembra giusto. Non sono preparato neanche io. Se fossimo da me non ci sarebbero problemi, ma non… non mi aspettavo davvero che sarebbe successo».

«Quindi non hai il portafogli pieno di profilattici?»

«Purtroppo no. Dovremo improvvisare», dice. «Perciò vuol dire che dobbiamo smettere di parlare. Va bene?»

«Immagino di sì», rispondo, e ci baciamo di nuovo.

Più tardi, Edward dice: «Ho un'idea».

«Mmm?»

«Possiamo andare in paese. All'appartamento. A casa mia ci sono preservativi».

«Ah, sì, così hai detto prima».

«E anche se siamo andati bene senza…».

«Sì, non è stato male, vero?».

Ci sorridiamo.

«No. Per niente. Ma, sai, potremmo…».

«Farlo come si deve».

Ride di nuovo. «Sì».

«Ammetto che sono tentata. Ma qui fa caldo, non so se ho voglia di alzarmi».

«Non devi alzarti subito. Sono solo… che ora è?».

Mi giro per guardare l'orologio. «Quasi le sei».

«Già. Quindi possiamo restare qui un altro po'. E poi andare da me. Se ti va».

Ci penso per un attimo. «Posso riavere il lavoro?»

«È a questo che miravi?». Scuote la testa. «Mercenaria».

Rido. «Dici? Faccio carriera andando a letto con il capo. Presto prenderò in mano l'azienda. È tutto molto elettrizzante. Allora?».

Mi guarda a lungo, abbastanza da farmi pensare che forse dirà di no. Poi sorride. «D'accordo. Se ti comporti bene».

«Sarò molto professionale, non preoccuparti».

«Non troppo, spero. Ho intenzione di flirtare con te molto spesso».

«Pfff. Non so se sarò in grado di capire quando lo farai. Quando non mi gridi contro, vuol dire che ci stai provando?».

Capitolo ventitré

Ci vestiamo e andiamo in paese. Prendiamo ognuno la propria auto perché non voglio restare in trappola senza una via di fuga. Mi guarda con serietà quando lo dico. Gli spiego che non penso che dovrò scappare, ma ho appena passato due giorni senza poter usare la macchina ed è stata una rottura. Avrei preferito che andassimo insieme, ma cerco di essere… cosa, saggia? Non mi sento molto saggia. Riesco a malapena a concentrarmi sulla guida mentre penso a com'è stato a letto, prima.

Parcheggio lontano dalla libreria, vicino al municipio. Non so perché lo faccio. Vuol dire che mi inzuppo per attraversare di corsa la piazza. Per fortuna, ha lasciato la porta aperta e mi aspetta. Restiamo in piedi al buio, circondati dai libri. Mi rendo conto che ero davvero convinta che non avrei mai più messo piede qui dentro. Sono felicissima di essere tornata.

Dà un giro di chiave alla porta alle mie spalle e abbassa le persiane. Di solito, quando chiudiamo, sono fuori. Stasera, però, le cose sono diverse. Dopo non andrò a casa, sarò chiusa qui per molto tempo. È eccitante.

«Sai una cosa?», chiede.

«No, cosa?»

«Sono incredibilmente, stupidamente, follemente, assurdamente felice». Mi prende e volteggiamo per la stanza in una specie di ballo approssimativo e buffo. Alla fine sbattiamo contro una scaletta e dobbiamo fermarci perché stiamo ridendo come matti. Poi mi bacia.

«Non sono mai stato tanto felice. Non riesco a crederci».

Gli occhi mi si riempiono di lacrime, e sono contenta che sia troppo buio perché lui se ne accorga. «Oddio. Che dolce. Anche se è strano».

«Forza, saliamo. Hai fame?».

Lo seguo nel corridoio, attenta a non sbattere contro gli scaffali accanto alla porta. «Un po'. Non ho cenato, chissà perché...».

Salire le scale nella penombra è una sensazione strana. Mi chiedo se lo farò spesso. Forse sì. Oppure no. È tutto un mistero. Non si può sapere cosa succederà. Il futuro si intravede in lontananza, quasi del tutto occultato da una serie di veli, alcuni più spessi di altri.

Non so bene cosa dovrei provare rispetto a quanto successo da me, ma conosco la sensazione che avverto allo stomaco: lussuriosa, famelica. Sono felice che lo stiamo per rifare, e così presto. Sono contenta di non dover aspettare la settimana prossima o domani per sapere che è andata bene e che anche lui non vede l'ora di rifarlo.

«Neanch'io ho mangiato», dice. «Eri distratta? Io di sicuro sì». Torna a guardarmi. «Ehi, posso cucinare per te. Non vedo l'ora».

Suppongo sia abbastanza triste, ma le parole di Edward mi riempiono di calore, come se mi avesse abbracciata. «Davvero?».

Annuisce. «Non cucino mai per nessuno».

«Ti servono più amici». Disapprovo la sua vita solitaria.

Lui scrolla le spalle. «Pace. Comunque, stasera non c'è molto tempo per preparare qualcosa di elaborato». Ora siamo in cucina. Accende la luce, apre il frigo e inizia a frugare. Mi appoggio contro il muro. Questa è la seconda volta che sono nel suo appartamento con lui… è stranissimo.

«Va bene, allora, ci sono formaggio, prosciutto e uova. Possiamo fare un *croque monsieur*. O un'omelette. O un *croque madame*».

«Uh, mi piace il *croque madame*. Sì, per favore. In realtà, sto morendo di fame».

Mi sorride. «Anch'io. Dobbiamo mantenerti in forze».

«Posso fare qualcosa?»

«Mettere su il bollitore. O aprire il vino. In frigo ci sono delle bottiglie se preferisci il bianco, il rosso è in sala da pranzo».

Voglio un bicchiere di vino? Forse sì. Merda. Ora sono di nuovo nervosa.

Apro le credenze alla ricerca dei bicchieri. «Hai un sacco di utensili da cucina, per essere un uomo che vive solo».

«Lo so, sono un accumulatore», dice, iniziando a mettere insieme gli ingredienti per la cena.

Guardo i cinque set di bicchieri da vino. «Questi sono per vini diversi? Temo di non sapere nulla di cose del genere».

«Non fa niente, prendi quelli che ti piacciono».

«E non ti farò pena quando berrò vino bianco nel bicchiere da rosso?», chiedo, guardandolo da sopra la spalla.

Lui ridacchia. «Direi proprio di no».

«Bene, non voglio fare pena». Gli sorrido.

«Sì, non mi fai pena. Oh», aggiunge, avvicinandosi. «Solo che quello che succederà più tardi sarà terribile».

Non capisco cosa intenda e lo guardo con le sopracciglia aggrottate. «Perché, cosa...».

Alza gli occhi al cielo. «Hai presente? Quando dovrai venire a letto con me. Di nuovo».

«Oh, quello! Sì, be', sono molto coraggiosa», gli rispondo, e inizio ad aprire cassetti in cerca di un cavatappi.

«Vero. Vuoi che ci pensi io?»

«Ce la faccio ad aprire una bottiglia di vino».

«Lo so, volevo solo essere gentile».

«Riconosco a malapena questa tua versione», dico. Ci sorridiamo. Ma poi torno seria. Mi schiarisco la gola. «Sono un po' preoccupata perché all'improvviso sto puntando tutto su di noi, e ventiquattr'ore fa non sapevo neanche che ci fosse un "noi"».

«Perché andrà tutto in vacca, intendi?»

«Non dico che succederà».

«Non ti licenzierò».

«Ah, certo», dico ridendo. «Altroché se lo farai. È già capitato una volta, ricordi? Credo...», mi appoggio contro il bancone e lo guardo, «che mi scaricheresti al volo, se la situazione tra noi due diventasse imbarazzante».

«No, io...».

«Oh, dai. Ma forse faresti bene. Non lo so, se finisse male penso che non vorrei più lavorare qui. Insomma, se venisse fuori che sei un bastardo».

«Non è giusto, sai già che sono un bastardo».

Arriccio il naso. «Una specie. Fingi di essere peggiore di quello che sei, non è vero?»

«Cristo», ribatte, «in realtà fingo di essere migliore di quanto non sia in realtà. Temo di essere un profondo abisso di orrori nascosti».

Prima stavamo scherzando, ma mi sembra che ora lui

sia serio: ci crede davvero. Immagino sarebbe insopportabile se fosse più sicuro di sé, o se avesse qualsiasi cosa gli manchi. Ma è triste che pensi – o almeno così sembra – di essere tanto terribile.

«Immagino che dovrò scoprirlo da me», dico, «e farmi un'idea». Rido. «Ricordati di chi stai prendendo il posto: di una persona che davanti a famiglia e amici ha fatto un sacco di promesse e non le ha mantenute».

«Non credo lo dimenticherò mai». È di nuovo serio. «Una persona che conoscevi e hai amato per vent'anni».

«Oh, be', non dovresti pensarla così. Davvero».

«Già. Ma è difficile. Perché lo ami, no? Lo ami ancora. Ti manca».

«Non è così semplice». Aggrotto la fronte. «Temo sia più complesso di quanto vorrei. Non voglio fregarti, o darti meno di quello che meriti».

«Non penso sia possibile».

Mi si stringe il cuore quando dice cose del genere. E non so cosa rispondere. Poso il bicchiere e mi avvicino a lui, gli avvolgo le braccia intorno al collo e mi sollevo sulle punte per dargli un bacio sulla guancia.

«Non dire così. Meriti cose belle. Meriti di avere qualcuno che ti dia tutto ciò che non hai mai avuto».

«Davvero? Non credo».

«Ehi».

Mi stringe e nasconde il viso tra i miei capelli. «Mmm. Hai sempre un odore magnifico. L'ho sempre pensato».

Restiamo abbracciati a lungo in silenzio nella cucina illuminata. Alla fine sospira.

«Hai detto che avevi fame».

«È vero. Ho fame».

«Allora sarà meglio darti da mangiare».

Cerco di non farmi prendere dall'ansia. È difficile distinguere l'eccitazione dall'ansia, ma sto cercando di non cedere alla seconda. Sarebbe stupido. Dopotutto, la parte difficile l'abbiamo già fatta – rimanere nudi. È passato tanto tempo dall'ultima volta che una persona che non era Chris mi ha vista nuda, ma almeno Edward non è scappato gridando. E neanch'io, il che è un bene.

È più difficile fare sesso vero, quello con la penetrazione, piuttosto che altre cose? Solo quando si è giovani. Mi ritrovo a ricordare… tutto. Scene della mia vita. La prima volta che sono stata con questa o quella persona, la prima volta che sono entrata in camera di un ragazzo con l'intenzione di… Penso a pomeriggi umidi, durante le vacanze di Natale del mio ultimo anno di scuola, quando avevo quasi sedici anni e facevo certe cose con Andy Bracewell. Un buona scelta, al tempo: era gentile, e anche se era uscito con Rachel Palmer non sembrava avessero fatto molto, quindi per lui era tutto nuovo quanto lo era per me. Non abbiamo mai fatto sesso, eravamo troppo giovani e nervosi, ma ci siamo dedicati a molte altre cose. Alcune delle quali io e Edward abbiamo replicato, questo pomeriggio. Penso a come mi sono sentita allora e a come mi sento adesso. Non è tanto diverso.

Mangiamo i *croque madame* a lume di candela in cucina. Holly Hunter è entrata, bagnata per la pioggia, e sta sgranocchiando i suoi biscottini accanto a noi.

«Sai», dice Edward, «la prima volta che ci siamo visti… So che sembrerà scontato, col senno di poi, ma anche allora ho pensato… non lo so. Ti ho notata quando sei entrata in negozio la prima volta».

«Non fa parte del tuo lavoro notare tutti?»
«Però non succede. Di solito li ignoro».
«Hai ignorato anche me, se ben ricordo».
«Facevo finta», dice, e rido. «Mi è piaciuto quando ti sei appoggiata al bancone per parlarmi. Era chiaro che eri divertita. E ora sembra...».
«Sembra?»
«Suonerà stupido».
Gli rivolgo un sorriso incoraggiante. «Dai, dimmi».
Sospira. «Be', che ti abbia mandata Andrew».
Sbatto le palpebre. «Non sembra il genere di cose che penseresti tu».
«Lo so, infatti hai ragione. Lo so che sembra stupido. Ma eravamo amici. A molte persone non piaccio, ma a lui sì. Era simile a te, o tu sei simile a lui. Probabilmente se l'aspettava che saremmo andati d'accordo. E gli farebbe piacere, spero, sapere che non si sbagliava».
«Però non mi conosceva», obietto.
«Lo so. È una stupidaggine».
«No, è una cosa dolcissima», dico, leggermente dubbiosa.
«Pensi che sia un cretino».
Gli sorrido. «Forse. Ma in senso buono».
Ridacchia. «Non c'è bisogno di trattarmi con condiscendenza».
«Come vuoi, capo».

E poi andiamo a letto. Si è fatta quasi mezzanotte. Non ci prendiamo il disturbo di lavare i piatti. Edward allontana la sedia dal tavolo e dice: «Non riesco più ad aspettare. Andiamo».
Mi sento stordita. Non so cosa dire, quindi mi alzo an-

ch'io. Mi porge una mano e la afferro, poi mi conduce nel pianerottolo.

«È di sopra».

«Lo so. Sono stata in camera tua», gli ricordo.

«Davvero? Quando?». Si gira a guardarmi, sbigottito.

«Mi avevi chiesto di chiudere la finestra. Non stavo ficcanasando», aggiungo, anche se forse così sembro colpevole.

Lo seguo sulle scale fino al secondo pianerottolo. Mi chiedo a cosa stia pensando lui. Mi chiedo se sia strano sentirmi così e se sia sicura di sapere davvero quello che provo. Il cuore mi martella nel petto, è come se fossi slegata dalla solita me stessa.

Apre la porta della camera e si gira a guardarmi. «Percepisco molta tensione per questa cosa. Anche se prima eravamo a letto insieme».

«In effetti sa di presagio», concordo, appoggiandomi allo stipite della porta per guardarlo mentre accende la luce e poi chiude le tende. «Chi è Corinne?».

Si gira a guardarmi. «Corinne?»

«Avevi un suo biglietto. Un quadro di Edward Hopper».

«Ah, sì. È un'amica, abita a St Andrews».

«Un'amica? Come Lara?».

Ride. «Meglio di Lara. Ma direi di sì».

«La vedi ancora?»

«Non credo che quello che facciamo io e Corinne rientri nel "vedersi"».

«No? Cosa fate?».

Fruga nel primo cassetto del mobile più vicino alla finestra. «Vuoi le candele?»

«Se le hai. Di certo non voglio una luce sopra la testa», dico, e lui ride.

Solleva una scatoletta. «Credo sia vaniglia».

«Perfetto. Allora, Corinne?».

Accende la candela e la posa sul mobile. «Qui va bene?»

«Benissimo. Stai evitando la domanda?»

«Spegni la luce».

Premo l'interruttore e gli occhi si abituano gradualmente alla penombra. «Edward?»

«No, la vedo a malapena. Una volta all'anno, forse ogni anno e mezzo. Di solito andiamo a letto insieme. Ma sapere che non succederà più difficilmente le spezzerà il cuore».

«No?».

Mi guarda, serio. «Ora sono tutto tuo, no?»

«Non lo so. È così?»

«Thea. Non so se ti sei persa qualcosa, ma sono pazzo di te».

Gli sorrido alla luce soffusa. «Davvero? Che bello. Insomma, mi sembra improbabile ma ti credo».

«Bene».

«Quanto passerà prima che torni a essere scontroso con me?»

«Non saprei. Una settimana?».

Scoppio a ridere. «Così tanto?»

«Se sei fortunata. Entri o resti sulla porta?»

«Questa è la parte difficile, eh?»

«Non permettere che lo sia. Vieni a letto».

Chiudo gli occhi. «Lo puoi ripetere?»

«Vieni a letto, Thea». Si avvicina, il suo viso è nell'ombra. Mi posa la mano sulla guancia e chiudo gli occhi. Sto tremando. Si china per baciarmi e mi sento sciogliere, ho le ginocchia deboli. È caldo; mi avvolge tra le braccia, i nostri corpi sono stretti.

«Oddio», dice, «Quanto... Mi piaci un sacco».

«Lo so. Mi piaci un sacco anche tu. Va tutto bene». Gli do una pacca delicata. «Non devi preoccuparti».

«Ma mi preoccupo. Ho paura che…».

«Possiamo preoccuparci più tardi. Tra un paio di giorni, va bene?». Infilo le dita tra i bottoni della sua camicia, sento la sua pelle calda contro la mia.

«Sì». Mi bacia di nuovo. «Di solito non mi preoccupo mai di queste cose».

«Mi sorprendi. Ma comunque, cerca di incanalare quella spensieratezza. Non va bene se siamo tesi tutti e due».

«Sei tesa?».

Mi ci vuole un po' per rispondere. «Adesso meno», dico alla fine. «Mmm. Cavolo, baci bene».

Posa la fronte contro la mia. «Dici cose bellissime».

«Penso anche che tu sia piuttosto attraente», continuo. «E mi fai ridere».

«Sono tutte belle notizie».

«Vero?».

Inizio a sbottonargli la camicia; gli bacio la clavicola e il petto. Poso l'orecchio sul suo cuore e lo sento battere. Gli sfioro il capezzolo con il dito, poi con la lingua. Geme, e gli passo i palmi sul ventre, sui fianchi; accarezzo quella pelle liscia e infilo due dita sotto la cintura dei jeans, mentre l'altra mano è premuta contro la sua erezione.

«Credo che dovresti toglierti i vestiti», dico, e lui lo fa subito, scalciando via i jeans e sbarazzandosi della camicia. Poi è sul letto.

«Tocca a te», mi dice, quindi abbasso la cerniera del vestito e lo lascio cadere per terra. Sciolgo i capelli, tolgo reggiseno e slip e salgo sul letto accanto a lui, pelle contro pelle.

«Oddio», dice, e mi fa sorridere tra me e me. Alla luce

della candela, il suo corpo sembra dorato. Mi sembra di essere potente, addirittura seducente, piena di forza sessuale, sicura della mia capacità di soddisfare ed eccitare. Non mi sento sempre così, e non dico che durerà, ma è quello che provo ora: sensualità e desiderio. È passato tanto tempo dall'ultima volta in cui ho sperimentato queste sensazioni, e quasi mi ero dimenticata com'è.

«Sei stupenda», dice.

«Soprattutto ora che non ho le calze, eh?», dico, facendolo ridere.

Più tardi, mi chiede: «Ci hai parlato? Con Chris, intendo».

«Non lo sento da tanto».

«Ogni quanto vi sentite?»

«Oh, quasi mai. Ci scriviamo e-mail. Non spesso, ogni tanto. Gli ho mandato un biglietto per il compleanno. Che è molto più di quello che lui ha fatto per me». Sorrido. «Quella è stata l'ultima volta in cui abbiamo parlato... per il mio compleanno».

«A giugno? È passata una vita. Che ne pensa del fatto che sei qui?»

«Non lo so. Probabilmente è sollevato di non avermi tra i piedi. Così per loro è più facile fare le cose da coppie con i nostri amici. Spero di non essere sembrata acida, non era mia intenzione».

«Ma non l'hai sentito dopo... la settimana scorsa?»

«Vuoi dire se mi ha detto che diventerà padre? No. Non so se ha intenzione di farlo, o se dà per scontato che lo sappia, o...». Scrollo le spalle.

«E ora come ti senti al riguardo?»

«Oh, be', penso sia pazzo», rispondo. «Sarà vecchio

quando il figlio avrà vent'anni. Non credo che sia stata una sua idea. La scorsa settimana ero preoccupata, ma ci ho pensato e non credo che… Avevi ragione: se avesse voluto figli, me l'avrebbe detto». Aggrotto la fronte. «Tu ne hai mai voluti?»

«Dio, no. No. Questione complicata. Non ho mai avuto storie serie, e comunque, anche se ne avessi avute… è tutto a puttane per le cagate dell'eredità. Non vorrei che i miei nipoti andassero in giro a dire: "Potevamo avere un titolo. Maledetto bastardo"». Ride.

La mattina, mentre facciamo colazione in cucina, dice: «Dovresti venire a vivere qui».

Mi va di traverso il toast. «Cosa?».

Versa dell'altro caffè. «Vieni a vivere qui. Con me».

«Sei fuori di testa. Mio Dio».

«Perché?»

«Ma come perché? Cristo. Non fai sesso con una persona una volta», sollevo la mano, «va bene, due o quello che è, e poi ci vai a vivere insieme».

«Perché no?»

«Perché sarebbe ridicolo. Comunque, non l'hai mai fatto prima. Non hai mai chiesto a nessuna di trasferirsi da te».

«No, ma non è un motivo per non farlo, ti pare? Sarebbe bello se vivessi qui. Anzi, credo che dovremmo sposarci». Mi sorride.

«Cos'è che credi?».

Ride. «Non mi aspetto che tu sia d'accordo».

«No. E comunque non potrei, neanche se la ritenessi una buona idea invece di pensare che sei… uno squilibrato. Sono sposata con un altro».

«Sì, ma tra un po' divorzierai. Quindi puoi trasferirti qui subito, e possiamo sposarci più avanti».

Scuoto la testa.

«Perché no? Così è più facile. Insomma, che senso ha fare avanti e indietro? Vorrei che vivessi qui».

«Mi conosci a malapena». Aggrotto la fronte. Sono molto più tentata dall'idea di quanto voglia ammettere.

«Non è vero. Lavoriamo insieme da sei mesi; nessuna mi è mai piaciuta neanche per tre. E lo so che abbiamo appena iniziato ad andare a letto insieme, ma ho in programma di farla diventare una cosa a lungo termine».

«Davvero?»

«Per te non è così?».

Lo guardo, poi distolgo gli occhi. «Be', io non ho in programma di evitarlo», ammetto riluttante.

Apriamo il negozio. È strano essere qui a svolgere le solite mansioni. Tutti sanno che mi ha licenziata, quindi quando mi vedranno qui faranno domande. Me le dovrò sorbire, immagino. Stranamente, il pensiero non mi turba come dover spiegare alla gente il perché non c'ero.

A metà mattina, mentre sono sulla scala a spolverare gli scaffali, Jenny entra e sbatte la mano sulla campanella. Edward alza lo sguardo.

«Ciao», dice, «cosa posso fare per te?»

«Come ho detto ieri, e l'altro ieri, puoi scusarti con Thea e ridarle il suo cacchio di lavoro», dice.

«Oh. Be'...». Guarda dall'altra parte della sala, dove sono in equilibrio sull'ultimo gradino della scala, con la testa che tocca il soffitto. «Non so se posso farlo».

«E perché no? Verrò a gridarti contro finché non lo farai. Quella donna è la cosa migliore che sia mai capitata a questo posto». La frase mi fa arrossire. Dovrei andare lì prima che dica qualcosa di ancora più imbarazzante.

«Sì, è vero», concorda Edward, al che scendo e vado veloce verso di loro.

«Cosa? E allora perché cavolo l'hai licenziata?»

«Va tutto bene», dico. «Gli ho fatto cambiare idea».

Lei si gira di scatto e mi sorride, sollevata. «Oh, grazie a Dio», commenta. «Sei un cretino», dice a Edward.

«Sì», annuisce lui. «Mi sembra giusto».

«Che bella notizia, comunque», continua Jenny, rivolta a me. «Come hai fatto a fargli cambiare idea? Di solito è testardo come un mulo».

«Be', sono stata persuasiva», rispondo, evitando lo sguardo di Edward. Che ride.

«È vero. Molto persuasiva».

«Mmm. Be', ottimo. E stai bene?», mi chiede.

«Ora sì».

Mi guarda con la fronte aggrottata. «Sicura?».

Annuisco.

«Quindi cos'era successo?»

«Errore di valutazione. Ora va tutto bene». Mi schiarisco la gola. «Spero».

«Lo spero anch'io», dice, scuotendo la testa verso di lui. «Che cavolo, Edward».

«Lo so», risponde lui, «non la merito».

Jenny riduce gli occhi a due fessure e guarda lui, poi me e infine di nuovo lui. Sono abbastanza sicura di sapere a cosa sta pensando. Non credo di volere che la gente si faccia una qualsiasi idea, almeno al momento. Diamoci un po' di tempo, no?

«Grazie per essere venuta a rimproverarlo», dico. «Sono commossa».

«È venuta qui ogni giorno», mi informa Edward.

«So che sa essere uno stronzo», dice Jenny.

«Non penso lo faccia volontariamente», ribatto. Lancio un'occhiata a Edward, che mi sorride. Mi si stringe il cuore. Oddio. Merda. Mi sorride sempre in quel modo? Lei se n'è accorta? Merda.

«Mmm», dice Jenny. «Okay, va bene. Non rifarlo più, Maltravers». Guarda il telefono. «Devo andare, sta per arrivare un cliente. Mi sono solo presa cinque minuti per venire qui».

«Grazie», dice Edward. «Lo apprezzo molto».

Lei lo guarda con sospetto. «Sembri quasi sincero».

«È così».

«Okay. Be', meglio che vada. Non gli permettere di approfittarsi di te», dice rivolgendosi a me, e sono orgogliosa della mia impassibilità quando le rispondo che non succederà.

La campanella suona alle sue spalle.

«Santo cielo», dice Edward. «Immagino lo saprai: mezzo paese è venuto qui a dirmi quanto sei magnifica».

Sbuffo. «Mi sembra improbabile».

«Niente affatto. Una raffica continua di insulti e i migliori sguardi per dire "ci hai molto delusi" da parte di tutti. E hanno ragione. Insomma, sei magnifica davvero. E ho intenzione di approfittarmi di te in lungo e in largo».

Aggrotto la fronte. Eccola di nuovo. Cos'è questa sensazione? È come… Oddio. Ci fissiamo, poi mi schiarisco la gola e distolgo lo sguardo.

Capitolo ventiquattro

È passato talmente tanto tempo da quando ho iniziato una relazione che ho dimenticato alcune cose. Non ricordo il protocollo. Ed è diverso a quarant'anni. O sembra diverso: non posso chiamare le mie amiche e raccontare tutto urlando. Anche se è più o meno quello che voglio fare. Non so come comportarmi, a chi dirlo.

Quando sono tornata a casa, il giorno dopo essere stata con Edward la prima volta, ho chiamato Xanthe. Lui voleva che passassi di nuovo la notte lì, ma sentivo di dover essere… "Cauta" è la parola giusta? Non volevo rinunciare al mio spazio, a casa mia, per quanto desiderassi stare con lui.

Xanthe era divertita ma felice, credo.

«Ah, ecco, me lo aspettavo. Ero convinta gli piacessi. Quando ti ha rapita e portata alla casa sulla spiaggia. Mi aveva sorpreso che non fosse successo niente allora».

«Casa sulla spiaggia? La fai sembrare più allettante di quanto non sia», obietto. «È solo un capanno. E non penso si possa dire che mi abbia "rapita"».

«Io penso invece che lo si possa dire eccome. E ora lo frequenti o cosa?»

«Be', sì…».

«Vedi, allora».

Purtroppo, non c'era nulla che potessi ribattere.

«Ehi, senti», dice Edward, appoggiandosi su un gomito per guardarmi, «la prossima settimana temo di dover andare a Londra».

«A Londra?». Sono confusa.

«Sì, hai presente? Quella città grande del Sud?»

«Ah ah. Ma perché? Per una vendita?». Non si è mai spinto più giù di Newcastle da quando lo conosco.

«Sì, c'è un evento alla Sotheby's».

«Caspita», dico, segretamente impressionata, «alla Sotheby's!».

«Ho pensato di disdire, ma sembrerebbe…».

«Vuoi disdire? Perché?».

Scrolla le spalle ed evita il mio sguardo. «Oh, be', sai… le circostanze sono cambiate…».

«Cos'è, vuoi disdire per me?». Sono in imbarazzo.

Annuisce. «Ma, ehm…».

«Be', sarebbe una stupidaggine. Sarò ancora qui al tuo ritorno, no?». Ci guardiamo per un lungo istante e il mio cuore comincia a battere più forte. Mi schiarisco la gola e distolgo lo sguardo. «Per quanto starai via?»

«Di solito per una settimana o giù di lì».

«Una settimana? Davvero?». Sono sconvolta, e deve vedersi dalla mia faccia.

«Conosco delle persone in Inghilterra», spiega, divertito. «Persone che non vedo spesso».

«Amici?»

«Sì, immagino si possano definire così».

«Ehm… amici come… Corinne?». Non deve pensare che mi importi di Corinne – perché non è così – ma aveva definito quelle donne "amiche".

«Non proprio. Conosco Corinne da tanto, ma conosco la maggior parte dei miei amici di Londra da ancora prima. E sono principalmente maschi», aggiunge, «se è quello che volevi sapere».

«Principalmente?». Non riesco a credere a quello che sto dicendo: potrei sembrare gelosa. Ma non è così. Almeno, non credo. O forse sì? Non sono mai stata gelosa di nessuno. E penso – *penso* – di poter confidare nel fatto che Edward non andrà a letto con nessuno, anche se va a stare da una persona con cui ha fatto sesso in passato. Giusto?

«Di solito dormo da Alan e sua moglie. O da Davey. Hai visto una sua foto», dice. «È quello con il cannone nella fotografia sulla cassettiera».

«Oh», commento, distratta dal pensiero di Edward con gli amici dell'università. «Dove abitano?»

«Alan e Trix a Putney. Davey vive a Wandsworth. Se sto da uno vedo gli altri. E di solito anche altre persone».

«Dell'università?»

«E un paio della scuola».

«Pensavo non avessi molti amici a scuola».

«Qualcuno sì».

«Non parli molto di loro».

Scrolla le spalle. «Henry. È un consulente della Royal London. Spesso è troppo occupato per vederci. Kirtsy lavora per la BBC ed è sposata con Raj, vivono a Peckham. Hanno una casa stupenda, l'hanno comprata quando le abitazioni lì costavano poco. Fanno finta che sia Camberwell», aggiunge. «Così il valore sale di trecentomila sterline».

«Accidenti».

«Già. Allora, vuoi venire con me?».

L'invito mi sconvolge. «A Londra?»

«È lì che sto andando, sì».

«E la libreria?»

«Ogni tanto è un peccato che lavori qui. Intendo che se lavorassi da un'altra parte potresti venire con me senza problemi».

«Poco preavviso», dico, fingendo di considerare l'idea.

«A parte quello».

«Be', io...».

«E forse passare una settimana in diverse camere degli ospiti e dover conoscere gente quando stiamo insieme da dieci minuti potrebbe essere...».

«Stressante?»

«Stavo pensando più a "noioso"». Mi sorride.

«Oh, non sembra noioso», rispondo. «Ma stressante di sicuro. Mi sentirei... sarebbe strano conoscere persone, hai ragione. Dal momento che sono passati solo dieci minuti».

Si sporge verso di me e mi posa una mano sul viso. «Però non voglio stare lontano da te per una settimana».

Rido. «Ce la puoi fare».

«Immagino di sì, a malincuore. Ma non credo di poter disdire».

«Non dovresti neanche se potessi farlo. Non dovrei condizionare i tuoi programmi».

Mi guarda per un lungo istante. «Se qualcuno potesse farlo, saresti tu».

Sono di nuovo agitata. «Sì, ma...».

«Ma dovrei andare».

Ha preso un'auto a noleggio perché la Land Rover è vecchia e fa casino e non è adatta per un viaggio di sette ore in autostrada. Sono le sei e mezzo di venerdì mattina, e siamo sul marciapiede fuori dalla libreria. Stranamente oggi somiglia molto di più a Charles. Credo sia la macchina, in realtà, una Volvo grigia e inutilmente grande; e anche il fatto che è vestito in modo più elegante del solito. Anche lui va a vendere: sistemato con cura nel bagagliaio, insieme alla sua valigia, c'è uno scatolone enorme pieno di libri.

Fa freddo, il sole non sorgerà prima di un'altra ora. Anche se non sono io a viaggiare, ho dormito male e sono scombussolata.

«Va bene», dice, «meglio che vada. Ti chiamo quando arrivo». Esita. «Resti qui? A dormire?»

«Cosa, stanotte? Non lo so. Non ci avevo pensato. Sì».

«Okay. Ci sentiamo dopo».

Ci abbracciamo in modo goffo e ci baciamo, sperando – io, almeno – che nessuno dei vicini stia guardando fuori dalla finestra. Nessuno sa ancora di noi. Non è una cosa da tenere segreta, ma voglio mantenere una certa discrezione finché non mi sarò abituata io stessa all'idea.

«Ti amo, Thea», dice, serio. «Stammi bene».

«Oddio, anche tu. Attento quando guidi, okay? Non cercare di fare tutta una tirata. E sta' attento agli altri che guidano, non ci si può fidare».

Ride. «Te lo prometto». Ci baciamo di nuovo.

«Forza, va'», gli dico. «Si gela qui». Gli tocco il naso con il dito. «A presto».

Entra in macchina, parte e si gira a salutare. Lo saluto anch'io, con veemenza, finché non sparisce dietro l'angolo.

Mi sento molto strana. Torno in negozio e chiudo a chiave la porta. Sono abituata a lavorare da sola, naturalmente, dato che è spesso fuori città. Ma non è quello.

Non so esattamente cos'è. La giornata è confusa, perché mi sono alzata prestissimo e ho già fatto colazione. E qui, al buio tra i libri, fa freddo. Non so cosa fare.

La libreria è molto silenziosa. Il tempo è brutto – piove e fa freddo – e sono venuti solo tre clienti in tutto il giorno. Tuttavia ci sono dei pacchi da spedire per le vendite online, e all'ora di pranzo vado in posta. Gira voce che l'ufficio chiuderà, e sarebbe scomodo: se dovessi andare fino a Newton Stewart sarebbe una bella seccatura. Faccio un salto a salutare Jilly e Cerys, poi torno in libreria.

Mi siedo sulla poltrona verde di Edward (che lusso!) e leggo il libro mentre la pioggia sbatte sulle finestre. Si sta alzando anche il vento. Mi chiedo cosa mangiare per cena e mi chiedo anche per quale motivo mi sento tanto strana. Non se n'è andato nemmeno da dodici ore, non può essere quello. O almeno me lo auguro – è pericoloso affezionarsi troppo alle persone. Penso a Paul McCartney: lui e Linda non hanno mai passato una notte lontani quando erano sposati. Ha reso più facile per lui accettare la morte della moglie o molto più difficile? Nessuno può dirlo con certezza. Io credo che abbia reso le cose peggiori. Rabbrividisco e guardo l'orologio. Ho ricevuto un messaggio alle due in cui Edward diceva di essere arrivato sano e salvo, quindi almeno la smetto di immaginarmi incidenti. Ora sono quasi le sei, quindi chiudo il negozio e vado di sopra.

«Ciao», saluta Edward.

«Ciao».

«Com'è andata la giornata?»

«Oh, è stata tranquilla. Com'è andato il viaggio?»

«Stranamente bene, o almeno finché non sono arrivato a Luton. Da lì il traffico è stato notevole, ma non posso lamentarmi».

«Come stanno i tuoi amici?»

«Bene. Toby, il figlio, è enorme. Non lo vedevo da anni. Quasi un metro e novanta».

«Quanti anni ha?»

«Quattordici».

«Ma non è alto come te».

«Ah, no, e mi sa che la cosa l'ha scocciato. È più alto di suo padre».

Rido. «Allora, domani cosa fai?»

«Vado a trovare Geoff Whitely per vedere se riesco a vendergli l'Ovidio».

«Ah, sì, l'avevi detto. Fiducioso?»

«Sì».

Rido di nuovo. «Bene».

«HH ha cenato?»

«Sì, è accoccolata dall'altra parte del divano», lo informo, girandomi a guardarla.

«Non si degna di sedersi sulle tue gambe?»

«Non ancora».

Parliamo brevemente del tempo, di cos'ho mangiato per cena e di altri argomenti interessantissimi. Penso sia la prima telefonata futile che ci facciamo. In alcuni momenti sono quasi andata nel panico, chiedendomi cosa dire. Non c'è nessun problema, ovviamente. Alla fine, dice: «Meglio che vada, andiamo a cena fuori».

«Festeggiate il tuo arrivo?»

«No, non credo sia per questo, ma piuttosto perché Trix ha lavorato tutto il giorno. Comunque, ti chiamo domani. Resti da me?»

«Oh, non lo so», rispondo. «Vedo come va stanotte».
«D'accordo. Be', allora buonanotte. Potrei scriverti quando torno».
«Potrei essere addormentata», lo avviso.
«Non c'è problema».

È molto strano stare sola nel letto di Edward. Senza di lui è enorme. Insomma, è comodo e ho messo il timer alla stufa elettrica, così Holly Hunter può accoccolarsi nell'angolo opposto dandomi le spalle. Ma sembra quasi di essere qui illegalmente. Leggo il libro ma non riesco a concentrarmi sulle parole, quindi devo tornare indietro diverse volte e rileggere. Passa un bel po' di tempo prima che mi venga abbastanza sonno da spegnere la luce, e poi pioggia e vento mi tengono sveglia per un po'.

Non so quanto abbia dormito né cosa mi svegli, ma i numeri rossi sulla sveglia mi dicono che sono le due e mezzo. Al contrario della mia camera al Lodge, qui non è mai buio pesto: le tende non sono chiuse bene e c'è un lampione abbastanza vicino da far entrare un sottile raggio di luce sul muro. E in paese c'è più rumore: per quanto Baldochrie non sia certo una metropoli, prima sentivo la musica del pub, la gente che chiacchierava sulla strada di casa, macchine che passavano. Al Lodge si sente solo la natura: il vento tra gli alberi, a volte un gufo o il verso spaventoso di una volpe. Dovrei mettere una tenda oscurante, anche se non ho mai avuto problemi a dormire qui, quindi forse non sono il rumore e la luce che mi disturbano. Mi rendo conto che mi sforzo di sentire, anche se non so cosa. Ma di sicuro non sono a mio agio, e passo il resto della notte tra sonno interrotto e sogni strani.

Edward si è ricordato che esiste FaceTime. Per fortuna, ora al Lodge ho la banda larga.

«Dove sei?», chiede aggrottando la fronte mentre mi guarda.

«A casa. La scorsa notte non ho dormito molto bene, e ho pensato che…».

«Avevi freddo?»

«No, no. Mi è sembrato solo un po' strano».

«Strano? In che senso?»

«Non lo so. Penso… Era strano senza di te».

«Neanch'io ho dormito bene. Mi manchi».

«Ma sei impegnato», glisso, a disagio.

«Sì, ma vorrei che fossi qui. Geoff ti piacerebbe. E anche tutti gli altri».

«Hai parlato di me?». Il pensiero stranamente mi agita. Che problemi ho?

«Be', non a Geoff, dubito gli interessi. Ma l'ho detto a Trix e Alan. Erano contenti, come puoi immaginare».

«Oh, be'…».

«Anche sconvolti e stupiti».

Cerco di non guardare la mia immagine poco lusinghiera nell'angolo dello schermo. Anche Edward è strano da questa angolazione, quasi tutto mento. «Sconvolti?»

«Be', ormai si erano arresi al fatto che sarei morto da solo».

«Oh, ma dai».

«Che c'è?». Mi sorride. «Lo sai che è vero. Credo di aver decantato le tue lodi per almeno un'ora».

«Dev'essere stato emozionante, per loro».

«Erano interessati, hanno fatto un milione di domande». Sbadiglia. «Scusami. Dio santo, sono esausto».

«Speriamo che stanotte tu dorma meglio. Esci di nuovo?»
«No, facciamo la pizza».

La notte successiva dormo meglio, ma mi sveglio comunque molto presto. C'è qualcosa che mi turba e non so cosa. Mi sento tesa, per qualche motivo, come se avessi un nodo allo stomaco. Una sensazione simile a quella prima di un esame. Resto a letto e penso a come, a volte, sarebbe utile poter spegnere il cervello. Non ho bisogno di pensare a tutto quello che mi turbina in testa. Quand'è che dovrei tornare a casa a prendere la mia roba? Dovrei andarci? Comprare un appartamento lì? Cosa ci faccio con la mia roba, una volta portata qui, sempre se la porto? Affitto il Lodge o continuo a viverci, anche se decido di passare più tempo da Edward? Vuole che vada a vivere lì – almeno, ha detto così la settimana scorsa. L'ha accennato diverse volte. Ma potrebbe cambiare idea. E mi sono abituata a vivere da sola. Mi piace abitare al Lodge. Mi piace il giardino pieno di uccelli, la possibilità di coltivare l'orto, la serra.
Mi rendo conto che potrei coltivare verdure qui anche se abitassi da un'altra parte. O potrei farlo nel giardino di Edward: è grande abbastanza. Cerco di immaginare le mie cose a casa sua, ma non ci riesco. Sembra ben fornita di mobili. Non gli manca niente di quello che potrei portarmi, anche se immagino che le mie foto ci starebbero bene, e anche i miei tegami e le cianfrusaglie vintage. E i miei libri! Per quelli ci sarà posto da qualche parte. Gli utensili da cucina possono stare tranquillamente al Lodge. Non sono affezionata a nessuno di quegli oggetti. Potrei usare una delle stanze al pianoterra per piaz-

zarci magari le cose per cucire. Ma non so se riesco a immaginare una vita lì. Ci riesco? In realtà sì, certo, l'appartamento mi piace molto: le stanze ampie, l'eleganza dello spazio, e Edward non ha niente che eliminerei se potessi. Ha buon gusto e ha sempre avuto i soldi per comprare belle cose.

Sento Xanthe. Vuole sapere come va e le dico che lui è via e che mi sento strana.

«Strana come?»

«Non lo so. Ansiosa».

«Ansiosa? Cosa pensi che succederà?»

«Non lo so. Niente. Non ne sono sicura. Solo che…».

«Cosa?»

«Non… non lo so».

«Be', così non arriviamo da nessuna parte. E non lo conosco, quindi non posso aiutarti. Siete solo all'inizio, ed è stato inaspettato, e tu hai avuto un solo compagno per tipo vent'anni. Immagino sia molto diverso da Chris».

«Be', sì. Ma Chris non è l'unico che ho avuto. Non penso sia per quello. Forse…».

«Cosa?»

«Forse ci sono delle cose di cui gli devo parlare. E se fosse qui lo farei, ma non c'è e il mio stupido cervello mi fa dannare. Poi c'è tutta la questione del fratello», dico. «Insomma, capisco perché non si parlano – sarebbe strano il contrario. Capisco perché si odiano. Ma come andranno le cose? Charles è sempre stato gentilissimo con me, non ho intenzione di smettere di parlargli di punto in bianco. Ma potrebbe essere molto imbarazzante».

C'è un lungo silenzio mentre ci riflette. «Direi di sì. Non riesci a farli chiarire?»

«Non lo so. E non sarebbero neanche fatti miei, giusto?».

Ancora una volta, una pausa mentre ci pensa. «Be', più o meno».

«Sì. Ma è abbastanza? Non voglio impicciarmi».

«Penso che ti stia preoccupando di cose che potrebbero non essere neanche problemi».

Scoppio a ridere. «Ma non sarebbe proprio da me!».

Ride anche lei. «Vero? Ma quello che ti preoccupa di Edward...».

Non voglio parlarne con nessuno che non sia lui, non mi sembra corretto. Cambio argomento. Ma quando la conversazione finisce, ci sto ancora pensando. Penso a quanto il mio punto di vista sulle relazioni sia diverso da quello di Edward. Non ha fatto pratica, e ha vissuto una serie di... situazioni che io non prenderei neanche in considerazione. Ha detto che la nostra è una cosa stabile e monogama, lo so, ma come fa a esserne certo? La sua ultima relazione è stata con una donna sposata, e a quanto ne so neanche gli interessava. Ha detto che nemmeno al marito di Lara importava, e gli credo – perché avrebbe dovuto mentire? Ma non è normale. O forse sì? Quando faccio commenti sulle persone raffinate e la loro etica, o mancanza della stessa, non si mostra mai in disaccordo. Anzi, è convinto che le persone abbiano una morale solo quando si tratta di giudicare il comportamento degli altri, e che riescono sempre a ridelinearla quando prendono in considerazione il proprio, di comportamento. Ma io non credo che sia così. O comunque, non per me. Non ho mai tradito nessuno né mai lo farei, e includo anche l'andare a letto con una persona sposata nel caso io fossi single.

Ci penso per secoli, poi ricordo che quando ho iniziato l'università il mio ragazzo, con cui stavo da sei mesi, è andato con una ragazza del suo corso, e anche se l'avevo perdonato – o così avevo detto – era come se la cosa avesse in qualche modo allentato il nostro legame. Quel Natale avevo pomiciato – ma non ci avevo fatto sesso, anche se ci avevo pensato – con il coinquilino di una delle mie amiche. Quindi la mia morale non è proprio perfetta. Certo, quella è stata la fine: io e Pete avremmo dovuto essere abbastanza coraggiosi da lasciarci prima di andare all'università ai due poli opposti del Paese perché, come ho detto a Rory tanti mesi fa, era prevedibile che ci saremmo lasciati prima del nostro terzo San Valentino. Non ci si può aspettare niente di diverso: gli adolescenti sono esposti a un sacco di nuovissime opportunità, arrivano all'università senza bagaglio emotivo da casa. E io ero una dea ai tempi (rido da sola al pensiero) quindi ho avuto molte... opzioni.

Niente di tutto questo aiuta.

Passo la settimana al lavoro sentendomi fuori fase e a disagio. Il negozio è sempre silenzioso, e l'unico momento degno di nota è quando alcuni rappresentanti della Camera di commercio vengono a parlarmi – be', in realtà vengono per parlare con Edward, ma non c'è – del festival vittoriano di Natale. Naturalmente il signor Maltravers non ha mai partecipato a questo tipo di promozione locale, che avrà luogo la settimana prima del matrimonio di Jenny e Alastair, ma io ci sto e aderisco subito. Organizzo l'esposizione natalizia della vetrina per l'evento con quella che può essere definita solo come gioia, e scorro centinaia di cappelli a cilindro su eBay prima di rendermi conto che forse, e dico forse, Edward ne ha uno. Detto sinceramente, mi sembra il tipo. Sarà stato di certo a dozzine di matrimoni in cui era richiesto un cappello di seta. Non ho intenzione di mettere la crinolina, mi travestirò da uomo. Sono già elettrizzata al pensiero delle basette finte e del panciotto ricamato.

Gli scrivo un messaggio.

"Per caso hai un cappello a cilindro?"

"Ehm... credo di sì. Perché?"

"Niente, chiedevo. Dov'è?"

"Se è nell'appartamento, sarà dentro l'armadio della camera da letto verde. In una scatola".

"Okay, grazie. È un problema se lo cerco e lo tiro fuori?"

"Figurati, fa' pure. Ma perché ti serve?"

"Festival vittoriano"

"Cristo santo, no".

":D :D Va tutto bene, non devi farlo".

"Non ne ho intenzione".

"Immaginavo. :D"

Visto? Va tutto bene. Gli parlo e va tutto bene, ci sentiamo su FaceTime e lo guardo e penso: "Sì, è vero e funziona, va tutto bene. Gli parlo appena torna e...". E poi mi viene la nausea e mi sento nervosa e insicura. Non voglio, ma so che non posso stare con qualcuno che tradisce senza problemi.

Venerdì mattina è a casa. Ha guidato tutta la notte nonostante il tempo fosse terribile. Alle sei e trenta sta bussando alla porta e, con mia sorpresa, ha in mano un bel mazzo di fiori.

Lo guardo, ancora mezza addormentata, e apro di più la porta. «Quelli non vengono dai grandi magazzini. Fiori sofisticati da Londra?»

«Certo. Ciao».

«Avresti dovuto chiamare, mi sarei alzata».

«Ma sei in piedi». Sorride, avvolgendomi in un abbraccio fortissimo. «Comunque, volevo farti una sorpresa».

«Sono sorpresa. Pensavo saresti tornato stasera».

«Sì, sembrava inutile andare a dormire, quindi non l'ho fatto. Dio, quanto mi sei mancata», dice, con il viso premuto tra i miei capelli.

«Odori di città», dico, con il naso contro la sua maglia.

«Sì?»

«Be', immagino di sì». Sembra molto solido e reale, in piedi nel mio ingresso, e mi chiedo come abbia fatto a creare un'altra versione di lui nella mia testa. È questo che ho fatto?

Mi bacia e di colpo mi sento meno tesa e più…

«Oddio, Thea», dice. «Cara Thea».

«Va bene», dico, «calmati. Hai fame?»

«Da morire».

Traffico con il termostato e accendo il riscaldamento. Si sente un rumore metallico e dei tonfi. Forse dovrei prendere una caldaia nuova, ma la regola delle caldaie è che aspettano la vigilia di Natale o un altro giorno rognoso per rompersi, e si resta senza acqua calda per un mese.

«Ti sei fermato durante il viaggio?»

«Ho preso un caffè a Tebay». Sbadiglia, si stiracchia e mi segue in cucina.

«Oh», dico distrattamente, «stanno aperti tutta la notte?»

«Solo una parte. Niente pasticcini o pane fatto in casa, mi spiace».

«Be', vieni a fare colazione. Cosa vuoi? Porridge? Uova e bacon?»

«C'è il bacon?»

«Sì. E pomodori, se vuoi».

Metto su il bollitore e lui si toglie la giacca e si accomoda su una sedia.

«Cristo, che bello essere di nuovo qui», dice.

«Il viaggio ha avuto buon esito?»

«Sì, ottimo. Ho speso soldi ma ne ho anche fatti».

«Evviva». Taglio a metà tre pomodori e li metto sotto la griglia, poi rompo le uova in un bicchiere.

«Mangi anche tu?»

«È un po' presto, ma ora sono sveglia. Quindi sì». Preparo due tazze di caffè e gliene poso una davanti. Lui ci mette dentro un cucchiaio di zucchero lentamente e chiude gli occhi.

«Sono stanco», dice.

«Immagino. Vai a dormire a casa tua?»

«Devo riportare la macchina a noleggio», sbadiglia di nuovo, «e prendere la Land Rover».

«Sì, e poi?»

«Magari mi corico. Non dobbiamo aprire per forza, no?»

«Ah, no?»

«Be', non lo so. Vedo come mi gira».

«Posso gestire la libreria senza di te. L'ho fatto per tutta la settimana».

«Sì, ma la tua presenza sarà richiesta di sopra», ribatte, facendomi l'occhiolino.

Rido. «Oh, certo. Inventario?»

«Non lo faccio prima di gennaio», risponde, fingen-

do di prendermi sul serio. «Sai, dopo la frenesia natalizia».
«Ci sarà molta confusione per Natale?»
«Di solito c'è parecchio da fare».
«Anche se non aderisci al festival vittoriano?»
«Tengo aperto», ribatte, «solo che non metto i costumi d'epoca».
«Buuu. Staresti benissimo vestito da negoziante dickensiano».
«È una cosa ridicola».
«La Camera di commercio sembra pensare che abbia molto successo». Giro i pomodori e metto quattro fettine di bacon in padella. «Pane tostato?»
«Oh, sì, grazie. Ci penso io». Si alza e si lava le mani prima di tagliarne quattro fette. Le mette nel tostapane. «Ovvio che la Camera di commercio dica così».
«Be', comunque», dico, «io ho intenzione di travestirmi. Il tuo cilindro mi sta a meraviglia».
«Ti vesti da uomo?»
«Sì».
«Sexy», commenta, facendomi ridere.
«Ho in mente dei peli facciali spettacolari».
«Ancora più sexy. Basette o baffi da arricciare?»
«Oh, interessante. Avevo pensato alle basette, ma chi non vorrebbe dei bei baffi arricciati?».
Verso le uova in padella e lui prende i piatti dalla credenza.
«So che due settimane sono poche per avere una routine domestica», dice, prendendo il burro dal ripiano alto del frigo, «ma una delle cose che mi sono mancate è stata trafficare con te in cucina».
Mi giro a guardarlo mentre i toast saltano fuori dal to-

stapane. Li mette in un piatto e inizia a imburrare. Non mi aspettavo il suo arrivo prima delle sette di mattina; dovremmo almeno fare colazione. Ma deve vedere qualcosa sul mio viso, perché chiede: «Tutto bene?»

«Ah, sì. Vuoi dello sciroppo?»

«No. Sei sicura? Sembri…».

«Cosa?»

«Non lo so, tesa?»

«No», rispondo. Rigiro il bacon e poi lo metto nel piatto con i pomodori e le uova, e porto tutto a tavola. Prendo le posate dal cassetto e ci sediamo a mangiare.

«Sicura?»

«Mangia», dico, e butto giù mezza fetta di pane tostato.

Sono pulita e vestita e sono in macchina dietro a Edward per andare in libreria. Lui deve restituire l'auto, quindi apro io. Non gli ho detto nulla mentre facevamo colazione – né dopo, se è per questo. Forse sto rimandando o forse voglio solo aspettare che sia riposato. Io non vorrei che qualcuno iniziasse una conversazione seria con me dopo che sono stata sveglia tutta la notte.

Sento la Land Rover fuori e noto, con un po' di cinismo, che mi basta il rombo del motore della sua macchina per ritrovarmi a sorridere.

«Ehi, ehi», dice, aprendo la porta e posando la valigia vicino al bancone. Si gira e torna fuori, per poi rientrare con due scatole e una busta.

«Allora, cos'hai preso?», chiedo.

«Questo è per te…».

«Oh, Edward, sul serio?»

«Sì, e non è elettrizzante sapere che non sarà rinchiuso in cassaforte per tre mesi come un certo set di portatovaglioli ad anello?». Mi porge un pacchetto lungo quasi quanto il mio avambraccio.

«È un cucchiaio?»

«Aprilo».

Sospiro e tolgo lo scotch con attenzione prima di srotolare la carta marrone. Dentro c'è un mestolo, molto bello. Sul manico, in corsivo, è inciso E & A. «Oh», commento.

«Sì, scusa, lo so che è un po'... mieloso», dice. «Ma non è stupendo?»

«Sì, molto. Quanto è antico?»

«Diciottesimo secolo, forse 1750. Qualcosa del genere, comunque».

«È bellissimo».

«Da condividere», dice Edward, e gli occhi mi si riempiono di lacrime.

«Ehi, che succede? Cos'hai?»

«Ehm... senti...».

«Thea?»

«Ho delle cose in testa».

Mi guarda con cautela. «Cose?»

«Sì. Senti, a questo punto dovrei dire che sto bene», confesso, «ma in realtà non è così».

«Ti prego, non dire che stai bene se non è vero. Cosa succede?»

«Sono quasi le dieci», dico, «dovremmo...».

«Non dobbiamo aprire. Che succede?»

«Sei stanco...».

«Non così tanto da non riuscire a ragionare. Per favore, dimmi cosa c'è». Va alla porta e la chiude a chiave. «Andiamo a sederci», dice con gentilezza, e lo seguo nella sezione di Teatro e Poesia, dove accende le lampade per poi sedersi sul divano più piccolo.

Mi sistemo accanto a lui e cerco di ricompormi.

«Allora, dimmi di queste cose che hai in testa».

«Non so se ci sono davvero. Almeno... questa settimana ci sono state... perché tu non c'eri», dico velocemente. «Non so cos'ho fatto, è come se non riuscissi a ricordare come sei. Ora ti vedo, vedo come sei. Credo».

Sembra preoccupato. «D'accordo. Ed è un male?».

Rido. «No. Non penso. Va bene, senti, lo dico e basta: sei la Susanna nella vita di altre persone? Tu... Non so se riesco a... Il fatto è che quanto successo con Chris e Susanna mi ha ferita moltissimo. E non penso che lei ne avesse intenzione. Non ha pensato affatto a me. Ma tu volevi ferire Charles quando tu e Carolyn... E non so se...».

«Ah», dice. «Quindi si tratta di quanto sono stronzo».

Non capisco se è offeso. «No, non...».

Sventola una mano. «Sì, invece. Non c'è problema. Ho fatto quello che ho fatto senza che mi importasse, e ti stai domandando se non sia addirittura peggio. Almeno Susanna ci tiene. Lei voleva tuo marito, e lo ama, e magari non le importava di te ma tiene a lui, o almeno pare così. Ma io ho ferito due persone e rovinato il loro matrimonio, e Carolyn nemmeno mi piaceva. È questo che intendi, giusto?».

Annuisco, impressionata dal fatto che sia riuscito a riassumere tutto in modo così efficace senza suggerimenti. «Be', so che hai detto che il marito di Lara...».

«Oddio, no, a lui non frega un cazzo. Non preoccupiamoci di *lui*. Ma tu credi che l'infedeltà per me sia... accettabile».

«Non sono sicura di pensarlo», ribatto, «ma la cosa mi preoccupa».

«Sì. Ma non è così». Si schiarisce la gola. «Se fossi stato innamorato di Carolyn, magari non l'avrei fatto. È peggio? Forse. Ma non si trattava di lei, si trattava di Charles. Non sto cercando scuse. Lo sai che non ho mai avuto relazioni neanche lontanamente normali. Alcune di quelle persone...».

«Le ex di Charles».

«Le ex di Charles, sì. Alcune le ho frequentate per un po'. Ma non le ho mai tradite. Non sono mai andato a letto con un'altra se la persona che vedevo era convinta che facessi sesso solo con lei». Aggrotta la fronte per la frase contorta.

«No?».

Scuote la testa. «No».

«Corinne...».

«Dovrei fartela conoscere», dice, «andreste d'accordo. Ma Lara non si aspettava che fossi... Non credeva fossi suo né niente del genere. Dopotutto, sarebbe stato ipocrita. Insomma, non dico che sia particolarmente attenta alla morale», fa una smorfia, «ma faceva comunque sesso col marito. Se mi voleva per sé, di sicuro non l'ha mai detto. Non penso sia accettabile, Thea, ecco cosa sto cercando di dire. Non andrei mai a letto con nessun'altra. Non sarei mai infedele».

«Ma l'aveva detto anche Chris. Dirlo non ha senso. Insomma, in questo preciso momento magari ci credi, ma...».

«Tu tradiresti? Me o qualcun altro?»

«No, io...». Mi fermo, cercando di essere sincera. «Mi piace pensare che non lo farei».

«Ma nemmeno tu puoi esserne certa, no?». Ci guardiamo in modo solenne. «Io posso solo dirti quello che provo, e prometto che non mi lascerò mai convincere dalle tue amiche che dovrei scoparmele».

Rido. «Non penso di credere più alle promesse».

Si tormenta il labbro inferiore, pensieroso. «Non voglio essere messo nella posizione di non poterti dire niente. Voglio poter esprimere i miei sentimenti. Fare in modo che tu mi creda. Lo so, pensi che io sia... Be', in realtà non so esattamente cosa pensi. Ma credi che potrei fare una cosa brutta perché è già capitato in passato, giusto?».

Mi mordo il labbro, forte, per evitare di piangere.

Si accomoda meglio. «Non credo di aver mai fatto niente di terribile, se non a Charles, o almeno non davvero. Con le donne sono stato assente, pigro e non mi sono impegnato, ma solo perché non ho mai conosciuto nessuna con cui volessi stare. Ed è perché non ci ho mai provato. So che è patetico, e sarei dovuto andare in terapia un sacco di tempo fa. Se l'avessi fatto, probabilmente ora sarei sposato, e forse abbastanza appagato. Perché credo di avere una grande capacità inutilizzata di appagamento». Ride. «Se un anno fa mi avessero detto che avrei finito per fare un discorso del genere, li avrei presi per matti. Ma è vero».

«Però io non sono così speciale. Perché ora è diverso?»

«Sei speciale per me. So cosa intendi: forse sei come tante persone, non sei fuori dal comune. Ma io penso che tua sia fantastica. Non riesco a immaginare di potermi stancare di questo, di te. Adoro lavorare con te. E ti amo. Questa settimana mi sei mancata tantissimo, è una cosa irragionevole. Sono stracotto».

«Sì, e anche questo mi preoccupa».

«Forse non dovresti. Hai ragione quando dici che nessuno sa cosa succederà, che non possiamo prevedere niente, e forse hai ragione anche sulle promesse. Eppure eccoci qui. Ti sto dando il mio cuore».

Lo guardo con la fronte aggrottata, turbata.

«Non devi prenderlo se non lo vuoi», dice serio. «Se pensi di non potermi credere...».

«Non è quello. Ti credo».

«Davvero?».

Faccio un respiro profondo. «Sì».

Capitolo venticinque

Stiamo insieme per quasi un mese prima che lo racconti a qualcuno che non sia Xanthe. Esco dal negozio dopo l'ora di chiusura per andare alla cooperativa a prendere il latte, quando mi imbatto in Alastair che sta portando fuori i cani. Sono più o meno le sette e mezzo, fa freddo e la nebbia dà un'aura di mistero alla strada. L'umidità si condensa sulle finestre e gocciola vicino a noi.

«Ti ha fatta lavorare fino a tardi, stasera», commenta.

«Oh, in realtà no».

«In realtà no?».

Per fortuna è buio: spero non si accorga che sto arrossendo, alla luce arancione dei lampioni.

«No, io...».

«Mi sembra di averti vista anche ieri», dice. «Di domenica?»

«Sì, d'accordo, tanto non è un segreto».

Mi sorride. «Allora Jenny aveva ragione».

«Perché, cos'ha detto?»

«Non ti riporto parola per parola, ma ha fatto intendere che tu e Edward foste... più intimi».

Ridacchio. «Ma davvero?»

«Già. Dunque, sai che non sono proprio un grande fan di Edward...».

Sospiro. «Nessuno lo è. Be', io sì, immagino. Io sì». Mi muovo, imbarazzata.

Ride. «Ma se ti piace, buon per te. Quando sabato l'ho visto, era di ottimo umore… immagino che questo spieghi tutto».

Sono ancora più in imbarazzo. «Davvero?»

«Come la mattina dopo una tempesta, tutto sole e marciapiedi puliti. Assicurati che ti tratti come si deve».

«L'ha sempre fatto. Lo sai che per me il suo carattere non è un problema».

«No, Jenny ha detto che sembra non importarti». Scuote la testa. «Molto strano. Ma è un bene per tutti che sia più allegro. Quindi, portalo mercoledì».

«Sicuro? Non osavo chiedere, so che non ti piace».

«Ora mi piacerà di più. Quindi portalo. Vengono anche Jilly e Cerys».

«Okay», annuisco. «Glielo chiedo. Non so cosa pensa delle cene in casa di altri».

Alla cooperativa, mentre compro il latte e guardo gli avanzi tristi sullo scaffale della panetteria per vedere se c'è una torta, cerco di immaginare la cena da Alastair e Jenny insieme a Edward. Una cosa normalissima, come se fossimo una coppia normalissima. Cosa che immagino siamo.

Jenny chiede: «Quindi domani porti Edward?».

Annuisco. «Era entusiasta dell'invito», rispondo, ed entrambe ridiamo perché non è del tutto vero.

«Quindi ti piace sul serio?», chiede ancora, curiosa.

«Sì».

«Più di Charles?»

«Oddio, sì. Non mi piace Charles. Be', è ingiusto dirlo, è

una brava persona». Arriccio il naso. «È sempre stato gentilissimo con me. Ma Edward mi piace molto di più, sì».

«Mi sembra strano. Ma non sono affari miei».

«Purtroppo c'è un solo Alastair», scherzo, «ed è già prenotato».

«Oh, sì. Mi dispiace». Esita. «Ma ti tratta bene, vero?»

«Certo». Sono sorpresa. «In caso contrario, non ci perderei neanche tempo. Insomma...». Faccio una pausa, non sapendo fino a dove spingermi. Mi piace Jenny, probabilmente è la mia migliore amica qui. «Chris mi trattava bene, prima che se ne andasse. Non sono interessata alle persone sgradevoli».

«Oh, non ti offendere, non insinuavo che lo fossi. Scusami».

«No, va tutto bene. So che sembra passato poco da quando io e Chris ci siamo separati, e...».

«Ma avete rotto ben prima che venissi qui, giusto?».

Annuisco. «È finita a gennaio».

«Quasi un anno. Nonostante tu sia uscita da una relazione così lunga, mi pare che tu abbia superato lo shock. E mi sembri una persona giudiziosa».

«Di solito lo sono», concordo.

Mi guarda, pensierosa. «Pensi di non esserlo con Edward?»

«Non mi aspettavo di conoscere qualcuno, quindi è stata una cosa inaspettata. E lui è...». Non so bene cosa dire, non voglio esporlo troppo alla curiosità dei vicini. «È molto... entusiasta».

«Sì», annuisce. «Ha detto a Cerys che non è mai stato realmente innamorato prima».

«Oddio. Davvero?». Sono allo stesso tempo terrorizzata e contenta.

«Sì. Allora, dev'essere incredibile».
«Be', io sono stata innamorata. Più di una volta. Ma lui mi piace molto».

«Ciao, tesoro, come stai?». Mia madre mi guarda dallo schermo del computer. «Sei ancora in Scozia?».
Di solito uso Skype dalla libreria perché mi sono abituata a farlo prima che al Lodge ci fosse la banda larga. Ma oggi sono al piano di sopra, nel salotto di Edward.
«Sì».
«Che tempo fa?».
Guardo il cielo grigio fuori dalla finestra. «Invernale».
«Piove?»
«Oggi no. Per adesso, almeno».
«Qui fa freddo», dice, «sono rimasta sorpresa». I miei ora sono in Wyoming, da una vecchia compagna di scuola di mia madre che si è trasferita negli Stati Uniti prima che io nascessi. Si stanno divertendo tantissimo nonostante il freddo: sono tutti simpatici e il paesaggio è meraviglioso – montagne, boschi e veri bufali; neve, cavalli, granai eccetera. Sembra fantastico.
«Allora, dove sei? Non sembra la libreria», commenta.
«Oh, no, sono di sopra, nell'appartamento. Guarda». Prendo il computer e lo giro così vede la stanza. «Bello, vero? E, nonostante le finestre, si sta al caldo. Perché c'è il caminetto».
«Sopra il negozio? Di chi è l'appartamento, del proprietario?»
«Sì. Di Edward». Mi schiarisco la gola. Dovrei dirglielo, vero? Non è mica un segreto.
«Di domenica? Stai lavorando?»
«No, sono rimasta qui. La scorsa notte».

Mi guarda di nuovo. «Ah», dice. Vedo che si sta chiedendo se dovrebbe approfondire la questione: sono notoriamente riservata, o almeno non troppo estroversa.

«Sì», dico, dispiaciuta per lei. «Io e Edward… immagino che ci stiamo frequentando».

Esamina la mia espressione, cosa difficile da fare a distanza.

Dalla porta, Edward dice: «Immagini? Non mi sembri molto entusiasta della cosa».

«È strano dirlo», spiego. Torno a rivolgermi a mia madre. «È qui. Ti va di salutarlo?»

«Ma certo! Sì! Chiamo papà…».

«Oh, no, non c'è bisogno di…».

Ma la sento gridare, poi compare mio padre, confuso.

«Non ti dispiace, spero», chiedo a Edward. «So che conoscere i genitori non è il massimo».

«Non mi dispiace, perché sono molto più entusiasta di te della cosa», ribatte, «e sarei felice di dire a chiunque che sei la mia amante o addirittura che stiamo insieme».

«Non dire "amante" con i miei genitori, razza di svitato».

Ride e viene a sedersi.

«Ehm, ciao, papà, come stai?»

«Bene, Thea, grazie. Che succede? Non ho capito cos'ha detto tua madre».

«Volevo solo presentarvi una persona». I miei sono seduti vicinissimi e fissano lo schermo. «Lui è Edward… è il proprietario del negozio in cui lavoro».

«Ah, sì, la libreria». Mio padre annuisce sistemandosi gli occhiali. «Piacere, Edward».

«Salve, signor Hamilton. E signora Hamilton».

Mia madre gli rivolge un sorriso smagliante. «Salve», lo

saluta. «Sono Carol. E lui è Roy». Dà una gomitata a mio padre, che sembra confuso.

Mi schiarisco la gola. «Papà, io e Edward siamo…».

«Fidanzati ufficialmente», mi interrompe il suddetto, e io mi copro gli occhi con una mano.

«No», dico, «sarebbe una follia. Ma…».

«Ci frequentiamo», mi interrompe di nuovo. Sorride a mia madre, che sembra contenta.

«Ci frequentiamo, sì».

«Be', è meraviglioso», dice la mamma. «Sono contenta per tutti e due».

«Ma non siamo fidanzati ufficialmente», dico, «voglio che sia ben chiaro».

«Per adesso», commenta Edward, e uggiola quando gli rifilo un pizzicotto.

«Non c'è bisogno di affrettare le cose», dice mia madre, sorridendomi felice. «Trattatevi bene».

«Il piano è questo», risponde Edward.

«E quindi vi conoscete da un po', giusto?»

«Sì, più o meno da quando sono arrivata. Ovviamente non ero nelle condizioni di…».

«No, be', le cose sono state difficili, vero? Sono contenta che tu abbia trovato una persona. Ero preoccupata per te, tutta sola lassù, senza conoscere nessuno».

«Conosco anche altre persone», obietto. «Ora ho degli amici qui».

«Lo so. Ma è comunque bello avere qualcuno di speciale».

Edward mi stringe la mano. «È vero», concorda. «È stato un piacere conoscervi. Speriamo di vederci di persona, un giorno. Ti lascio in pace». Mi dà una pacca sulla gamba e si alza.

«Di' solo cose belle su di me», dice in un finto sussurro, e io alzo gli occhi al cielo.

«Cretino. Come faccio?».

Ride ed esce dalla stanza. Torno a rivolgermi allo schermo.

«Allora, è da tanto che vi frequentate?». Mia madre è elettrizzata. «Non hai praticamente mai parlato di lui».

«Be', da un paio di settimane».

«E va bene? Lavorarci insieme?»

«Finora sì. È una persona alla mano. Ehm…».

«Mi sembrava avessi detto che era burbero».

«Ah, sì, lo è. Ma per me non è un problema. Si comporta così solo per evitare che i clienti gli diano noia. Io sono molto più brava di lui con il pubblico».

«Mi riesce difficile crederlo», dice mio padre. «Non mi sei mai sembrata una da servizio clienti».

«Lo so, ma non è che ci siano poi tutte queste persone. Non è come quando lavoravo alla HMV. Comunque, finora siamo sempre andati d'accordo».

Non mi piace sfidare il destino, quindi sono cauta quando parlo di questa cosa. Non voglio portare sfortuna. Voglio che sia divertente il più a lungo possibile.

Presentarlo ai miei genitori mi ha ricordato che mi ero chiesta come fosse la vita semibohémien dei suoi negli anni Sessanta, quindi li cerco. Dopotutto sono quasi famosi, essendo vicini alla cosiddetta Swinging London. Ci sono foto di giornale: sua madre che sale su una macchina fuori da un locale notturno, tutta capelli cotonati e ciglia finte; suo padre con Brian Jones e Paul McCartney, intorno al 1965, sfacciatamente bello, con il braccio intorno a qualcuno; un serie di foto di un servizio, *L'élite di Myfair in giro per i bassifondi*, in cui sono seduti sui gradini di una di quelle case georgiane prima della gentrificazione, a Notting Hill o in un posto simile: bottiglie di latte vuote, vernice scrostata, sua madre con gli occhi truccati di nero e un caffettano, e suo padre vestito di paisley. Un'altra foto della madre, antecedente, forse della fine degli anni Cinquanta, in piedi dietro la principessa Margaret, con il flash che fa sembrare il suo vestito bianchissimo.

Mi fanno sentire leggermente a disagio, quelle foto: sono un promemoria del fatto che se le cose fossero diverse, e neanche troppo, lui non sarebbe quello che è. Che cinquant'anni fa la nostra relazione sarebbe stata difficile da portare avanti, e ottant'anni fa impossibile, più o meno. So che non è un duca né niente, ma comunque... Non ci saremmo mai incontrati, a meno che non fossi stata una domestica, o magari la moglie di un dipendente. Non voglio conoscere sua madre, elegante e giovanile. Di certo non sono una di quelle ragazze adorabili che trova alle cene e che gli vuole presentare.

Capitolo ventisei

È gennaio. Non so come sia possibile – gli ultimi due mesi sono volati tra passeggiate sulla spiaggia gelida, poesie e amore. Sprizzo gioia da tutti i pori.

Finalmente sto spostando la sezione di Storia locale nella sala principale del negozio. Alleluia. Non posso che considerarlo una sorta di premio per buona condotta, ma quando lo dico a Edward, lui ride e dice: «Più per cattiva condotta».

«Cosa vorresti dire?»

«Sono abbastanza sicuro che tu abbia capito cosa voglio dire».

Lo guardo con le mani sui fianchi. «Farò finta di non averne la minima idea», ribatto con tono di disapprovazione, e lui ride di nuovo.

«No, mi hai convinto», dice. «Forse hai ragione. Non mi viene in mente niente su cui tu abbia mai avuto torto».

«Datti una calmata», gli dico. «Il tuo cervello non si fonde se sei troppo gentile?».

Mi guarda per secoli, poi scuote la testa. «Perché cavolo non ti ho conosciuta anni fa? Perché non ti sei laureata a Edimburgo?»

«Non volevo prendere una laurea quadriennale», rispondo seria. «Avevo dato un'occhiata al corso».

«Oddio. Pensa a cosa sarebbe successo».

«Sì, mi avresti guardata con sdegno dall'alto del tuo ultimo anno, e io ti avrei considerato un coglione, e forse avremmo fatto sesso per poi non parlarci mai più», rispondo. «È questo che intendevi?»

«Che scemenze».

«Ti saresti perso tutte le ragazze di Charles, *quelle horreur*».

«Avrei rinunciato a tutte in cambio dell'opportunità di conoscerti venticinque anni fa».

Non mi stanco mai di sentirgli dire cose del genere, ma mi piace fingere che non mi facciano effetto. «Avresti rovinato tutto. A sentirti, non mi sembra fossi il ragazzo più emotivamente intelligente in quel di Edimburgo».

Ridacchia. «Forse no».

«Comunque, hai intenzione di aiutarmi?».

Guarda gli scaffali. Ho già sistemato Storia locale (tutti i due metri e mezzo) nelle scatole che ho portato nella sala principale. Ho messo i libri da collezione per bambini e Storia dell'arte dove prima c'era Storia locale. Ho spostato la narrativa contemporanea scozzese dove prima c'erano i libri per bambini, Storia militare al posto della narrativa contemporanea, e ora devo spostare Cucina/Fai da te/Giardinaggio dalla sala principale e metterci Storia locale. Sono un po' impolverata e, a essere sincera, stanca. Forse avrei dovuto fare tutto con il negozio chiuso, ma ormai…

«Potrei toglierli dalle scatole», dice. «Ma prima metto su il bollitore, che dici?»

«Ci penso io. Tè?»

«Sì, grazie».

C'è silenzio, è stato così per tutto il giorno – non è una sorpresa, dal momento che è un mercoledì di gennaio.

Le lampade sono accese e fuori sta piovendo senza sosta. Vado nel cucinino e metto a bollire l'acqua. C'è buio dietro la tenda, la finestra è stretta e dà (non che si riesca a vedere con il vetro ghiacciato) su uno spazio esterno altrettanto stretto oscurato dal muro e dall'edificio. Per arrivarci, bisogna andare sul retro del laboratorio e strisciare. Lì non c'è molto: qualche vaso da fiori, un cancello vecchio. Nonostante la pioggia gelida e il fatto che non si veda niente, sono felice. Ora sono felice ogni giorno, e non vedo l'ora di constatarlo. Il paragone con lo stesso periodo dell'anno scorso – ieri era l'anniversario di quando ho scoperto cosa combinava Chris – è quasi impossibile.

Mi sveglio nel letto di Edward, che mi porta il caffè e mi dice cose carine; controlliamo i telefoni come si fa oggigiorno e poi facciamo colazione e andiamo a lavorare. Non mi sono ancora annoiata di tutto questo, nonostante le sue paure. Ho ancora tempo per me, quando va fuori città per vendere e, anche se mi manca, so che è una buona cosa. Sta andando tutto piuttosto bene. Preparo una teiera e cerco di ricordare se sono rimasti dei biscotti nella scatola dietro il bancone. Mentre aspetto che il tè sia pronto, sento la campanella del negozio suonare e mi chiedo se venderemo qualcosa.

Tiro fuori il latte e tamburello le dita sul bancone. Quando Edward infila la testa oltre la tenda, sobbalzo.

«Cristo santo», dico, «mi hai spaventata».

«Scusa. Ehm, Thea.»

«Sì?»

«È meglio se vieni».

«Sto aspettando che il tè sia pronto, ci metto un attimo».

«Lo so, ma…».

Mi giro a guardarlo. È strano. «Stai bene?»
«È una cosa inaspettata».
«Inaspettata? Cosa intendi?».
Accartoccia il viso. «Chris è qui».
«Cosa?». Lo guardo a bocca aperta.
«Clistopher», dice. Mi scappa da ridere. È una citazione da un libro di Diana Wynne, *Le vite perdute di Christopher Chant*. È così che le sirene pronunciano il nome di Christopher, e di solito è così che lui si riferisce a Chris da quando ci siamo ricordati di questa cosa, anche se gli ho detto di non farlo perché Christopher Chant è molto, molto più figo di Chris Mottram.
«Di cosa stai parlando?»
«È qui. È appena arrivato. In libreria».
«Da solo?». Nella mente mi compare un'immagine orrenda di una Susanna molto incinta nel mio negozio.
Annuisce.
«Sicuro che sia lui?»
«Così mi ha detto», risponde. «Ho dato per scontato che non stesse mentendo. Sarebbe strano, no?». Quasi ride al pensiero, ma poi torna serio.
«Be', porca vacca». Mi guardo intorno nella cucina, anche se non so bene perché. «Che cavolo vuole?»
«Non lo so, Thea, glielo dovrai chiedere».
Aggrotto la fronte. Non so come sentirmi. Faccio un cenno verso la teiera. «Ne ho fatta una piccola», dico, in preda alla confusione.
Edward non risponde. Mi tolgo la polvere dal maglione e cerco, invano, di guardare il mio riflesso nella finestra. Mi è stato detto – da Jenny, che mi vede tutti i giorni, e da Xanthe, che si deve accontentare di FaceTime – che al momento il mio aspetto è al massimo, che sono radiosa

per la felicità. Spero sia vero. Con un po' di fortuna, si noterà di più della polvere che ho addosso e degli strati che devo indossare in libreria in inverno.

È una cosa infantile voler apparire al meglio davanti all'ex, lo so.

Faccio un respiro profondo. «Vieni?», gli chiedo.

«Mi vuoi?».

Non lo so. «Sì».

«Va bene», risponde. «Fammi sapere se vuoi che ti lasci sola».

«Ma è da solo, sì?».

Annuisce.

«Va bene. Va bene».

Passo sotto la tenda e giro a destra per entrare nella sala principale del negozio. Chris è in piedi vicino al camino, con in mano un romanzo poliziesco vintage.

«Thea», dice. «Ciao». Rimette il libro nel mucchio sulla mensola del camino e mi viene incontro.

Sono sorpresa da quanto sembri sempre lui. Non so perché la cosa mi stupisca tanto. Che aspetto dovrebbe avere? È stranissimo averlo qui. Non lo vedevo da, quanto, dieci mesi? Sembra una vita.

Lancio un'occhiata a Edward. «Ehm», dico, «ciao. Allora, lui è Chris…».

«Sì», ribatte lui, «si è presentato».

Lo ignoro. «E lui è Edward».

«Sì», dice Chris, «ciao».

Si guardano; due paia di occhi che si fissano, si studiano. È imbarazzante proprio come ci si può immaginare presentare il proprio marito al proprio… compagno. Dopo un silenzio che dura qualche secondo in più del necessario, mi rendo conto che devo dire altro.

«Be', ma che... Non mi aspettavo di vederti. Avresti dovuto dirmi che saresti venuto, mi sarei presa il giorno libero o qualcosa del genere».

«Be', è... stata una decisione improvvisa».

«È un bel viaggio in macchina per essere una decisione improvvisa», dico, con la fronte aggrottata. «E... be', non ti sei certo fatto tutta una tirata oggi, giusto?»

«No, sono arrivato ieri. È più lontano di quanto mi aspettassi. Ho prenotato un alloggio su Airbnb a Newton Stewart».

«Certo». Un altro silenzio imbarazzante.

«Ti trovo bene», dice.

Edward, che è andato dietro al bancone e sta facendo finta di lavorare, scoppia a ridere e riesce a mascherarlo con un colpo di tosse poco convincente.

«Senti», dico, «vuoi una tazza di tè? Lo stavo giusto preparando. Magari possiamo...». Lancio di nuovo un'occhiata a Edward, che però sta guardando il computer. «Magari possiamo fare un salto all'Old Mill, prendere qualcosa da bere e parlare». Potremmo andare di sopra, ma non voglio invitarlo nell'appartamento. «È per questo che sei qui? Scusa, sono sembrata scortese. Ma...».

«Sì, io... Be', ti volevo parlare, e sai che odio il telefono, e le e-mail non sono la stessa cosa, e...».

È strano. Non se la cava col telefono, è vero; o almeno non gli piace, e non abbiamo una conversazione decente da quando sono venuta qui. C'è la storia della casa, e dei soldi. Do per scontato sia qui per questo. Mi viene il sospetto che cercherà di non pagarmi, in qualche modo. Ma è un pensiero ingiusto che si basa solo sulla paranoia.

«Possiamo chiudere?», chiedo a Edward. «Non ci sono clienti, no?».

Guarda me, poi Chris e infine di nuovo me. «Se vuoi», dice, «oppure… vuoi che venga con te?»

«Sì», rispondo decisa.

L'Old Mill è tranquillo, per fortuna. Non mi piace essere l'oggetto della curiosità degli altri, anche se di solito è inevitabile.

«Andiamo sul retro», dico, salutando Cerys con la mano. Abitualmente non fanno servizio al tavolo, ma mima il gesto di prendere l'ordinazione, piegando la testa di lato in una domanda silenziosa, e annuisco. Meglio, così uno di noi non dovrà andare al bancone lasciando gli altri due a fare conversazioni imbarazzanti.

La veranda è vuota, le gocce di pioggia si rincorrono giù per le finestre, il giardino di inverno è ripiegato su sé stesso. Abbiamo una di quelle brevi conversazioni in cui uno chiede se il tavolo va bene e l'altro risponde di sì, e scivolo sulla panca accanto a Edward. Chris si è tagliato da poco i capelli e non si fa la barba da una settimana, forse. Non riconosco il maglione che ha addosso né la giacca che si è appena tolto. Mi guardo e mi chiedo se sto indossando qualcosa che lui potrebbe riconoscere, ma è una delle mie camicie di lino bianche e nemmeno io so se è vecchia. Questo golfino però è sicuramente nuovo: me l'ha regalato Edward per Natale.

Cerys ci porta i menu e si allontana, consumata, è evidente, dalla curiosità.

«È più grande di quanto immaginassi», dice Chris. «Baldochrie, intendo. Quanto dista casa tua? Non mi ricordavo». Guarda me, poi Edward e infine di nuovo me. «Vivi ancora lì?»

«Più o meno otto chilometri da qui», rispondo, «non è

lontana. E sì». Non è proprio una bugia. Non so perché non voglia dirgli che in pratica vivo in negozio.

«E tu sei di qui?», domanda a Edward.

«Sì. Be', la casa di famiglia è a otto chilometri da qui, più o meno. Più avanti del Lodge, in realtà. Sono nato lì».

«Davvero?», chiedo, sorpresa perché non glielo avevo mai chiesto. «Sei nato lì?»

«Sì, certo. Molto tradizionale, no?». Mi sorride. «Ma Charles è nato a Dumfries, perché deve essere diverso. Anche se gli ha sempre dato fastidio non essere nato a Hollinshaw».

«Non sembri uno del posto, però... Non hai l'accento», commenta Chris.

«È una delusione per tutti», concorda Edward.

C'è un altro silenzio di leggero disagio.

«Allora, come stai?», chiedo. Mi sembra stanco, ma non è una cosa da dire. Mi chiedo se sia per la casa piena di bambini e la compagna incinta.

«Sì, sì, sto bene. E tu? Ti trovo benissimo», dice ancora.

«Sì, grazie». Poso la mano sulla gamba di Edward. Lui me la stringe nella sua.

Cerys torna con le nostre ordinazioni e parliamo del tempo, del viaggio di Chris, di come procede lo sviluppo del nuovo centro cittadino a casa. Chris chiede dei miei genitori, io domando dei suoi. Poi chiede della libreria.

«Non riesco a immaginarti a lavorare in un negozio», dice.

«Lo so, è strano», concordo. «Ma mi piace».

«Neanche il negozio è come l'avevo immaginato. Pensavo fosse più piccolo, per qualche motivo. Non credo che Xanthe l'abbia descritto molto bene».

«Avresti potuto cercarlo su internet», dico. «Ci sono molte foto sul sito».

«Sì, non so perché non l'abbia fatto», risponde, con la fronte aggrottata. «Ed è tuo? Cioè, sei il proprietario?», chiede a Edward.

«Sì».

Chiaramente non gli vengono altre domande, e per un attimo restiamo in silenzio. Continuo a guardare Chris, cercando di sviscerare i miei sentimenti, di capire come mi sento nel vederlo. A essere sincera, sono un po' irritata. Il tono che usa quando parla con Edward è strano, e non vedo perché dovrebbe esserlo. Dovrebbe sentirsi sollevato che abbia trovato qualcuno. Contento, addirittura. Ma non credo che lo sia.

«Ma non è il tuo nome, giusto? Fortescue?»

«Oddio». Mi metto a ridere e guardo Edward. «No, è una specie di scherzo».

Ricordo quando mi ha spiegato il nome del negozio. È una battuta ridicola che nessuno capirebbe. Quando l'ho detto a Edward, mi ha risposto che chiunque la capisse andava invece evitato, che era una burla a cui doveva ridere soltanto lui.

«Uno scherzo?»

«Non importa», dico, concludendo il discorso. Cerys è tonata con il blocchetto. Ordino tè e una fetta di torta, Chris chiede prosciutto, uova e patatine e Edward prende solo un caffè.

Sento che il peso della conversazione grava tutto su di me, spetta a me pensare agli argomenti più appropriati, il che è una bella rottura. Parlo un po' di Baldochrie e del Natale al Lodge.

«Quindi non lo vendi?»

«Per ora no». Non è necessario spiegargli quello che ho intenzione di fare. Mi viene in mentre una cosa che volevo chiedergli. «Susanna vende casa sua?»

«No, al momento la affitta. Sembrava l'idea migliore».

Annuisco. «Nel caso vi lasciaste».

«Non ci lasceremo».

Credo di averlo infastidito. «Be', lo so», ribatto, «ma può succedere. Insomma...».

Il telefono di Edward squilla. Lo guarda e borbotta: «Che palle. Devo rispondere», dice, lanciandomi uno sguardo di scuse.

Sventolo una mano. «Tranquillo, va'».

Si alza e si allontana. «Ehi, ciao, Roger...», esclama, e poi resto sola con Chris. Guarda Edward andare via, poi mi rivolge la sua attenzione.

«Xanthe dice che suo fratello è un lord», commenta, incredulo.

«Sì», rispondo, distratta, «è vero».

«Che strano. Non sembra così raffinato».

«Si è impegnato molto per essere normale quand'era un ragazzo. Ecco perché non ha l'accento. Quello scozzese, dico. Perché è raffinato davvero. Credo che glielo sradichino a scuola».

«Dov'è andato a scuola? A Eton?», chiede con ironia.

«No, sono andati a Gordonstoun. Sembra orribile. Il principe Carlo è andato lì», aggiungo. «E il figlio di David Bowie, ma è stato espulso».

«Ah».

«Lo so. Da pazzi, vero?».

Cerys arriva con il pranzo per Chris e la mia torta. «Porto il caffè a Edward», dice. «Fate un fischio se vi serve qualcosa».

Chris la ringrazia e inizia a mangiare. È chiaramente irritato, o forse intrigato, dalla questione della nobiltà.

«Xanthe ha detto di aver conosciuto il fratello».

Annuisco. «Charles, sì».

«Quindi frequenti l'aristocrazia. Come si chiama il fratello di un lord?»

«Signor Maltravers», rispondo. «In questo caso».

«Quindi non è un *honourable* o qualcosa del genere?»

«No. Insomma, lo era quando era vivo il padre. Ma vale solo per i figli dei lord, perché non hanno titoli».

«Deve bruciargli».

Aggrotto le sopracciglia. «Perché?»

«Be', avere il fratello che è un lord e non esserlo».

«Oh! No, è lui il più grande. L'ha ceduto. Xanthe non te l'ha detto? Ha rinunciato al titolo».

«Ah. Che cosa strana da fare». Capisco dalla sua espressione che pensa sia una decisione stupida e ammirevole allo stesso tempo. Scrollo le spalle. «Non credo uscirebbe con te se fosse un lord», dice, il che è piuttosto scortese.

«Forse no», rispondo con calma. «Comunque, basta parlare di questo. Dimmi un po' delle tue novità».

«Le mie novità?».

Alzo gli occhi al cielo. «Davvero credi che non lo sappia?»

«Cosa?»

«Del bambino».

«Ah». Sembra a disagio. «Sì».

«Be', congratulazioni».

«Grazie».

«Sei elettrizzato?»

«Io... Sì, certo».

Annuisco. Forse dovrei chiedere e basta, visto che siamo qui. Mi schiarisco la gola. «Non sapevo volessi mettere su famiglia. Avresti dovuto dirlo».

Alza lo sguardo dal piatto, dove sta intingendo distrattamente le patatine nel tuorlo d'uovo. «Non era in programma», dice.

Sono sollevata, anche se non sono affari miei. «Ah, credevo che...».

«No».

Non ne vuole parlare, ma insisto. «Mi sono chiesta se, be', se fosse per questo. Il motivo per cui mi hai lasciata».

«Thea. No. Non pensare queste cose. Non è stato... Lo sai che non avevo previsto nulla di tutto questo».

Annuisco. «Lo so. Va bene. Io... non volevo pensare di averti deluso in qualche modo».

«Oddio, è questo che credi?». Sembra sgomento.

«Non sapevo cosa credere. Perché non è che... Ho pensato... forse lo volevi e io non me ne sono accorta». Mi schiarisco la gola. «Sono rimasta più sconvolta di quanto mi sarei aspettata. So che non cambia niente per me, ma ero sconvolta».

«Oddio. No, no. So che avrei dovuto dirtelo di persona. Mi dispiace. Sono un codardo. Davvero, non dovresti...». Alza lo sguardo, dietro la mia spalla. «Senti, ti devo parlare di una cosa. È imbarazzante se c'è anche lui. Possiamo vederci da soli, prima che torni a casa?»

«Credo di sì. Non vedo perché no».

«È che... è strano. Senza offesa», aggiunge, mentre Edward si siede.

Ma Edward non sta ascoltando. «Era Roger McBride», dice. «Ha sgombrato una casa e vuole che dia un'occhiata».

«Forte», commento. «Senti... non c'è bisogno che resti, se vuoi tornare in negozio».

Guarda prima me e poi Chris. «Okay. Allora vado».

Annuisco. «Non ci vorrà molto. Giusto?».

Chris, che sembra afflitto, scuote la testa.

«D'accordo. A dopo». Si alza di nuovo, poi si china per baciarmi. «Preparo per le sei e mezzo, va bene?».

Annuisco.

«Fammi sapere se pensi di tardare. È stato un piacere», dice a Chris, poco convinto.

Restiamo in silenzio per un attimo. Di certo non starò qui fino alle sei e mezzo. Sono solo le quattro e un quarto.

Respiro e cerco di non andare nel panico.

Capitolo ventisette

«Forza, cosa volevi dirmi?».

Sospira. «Non lo so. È tutto strano».

«Okay».

«Il Natale è stato strano e…».

«Come, strano?».

Sono curiosa. Io ho passato un Natale bellissimo, anche se ero delusa perché Edward non si è vestito per il festival vittoriano. Ha finito per nascondersi di sopra mentre io partecipavo all'evento. Ma ora ho un sacco di foto mie con in testa un cilindro, quindi va bene lo stesso. E poi per Natale e Santo Stefano siamo andati al Capanno: si gelava, ma è stato meraviglioso. Abbiamo mangiato un sacco e abbiamo fatto tanto sesso. Devo dire che è stato uno dei Natali migliori di sempre. Sorrido al solo pensiero.

Chris, però, non sta sorridendo. «Non lo so. Chiassoso. Indaffarato. Diverso».

«D'ora in poi i tuoi Natali saranno tutti così», gli dico, divertita dalla sua espressione. «Comunque, credevo che il Natale con i bambini fosse magico. Pensa», aggiungo, «per il prossimo avrai un figlio! Potrai prendere una di quelle tutine con scritto "Il mio primo Natale"». Rido. Lui no. Resta seduto e basta. Tutto questo è difficile. Non so perché mi debba sforzare: non gli ho chiesto io di venire a trovarmi. Guardo due coppie di anziani entrare, studiare le torte e poi uscire sulla veranda per sedersi alla nostra sinistra. Sembrano metterci una vita a togliersi cappotto e sciarpa e a sistemarsi nel loro angolino. Chris ha finito di mangiare e sta giocherellando con il macinapepe. Sto per allungarmi e toglierglielo dalle mani, ma sarebbe inappropriato.

«Susanna lo sa che sei qui?», chiedo con interesse. Lui è sfuggente, cosa a cui non sono abituata.

«No», risponde, «ho pensato fosse meglio non dirglielo. Le ho detto che andavo a trovare Barney».

Barney abita a Jedburgh. È un ex compagno di università di Chris, un tizio piuttosto strano. Tanto che avrebbe senso andare da lui senza Susanna. Annuisco.

«Resterebbe turbata perché non la vuoi vedere».

Lo guardo con un'espressione impassibile. «Perché cavolo dovrei volerla vedere?»

«Non le piace l'idea che la odi».

Ridacchio. «Be', avrebbe dovuto pensarci prima. Comunque, non la odio. Cioè, all'inizio sì, immagino, ma insomma». Scrollo le spalle. «Vorrei non fosse successo, ma è capitato e dobbiamo tutti andare avanti».

«Sei felice?», chiede all'improvviso.

Ci penso. Non sono proprio felice di essere qui in questo momento, a dire la verità. Ma in generale sì: sto inaspettatamente bene, nonostante il rivolo di tristezza ancora presente ai margini della mia vita. Sono convinta che sparirà, alla fine.

«Sì», rispondo, «sono felice».

«Ti piace quell'Edward».

«Mi piace molto, sì. Sono stata fortunata a trovare qualcuno. Non me lo aspettavo».

È ancora inquieto, ora armeggia con il cucchiaio e fa scivolare lo sguardo sul mio viso.

«E tu? Sei felice?», mi sento obbligata a chiedere. Cerys, che ha portato i caffè agli anziani, ne ha portato uno anche a me. Ne sono grata, e anche per il modo discreto con cui me lo posa davanti e si allontana. «Non vedi l'ora di essere... di avere il bambino? Quando nasce?»

«Ad aprile. Io... sì», risponde, ma non gli credo.

«Andrà tutto bene, quando sarà nato. Sei solo nervoso. È una cosa importante, ma non devi preoccuparti. La gente si innamora dei propri figli». Gli sorrido, cercando di essere rassicurante.

È stato il mio lavoro per tanto tempo, rassicurarlo. Non si può dimenticare una cosa del genere. Quando era in ansia per qualcosa al lavoro, o per una discussione con la madre. Non gli succede da anni, ma quando eravamo più giovani litigavano spesso.

Mi chiedo cosa ne pensino i suoi genitori di tutto questo. Sono nonni da anni: la nipote più grande ha diciassette o diciotto anni. Mi sento in colpa per aver praticamente scaricato la sua famiglia. Ma sono sicura che per loro sia più facile non dover pensare a me. Ho mandato a tutti un biglietto per Natale, ma non ho comprato regali per quelle che fino a un anno fa erano le mie nipoti, nemmeno in occasione del loro compleanno. È ingiusto da parte mia, perché in fondo non hanno colpe. Dovrei cercare di fare di più.

«Sono troppo vecchio», dice. Glielo leggo in faccia: è terrorizzato, il poveraccio.

«Oh, ma dai, Rod Stewart è molto più anziano di te», ribatto. Poi, dal momento che sembra confuso, aggiungo: «E ha appena avuto un figlio. O comunque di recente».

«Ma lui ne aveva giù un sacco. Sa cosa fare. E forse non deve comunque fare niente, essendo Rod Stewart».

«Sì, è vero. Però mio nonno aveva quarantatré anni quando è nata mia madre, ed è morto quando ne ha compiuti lei stessa quarantatré, se è di questo che hai paura».

«Ho paura di tutto», confessa.

«Oh, cielo. Susanna lo sa che hai paura? Dovresti parlarne con lei, non con me. Ah ah».

«Lo so, mi dispiace. È che… è difficile parlare con lei, ed è sempre occupata, e ci sono i bambini e…».

Bevo il caffè, guardandolo da oltre il bordo della tazza. «Ti divertivi di più quando scopavate e basta?»

«Non è quello», risponde, ma sappiamo entrambi che un po' è vero.

«Immagino non ci avessi pensato. Ai bambini».

«Non avevo idea che saremmo andati a vivere insieme», risponde, «quando… quando abbiamo iniziato…».

«Ah, già», dico, «adesso che ci penso, volevo chiederti quando è iniziata. Subito non lo volevo sapere, ma ora sì. Quando hai cominciato… a frequentarla?»

«Non so se… È utile?»

«Chissà. Ma tu dimmelo lo stesso».

Sospira. «Ti ricordi quella festa con il falò da Deb e Andy? Quando avevi l'influenza?».

Penso all'autunno di cui parla. Non prendevo l'influenza da anni ed ero stata malissimo. Quattro anni fa lo scorso novembre.

«Sì, mi ricordo». È un sacco di tempo. Scioccante.

«Be', direi che è stato dopo quella volta».

«Mi chiedevo com'è iniziata. Insomma, l'hai baciata, hai detto prima qualcosa…?»

«Non credo dovremmo parlarne, Thea».

«Non vedo perché no. Insomma, ho dovuto subire le conseguenze. Ti piaceva da tanto?».

Quattro anni fa? Porca di quella vacca.

«No, non ci avevo mai pensato. Né a lei né a nessun'altra».

Annuisco educatamente. «Certo».

«Mi credi davvero?».

Scrollo le spalle. «Penso di sì».

«Ma lei… non lo so. Era buio, faceva freddo, e c'erano un sacco di persone e il sidro caldo…».

«Mi ricordo che mi avevi raccontato di tutte quelle cose», dico. «E delle patate arrosto e dei fuochi d'artificio. Ma non di Susanna».

«No. Be', stavamo chiacchierando, e lei mi ha posato la mano sul braccio, e… Avrei potuto ignorarla con facilità, o allontanarmi, ma non l'ho fatto. E dopo ho aiutato Deb a sistemare, ed erano andati via quasi tutti, tranne Susanna. Le ho chiesto come tornava a casa e mi ha risposto che era a piedi. Quindi le ho offerto un passaggio, e poi lei mi ha invitato a entrare». Fa una pausa. «I bambini erano da James per il fine settimana».

«Ed è successo? Non sei tornato tanto tardi, altrimenti me ne ricorderei. Siete andati a letto insieme quella sera?»

«No, certo che no. No», dice, offeso. «No. Mi ha dato il suo numero e mi ha detto…».

Non credo di volere davvero i dettagli. Mi immagino il corridoio di casa di Susanna, vedo la scena: il freddo, il buio, loro due con i cappotti invernali che si toccano.

«L'hai baciata?».

Mi guarda e poi distoglie lo sguardo. «Sì. E ha detto…».

Lo sta ricordando: quel momento, il principio, l'inizio

di "loro", l'inizio della fine di "noi". Fa sempre piacere pensare all'inizio di qualcosa. Mi viene da sorridere e provo un senso di calore ripensando all'inizio di tutte le mie relazioni: il primo bacio, il passaggio da "potenziale" a "vero". Ma non voglio vedere queste cose sul suo viso. Mi chiedo cos'abbia detto lei. Gli ha confessato che le piaceva? O che era sbagliato? O che ci stava? Penso a una sera estiva di tanto tempo fa: Chris mi avvolgeva le spalle con un braccio per la prima volta mentre eravamo stravaccati sul divano nel suo appartamento brutto, il sapore di sidro e sigarette. Tragico, eh? Sembrano essere passati cinque minuti e cinquecento anni allo stesso tempo.

Sta parlando di nuovo, dovrei ascoltare.

«Non avevo intenzione di fare niente. Mi sentivo da schifo già solo per averla baciata».

«Solo». Non è niente, no? Un bacio illecito, una pomiciata segreta, e poi torni a casa, nel tuo letto, da tua moglie.

Svuoto la tazza e aspetto che vada avanti.

«Non le ho scritto per secoli». Vuole che gli creda e poi che lo perdoni. E forse davvero non le ha scritto subito. Scommetto però che ci ha pensato. Mi chiedo se ci pensava quando eravamo insieme, a letto: immaginava come sarebbe stato? Susanna con la sua chioma riccia, la pelle più scura della mia, il seno oggettivamente enorme? Non la definirei grassa, forse paffuta, e ha davvero le tette grandi. Un corpo accogliente. Ha avuto tre figli, dopotutto. E suppongo sia sexy, se piace quel genere di cose. L'ho già detto: un po' hippie. Ha un tatuaggio sulla spalla, un girasole, e profuma di olio di cocco. Mi sembra di sentirlo, e forse lo sento davvero. Chris potrebbe avere addosso il suo odore. Dopotutto, è sempre lì, in casa sua; gli compra lo shampoo e il bagnoschiuma, forse gli stira le camicie.

È interessante pensare a queste cose e osservare la mia stessa reazione.

«Ma poi hai iniziato a scriverle? È strano che lo voglia sapere?». Rido. «Non so perché, davvero».

«Mi ero convinto che le avrei scritto per dirle che... che non avevo intenzione di... che non potevo andare oltre».

«Ah, certo. Ma non è quello che è successo».

«No. È stato... era... e in fondo non c'era niente di male a scriverle e basta. Anche se sapevo che era sbagliato».

«E poi la cosa è degenerata».

Chiude gli occhi. «Sì».

«Okay. E quando avete iniziato ad andare a letto insieme? Quell'anno?».

Non vuole proprio dirmelo. Non gli piace pensarci, o almeno non gli piace pensare a come potrebbe sembrare tutto quanto ai miei occhi. Essere in torto è un bel problema.

«Non fino alla primavera».

«Cavolo, che autocontrollo».

Apre gli occhi. Sembra addolorato, ma non è un mio problema, no? Io credo di essere molto calma; non voglio neanche che si senta in colpa, ma è un brav'uomo e do per scontato che sia così. E forse è anche risentito, perché il rimorso rende irritabili. Scommetto che pensa a cento motivi per cui è successo e nessuno è "perché non sono riuscito a tenermelo nei cazzo di pantaloni".

«Thea...».

«E poi vi siete innamorati. Quand'è successo?»

«Non lo so. Non subito, forse quell'estate. Per un sacco di tempo ho creduto che non fosse importante, che non avrebbe fatto alcuna differenza per noi. Per me e per te».

«Non sembrava», dico. «Insomma, non me n'ero accorta. Il che peggiora le cose. Non ne avevo idea. Non pensavo neanche che fossi distante o... più assente del solito. Ecco perché per me è stato tanto strano, tanto difficile da elaborare. È stato uno shock».

Penso al messaggio che mi aveva mandato, alla foto. "Sto pensando a ieri", aveva scritto. Non credo dimenticherò mai come mi sono sentita quando l'ho vista, le sue mani su di lui. Ci sta pensando anche lui? Sembra imbarazzato, com'è giusto che sia. Mi chiedo se l'abbia fatto apposta. Inconsciamente, forse. Se era innamorato di lei e volevano stare insieme, è stato un modo facile di sganciare la bomba. Non gli è toccato farmi sedere e dirmi: "Thea, ti devo parlare".

Ricordo che ero al tavolo della cucina, in attesa che tornasse dal lavoro, e avevo il cervello in un turbine, non riuscivo a pensare lucidamente. Non ho gridato e neanche pianto, non all'inizio. Quando è arrivato, ho solo aspettato che entrasse in cucina.

«Che fai?», mi aveva chiesto, e io avevo spinto il cellulare verso di lui sul tavolo dicendo: «Credo che questo sia importante».

Ricordo benissimo la sua espressione quando si è reso conto di quello che era successo. Quasi l'avevo sentita, la mia vita andare in pezzi.

Credevo che mi avrebbe supplicata di perdonarlo. Ma non l'ha fatto e ha solo detto: «Merda». Poi mi ha guardata e ha detto: «È esattamente quello che sembra, mi dispiace tantissimo».

Ho creduto anche a quello – che gli dispiacesse. Gli dispiaceva che l'avessi scoperto ma anche di avermi ferita. So che non avrebbe mai scelto di ferirmi, ma non ha neanche scelto di non farlo. Non è una conclusione inevitabile tradire. Prendi una serie di decisioni prima di trovarti nella situazione in cui tua moglie sta guardando la foto del tuo uccello nella bocca di un'altra.

«Lo so», dice, «lo so. È stato un sollievo che non sospettassi nulla». Chiude di nuovo gli occhi. «Qualsiasi cosa dica sarebbe patetica».

Rido. «Sì, hai ragione». So cosa intende, come ho detto a Edward mesi fa, è tutto un enorme cliché.

«Credevo sarebbe andata avanti per un po' e poi sarebbe finita. Non pensavo saremmo arrivati fin qui, così. A volte mi sedevo in macchina e dicevo ad alta voce: "Ho una relazione extraconiugale". Ma non è mai sembrato... Oh, non lo so. Mi dispiace, Thea».

Sospiro. «Lo so. Comunque, lasciamo perdere quella storia. Di cosa volevi parlarmi?»

«Ah, sì. Va bene. Il fatto è... Ti verrà da ridere», dice, «e chi può biasimarti? Ma...».

C'è un lungo silenzio. Inarco le sopracciglia, in attesa.

«Credo... Ho fatto un errore madornale? Penso di averlo fatto».

Ha ragione, mi viene da ridere. Una specie di esplosione. Mi ricorda la reazione avuta alla notizia del bambino, quel singhiozzo risalito dal diaframma fino a uscire nello stesso modo inaspettato, abbastanza forte da far girare gli anziani seduti all'angolo.

«Lo so. Che razza di... Non riesco neanche a credere che lo stia dicendo».

«A me, per giunta».

«Sì».

«Non dovresti dirlo a me. Che avresti fatto se avessi risposto: "Ah, sì, ma stai tranquillo, sistemiamo tutto"?».

Rimane in silenzio. Mi viene da pensare che sia proprio quello che vuole.

«Sarei una pazza, Chris, lo capisci, vero? Insomma, stai per avere un figlio, che cazzo».

«Lo so».

«Cristo santo».

«Lo so».

Scuoto la testa. «Non lo sai. Sei un… Non lo so neanche cosa sei». Sospiro. «Ma è solo fifa, non dici sul serio. Se avessi detto: "Va bene, sistemiamo le cose", saresti stato comunque nei guai, forse sarebbe stato anche peggio».

«È che… Non so se ci riesco». In effetti sembra spaventato, ed esausto. Per l'ennesima volta, mi chiedo come sia la situazione a casa. Molto diversa da com'era prima.

«Porca vacca. Quindi non stai neanche dicendo: "Thea, ti amo"?». Lo guardo scuotendo la testa. «Devo sembrarti proprio una povera deficiente. "Ah, sì, benissimo, dai, riproviamoci perché hai paura di quello che hai fatto"? Te la sbattevi da quattro anni, Chris, è un sacco di tempo».

Non dice niente.

«Oddio. Non ci posso credere. Sono indignata».

«Ma io ti amo», dice.

«Certo, come no».

«No, sul serio. Ed è questa la cosa più difficile. Se no, sarebbe più facile».

«Scusa tanto se non riesco a mettermi nei tuoi panni e a capire cosa sia stato difficile per te. Se non sbaglio hai detto che il nostro matrimonio era morto. Un giudizio piuttosto definitivo, non ti sembra? Non credo sia possibile tornare indietro da una cosa del genere. "Ah, no, aspetta: non era morto, solo addormentato"? Non penso proprio».

«Non c'è bisogno di...».

Chiudo gli occhi e faccio un gesto conciliante con entrambe le mani. «Senti, non voglio litigare con te. Sarai sempre... Non voglio odiarti, va bene? Ti ho amato tantissimo e per molto tempo. Ma prova a vederla dal mio punto di vista per due secondi. Non sono qui per aiutarti o offrirti supporto. Hai deciso che volevi quelle cose da un'altra parte, fuori dal matrimonio. E io non ho fatto scenate, no? Non troppo, almeno. Dalla tua faccia, era chiaro che sarebbe stato inutile. Se avessi creduto che fosse possibile farti cambiare idea, ci avrei provato. Avrei fatto di tutto».

Sento la voce spezzarsi, le parole tremare. Non piangerò. No.

«Ma questo era allora, e adesso le cose sono diverse. È cambiato tutto. E il mutamento più significativo è il piccolo Mottram junior. I bambini hanno bisogno dei padri, e non sempre li hanno, ma tu non hai scuse. Divorzieremo e potrai sposare Susanna, e spero sarai felice. Vorrei che lo fossi, perché se pensassi che mi hai scombussolato la vita e hai fatto crollare tutto quello che per anni ho faticato a costruire per niente, sarei furiosa, che cazzo».

Mi abbandono sulla sedia, esausta.

«Hai ragione, naturalmente», dice dopo un attimo.

«Altroché se ce l'ho. Che cavolo. Dovresti vergognarti». Lo guardo e mi calmo un pochino. «Andrà tutto bene, lo sai anche tu. Adorerai essere padre. E sarai anche bravo. Sei paziente e affettuoso, ed è tutto quello che un genitore deve essere».

«Non ne sono certo».

Non so che altro dire, non è il mio lavoro consolarlo.

«E Susanna è elettrizzata?»

«Credo di sì. Sì. Sta organizzando le cose. Probabilmente dovremo ampliare».

«Ah. Immagino di sì».

«Già, non c'è spazio per tutti loro».

«Immagino di no». La più grande, Ruby, ha quattordici anni, poi c'è Alfie che ne ha dieci o giù di lì, e l'ultimo ne ha sette, credo. Non ricordo il suo nome. Joe? Non ne sono sicura. Comunque, se dovessero dividersi la stanza non funzionerebbe. Ma non è un mio problema.

«Dovrò rifare il mutuo, e poi avrai i tuoi soldi. Mi dispiace ci sia voluto tanto per risolvere».

«Va bene. Per tua fortuna c'era il denaro dello zio Andrew».

«Sì, lo so. Ma me l'avresti detto se avessi avuto bisogno di soldi? Li avrei trovati, in qualche modo. Non avrei mai voluto...».

«Credo di sì. Comunque mi faranno comodo. Ho pensato di comprare uno di quegli appartamenti sulla strada costiera. Quelli nuovi, hai presente?».

Sembra sorpreso. «A Brackwell? Quindi torni? Pensavo...».

«Oh, no. Non al momento, no. Ma i prezzi delle case lì... sembra un buon investimento. Sto cercando di essere giudiziosa».

«Hai intenzione di vendere casa tua? Andrete a vivere insieme tu e... lui?»

«No, la tengo. Da affittare per le vacanze, magari. Non so ancora. Al momento non viviamo insieme, non esattamente, ma magari in futuro sì. Dal momento che abita sopra il negozio e io lavoro lì, sembra la soluzione più pratica. L'appartamento è bellissimo», aggiungo, «ma è più saggio avere anche un posto mio. Non si può mai sapere». Gli lancio un'occhiata. «Non mi sentirò più del tutto sicura. Non voglio... Devo assicurarmi di avere le spalle coperte».

«Sì».

«Comunque. È di questo che volevi parlare?».

Annuisce. «Sì. Non dirlo a nessuno, per favore».

Ah, certo, adesso si preoccupa che la notizia giri e che la gente pensi male di lui. Sospiro. «E a chi dovrei dirlo? Ma dai, Chris».

«A Xanthe».

«Tutti le raccontano cose. Ma se ti dà fastidio, non le dirò niente». Lo guardo. «Starai bene, non preoccuparti. Davvero».

«Lo spero».

«Tranquillo. Be', meglio che vada. Siamo rimasti qui per ore». Mi alzo e metto il cappotto. «Sono sicura che Edward si starà dando molto da fare», dico con una risata.

«Sì. Grazie per avermi ascoltato, lo apprezzo molto».

«Non c'è problema. Non vedo l'ora di ricevere un assegno sostanzioso, o una cosa del genere. Un Money Transfer?»

«Forse è più facile. Mi farò sentire. Anche per il divorzio».

«Va bene, fammi sapere cosa devo fare. Devo chiederlo io? Non mi sono informata, non pensavo ci fosse fretta».

«Non c'è, davvero. Insomma, non possiamo comunque sposarci prima che nasca il bambino. Non vuole... be', non vuole essere una sposa incinta».

«Ah, sì, è bastata una volta», commento, e rido di nuovo. «No. Va bene. Non è un problema se vuoi aspettare due anni o quello che è. A quel punto risulta una questione "senza colpe", ed è meglio. Anche se», aggiungo, «ovviamente è colpa tua».

Non sembra divertito, quindi mi indico il viso. «Vedi? Un sorriso. Era una battuta. Non molto divertente, certo, ma pur sempre una battuta». Prendo la borsa. «Ciao», lo saluto, «stammi bene».

«Sì», risponde, «anche tu».

Mi dirigo verso la porta ma mi chiama.

Mi giro. «Che c'è?»

«Io… Niente. Ciao».

Sollevo la mano per salutarlo ancora e vado in sala, appoggiandomi al bancone. Chiudo gli occhi per un attimo.

«Stai bene?», chiede Cerys.

«Oh, sì. Sì. Posso pagare? E grazie per il caffè extra, mi serviva proprio».

«L'avevo immaginato. Sei stata lì per ore. Paghi tutto tu?»

«Sì». Offrire il pranzo a Chris di sicuro non mi ammazzerà. Fa lo scontrino e io cerco il portafogli.

«Quello è il tuo ex?», sussurra. «Scusa, non sono affari miei».

Rido. «No, non lo sono, e sì, è lui».

«Va tutto bene?»

«Sì. Cose da sistemare, hai presente? Mi deve metà della casa».

«Ah, certo. Ti ha portato un assegno bello sostanzioso?».

Rido. «Magari. No, non ancora». Guardo da sopra la spalla il punto della veranda in cui Chris è seduto a fissare la pioggia. «Be', grazie, ci vediamo domani».

Esco nell'aria fredda del pomeriggio, mi fermo un attimo ed espiro. Porca vacca. Niente di tutto questo è facile. Non so cosa pensare di quanto è appena successo. Gli auguro di stare bene. Non voglio che sia triste, anche se lo merita. Guardo verso la libreria e sorrido. Sono fortunata. La mia nuova vita è divertente e niente affatto stressante. Non è strano – attraverso la strada, evitando la pozzanghera enorme alla fermata del pullman – pensare che mi sta andando meglio rispetto a Chris? Non che stia gongolando, o almeno non troppo. Apro la porta del negozio e la campanella suona sopra la mia testa.

«Ah, ciao», saluta Edward. «Va tutto bene? Ci hai messo secoli».

«Lo so. Cristo. Che ore sono?»

«Quasi le cinque e mezzo. Tanto vale chiudere, no?»

«Tanto vale».

Di sopra, mentre sbuccio le patate e Edward prepara l'impasto, dice: «E quindi quello era Chris».

«Sì. Assurdo, vero? Dio santo».

«Mmm».

«Che ne pensi? Con te è stato un po' strano, vero? Il che non ha senso, visto che l'hai liberato da me, per così dire. O almeno, sai...».

«Mmm».

Mi giro a guardarlo. «"Mmm"? Tutto qui?».

Fa una smorfia. «Lo immaginavo più alto», commenta strappandomi una risata. «Sembrava... Cosa voleva?»

«Ah, non lo so. Non credo lo sapesse neanche lui. Diventa tutto sempre più reale e sta dando di matto».

«È comprensibile. È vecchio per diventare genitore per la prima volta. Neanche a me piacerebbe molto».

«Nemmeno a me».
Dopo un po', dice: «Ti ha chiesto di tornare con lui?».
Sono stupita, e mi giro di nuovo a guardarlo.
Annuisce. «Lo immaginavo».
«Come cavolo hai fatto a indovinare?».
Scrolla le spalle. «È un bel viaggio per parlare solo di mutui».
«Be', ma…».
«Cosa gli hai detto?»
«Di andare a farsi fottere, ovviamente».
«Davvero?»
«Oh, ma dai. Cosa credevi?».
Scuote la testa. «Non so. Magari ci stai pensando su».
«Edward».
«Magari rivuoi la tua vecchia vita».
«Anche se fosse, non sarebbe mai come prima».
«Quasi».
«Edward».
Apre il cassetto e ci fruga dentro alla ricerca del mattarello.
«Non è… Non crederai davvero…».
«Non lo so».
«Sì che lo sai, non essere stupido». Butto le bucce nel bidoncino dell'umido. «Che cavolo».
«Be', ma…».
«Non sei un ripiego, deficiente», dico. «Cristo».
«No?»
«Ma che cazzo».
Sorride, ma poi torna serio. «Se così fosse, lo capirei. Più o meno. Insomma, sembrava un coglione, quindi…».
Lo guardo. Ha un'espressione solenne sul viso, e proprio per questo so che non dice sul serio.

«È una brava persona, perlopiù, di solito per… quindici anni, poi inizia a sbattersi la tua amica», dico.

Apre la credenza accanto al forno, fruga tra le teglie e tira fuori una pirofila. Stiamo preparando una torta salata.

«Quindi gliel'hai chiesto?»

«Sì. Si vedevano da quattro anni».

«Cazzo, davvero?»

«Già».

«È… un sacco di tempo».

«Vero?»

«Stai bene?».

Scrollo le spalle. «Non cambia niente, no?»

«No, ma…».

«Comunque, non è che me l'ha proprio chiesto. Né lo voleva davvero. Se avessi accettato, sarebbe stato terrorizzato». Sospiro. «Non so cos'avrei fatto se me l'avesse chiesto, non so, nove mesi fa».

«Ci avresti pensato su?»

«No, non credo, non sono del tutto deficiente. Ma mi avrebbe scombussolata».

«E ora?». Gira con cura l'impasto sulla teglia, ci passa sopra il mattarello e poi si ferma a guardarmi.

Arriccio il naso, pensandoci, e dico: «In realtà sono compiaciuta».

Ride. «Davvero?»

«Be', la mia vita è… Non voglio dire magnifica per non portarmi sfortuna». Poso le mani sul coltello, toccando ferro. «Ma è piuttosto… ehm, bella».

«Davvero? Con un lavoro in una libreria polverosa in mezzo al nulla e il salario minimo?»

«Sì, e poi vado a letto con il mio capo, perché con chi altro potrei fare sesso?», gli sorrido.

«Potresti trovare qualcuno».

«Forse». Ci guardiamo. È un istante intenso. Sorrido e mi sporgo per baciarlo. «Sono felice di quello che ho, a essere sincera. È adatto a me».

È giunto il momento di tornare. Nel Sussex, intendo. Ho avvisato il mio padrone di casa e devo prendere le mie cose. Scendo in treno, così noleggio un furgone quando arrivo invece di farmi tutto il viaggio in un furgone vuoto, che sarebbe una bella rottura. Ho sistemato la roba nel Lodge in modo da fare spazio e sono stata in soffitta che, per fortuna, è rivestita con assi di legno.

Edward sta ancora dicendo che dovrei trasferirmi da lui, una buona volta, ma non ne sono sicura. Trascorro più tempo nel suo appartamento di quanto non ne passi a casa perché è comodo. A volte andiamo al Lodge, e a volte ci dormo da sola, ma a lui non piace molto. Insomma, faccio come voglio, ma a essere sincera non piace neanche a me. Mi sembra uno spreco, visto che potremmo stare insieme. Lui dice che mi ha aspettata per tanto tempo, quindi vuole sfruttare ogni istante. Ed è giusto così: dubito che chiunque, sul letto di morte, rimpiangerebbe di aver fatto troppo sesso.

Alla fine ho ricevuto i soldi della casa da Chris. Non devo più pagare il mutuo e ora neanche più l'affitto dell'appartamento, quindi starò molto meglio. Spero che se comprerò un appartamento nella nuova zona, la rata del mutuo sarà più che sopportabile.

Non vedo l'ora di vedere Xanthe e Rob, e i bambini, e Angela. Ma non vedrò Chris. Ho fatto andare Xanthe a recuperare la scatola delle fotografie, quelle che l'anno scorso non ci siamo divisi. Non so se ne abbia tenuta qualcuna. Non mi interessa particolarmente.

Non credevo che Edward volesse venire con me, e resto sorpresa quando mi dice che desidera farlo.

«Mi piacerebbe vedere da dove vieni».

«Ma dovremo andare in treno».

«Non è un problema».

«E sarà noioso spostare mobili».

«Neanche quello è un problema. A meno che tu non mi voglia con te».

«È solo che non pensavo avresti voluto».

«Perché no?»

«Il negozio…».

«Guarda che ogni tanto vado in ferie. Posso chiudere. Siamo a febbraio, non c'è molto lavoro».

«Credo di no. Sei sicuro di voler venire? L'appartamento è orribile».

«C'è il letto?»

«Sì».

«E tu sarai lì?»

«Sì».

«Allora voglio andarci».

«Va bene. Grazie. Sarà molto meglio», dichiaro, «se ci sei anche tu».

«Alla fine la signorina l'ha ammesso», commenta, e ci sorridiamo.

È bello essere a Brackwell con Edward. Gli mostro diversi posti: le mie scuole, l'appartamento in cui ho vissuto quando sono tornata dall'università, quello in cui io e Chris abbiamo abitato appena ci siamo messi insieme. Passiamo davanti a casa dei miei genitori e, con cautela, davanti a quella di Chris: c'è la vecchia Renault Espace di Susanna parcheggiata (male) fuori. C'è anche un triciclo capovolto su uno dei cespugli, il che è strano: nessuno dei suoi figli è tanto piccolo per un triciclo. Non mi fa molto effetto guardare la casa, mi sembra solo più piccola di come la ricordavo.

Andiamo a Chichester per la giornata, e diamo un'occhiata ai nuovi appartamenti che, a dire la verità, sono un po' piccoli, ma non ho intenzione di viverci, quindi non importa. Discutiamo anche se valga la pena pagare di più per la vista sul mare (che è molto distante). Pranziamo con Angela e Jeff, e ceniamo con Xanthe e Rob. Sono sollevata che Edward si stia comportando in modo amichevole, e sembra piacere a tutti. Angela ha gli occhi spalancati quando vado con lei a prendere il dolce, e mi sussurra: «Cavolo, Thea, non avevi detto che era...».

«Cosa?»

«Be', sai. Molto bello».

«Ah, sì. Non l'ho detto?». Sono divertita.

«No, non l'hai detto. Cristo».

«Per fortuna è uno stronzo scontroso, altrimenti l'avrebbero accalappiato anni fa».

«Non sembra per niente scontroso», ribatte, passandomi dei piatti.

«Sì, credo di averlo ammorbidito un po'», le sorrido.

«Porca vacca. È ora che la smetta di dispiacermi per te».

La sua frase mi fa ridere. «Non ho bisogno della tua solidarietà, in effetti».

«Direi proprio di no».

Capitolo ventotto

È quasi aprile. Tra due settimane, sarà l'anniversario del mio arrivo.

Ho avuto un'idea ed è ora di parlarne con Edward. Aspetto fino a domenica a colazione, quando stiamo poltrendo in salotto bevendo caffè, con il sole primaverile che ci circonda.

«Ho pensato che dovremmo dare una festa», dico cautamente.

Stava leggendo il giornale sul telefono e alza lo sguardo. «Una festa? Santo cielo, ma sei pazza?»

«Lo so. Niente di esagerato, solo pochi intimi. Siamo stati a cena con altra gente, e...».

«Sì, e se avessi saputo che avere una compagna significava essere educato con i vicini...».

Lo guardo piegando la testa di lato. «Sì...? Cosa avresti fatto?»

«Avrei accettato a malincuore».

Guardo la sua espressione irritata finché non ce la fa più e mi sorride. «Mi hai rovinato la vita», dice. «Prima ero sempre triste e ora sono costretto a essere felice».

«Ignorerò quello che hai detto. Comunque, pensavo che sono qui da quasi un anno. Vorrei festeggiare. Possiamo invitare qualcuno a bere qualcosa e preparare cibo da festa... Non deve essere troppo tremendo».

«Mmm».

«Oppure una serie di cene».

«No».

«Immaginavo. Anche se sei un ottimo cuoco ed è un peccato. Ma possiamo invitare tutti, se è per bere. Tutti in una volta, dico».

«Chi vorresti chiamare?».

Inizio il mio elenco. Dopo una quindicina di persone, dico: «E ho pensato che forse – e dico forse, quindi ascoltami – potremmo invitare tuo fratello».

«Perché cavolo dovresti farlo?»

«Perché ci vado d'accordo e sarebbe più facile per tutti se voi due riusciste a stare nella stessa stanza».

«Non è colpa mia se non ci riusciamo».

Mi va di traverso la saliva. «Oh, mio Dio. Sì, è colpa tua. Cristo santo. Sei andato a letto con sua *moglie*».

«Ah, già».

Rido talmente tanto che scivolo dal divano e mi viene il singhiozzo. Mi guarda, sorridendo, finché non riesco ad aprire gli occhi come si deve e ad asciugarmi le lacrime. «Oddio. Be', ora che ti ho ricordato questo dettaglio insignificante: non penso verrebbe, ma se lo invitassimo faremmo un gesto simbolico, e magari la volta successiva…».

«Vuoi dire che dovremo fare questa cosa più di una volta?»

«Edward Maltravers, per quanto possa piacermi stare seduta qui e non parlare quasi con nessuno, le cose non funzionano così. È bello avere amici, ed è utile, e non ho intenzione di rinunciare alla mia vita sociale già piuttosto limitata solo perché vivo con il Signor Misantropia».

«Ah».

«Sì, "ah". Posso invitarlo? Lui e chiunque stia frequentando in questo periodo, se si vede con qualcuno?»

«Non verrà».

«No, quindi non c'è pericolo».

Mi guarda, pensandoci su. «E se viene?»

«Non vi mettereste certo a litigare, no? Sarebbe scortese. Insomma, nei miei confronti. Tirare fuori proprio quell'argomento. Lo farebbe? Non ce lo vedo».

«Mmm».

«Ma no, non si azzarderebbe, vero? Quando gli ho raccontato che ci stiamo frequentando, non ha commentato».

«E cosa avrebbe dovuto dirti? Di non farlo?»

«In precedenza è più o meno il consiglio che mi ha dato. Dopo che mi hai licenziata. Mi ha detto che eri una merda».

«Pfff. Non ha tutti i torti».

«Sì, e io gli ho risposto che tu avevi detto lo stesso di lui».

«Ah!».

«Comunque, che ne pensi?».

È pensieroso. «Credo tu abbia ragione, non verrà. Invitalo, se vuoi. Se dovesse presentarsi, lo sopporterò».

«Quand'è stata l'ultima volta che vi siete parlati?»

«Chi lo sa. Forse quando mi ha gridato contro: "Vai a letto con Carolyn?"». Ride e poi cerca di tornare subito serio. «Scusa. Lo so che non è divertente».

«Dio santo».

L'appartamento è illuminato dalla luce delle candele e nell'aria si sente l'odore dei canapè. Ci siamo dati da fare: tutto è tirato a lucido e brillante, c'è la musica, sala da pranzo e salotto sono in ordine e bellissimi, è pieno di gente che chiacchiera, che ride. Mi sento molto adulta. Su internet ho trovato un vestito adorabile e Edward è… So che è il mio compagno, quindi è ovvio che lo trovi attraente, ma continuo a guardarlo incantata. È meraviglioso. Ha farfugliato qualcosa sul dover stirare una camicia e lucidare le scarpe, e ha detto: «Perché deve essere una cosa formale?»

«Non lo è. Sono solo persone che conosciamo. Non c'è bisogno che ti metti in tiro».

«Tu ti stai mettendo in tiro».

«Ho solo un vestito carino».

«Ti sei tagliata i capelli».

«Sì, ma…».

«E sei stupenda».

«Grazie…».

«Non voglio farti sfigurare».

Sorrido. «Come se potessi. Sei sempre magnifico».

Ma non è sempre *così*. Ogni volta che incontro il suo sguardo, mi fa un occhiolino esagerato perché gli ho detto che è sexy.

Non abbiamo mai invitato nessuno da quando stiamo insieme. Non che prima lo facessimo. Ammetto di non essere molto socievole, ma ho sempre cercato di combattere il desiderio di sedermi a leggere per tutto il tempo. E qui devo sforzarmi ancora di più – non conosco queste persone da vent'anni; potrebbero scaricarmi senza problemi se non faccio uno sforzo. Nessuno ci ha dato buca; erano tutti intrigati, credo, all'idea di visitare l'appartamento e vederci insieme. Anche Charles ha accettato, il che mi ha molto sorpresa e ha irritato Edward.

«Non devi parlarci», gli dico.

«Mmm».

«Davvero. Conosce tutti gli altri no? Saluta e basta. Sii accattivante, lo so che puoi».

«Bah».

«È solo per un paio d'ore», cerco di persuaderlo. «Poi se ne andranno e potrò farmi perdonare».

«Ah, sì. E come hai intenzione di fare?»

«Non lo so. Vediamo se ti viene in mente qualcosa».

«Charles è molto ubriaco», asserisco. «Non l'ho mai visto così».

«Neanch'io», risponde Jenny.

«Non avrei dovuto invitarlo. Sono una stupida».

«Non dire scemenze».

«E Edward è furioso». Mi tormento le mani.

«Gli passerà. Vuoi che parli con Charles?»

«No, assicurati che siano tutti felici e che abbiano mangiato abbastanza. Dovrei chiamare un taxi o qualcosa del genere. Non può guidare in quello stato».

«Auguri a trovarne uno».

«Porca vacca. Odio i melodrammi», dico. «Meglio che vada di sopra ad assicurarmi che non sia svenuto o…».

Salgo le scale di fretta. I rumori dal bagno sono cessati. Ma ho paura che l'abbia distrutto, o che sia in camera da letto. Non so come siamo arrivati a questo punto, sembrava andare tutto benissimo.

«Cazzo di deficienti», borbotto. Prima Edward è sceso sbattendo i piedi, e se non ci fossero stati ospiti lo avrei rincorso. Non che ne abbia bisogno, per l'amor di Dio: è adulto. Si suppone.

Busso alla porta del bagno. «Charles? Charles, stai bene?».

Silenzio.

Giro la maniglia e la porta, sorprendentemente, si apre. Non c'è traccia di lui. «Ah», dico. «Dove sei?».

"Fa' che non sia nello studio", penso, immaginandomi Charles che strappa gli appunti di Edward o rompe i dischi. Ma non è neanche lì, né in camera da letto. Apro con cautela la porta della stanza degli ospiti più grande. «Charles?».

È molto buio, il che mi fa pensare che debba essere qui; qualcuno ha chiuso le tende. Allungo la mano verso l'interruttore.

«Non accendere», dice.

«Dai, non puoi nasconderti qui al buio. Hai bisogno di sdraiarti? Fa' pure, se vuoi. O magari vedo se riesco a chiamare un taxi, o telefono a Lynda?»

«Sarà a letto. Posso guidare».

«Non credo», dico, guardando il buio. «O almeno non dovresti». Non riesco a vederlo, ma suppongo sia seduto sul letto. E invece no, perché quando mi addentro nella stanza, chiude la porta alle mie spalle. Mi giro di scatto, ma continuo a non vederlo. Dev'essere in piedi davanti alla porta: la striscia sottile di luce che arriva dal pianerottolo è coperta da un lato, dove ci sono i cardini.

All'improvviso mi sento nervosa, anche se allo stesso tempo mi sembra una cosa stupida. No? Dopotutto, è praticamente mio cognato.

Per qualche motivo, la cosa non mi rassicura affatto.

«Ora non vedo niente», mi lamento, cercando di sembrare calma. «Che ci fai qui, comunque?»

«Speravo venissi a cercarmi», dice. Non sembra ubriaco come prima.

«Be', eccomi. E vorrei che aprissi la porta». Guardo nel buio, che sembra premermi sugli occhi.

«Non voglio».

«Non posso stare qui al buio con te, Charles. Ci sono altre persone».

«Dovresti fare la padrona di casa».

«Sì, dovrei».

Restiamo in silenzio per un attimo.

«Che bello, per Edward», dice.

«Cosa?»

«Lui ha te e io non ho niente».

«Oh, porca vacca», dico. «Ma dai, non essere...».

«Non essere cosa? Furioso? Troppo tardi, che cazzo».

«Charles...».

«Mi ha rovinato la vita», dice. «E se io rovinassi la sua?»

«Charles. Secondo lui l'hai già fatto, ecco perché ha... Lo sai che non si è comportato in quel modo dal nulla».

«Non mi interessa. Voglio immaginare cosa penserà sapendo che sei qui con me».

«Be', sarà seccato», rispondo, cercando di ricordare dove sono i mobili in questa stanza, e se c'è qualcosa con cui eventualmente colpirlo. Ovviamente, sono in uno dei due soli locali della casa senza un cavolo di libro.

«Se gli raccontassi che abbiamo fatto sesso», dice, come per parlare del più o del meno, «secondo te mi crederebbe?».

Faccio una cosa che potrebbe essere descritta come un'alzata di occhi con tutto il corpo. «Oddio. No».

«Perché no?»

«Perché crederebbe a me», ribatto. «E gli direi che non è vero».

«E se lo facessimo?»

«La smetti di dire queste cose e mi fai uscire? Tutto questo non ha senso. Mi dispiace averti invitato», aggiungo. «Speravo riusciste a lasciarvi alle spalle...».

«Pensi che potrei lasciarmi alle spalle il fatto che mio fratello è andato a letto con mia moglie?».

Alzo di nuovo gli occhi al cielo, anche se non mi vede.

«È stato tanto tempo fa. So che eri sconvolto, e chi può biasimarti? Ha fatto una cosa terribile. Ma ha ragione quando dice che a lei non importava più di tanto di te. È facile evitare di avere una relazione con il proprio cognato; non è solo colpa di Edward».

«E le altre?»

«Nessuna di loro sarebbe andata a letto con lui se non avesse voluto, no? Dai, cerca di essere obiettivo. Di sicuro è terribile pensarci, ma provaci».

«E come dovrei sentirmi sapendo che tutte quelle a cui tenevo mi hanno tradito con mio fratello?».

Sospiro. «Dovrebbe farti sentire di merda. Non sto difendendo le sue azioni».

«A te non interessa. Non ti infastidisce che abbia fatto una cosa del genere?»

«Quando me l'ha detto ero sconvolta», ribatto, «ma non ne va orgoglioso. Il vostro rapporto era un macello prima che andasse con...», cerco di ricordare il nome della prima, «Tasha, o come si chiama. O no? Dice che l'ha fatto per vendetta, quindi dovresti pensare al motivo per cui voleva vendicarsi. Insomma, credo sia terribile, e melodrammatico, ma è anche successo un sacco di tempo fa. Da quanto avete divorziato tu e Carolyn? Otto anni?»

«Sì».

«Devi smetterla di ossessionarti. Per me è difficile»,

mi lamento, «cercare di essere tua amica ed essere la… ragazza di Edward». È strano dirlo: sono decisamente troppo vecchia per essere la ragazza di qualcuno.

«Allora dovrai scegliere, no?»

«Non so cosa vuoi che ti dica. Mi stai mettendo sotto pressione, e sai che se dovessi scegliere, sceglierei Edward perché…». Faccio ancora una pausa, in imbarazzo. «Perché lo amo».

«Lo so. E lui ama te. Tutto molto bello».

È strano fare questa conversazione al buio. Scommetto che se potesse vedermi non riuscirebbe a dirmi niente di tutto questo. Sospiro, irritata. «Per l'amor di Dio. Che cosa vorrebbe dire? Nessuno l'ha fatto di proposito, niente di tutto questo è stato un qualche piano misterioso né niente del genere».

«Ma hai comunque scelto lui».

«Così sembra che dovessi decidere tra voi, e sappiamo tutti che non è vero».

«Sì, invece».

«Dio santo. Mi hai portata a cena fuori e ti ho detto che non pensavo fossi davvero interessato a me. E la penso ancora così. Questa è una cosa tra te e Edward, e per mia sfortuna ci sono finita in mezzo, ma poteva esserci… non lo so, Lara o qualcun'altra».

«Non gli importava niente di Lara».

«No, il *punto* non è quello. Voglio dire che…».

Ed è in questo momento che iniziano a bussare forte alla porta.

«Thea? Thea, sei lì dentro?»

«Ecco», dico, «ora ci sarà una scenata ridicola. Mi hai rovinato la serata».

«Vattene», grida Charles, «siamo occupati».

«Oh, Cristo santo». Mi avvicino al suono della sua voce e lo spingo. «Levati di mezzo. Edward!».

«Thea… Che cavolo sta succedendo?»

«Immagino che ti sentirai molto intelligente, giusto?», chiedo a Charles, prendendolo a calci sugli stinchi. «Charles non mi fa uscire», aggiungo più forte. «Ed è buio».

«Apri la porta», dice Edward.

«Lasciaci in pace. Te l'ho detto, siamo occupati. Ahia! Piantala di darmi calci», sibila.

«No. Allontanati dalla porta». Ci azzuffiamo al buio. Sono piuttosto arrabbiata, a dirla tutta. Sono preoccupata per il caratteraccio di Edward e per il fatto di essere bloccata al buio con Charles. Riesco a sbattere il pugno sull'interruttore e ci troviamo in piedi a guardarci.

«Ora spostati dalla porta», dico, e gli tiro il braccio. Fa un passo verso di me e la porta si apre.

«Ma che cazzo…», esclama Edward.

«Oh, grazie a Dio. Senti, non so cosa fare con lui», dico, «è…».

Ma ora sono faccia a faccia e si guardano in cagnesco.

«Che cavolo sta succedendo qui?»

«Sì», dice Charles, «non fa piacere beccare la tua ragazza in camera da letto con tuo fratello, vero?»

«Oh, per l'amor di Dio», esclamo. «Voi due siete…».

Ma è un po' tardi, perché Edward dà un pugno a Charles, il quale incespica all'indietro e si siede inaspettatamente sul letto. Sembra sorpreso, e si porta la mano al naso.

«Cristo santo», dice, la voce leggermente attutita.

«Sì, be', non chiuderti in camera da letto con la mia ragazza», dice Edward. Poi mi guarda. «Stai bene?»

«Sì. Sono solo arrabbiata perché tutto questo non ha niente a che vedere con me». Punto il dito contro Charles. «Non voglio passare il resto della vita a chiedermi se proverai ad aggredirmi sessualmente…».

«Cristo santo», commenta Edward. «Sarà meglio che non ti abbia toccata…».

Gli afferro il braccio. «No, non l'ha fatto, e non penso davvero che ne avesse intenzione. Ma non è questo il punto. Non potete andare avanti così. Mi dispiace aver provato a farvi comportare da adulti quando è chiaro che proprio non ne siete in grado».

Edward mette le mani sui fianchi e fa un verso ironico. Ci guardiamo tutti storto per un lungo istante. Poi dice: «Va bene, vorrei non averlo fatto. So che è stato un comportamento di merda. Mi ha fatto sentire meglio solo per dieci minuti».

«Cosa?», chiede Charles.

«Andare a letto con Carolyn. Ti ho mandato a puttane il matrimonio. Non avrei dovuto». Poi mi guarda. «Ecco qui», dice.

«Okay, bene», commento. «Hai sentito, Charles?»

«Certo che ho sentito».

«No. Hai *sentito*?». Mi batto la mano sul petto. «Erano scuse sentite e ci hai creduto?»

«Io… No».

«Di nuovo», dico, perentoria.

Edward emette un sospiro pesante. «Ma è vero. Sono serio. L'ho fatto di proposito, e lì per lì non ero certo pentito. Volevo ferirti ed ero felice di esserci riuscito con una cosa tanto spettacolare. Ma quella sensazione non è durata molto, perché non è servito a riparare quello che era già a pezzi».

«Avevate una relazione da mesi», dice Charles.

«Sì, è vero, ma non rende meno vero quello che sto dicendo. Era sbagliato».

«E le altre? Maddy e Therese? E Poppy, e…».

«Sì, tutte quante», dice Edward. Non sono sicura che abbia convinto completamente nemmeno me, e noto che non si è esattamente detto dispiaciuto, ma di sicuro è un passo enorme.

«E tu», dico. «Tu che dici, Charles? Ti dispiace per… Com'è che si chiamava?», chiedo a Edward. «Non credo che tu mi abbia mai detto il suo nome. Quella di quando eri adolescente».

«Cleo».

«Oddio», dice Charles. Sta fissando Edward, un rivolo di sangue gli cola sul labbro. «Cleo Robertson? È per quello che… Oddio».

«Mi avete spezzato il cuore, cazzo», dice Edward. «Tutti e due».

«Oddio. Cristo santo».

«Non avrai mica creduto che non ci fosse un motivo, vero? Vedi, Charles, il problema è che non hai piena consapevolezza di ciò che fai».

«Ma era uno *scherzo*», replica Charles.

«Sì, per te. Ma per me era una cosa molto seria».

«Ma…».

«Charles», lo interrompo, «non ha senso ribattere. Ti sei comportato in modo infantile e crudele, e anche se allora eri praticamente un ragazzino e Edward avrebbe dovuto gestire la cosa in modo… più sano…».

«Grazie, bambolina», dice Edward, e devo concentrarmi per non ridere.

«Nessuno dice che andare a letto con tutte le tue ragazze sia stata una buona idea, ma almeno capisci cosa gli ha messo quel pensiero in testa?»

«Merda», dice Charles. «Ma era uno scherzo».

«Mi piaceva davvero», commenta Edward. «Sì, ora sembra patetico, dopo trenta cazzo di anni, ma all'epoca ero distrutto. E siccome ho passato i vent'anni successivi a fare il cretino senza conoscere nessuna, quella è ancora una delle cose peggiori che mi sia mai capitata. Immagino che se fossimo stati amici non sarebbe successo. Ma non lo eravamo, no?».

Charles aggrotta la fronte e non dice nulla.

«Cerca di non sanguinare sul letto», dico, «se ci riesci. Vado a prenderti dei fazzolettini». Guardo Edward. «Niente litigi mentre non ci sono».

«Va bene, capo», risponde. Mi guarda e scuote la testa. «Era questo il tuo piano?»

«No che non lo era, maledizione».

Prendo un panno umido e un asciugamano dal bagno, oltre ai fazzoletti, e porto tutto quanto in camera da letto. Charles si tampona il viso. Faccio un respiro profondo.

«Devo tornare di sotto», dico. «Non posso lasciare gli altri da soli. Come ti senti?»

«Mi fa male la faccia», farfuglia Charles.

«Immagino». Lancio un'occhiata a Edward. «Torni di sotto?»

«Tra un secondo».

«Non litigate».

Scuote la testa. «Promesso».

Chiudo la porta e scendo di fretta in salotto.

«Che succede di sopra?», chiede Alastair.

«Una sorta di incubo fraterno».

«Stanno litigando?»

«Non ora».

Jenny ride. «Ma prima sì? Sentivamo Edward gridare».

«Sono mortificata», dico. «Non avrei mai creduto che frequentare la piccola aristocrazia sarebbe stato come vivere in una soap opera».

Ride di nuovo. «Ora stanno parlando?»

«Chi lo sa. Finché non si prendono a pugni, non mi interessa».

Louise, la dentista, si avvicina. «Dobbiamo tornare a casa per liberare la baby-sitter», dice. «Va tutto bene?»

«Sì, tranquilla». Guardo lei e poi Robert, il marito. «Dovete andare? Mi sento in colpa per avervi abbandonati».

«Oh, no, non devi». Mi sorride. «Organizzare serate così è una questione delicata. Non riesco ancora a credere che tu sia riuscita a farli stare nella stessa stanza».

«Inizio a pentirmene», ribatto, abbattuta.

«Non dire così. È stato un bel colpo. E sono sicura che si risolverà tutto. Comunque, grazie mille per averci invitati. Magari riesci a portare Edward per i cinquanta di Rob? Li compie a maggio… Vi mando l'invito».

La chiacchierata diventa generale e diverse altre persone borbottano che devono andare. Poco dopo stanno prendendo i cappotti e iniziano a scendere le scale.

«Ti serve aiuto per sistemare?», chiede Cerys. «Lo sai che siamo allenate per queste cose».

«Le regine del catering», concorda Jilly. «Riesco a portare cinque piatti pieni alla volta».

«No, tanto non c'è molto da fare. Solo raccogliere i bicchieri». Mi guardo intorno: è vero, più che altro bicchieri, su tavolini e scaffali della libreria.

«Se ne sei sicura. Spero non dovrai passare il resto della serata ad ascoltare quei due che si insultano», dice Cerys con una risata.

Ridacchio a mia volta. «Spero anch'io».

«Vuoi che portiamo Charles a casa?». Questo è Gavin, quello che mi ha rifatto il bagno. «È abbastanza di strada per noi».

Esito. «Non lo so. Non può guidare, poco ma sicuro. Ma può restare qui, abbiamo camere ben fornite».

Gli ultimi ospiti prendono le loro cose e li seguo giù per le scale e in negozio.

«È stata una bella serata», dice Jenny, «non pensare che non lo sia stata. Non rinunciare a invitare gente per questa situazione. È stato meraviglioso passare una serata con tutti e due, e il cibo era squisito».

Le sorrido, grata. «Vero? Merito di Edward. È un talento sprecato».

Li guardo uscire per strada, salutarsi con la mano e a voce, e poi chiudo a chiave la porta e torno di sopra. Il salotto sembra stranamente vuoto. Prendo qualche bicchiere e dei piatti e li porto in cucina, poi vado in sala da pranzo alla ricerca di qualche avanzo. Butto giù due cucchiai di guacamole e qualche minipolpetta di granchio e poi, con un sospiro, salgo la seconda rampa di scale per vedere che succede.

Nella camera da letto, Charles si è tolto le scarpe ed è appoggiato ai cuscini, e preme sul viso un mucchio di fazzoletti. Edward è sulla poltrona vicino alla finestra, e dev'essere sceso di sotto mentre salutavo gli ospiti, perché ci sono una bottiglia di Talisker e due bicchieri sul comodino. Scuoto la testa.

«Serve davvero altro alcol?»

«A scopo medico», dice Charles, in modo piuttosto confuso, come se avesse un brutto raffreddore.

«Esce ancora sangue?»

«Non credo». Toglie i fazzoletti e li guarda. «Quasi per niente».

«Bene. Sarà meglio che tu stia qui», dico, «se credi che Lynda stia già dormendo».

Guarda Edward, che scrolla le spalle.

«Grazie».

«Okay, bene. Vado a caricare la lavastoviglie», dico. «Sarebbe bello riuscire a farne almeno una...».

«Mi dispiace per prima», dice Charles. Alza gli occhi verso il soffitto, non vuole incrociare il mio sguardo. «Sono stato... Mi sono comportato malissimo».

«Già», concorda Edward.

Sventolo una mano. «Non farlo più».

«Ti chiedo scusa».

«Sì, sì, ti perdono. Se voi due cercaste di comportarvi in modo civile in futuro, sarebbe già abbastanza».

Si guardano.

«Non posso promettere di più della civiltà di base», dice Edward.

«Sono disposto a provare», dice Charles.

«Direi che può andare. Ben fatto, benvenuti nel mondo degli adulti, anche se non vi va». Guardo il mio compagno. «Hai intenzione di aiutarmi con i piatti e il resto?».

Edward si alza. «Non bere tutto il whisky», dice al fratello. «È avanzato da mangiare?»

«Non molto. Qualche briciola. Hanno ripulito tutto»,

gli dico mentre scendiamo. Sul pianerottolo, mi posa la mano sul braccio.

«Thea».

«Cosa c'è?»

«Lo sai che sei magnifica, vero?».

Rido. «Che vuoi dire? In che senso, nello specifico?»

«Tutto quello che fai è magnifico, e meraviglioso, e ti amo».

Lo guardo con sospetto. «Sei ubriaco anche tu?».

Ride. «No. Non molto, almeno. Vieni qui». Mi abbraccia. «È uno stronzo, mio fratello, ma cercherò di non dirglielo in faccia».

«Molto nobile da parte tua».

«Vero? Mi dispiace che si sia comportato in quel modo orribile prima. So che è colpa mia. Grazie per essere stata così perfetta».

«Perfetta? L'ho preso a calci». Ridacchio. «E prima di quello sono stata piuttosto dura».

«Lo so. Gli fa bene».

Mi scosto in modo da guardarlo meglio. «Credi? Te l'ha detto che l'ho preso a calci?»

«Sì. Mi ha detto che ero fortunato e ho risposto…», mi tira di nuovo a sé e mi bacia, «che lo so bene».

«Bah».

«Comunque, mi è passata la voglia di pulire. Perché non andiamo dritto a letto?»

«È un'idea terribile…». Ma ci baciamo di nuovo, stavolta per secoli. Anche se so che domattina me ne pentirò, è difficile non farmi convincere. «Va bene, non è terribile. Volevo dire che è ottima».

«Ecco. L'avevo detto che sei magnifica», dice, e torniamo di sopra per andare a letto.

Ringraziamenti

Adoro leggere i ringraziamenti, e scriverli è ancora più divertente.

I miei genitori sono i migliori e lo sono sempre stati, quindi grazie a Pam e Vic per il sostegno e l'incoraggiamento, e per aver creduto che questo sarebbe davvero successo, senza farmi ulteriore pressione. Grazie anche a Stuart e Tess, per il loro supporto e l'entusiasmo verso questo progetto, in quello che dev'essere stato l'anno più intenso e strano mai visto.

Ho conosciuto molte scrittrici nell'ormai defunto forum Authonomy, molte delle quali mi sono state di grande aiuto, e alcune di loro, da membri del gruppo Women's Fiction Critique Group su Facebook, hanno letto la bozza di *The Bookshop* (come si intitolava allora) e hanno fatto commenti utili. Vorrei ringraziare in particolare Ann Warner, Kate Murdoch, Gail Cleare, Margaret Johnson e Katie O'Rourke: mi hanno sostenuta tanto, e anche loro hanno scritto libri che dovreste leggere. Angela Elliott ha dato il nome alla libreria Fortescue, e Carla Burgess, Tamsin McDonald, Mick Jones e Leonie Roberts mi hanno incoraggiata ad "andare avanti e basta" in varie occasioni.

Vorrei anche ringraziare le amiche ed ex colleghe Liz Haynes, Donna Wood e Clare Ashton, che hanno letto i miei lavori precedenti e sono state tifose entusiaste della mia scrittura negli ultimi otto anni, e Denise Laing, che mi ha incoraggiata a mandare il primo romanzo a un agente, tanti anni fa.

Sarah Albiston, Katie McCallion e Mat Winser sono stati disponibili a parlare di libri, scrittura (e tutto il resto) per più di trent'anni e sarò loro eternamente grata. Mark Manson non comprerebbe mai un libro del genere, ma è un *beta reader* eccellente, e il suo riscontro è sempre apprezzato. E grazie a Stephen McConnachie per avermi tenuto la mano prima di una Riunione Importantissima, e a Jimmy Martin per aver bevuto insieme a me per festeggiare, dopo.

Sono estremamente grata a Sara-Jade Virtue della Simon &

Schuster, che ha letto l'estratto e lo ha trovato abbastanza buono da chiedere di avere il resto. Lei e la mia editor, Alice Rodgers, sono state meravigliose, e il resto della squadra di grafici, editori, commerciali e le persone dell'ufficio per i diritti hanno fatto un sacco di cose di cui non sono neanche a conoscenza. Grazie.

Dulcis in fundo, tutto il mio affetto e i miei ringraziamenti a Ollie per aver fatto la spesa, cucinato e avermi scarrozzata, e perché se non ci fosse sarebbe stato tutto inutile.

Indice

Anagramma

Ultimi volumi pubblicati

Kristen McKanagh, *La magia del Natale*
Julie Caplin, *Un tè con biscotti a Tokyo*
Felicia Kingsley, *Bugiarde si diventa*
Isla Gordon, *Un magico inverno sulla neve*
Nicola May, *Appuntamento al piccolo negozio dei desideri*
Joanne Bonny, *C'eravamo tanto odiati*
Lucy Score, *Un incubo chiamato amore*
Casey Wilson, *Io & Buddy*
Antonella B., *London Girl*
Sara Ney, *L'unica donna per me*
Sara Ney, *La mia unica distrazione*
Lexi Ryan, *Se solo fosse amore*
Kristen Ashley, *Dimmi che non hai rimpianti*
Roisin Meaney, *Un'indimenticabile festa di compleanno*
Amo Jones, *Il cigno d'argento*
L.A. Casey, *Un amore da dimenticare*
Anna Zarlenga, *Fidanzato part-time*
Emma Chase, *Fascino perverso*
Lucy Coleman, *Il mio indimenticabile amore francese*
Sophie Cousens, *Questo pazzo, pazzo amore*
Mariana Zapata, *Luna e le bugie*
Ali McNamara, *Il piccolo negozio del lieto fine*
Paola Servente, *Il problema è che ti penso...*
Karen Swan, *La spiaggia segreta*
Elisa Trodella, *Non baciare sua maestà il ranocchio*
Mia Another, *Tokyo a mezzanotte*
Julie Caplin, *Un giorno di sole a Parigi*
Grazia Cioce, *Il fascino discreto dell'amore*

Lucy Daniels, *Una romantica estate in campagna*
Mandy Baggot, *La mia magica vacanza in Grecia*
Elle Kennedy, *Ti ho trovato quasi per caso*
Mary Ellen Taylor, *Il ricordo delle cose belle*
Jan Steinbach, *Il caffè delle cose preziose*
Jessica Clare, *All'improvviso noi due*
Josie Silver, *Lydia Bird va a letto presto*
Jennifer Bohnet, *La villa del sole e dei segreti*
Shari Low, *Un giorno d'estate*
Vi Keeland - Penelope Ward, *Scrivimi ancora*
Cecily von Ziegesar, *La ragazza che guardava la luna*
Georgia Toffolo, *Tutta colpa di Londra*
Joanne Bonny, *Bugie a colazione*
Sally Britton, *Uno scandalo per il duca*
Abby Jimenez, *Restiamo solo amici*
Emily Stone, *Succede quasi sempre per caso*
Anna Premoli, *Non sono una signora*
Karen Swan, *Innamorarsi a Natale*
Felicia Kingsley, *Non è un paese per single*
Julie Caplin, *Amore, neve e cioccolato*
Jessica Redland, *Festa sotto la neve*
Carole Matthews, *Tutto bene tranne il Natale*
Vi Keeland - Penelope Ward, *Mister Money*
Lizzie Byron, *Pochi giorni a Natale*
Tilly Tennant, *Un Natale d'altri tempi*
Kristen McKanagh, *Palla di neve*
T.A. Williams, *Sognando il Natale*
Lizzie Shane, *12 cuccioli per Natale*
Jenny Gladwell, *Un regalo sotto l'albero*
Sue Moorcroft, *Un desiderio molto speciale*
Jenny Hale, *Una vacanza per Natale*
Louise Bay, *Mister Mayfair*
Jenny Bayliss, *La stagione delle seconde possibilità*
Shari Low, *A caccia dell'amore*
Lucy Coleman, *Nella casa dei ricordi perduti*
Lise Syven, *Non succederà mai più*
Anna Zarlenga, *Nessuno disturbi l'amore*
Ellen Berry, *Fiocchi di neve e una tazza di tè*
Jessica Clare, *Ho una sorpresa per te*
Paola Servente, *Il problema è Mister Darcy*